U0124027

徐迅雷 一 著

在大地上寻找花朵

ZAI DADI SHANG
XUNZHAO HUADUO

·桂林·

图书在版编目（CIP）数据

在大地上寻找花朵 / 徐迅雷著．—桂林：广西师范大学出版社，2018.10
ISBN 978-7-5598-1213-1

Ⅰ．①在… Ⅱ．①徐… Ⅲ．①散文集－中国－当代
Ⅳ．①I267

中国版本图书馆 CIP 数据核字（2018）第 225062 号

广西师范大学出版社出版发行
（广西桂林市五里店路 9 号　邮政编码：541004
网址：http://www.bbtpress.com）
出版人：张艺兵
全国新华书店经销
广西广大印务有限责任公司印刷
（桂林市临桂区秧塘工业园西城大道北侧广西师范大学出版社集团有限公司创意产业园内　邮政编码：541100）
开本：720 mm × 1 010 mm　1/16
印张：25　　字数：320 千字
2018 年 10 月第 1 版　　2018 年 10 月第 1 次印刷
册数：0 001~5 000 册　　定价：58. 00 元

目　录

大道第二

大端第三

大写第四

大地第一

D A D I　　D I Y I

大地之麦

立冬种麦，四季讴歌。农民与诗人因麦子而息息相通。

我从乡间的麦地走来，麦子的气息缠绕于我裸露的双脚，经年不愿离去。

当我的心灵广袤如天空，天空明净如湖泊，倒映的乡间植物一定是自梢顶浸润下一片金黄的茁壮的麦子。

有风拂过，令人感动。

麦子的一生生活得坚忍、从容和美丽。点播的种子是它一生中最难看的时刻，粗糙并且干燥，一如农人劳动的双手。太阳风干了水分，留下了质量。父亲犁地，母亲施肥，我的童年在开垦的土地上小鸟般飞来飞去，麦子握在我稚嫩的手中，从细细的指缝漏入开始变得寒冷的土地。

阳光拌和了泥土覆盖你。

一位诗人站在遥远的北宋看着你说："弄晴雨过秧针出。"触须伸出大地，疏疏朗朗悄无声息。然后才是赶趟儿似的密密麻麻长出来，长出一片冬天里的春意。

在麦子的童年，我们总是小心翼翼地打麦地旁边走过，目光倾注呵护。很迟方才得知麦秧是可以"践踏"的，那是少年的我从书本上读到的知识。我在一个山野静寂阳光盛开的下午，独自在麦地的一角因不忍而忐忑地作了践踏的试验。当我停止我迷乱的踏步之后，静静呆看了被摧残的一片麦秧，转身一阵风似的落荒而逃。

伤了筋骨的麦苗果真长得更加茁壮有力。麦子的坚忍让我看着发呆。然而家园的农人和我种麦的父母都不去实行我的“践踏”。在他们的心目中，那不是一个必需环节，更不会体现对麦苗的深爱。

在南方的肥沃土地上，经冬的麦子自然地生长，连那白雪都是温暖的棉被。遥远的诗人说过“弄晴雨过秧针出”后，接着说：“花信风来麦浪寒。”在所有植物让风吹出的浪波中，其实麦浪是最温润漂亮的。稻浪与麦浪相似，“喜看稻菽千重浪”，然而稻叶有齿且尖利，风中舞动如挥刀，总让我不甚喜欢。看一看那温润如碧玉的麦浪吧，则有一股靠近你温柔心灵的感觉。

面对这样的麦子，一位年轻的诗人说：“麦子是土地上最优美、最典雅、最令人动情的庄稼。”初夏麦收的时节，母亲割麦，父亲打麦，童年的我又像燕子一样在麦地上飞来飞去，衔起遗落的枝枝麦穗。温暖的阳光在父亲的脖子上晒出汗水，高举过头顶的麦子把麦叶的碎屑撒在父亲的脖子上。在某个片刻，我看见父亲回首对我一笑，那笑里都浸透了汗水。

于是想起家乡老诗人闻欣先生深情的歌吟：“父亲，一生都 / 坐在中国农业的深处 / 水稻 麦子 高粱 大豆 / 都是他交情很深的挚友 / 当植物受到伤害时 / 不论是天灾或者人祸 / 植物们的泪 / 总是 从父亲眼窝流出 / 风调雨顺 / 使父亲比植物更生动的 / 是脸部皱纹的 / 欣欣向荣……”而这里的植物我更愿意只把它想象成金灿灿的麦子。

我现在居住在城里，仿佛远离了大地上的麦子。然而当我举杯，倾入麦酿的啤酒，乡间种麦的父亲及一切种麦者的背影，伴着那璀璨的麦穗，穿越深邃的酒杯映现在我的眼前。啤酒的金黄正是麦子的金黄，啤酒的上游衔接着麦穗那缜密的纹路。麦穗的纹路在我思绪的脊梁上无限延伸，不会停息。

一个源于心灵深处的声音说：

——即使我老了，我也愿意是家园麦田的守望者。

龙门山水行

龙门村的村落仿佛从水底跳跃而上。依了山，傍了水，浙南云和紧水滩的碧波粼粼倒映了散落在山坡上的龙门村。

离别的清晨，在薄雾轻描淡妆的埠头，那位守着肉摊子的素不相识的小伙子主动接过我的话茬，告诉了龙门为什么称龙门：村子原有着一座石雕的龙门，现在淹在水底下了，为了造那30万千瓦的紧水滩电站，全村都成了后靠移民。小伙子微笑的音容留恋于过去的家园。过去的家园成了水底的光芒，闪烁在龙门村两百多位村民的心坎上。

水樱说，那时候她还很小很小呢。二十岁的水樱毕竟才二十岁，她是在接到一所中专学校的录取通知之后，来邀请我这位业余老师到她家玩的。别忘有约！在那个阳光灿烂的秋日的午后，水樱那清澈的眼睛宁静地望着我，宁静如她家园门前那片凝碧的美丽的津津水域。

与水樱站在半山坡上她家门口，看云山苍苍环抱了“仙宫湖”的一方泱泱碧水，感受向晚的秋风，正挟了一身湖水的芬芳气息，拂过我的身边。远山近水并不宏大，却蕴含了清秀。给紧水滩起了“仙宫湖”的俗名，或许是一种对神奇的期待，然而我看这方山水依然质朴。水樱却指点了神奇：老师你看，那座山像不像一只很大很大的龟？瞬时我的眼睛一亮、精神一振，那水中之岛怎么看都是活脱脱一只巨龟匍匐在碧波荡漾的水面。

当然有渔舟在龟之岛前面的水域穿行，拖着长长的如尾波纹在龟脚前扫过。水的这边，大山把它的左右手往水里一伸，便漂亮地挽起了一个港湾，左翼有小亭亭亭而立，右翼有大树树树相映。港湾里筑了码头，泊了渔舟，停靠了龙门人失去田垄后新的生息新的希望。水樱说，她爸爸正在码头装卸木头，小弟还在渔舟上挥撒渔网。而此刻，水樱的母亲正在屋里升起灶火，让袅袅炊烟升起在家园的风景里。绕过屋后，水樱从橘树上摘了不知酸甜的青橘，荆棘牵扯了她的过膝长裙，牵扯出一种对主人的依恋进入我的视野。两只青橘，大的递予我，于是剥开了一瓣瓣青青乡情。我说不酸，水樱也说不酸，看我一副龇牙咧嘴狼狈相，水樱咯咯地笑了。笑声里，我仿佛闻见郁达夫笔下那“迟桂花”的香味。

黄昏开始涂抹龙门山水。依然白得耀眼的是水樱家门前墙上的几挂渔网。邻家的女孩坐在屋外编织捕虾的竹笼，在这浙江西南部的大山褶皱里，让我闻到了遥远的海边的气息。水樱的爸爸与弟弟尚未归来。水樱说，老师，先不吃饭，带你去玩。便跟了水樱与邻家的女孩，一块儿抄近路从山坡上下来。钻出树影的笼罩，便是这小小港湾的最凹处。水面传来扑通扑通的游水声，晚色淡妆，秋意凉爽。正想问声是谁还敢在此时游泳，水樱与邻家女孩已与船那边水面上露出脑袋的小伙子搭上话，吴侬软语荡漾在水面上。

小伙子摇船靠到岸边。上了船，沉静中打棹的小伙子在傍晚的船头站出一幅剪影，我竟糊涂涂问“小伙子贵姓”。水樱立时便笑了，“就是我弟弟呀”，我也笑了，怪水樱未作介绍怪自己糊涂也怪微笑的小伙子沉默。船小，吃水有些深，随着摇桨的节奏起伏，我这“旱鸭子”便有些心慌，但看人家两位小姑娘坐在窄窄的船帮上沉静自在，晚风吹来裙裾飘然如波，于是也不再寻思安危。

小船钻出了港湾的怀抱，仿佛镜头一路摇出那越来越开阔的风景。这开阔的水面在昼夜交割的时刻美得令人心醉；清风徐来，吻遍了柔水的全身，在这水的裸露的肌肤上激起粼粼的涟漪，在冰清玉洁的纯净里，天际的晚霞将最后的晖光在每一片鳞波的一侧抹上金黄，这分明是黄皮肤处子脸上透出的红润色泽。青黛的远山静静地守候了这灵性的湖水，渐渐朦胧的倒影依依融化在湖水的心底。许多的山整个身心站在了水里，只露出一个青青脑袋。人在看山，山在看人；人坐了船戏水，水托了船嬉人；水在山上，山在水中，一切都是那么难舍难分……

在离“巨龟”不远的水域，水樱的弟弟开始布下渔网。这位十七岁的小伙子一手把桨，一手置网，他的手艺已经了得。在天际开始出现几颗星星的时候，我们掉转船头打棹归来，一路上我在心底吟唱了那曲《渔舟唱晚》，天地山水间仿佛回荡了那泠泠的乐音。

那夜水樱的父母竟一直等到我们归来才开饭。饭桌上一盘脆香香的“紧水滩烤鱼干”被我一人和了啤酒埋头“独吞”。水樱的爸爸与我对饮，算了岁数他比我大十一岁而我比他的女儿亦大十一岁。水樱爸原是船老大，在紧水滩没有截流前他一直放船沿瓯江而下到温州甚至到乐清。那夜我忽然就年轻了起来，吵着嚷着要跟水樱的弟弟一块睡到船上，这小家伙说船太小不好睡而且有蚊子，后来干脆连他自己也睡到了家里。那夜我再三叮嘱明儿早上要他叫醒我，我得跟他一块去收网，然而等到第二天早晨我呼呼一觉睡醒，水樱妈已经将新抓来的鱼鲜鲜地烧好等我下饭。

轻妆了晨雾的早上，我要离别龙门村，水樱弟开了机动船与水樱一块儿送我出龙门，直到紧水滩电站那巍然的大坝。那时水樱端坐船头，秋风又拂动了她那飘飘长裙，我戏说一句“妹妹你坐船头”，水樱便莞尔一笑，双眸依然宁静清澈如水。

“五百年修得同舟渡。”我在心里这样对水樱说。

一梦到西塘

几回回梦里踏上石板路，穿长廊，钻水巷，摇橹船。江南小镇，你这是用千百年时光酿制的一杯好酒。西塘。

一次次挥手自兹去，波心晕月，桨声灯影，曲水流觞。那是何时的雅集吾乡，那是何等的“料青山见我应如是”。西园。

黄昏的小街，熙来攘往，我一回首，那一对老外帅哥美女就冲着我的镜头璀璨而笑，还举起V字剪刀手，那么真实。

榫卯的古宅，粉墙黛瓦，你一抬头，江南美女正妩媚地探出半身的倩影，是的是的，是瓦当之下、窗扉之中，那么梦幻。

在醉园，我一眼看到黄永玉先生题写的“一梦到西塘”，我也立刻醉了。来自湘西凤凰古城的永玉先生，你年届九旬，来到西塘，来到王亨父子版画馆，“一梦到西塘”，一句话就说到我心坎里去了。我居杭州，近在咫尺，却是第一次到西塘，梦里的不算。很早很早，黄永玉就心心念念要来西塘看望王亨老先生，因为版画，“一生寄情江南水，三分得意海上风”的版画。黄先生坐时坐在戳椅上，走时走在天井中。这小桥，这鱼池，这花圃，这精耕细作的江南迷你庭院。

“醉园”得名于“醉经堂”，那是遥远的沉醉于四书五经，如今早已不是这个味道。主人沉醉于江南版画，游客可以沉醉于著名的西塘手工黄酒，我则沉醉于整个的千年古镇。

诗画西塘

徐迅雷摄

嘉兴港

金秋一梦到西塘，欸乃声里说江南

徐迅雷摄

长廊光影

徐迅雷摄

美丽中国，西边有丽江，东部有西塘。丽江有柔软时光，西塘有梦幻时光。梦，因沉醉而生；醉，因梦幻而成。我初到嘉善的西塘，惊讶于西塘的丰富：古屋古园那么多，古桥古弄那么多，小河小船那么多，小吃美食那么多，店家酒吧那么多，游人墨客那么多……相比之下，塘栖好像小了，周庄有点端着，南浔属于高大上，而雅俗共赏的西塘则刚刚好。

在所有的“那么多”中，我的首位之爱，当数那长长的街廊。我的浙南的乡村的老家，门前就是一模一样的“美人靠”设施，只是整个构建太短了。西塘长廊，绵延千米，沿河沿街，遮阳避雨。避雨是最重要的，说是遮阳，其实晨曦透进来，夕阳斜进来，把木柱和游人的身影拉长再拉长，进到镜头，美到心醉。

世间巧合的事有时很神奇，我们住到西塘民宿这一夜，央视电影频道恰好在播放好莱坞大片《碟中谍3》，古镇西塘是其中重要的外景地，阿汤哥——汤姆·克鲁斯，一会儿飞檐走壁，一会儿狂奔风雨长廊，中国元素和动作片的功夫一起展现得淋漓尽致。我当夜就把这个图文信息发在微信微博上，所用词语是“长廊”，我不愿意使用“廊棚”一词呀，同样巧合的是，随后我读到金梅先生所著的《西塘风月》一书，他也说“廊棚这词我认为不确切，至少是简陋的意思”；有专家朋友则告诉我说，也许用“廊檐”更有吴语味道。反正早已不是独门独户独一棚，那么长、那么精彩、那么独到，可以飞奔、也可以徜徉的街廊，何陋之有！

西塘的街廊是敞开的，西塘的宅弄是收紧的。面向街廊河流的宅院，一进一进深下去，宅深形成长弄，明明暗暗，钻进钻出，不是捉迷藏，胜似捉迷藏。西塘长短不一的宅弄百余条，大家最爱的是石皮弄。石皮弄建于明末清初，是夹在两幢住宅之间的露天弄堂，最窄处仅仅80厘米。我一抬头，看见的是明亮的一线天。脑海里立即呈现台湾鹿港小镇的“摸乳巷”，那是我去钻过的地方。“摸乳巷”最窄处不足70厘米，如果男女正巧面对面走来，侧身而过时，应该是“护胸”而不是“摸乳”。俚俗之名“摸乳巷”，实在太幽默。还是石皮弄好，下雨了，氤氲出丁香般的姑娘，梦幻一样撑着油纸伞。

与街廊并肩而行的是水乡之河，与街廊垂直而立的是石筑之桥。夕阳亲近过来，摇橹摇出的水波之纹，生成了温润如绸缎的质感。绸缎般的波纹随时千变万化，而石桥当然是屹立不动的，变化的是每一座桥的形状，半圆加半圆，椭圆加椭圆，长方形加长方形——我说的是倒影。秋日澄明，水天一色。坐游船一路悠悠插进西塘深处，无数与倒影重构的景致，让我的快门闪得飞快和欢快。江南民居，向来是素色的，于是有了红灯笼的装点，横向成排，垂直成串，左右成对，入了镜头，特别迷人。我把照片一组组发到微信上，统一命名为《一梦到西塘》，一位旅美的同学见到，留下一句：“原以为去过乌镇就不用再去西塘了。看了老同学发的照片，西塘如此有味道，看来还是要去走一遭的。”

呵呵，心念一闪，震动十方。说好的，我们一起“一梦到西塘”。

西塘是生活着的古镇，那么仅仅走一遭怎么够呢，可以走一次、两次、三四次，可以住下来生活两天、三天、四五天。若到西塘赶上春，千万与春住。热闹可以是属于你的，酒吧的夜生活，颇有些热火朝天的感觉，尤其是在“青春万岁”的岁上，喜欢欢喜者众。爱宁静的，可以夜航船。其实文化人能够找到诸多的知音，比如一个个博物馆，有小小的古老纽扣，有大大的明清根雕，有静静的纹花瓦当。西塘是文化名人之乡，远在明朝，就有著名诗人周鼎，曾干过修杭州志的活儿；近在当代，有著名戏剧作家顾锡东，越剧名著《五女拜寿》，真心是个超级催泪弹。

当然，文化积淀最深厚、成为历史文化地标的，是南社社员们的“西园雅集”。“西园的旧址在西街计家弄内，本系明代朱氏别业，是西塘镇上最大的私家花园……”1920年那个冬天，著名诗人柳亚子翩然来到西塘，入住西园，与西塘

夕阳西下，西塘梦的开始
徐迅雷摄

小桥流水人家

徐迅雷摄

的南社社友在西园摄影留念，题名为《西园雅集第二图》。柳亚子身在西塘，也可以“乐不思蜀”，原来他乡是故乡；在那“乐国酒家”，斗酒诗百篇，辑成《乐国吟》行世，那时哪有“牢骚太盛防肠断”的选项。

南社南社，“操南音，不忘本”，毫不客气地反对清王朝的腐朽统治，版画家王亨的外祖就是南社社员。如今，由古吴轩出版社出版的《南社西塘社友遗稿》，收录了余十眉、李彝士、沈禹钟等社友的诗文。“去日桃花逐水隈，一枝吹落一枝开”，那时西塘风景，如梦如幻，逐时而去，入诗而来。

西园雅集是过去，雅集西园在今天。西园里头就有“小山醉雪”等八景。阮仪三先生在新近出版的《江南古镇·西塘》一书中，用专门一章、长长的篇幅介绍西园。现在的西园，是后来重构的，已不是当初南社吟诗之所。但无论如何，西园定当是可以留得住文化、记得住乡愁的地方。

流连于西塘的西园，面对满庭芳，可以声声慢。而我在想，这里最有意思的建筑是“爬山楼”，那是向上的长廊，登上去，转过去，就是另外一个世界。

丽江的柔软时光

A

大地苍茫之际，总有一些风景浮出云端。

时光沉淀之后，总有一些依存沉留心间。

穿越浮云，抵达丽江；穿越现实，抵达梦幻。

丽江，在大地时光的途中，我就这样与你温柔相见。

这是《杭商》杂志的采风笔会，在主编马晓才先生的率领下，我们一批来自天堂杭州的作家，在2010年圣诞节前抵达丽江。

其实，身未动心已远。

B

如花似玉的原野有如花似玉的香甜，温润恬静的古城有温润恬静的柔软。

抵达丽江，我们选择住在束河古镇。"束河"这个名称就妙不可言，"束河古镇"这个语词念起来朗朗上口，让人过耳不忘。

查阅资料才得知：束河的纳西语意为"高峰之下的村寨"，古老而质朴的村舍把遥远呈现在你眼前，那白墙黛瓦，那烟柳拂波，那山水相依，那清幽环境。束河古镇是世界文化遗产丽江古城的重要组成部分，是纳西先民在丽江最早的聚居地之一，是茶马古道上保存完好的重要集镇。

茶马古道则是我国历史上最古老的对外经贸商路，是“亚洲的天堂走廊”。

束河古镇是天堂走廊一个重要的贸易地、歇脚点。

这里有青龙河，温柔地从束河古镇中央穿过；这里有建于明代的石拱桥青龙桥，顶着光滑的石板横跨在青龙河上；这里有“九鼎龙潭”，潭水透明清澈，人称“龙泉”，奉为“神泉”；这里同样有中心集市、欢聚之地四方广场，形制与丽江古城四方街一样。

住在幽静的束河古镇，是一个不错的选择；徜徉在这里，轻易就能找回自己。旅店床头摆着一本《丽江的柔软时光》，封面黄底红字，真是超聪明的书名，我当即就想，不妨就把“丽江的柔软时光”作为我文章的篇名吧。

C

“东有丽水，西有丽江”，我这么想，是因为我的家乡是浙江丽水，丽水是秀山丽水，然而缺乏丽江大研这样的顶级古镇。

丽江古城的本名就是大研，坐落在丽江坝中部，始建于宋末元初；因为形似一块碧玉大砚，于是有了这个有文墨的名字。

“北有平遥，南有丽江”，这样说，是因为我国以整座古城申报世界文化遗产，成功入选的只有这两座：山西平遥和云南丽江。我在平遥看那古城的荒凉，心事就浩茫起来，那真当是“遥”之感，不那么贴近；而到了丽江大研古城，真心就有一种贴近亲近的“近”之感。

大研古城是一座没有城墙的古城。我们漫步在光滑洁净的青石板路上，看街两边两三层楼高的土木结构的房屋，完全手工建造，风格那么相似，属于尺度适宜的宜居建筑。石板路光滑干净，晴不扬尘，雨不积水，迈步其上，不需要速度，也可以悄悄藏好激情。而老房子如今则成了小店或客栈，家家户户不仅挂着红灯笼，还都挂满了各种最具丽江风格的装饰物。店名也独具文化特色，比如“躲起来”“一米阳光”“千里走单骑”，等等。

无处不在的小桥流水，水清澈到忍不住想捧起来就喝。我拍下一张街边小水渠的照片，阳光映照之下，所呈现的整个色彩，仿佛就是一幅油画。在这流动的空间里，水系充满了生命力，可以很方便引水洗街。丽江还有著名的三眼井，不要错过。那不是三口深井，而是一种独特的用水方式，一个泉眼出水，从高到低分三级流淌，围成三个四四方方的浅水池，第一眼饮用，第二眼洗菜，第三眼洗衣，三潭相串，各司其职。只是现在不太看得到这样美妙的用水场景，清澈的水是兀自流淌。这样就不容易拍好照片，我横拍竖拍都比较单调。

世界遗产委员会评价古城丽江很到位：真实、完美地保存和再现了古朴的风貌；古城建筑历经无数朝代的洗礼，饱经沧桑，融汇了各个民族的文化特色；古城还拥有古老的供水系统，这一系统纵横交错、精巧独特，至今仍在有效地发挥着作用。

丽江古城的中心就是四方街。四条分岔的道路，从这里通往古城的出口，巷弄四通八达。黄昏的斜阳射过来，把我们的身影长长地投射在石板路上。

四方街是街衢的中心，而木府则是建筑的地标。木府是纳西族首领木氏世袭丽江土司知府的衙署，是丽江古城的“大观园”。这里花木扶疏，飞檐翘角，气象万千；明末鼎盛时期，正如大旅行家徐霞客在他的游记里所感叹的：“木氏居此

油画一般的丽江古城街边水渠
徐迅雷摄

丽江古城老街离不开红灯笼

徐迅雷摄

二千载，宫室之丽，拟于王者。”徐霞客认为“世代无大兵燹且产矿独盛，宜其富冠诸土郡云”。木府被誉为“丽江紫禁城”，是紫禁城，那就有不一般的风云。

今天这里没有多少风云，一切都安安静静；好像都是悄悄流传“丽江艳遇”这句话，听起来柔软暧昧得不行，其实轻轻一笑就好。

D

在古城的一面墙上，写着或者说是画着东巴文字，我们当然都认不得。

通常是这样介绍的：东巴文字是纳西族的象形文字，共有2200多个，有较浓厚的图画文字特点，通常以一字形一物，但与图画之惟妙惟肖求其美感不同，而是用简单笔画描摹事物的轮廓来表情达意。这是至今“唯一活着的象形文字”，主要用来书写东巴古籍。珍藏在丽江的1000多卷纳西族东巴古籍，被联合国教科文组织列入《世界记忆名录》，内容涉及历史、哲学、社会、宗教、语言文字，以及音乐、美术、舞蹈等许多传统学科，被国内外学术界誉为“古代纳西族的百科全书”。

手头有一本《康藏轺征》的复印本，作者是藏汉混血的勇敢的旅行作家刘曼卿女士，1929年她广泛考察了川滇藏交界处那一带的社会情况，这本名著就是此行的记录。她这样写丽江及东巴文：

> 丽江乃滇省迤西之重镇，在清为府，今则改为县矣。其民族非汉非藏，亦非百子，乃另一民族也……有象形文一种曰东巴文，现不用以纪事，但书于木剑之上，悬之门首，用以禳祷祛邪而已。

纳西东巴文化，包括东巴象形文字、纳西古乐、东巴绘画、东巴舞蹈、东巴经卷、东巴法器、建筑艺术等等，内容丰富，博大精深。美籍奥地利人约瑟夫·洛克，被称为西方研究东巴文化的鼻祖。他是美国《国家地理》杂志的作者，是著名的探险家，是香格里拉、稻城亚丁的发现者。20世纪初，他来到丽江，在这里度过了27年的时间。他被神奇的纳西族东巴文化深深吸引，进行了深入的研究。他抛掉了原先的“苟且”，让丽江成为他的诗和远方，他的名言是：“我宁愿死在玉龙雪山的鲜花丛中。”

约瑟夫·洛克是一位真正的在大地上寻找花朵的学者。他的探险、研究文章，以及数以千计的黑白照片，还有243幅当时在世界上算是第一流的自然彩色照片，成了记录20世纪初这一地区自然、历史、社会、民族生活的最珍贵视觉资料，有许多发表在美国《国家地理》杂志上。洛克说：“当我住在过去纳西王国的首府丽江之时，我获得了所有重要的碑文拓片，拍摄了纳西首领的家谱和珍贵的手稿，以及可以追溯到唐代和宋代的祖传遗物。此外，我还收集了4000多本纳西象形文手稿。其中的许多手稿具有历史价值，其他不少手稿是纳西人的宗教文献，它们与西藏佛教前的本教有关。”

洛克的名著《中国西南古纳西王国》，现在的精装本很漂亮，洛克充满深情地写道：“当我在这部书中描述纳西人的领域时，逝去的一切又一幕幕地重现在我的眼前，那么美丽的自然景观，那么多不可思议的奇妙森林和鲜花，那些友好的部落，那些风雨跋涉的年月和那些伴随我走过漫漫旅途，结下深厚友谊的纳西朋友，都将永远铭记在我一生最幸福的回忆中。”你可能想不到，其实早在1976年，云南大学历史研究所民族组就分上中下三册刊印了该书，并注明“供批判用”。如今另外还有一本汇编本《发现梦中的香格里拉》出版。

美国著名记者埃德加·斯诺，受到《马可·波罗游记》的影响，以及看到洛克

宁静

徐迅雷摄

发表在美国《国家地理》杂志上的文章，在来中国之后决心去云南进行探险的旅程。马可·波罗由蜀入滇，尽管并未到过丽江，但他受命去往西南是重要的经历。时代虽然不同，但无限风光的西南山水、色彩斑斓的民族风情、精彩纷呈的南方丝绸之路，都使这些先行的旅人心驰神往。而来到云南的斯诺，曾与洛克雇佣马帮一度同行，斯诺说："马帮是一个令人心醉的字眼，它蕴藏着神秘，蕴藏着不可知的推动力。"而斯诺笔下的洛克是这样的："洛克习惯于野外生活，他有种种巧妙的设备，可以帮助一个孤寂的漫游者忘却自己已经远离家室、远离亲人、远离美味佳肴。他有许多天才的发明，如折叠椅、折叠桌、折叠浴盆、热水瓶，等等。无怪乎他所到之处，当地人敬畏之余，无不把他看作一位外国的王爷……"

与这些考察研究者大不同，我们一行是来"玩玩"的，是一种简单的快乐。冬天的丽江不是太冷，选择一个宁静的晚上，我们在颇有流浪意味的音乐艺人李铁马的居所里，围着火塘，取暖，聊天，听音乐。这是老李的"半山火塘"，是一个"极简主义"的音乐火塘，被称为"丽江最本真也最落魄的火塘酒吧"，破房子，破屋檐，破木门，破条凳，破装饰。但是，火塘的篝火燃起，照亮了小屋，照亮了我们的脸蛋。老李抱一把吉他，轻弹轻唱，温暖柔软就升腾起来。他弹唱的当然不是纳西古乐。看破屋墙上，画了不少让人忍俊不禁的画，据说都是老李自己画的，我也没问。游离于生活之外，永远贫穷；生存在梦想之内，永远不红——这就是半山音乐火塘的李铁马，而任何时候都能红起来的，是让客人抱火取暖、围塘夜话的火塘里的篝火。

火塘，是少数民族社区社会传播的重要载体。今夜，我们也体验了一把。

与马可·波罗、约瑟夫·洛克、埃德加·斯诺一样，小人物李铁马也是外来户。大名鼎鼎或寂寂无名，可他们本质上是相同的人，爱着自己的爱，追求着自己的追求。看着火塘映红了李铁马的笑容，我于是想：衡量人生价值的标准，肯定不是什么“富有”什么“成功”，比成功富有更为重要的，一定是一个人拥有丰沛的内在世界，拥有自己的真兴趣、真性情、真个性，拥有自己真正喜欢做的事，拥有做自己喜欢做的事的那种自在和惬意。

人们慢慢老去，岁月永远年轻。冬夜围着丽江的火塘，我们每个人都发现自己其实童心未泯，这真当是一件非常温暖、非常柔软、非常值得骄傲的事情。

E

第二天，我们暂时离开丽江古城，去一海一江：海是拉市海，湿地自然保护区；江即金沙江，拐过长江第一湾，看看虎跳峡。

丽江古城、拉市海、石鼓镇的“长江第一湾”，恰好在同一纬度上，相距也就十公里多一点。如果时间有限，那么在拉市海不必骑马，而应泛舟。我们选择一叶扁舟，轻盈地插入拉市海如镜的湖面。倒映的云天立刻被我们弄皱了。

最喜欢站在拉市海上的一棵树——或者那是两棵树，两条微微弯曲的腿，插进湖水里，经冬的木叶落光了，就那样很干净、很清静地站着。

有鱼游过。

有鸟飞过。

有舟划过。

有镜头扫过。

它都静静地一动不动地站着。而脚下的水和水下的草当然始终是动着的。它仿佛说：我看你们动着就好。

我看到对拉市海的介绍是：原为滇西北古地槽的一部分，中生代燕山运动时

丽江冬树
插进拉市海湖水中的树的双腿
徐迅雷摄

褶皱隆起成陆，湖面海拔2437米。

从拉市海向西，车行不一会儿就到石鼓镇的“长江第一湾”。金沙江在这里打了一个大大的U字，更准确地讲是打了一个大大的V字。这个胜利的V字形，底下就是万里长江第一湾。

金沙江在这里向北拐去，于是就劈开了哈巴雪山和玉龙雪山，形成世界最深的大峡谷——虎跳峡。“双崖倚天立，万仞从地劈。云飞不到顶，鸟去难过壁。”虎跳峡和台湾太鲁阁峡谷颇有一些相似，都是山高谷深，不过金沙江开阔很多。穿过人工隧道，登上望峡台，其实并没有“激浪滔天，摄人魂魄”的感觉，或许是因为冬天干旱雨水较少的原因。踞于江中的虎跳石，把它看成中流砥柱也可以，传说猛虎靠它可以跃上对岸，故名虎跳峡。想必在盛水期，奔腾跳跃的虎跳峡，一定是可以让人心跳不已的。

金沙江、怒江、澜沧江，共同发源于世界屋脊青藏高原，一路南下，在云南省境内越挤越紧，在崇山峻岭间并行奔流170多公里，形成世界上罕见的“江水并流而不交汇”的奇特景观。这里的生物多样性让人惊叹，属于世界上生物物种最丰富的地区之一。2003年，三江并流被列入《世界自然遗产名录》。

这里太博大了，我们只能看见一个点。

就算坐上直升机飞到空中，也只能看见地图上的一个点，小点。

F

无论是去拉市海还是去虎跳峡，无论是在束河古镇还是在大研古镇，都能时时看见玉龙雪山。

在我心目中，玉龙雪山是神山，是丽江的灵魂。

每一次抬头看见玉龙雪山，我的心就自然而然地安宁下来，有一种美好从心底涌上来。

向来，我非常喜爱冰清玉洁。

圣洁在高处。

只要时时抬头看见玉龙雪山，她一定像保护神一样保护着你。

不去玉龙雪山，等于没有来过丽江。丽江如果没有玉龙雪山，那就不是丽江，那完全不可想象。

“玉龙昂首天咫尺，远视滇池照影白。”玉龙雪山是“生命中的仙境”，位于玉龙纳西族自治县境内，丽江古城正北方，是北半球最南的大雪山。她距离赤道最近，距离太阳也最近，却终年披着皑皑白雪。

玉龙雪山有13座雪峰依次排列，相偎相依；主峰扇子陡，海拔5596米。我打江南而来，那儿是海拔最低的地方；我们乘坐缆车升至玉龙雪山的肩膀上，已经是不得了了。我确实担心自己会有高原反应，还好，尽管气喘吁吁，总归没有“反应”起来。在海拔4506米的地方，有一块标示高度的石碑，我们每个人在这里留影，大意是“不到雪山非好汉”，而我们到达这里了。

在这里，能够与“冰塔林”对视。然而仰望主峰扇子陡的奇、险、秀、美，我总有一种继续往上攀登的冲动，于是一个人率先向上向上再向上，直到栈道封闭未开放处，不得不停下脚步。看看边上的告示牌：“栈道积雪危险，未开放到4680米”，其实距离5596米的顶峰，那叫一个“遥遥无期”。

站得稍高，就可以俯拍雪山照片，其中一张，有青黛的远山，有白雪的近景，有人有房，有雪地起伏的温柔曲线……这是我这次丽江之行所拍最满意的一张，回到家里，立刻打印成彩色照片，装在镜框里，挂在书房墙上。

在美丽的玉龙雪山上

徐迅雷摄

乔乔之木必有其根，浩浩之水必有其源。雪山之水涓涓不息，悄悄从山上流淌下来，滋养着纳西族生存的土地，滋养着这里的子民，年年岁岁，岁岁年年。

最喜欢云蒸霞蔚之时，玉龙雪山时隐时现。

——在柔软的丽江，也在柔软的梦里。

安吉：大地上的事情

A

曾经，十万工农下吉安，那是红色革命；

如今，绿水青山看安吉，这是绿色革命。

吉安在赣，元初取“吉泰民安”之意而成；安吉在浙，以《诗经》“安且吉兮”之意得名。《诗经·秦风·无衣》其实说的是“有衣”——你亲手缝制的衣服，“安且吉兮”“安且燠兮”！既舒心又吉祥，既舒适又温暖。

2017年，深秋时节，我和一批作家摄影家一起，欣然前往安吉采风访问。

在安吉，可以与你说说许多大地上的事情。

B

一株特立的树，亭亭立于柔和的山脊曲线上。

舒展的叶子红了，而山色依然青黛。

摄影家朋友的照片就是不同，树是站立的点，山是曲卧的线，云天是广袤的背景，简洁到没有其他。而我在手机随手拍的照片中，给镜框里映衬了额头上刘海般的近景阔叶，反而繁复了。

这是“两家”访“两山”的活动。“两家”就是作家与摄影家，“两山”则是“两山论”——绿水青山就是金山银山。

还好，我忝列于作家队列，拍几张照片是自己闹着玩的。

这是层林尽染的深秋。

这是在黄杜，“中国白茶第一村”。

这是名为雅思的千亩茶园，一个我迄今见过的最美的、沉醉不知归路的茶园。

在安吉，有两座金山银山特别凸显：一是竹海，二是白茶。作为白茶之乡，安吉在中国久负盛名。

我们悄然游进了碧绿的茶海里。一低头，洁白的茶花就笑着对我们盛开了。

C

雨，偶尔地，轻轻地下。

头一天是“安吉余村艳阳下”，第二天是“竹杖芒鞋轻胜马”。且听穿林打叶声，那其实是一些片刻的事情，不用一蓑遮烟雨，一把把漂亮的七彩伞也没有派上用场。

与摄影家酷爱的灿烂千阳不一样，我们作家诗人面对秋雨，问一声：谁怕？

所以，不会是我独享了“秋雨之福”吧！

休闲步道可上半山。红色车道可让小车攀爬上来哧溜下去。我从垄上走过，平视或俯视，满目是一垄垄黛绿的茶树，那是群山之间立体的波浪。

波浪边装饰着一排排红了衣裳的秋树，换个角度则是山下的白屋，镶嵌着的澄碧池湖，点缀着的干活儿的茶农。风光如此旖旎的茶园，这不仅仅是种茶卖茶的地方，还是休闲观光的胜地。

安吉白茶茶园里采茶女的雕塑

徐迅雷摄

一旁立着的牌子，密密的字里行间，有着详尽的说明：这是安吉白茶国家级标准化示范园区，面积达1.2万亩，辐射带动附近10万亩安吉白茶园的标准化建设……摄影家带来的无人机，显然是此行最爽的家伙，它欢快地翱翔在上空，将茶园的绿色海洋尽收眼底。

茶农茶农，在茶言茶，在农言农。是农行系统给茶园茶农提供的“助燃剂”，他们的“惠农 e 贷”，以及安吉特色的“茶园贷”，为茶农提供周转资金，解除后顾之忧，绿水青山由此顺利地变成了金山银山。

D

“闲中一盏醇白茶，香嫩雨前芽。”做白茶的安吉人很聪敏，将官至浙西副都总管的宋人张抡的一首词，稍作更改，就变成“白茶礼赞”了，“砖炉最宜石铫，装点野人家。三昧手，不须夸。满瓯花。睡魔何处，两腋清风，兴满烟霞”。

白茶本质是绿茶，属于微发酵茶，妙在茶叶面上满披白色银毫，因此有了“绿妆素裹”之美感。

哦，我愿意把它形容为“毛茸茸的性感”。

在鲁家村，盈农园白茶的主人，以茶道的方式沏茶，让我们品尝那清爽的茶香。叶含春雨，茶树得天地之灵气；叶盈银毫，茶叶融茶农之深情。所以，这安吉白茶，是生机勃勃的大地的赐品，没有不好喝的理由。

E

茶叶丫丫，毛竹挺拔。安吉最先名扬四海的，是竹之海洋、海洋之竹。漫山皆竹，遍野修篁，万顷竹海，一望无垠。

士人爱竹，因其气格凌云。“可使食无肉，不可居无竹。无肉令人瘦，无竹令人俗。人瘦尚可肥，士俗不可医。”

一部电影，成了安吉大竹海的最佳广告大片，那就是尽人皆知的《卧虎藏龙》。它成就了李安在奥斯卡的卓越荣誉，也让安吉名扬天下。李安安吉，就此联结。在影片中，人在竹梢上飞来飞去，这是天才李安拍出的经典画面。凭借《卧虎藏龙》那绝妙的镜头，安吉“中国大竹海”景区不久前曾获得“十大经典旅游电影桥段”之称号。

“世界毛竹看中国，中国毛竹看安吉”，这是毛竹掩映的绿色之地。安吉面积1886平方公里，蓄积了百万亩竹林，有超过1.35亿枝毛竹，年采伐商品竹约2000万根，是当之无愧的“中国竹乡”。

我多年前其实来过安吉一次，不过那时仅仅去了竹海。

我们想在竹梢上飞来飞去那是不可能的，所以就在竹海里钻来钻去。你只要一钻进安吉大竹海，那你的周围只有绿，时间和空间仿佛都不存在了。

中学时代，课本里一篇袁鹰的《井冈翠竹》，让我们知道毛竹的宝贵。“客中常有八珍尝，哪及山家野笋香。寄罢筼筜独惆怅，何时归去看新篁。”这是吴昌硕的题画诗《咏竹》，这位出自安吉的大师，真当是爱竹爱笋爱故乡啊！

F

吴昌硕的故乡在安吉鄣吴村。鄣吴村是个历史悠久、文化内涵丰富的古村落；耕读传家，人才辈出。这里同样竹海繁茂、植被丰盛；因为“遮天蔽日”，一日之中仅有半日可见太阳，于是有了“半日村”的妙称。

走过那新修的昌硕广场，迎面就是吴昌硕故居，院门门额是大师的手笔——

在吴昌硕故居

徐迅雷摄

其乐融融。

1844年的夏天，吴昌硕诞生于这幢老屋，并在此度过了二十二个春秋。故居原本是一座四合院式的深宅大院，惜乎大部分建筑在曾经的战火中毁于一旦，如今仅留存下了东侧厅。

院子里那些残存的石础，曾经支起柱子，支起文化的恢宏。现在，只有无声的诉说。

有孩子们在院子里飞来飞去，奔来跑去。不时有琅琅书声从书院讲堂里传出。

吴昌硕是西泠印社首任社长，是诗、书、画、印四艺合一的大师，是后来诸多书画大师的老师。现在故居里立起了青年吴昌硕的雕像，背后墙上刻有大师治印的精品之作。解说员津津乐道的，正是大师晚年所刻的那方纪念家乡的“半日邨”之印。“半日邨”者，“半日村”也。

在辞世前不久，大师著诗，执如椽之笔，怀眷念之情，写下了“雨晴日覆寥天笠，门户虽抛半日邨”之句，题为《昨梦》，这是大师对于故乡的一次郑重告别。

在著名的余村，地标是一块立起来的巨石，上刻“绿水青山就是金山银山”的金句，就是集吴昌硕的字而成；那书法，凝练、雄浑、遒劲，洋溢着灵气，让人过目不忘。每一个到此的游客，都应该在这石碑前留下身影。

G

2005年8月15日，时任浙江省委书记的习近平同志在安吉县天荒坪镇余村调研座谈时，针对干部群众在如何处理环境保护与经济增长问题上出现的思想矛盾、困惑和彷徨，提出了“绿水青山就是金山银山”的科学论断。

当时的会议室，至今保持原貌。这里是余村文化礼堂的二楼，这里见证了“生态衰则文明衰，生态兴则文明兴”。

余村，因境内天目山余脉余岭而得名。此前，余村人吃够了矿山和水泥厂的污染苦头。那时光，可是粉尘蔽日，连竹笋都长不到正常的大小了。从2005年起，他们下决心封山护水，关停全部矿山和水泥厂，并且挤出集体资金修复冷水洞水库，践行尊重自然、顺应自然、保护自然的理念。

人类有社会属性，也有自然属性；人类社会的发展，必然受到自然发展和社会发展双重规律的支配。在清澈的环境里，你好我好他好大家好；在雾霾的天空下，低端中端高端一锅端。对于人类与自然之间的矛盾冲突，先哲早已提出警告：“我们不要过分陶醉于我们人类对自然界的胜利。对于每一次这样的胜利，自然界都对我们进行报复。每一次胜利，起初确实取得了我们预期的结果，但是往后和再往后却发生完全不同的、出乎预料的影响，常常把最初的结果又消除了。”

余村坚定转身，最终实现了美丽嬗变。环境就是生产力，生态必须可持续发展。不仅仅是余村，整个安吉县都走上了“绿水青山就是金山银山”之路，成为“联合国人居奖”唯一获得县、中国首个生态县、全国首批生态文明建设试点地区、国家可持续发展实验区……美丽安吉是“美丽中国”的范例，安吉安吉，由此安安吉吉。

有一句西班牙谚语说：“如果常常流泪，就不能看见星光。”在今天，无论是哪里，对于污染导致的“流泪”，都应该赶紧擦干眼泪，踏上绿水青山之路——宁要绿水青山！

余村地标——所刻“绿水青山就是金山银山”集吴昌硕字而成

徐迅雷摄

一仰头，天空中又有一树的红柿子对我笑了

徐迅雷摄

H

“柿如灯笼高高挂”，这是安吉绿水青山的一个美丽符号。

我是最爱蔓塘里的那些柿子树的柿子了，胜过那重修的古宅，胜过那仿古的戏台，胜过那花木掩映的农家小院。

天空湛蓝得无比通透。深秋的柿子树，已然成为真正的“删繁就简三秋树”，所有树叶都交给了秋风，那铁钩般的黑色枝丫，只挂着一颗颗一簇簇通红如烧铁的柿子。

我在微信微博晒出一组湛蓝天空映衬红柿子的照片，赢得点赞无数。不是我的照片拍得好，而是天地的大美征服了我们的眼睛。

一仰头，天空中又有一树的红柿子对我笑了。

I

向晚，我们踏上另一条美丽之路。

那是鲁家村的观光小火车。

作为“村庄创富”的范例，“鲁家村新来的小火车”，曾经上了央视财经频道的《经济半小时》；节目详细介绍了鲁家村如何将田园变为景区，铺就乡村经营创新之路。

台湾阿里山的小火车挺迷人，我是乘坐过的。一时去不了台湾乘坐阿里山小火车，那么浙江安吉鲁家村的观光小火车坐一坐，也是蛮好的。小火车的首批司机，就是鲁家村的四个灵光的年轻人。

这是开往春天的小火车，以倒叙的二十四节气为站名，从冬天一直开到春天。

开往春天，开往“陌上花开缓缓归”的曼妙意境。

火车绕着田野跑，快乐跟着火车跑。我看见了那蛋黄色的夕阳的光芒，照在火车车身上，照在火车旅人身上，洒在铁轨上，洒在田野里。

蜿蜒曲折的铁轨，画出欢乐的曲线；良善正直的田野，长满向上的植物。

观光小火车驶过的，其实是中国首个家庭农场集聚区和示范区：这里16.7平方公里的土地，被规划成18个农场，错落有致地分布在鲁家村四周；这里的家庭农场各具特色，果园、菜圃、野山茶、特种野山羊、绿化盆景、药材以及特种鸡，构成内涵；这里“有农有牧、有景有致、有山有水、各具特色”……

而本次列车终点，是一个咖啡小站，那是由几节绿皮火车车厢改装的。村支书告诉说，一节车厢送货上门价格为19万元，挺好也挺有意思的。

我们的到来，很快让车厢里咖啡香气四溢。芳香飘出窗外，和阳光纠缠在一起。

在红色小火车和绿皮车厢之间，摄影大家以俯瞰的视角，为同行的美女拍出一张张大片，让我们这些作家们大为惊叹。

开往春天的小火车，就这样开进了我们心里。

开在大地上的小火车，终归要开进未来的梦里……

J

静夜，入住郊外依山傍水的美林度假村。清晨，我拉开窗帘，满窗的毛竹，不，满山的毛竹，簇拥着向我扑来，是要和我握手、同我拥抱的姿态。

推开楼道之门，耳边立刻布满鸟声。

安吉的田野上，开往春天的小火车
徐迅雷摄

好山好水好安吉

徐迅雷摄

宁夏，大美宁夏

A

宁夏很小，我们打江南而来，进行主要景区的旅游，只用一周就基本游过来了。

宁夏很大，是一部有着巨大的历史纵深感的大书。

当然，宁夏很美，去过了就知道那叫“大美宁夏”。

2017年夏，阳光灿烂的日子，我和杭州市一批专家开启宁夏休假游，繁忙的工作频道瞬间切换到休闲状态，立刻陶醉于宁夏的大美。

B

中国国际航空公司CA1919航班17:40抵达银川河东机场，天不晚。晚餐后，我这个初来乍到的南方人，立刻打车去银川市区地标建筑之一的钟鼓楼。

这是行程之外的自选动作。银川市作为宁夏回族自治区的首府，作为历史文化名城，看一眼凝聚了历史文化的地标是必须的。高达36米的钟鼓楼，下半身壮实，上半身秀丽，夜景灯光配合得不错呀！钟鼓楼台基始建于清道光元年（1821），

宁夏银川钟鼓楼夜景

徐迅雷摄

四面洞额有石刻题字，东曰“迎恩”，南曰“来薰”，西曰“挹爽”，北曰“拱极”。1949年9月23日宁夏解放，随之著名的司令员杨得志在钟鼓楼上检阅了中国人民解放军入城仪式。所以这里的主街道就叫解放东街。

附近还有一座历史建筑玉皇阁，据称是银川市仅存的古代木结构高层楼阁。前面有世纪广场，我在这里徜徉，有市民在这里练习交谊舞，男士带着女士跳得有模有样，入我镜头，颇有风度……这个出乎我意料，不是常见的那种跟着音乐群起而跳的广场舞呢。

在台湾台北有个宁夏夜市，是小吃胜地，我曾多次光顾。夜市因宁夏路而名，因小吃摊而兴。宁夏路位于台北城的西北方，台湾光复后即以大陆方位给城市街道命名，如今在台北，因为城市的扩张发展，宁夏路一带已然是黄金地段了。在宁夏、在银川，可没有这般著名的小吃夜市的。

打车直奔银川南关清真大寺，旁边就是有着浓浓的穆斯林风格的宁夏牛街。在夜的灯光映衬下，凸显着美丽的阿拉伯风格，绿色穹顶浑厚饱满，整个建筑多么干净美好。之后的行程中，我们还要去参观中华回乡文化园。

回到旅店，我按自己在杭州打车的习惯，给载我的出租车司机多一点车资，他大喊：不要，不要这么多！

C

生活不止眼前的枸杞，还有诗书，还有文学，还有作家张贤亮。

离开银川市区，我们一行直奔张贤亮的镇北堡西部影城。张贤亮是西部影城的灵魂，没有张贤亮，就没有这个让人流连忘返的国家5A 级旅游景区。

张贤亮，我从心里一直一直尊敬的作家，我来镇北堡看您来了！

您以一扇“知之门”欢迎我，“旅游长见识，行走即读书”，没想到您的书法也这么好；您以一地的灿烂盛开的向日葵欢迎我，没想到西北黄土地上的太阳花如此生机勃勃；您以一片纯净的阳光欢迎我，没想到这空气如此清澈。

宁夏被称为塞上江南，这是因为天下黄河富宁夏，有母亲河黄河对这里的静静滋养。然而，到了镇北堡，我就明白，这就是我所需要和喜欢的风景：黄土地的粗犷，大漠风的苍凉。以镇北堡透出的那种原始古朴、干燥荒凉为代表，如果给西北的宁夏和我所在的江南各画一个圈，再连一根线，这个哑铃的两头就是截然不同的风格。

在西部漫漫风沙之中，古堡是另一种大美。这里的前身是两座被遗弃的明清古堡，属于边防要塞。方志记载，老堡始建于明弘治十三年（1500），清乾隆三年（1738），银川大地震，老堡严重坍塌，乾隆五年（1740）始建新堡，不是在原址，而是在原址不远的地方，轮廓为太极。

明清时代建筑的镇北堡，看起来破败不堪，成了荒地和羊圈。

事实上，那土壤的黄色，始终有一种向上的活着的力量，衰而不死，破而不败。

时间的针脚，越到后面越是走得密集而快：1958年，这里变成炼钢场所；1969年，尚在农场劳动改造的张贤亮发现镇北堡；1980年，张贤亮调到宁夏文联工作，将镇北堡介绍给电影《一个和八个》摄制组；1982年，由张贤亮小说《灵与肉》改编、谢晋执导的电影《牧马人》来此取景，影片后来多次获奖；1993年9月，张贤亮在这里创办了镇北堡西部影城，成为中国十大影视基地之一；2012年，在影城内兴建了展示民俗文化的“老银川一条街”。

由此，张贤亮有了一部杰出的“立体文学作品”。

张贤亮和他的同事们善于挖掘、创造、积累文化资源和艺术资源，并将这些

镇北堡西部影城的月亮门和骆驼

徐迅雷摄

资源立竿见影地转化为旅游资源，于是有了巨大的含金量。张贤亮说："荒凉"并不是我们的"卖点"，荒凉中蕴含的文化、影视艺术才是我们的"卖点"。"如果没有智慧和艺术，镇北堡便一钱不值！"张贤亮为此书写了一副对联：

两座废墟经艺术加工变瑰宝，

一片荒凉有文化装点成奇观。

张贤亮说："镇北堡西部影城，无可置疑地向当代人宣布：科学技术是第一生产力，而作为人文科学的文化艺术也是一种生产力！在市场经济高度发达后，文化艺术品将是最昂贵的商品之一！"

这里有月亮门，这里有龙门客栈，这里有九儿居室和酒作坊，这里有铁匠营，这里有柴草店，这里有神坛，这里有匪楼，这里有瓮城……这里的"老银川一条街"亦即影视一条街，街上有聚贤楼、都督府、观景堂、牛魔王宫、豆腐房等等。

进入我的镜头，让我难以忘怀的"置景"，不胜枚举——

影城的地标，当然是高高耸立的月亮门，不是一轮明月高悬之夜，其实更能看清它的孤独和壮丽。当然我是在张艺谋的电影《红高粱》中首先见识它的，那是"十八里坡"的"月亮门"，它同样是《红高粱》的地标，没有它，这部优秀的电影就不会给人那么深刻的印象。走过"月亮门"的门孔，"妹妹你大胆地往前走"的粗犷的歌声就在心中回荡。

喜欢电影中姜文那样的粗犷。

他们这般粗犷的人，不是朝着大酒缸撒尿，从而酿出美妙的高粱酒吗？

这个当然是艺术的创作，映衬了心中对巩俐所演的女主角九儿的激情。

在酒坊酿制高粱酒，于是成了当今重要的一景。酿酒的师傅把酒酿给你看，也酿给你喝，酒气水气雾气交织，氤氲升腾。我觉得我拍的照片很有艺术氛围，其实是影城制造了那氛围的艺术。电影里《酒神曲》的歌词写得何等杰出："喝了咱的酒，一人敢走青杀口；喝了咱的酒，见了皇帝不磕头……"

红砖块垒成的巨大的人字形雕塑，造型独特，每块砖上面写着有名或无名的人名，我看到了李娜和马龙。我倒是希望这里刻上《大话西游》里"至尊宝"的名字，周星驰饰演的角色，给人那么深刻的印象。从他口中说出的台词，多么经典的台词：

曾经有一份真诚的爱情放在我面前，我没有珍惜，等我失去的时候，我才后悔莫及，人世间最痛苦的事莫过于此。如果上天能够给我一个再来一次的机会，我会对那个女孩子说三个字：我爱你。如果非要在这份爱上加个期限，我希望是……一万年！

《大话西游》在这里拍摄的时候，张贤亮的西部影城刚刚成立。这之前与这之后，《牧马人》《红河谷》《黄河绝恋》《老人与狗》《新龙门客栈》《书剑恩仇录》等等，都在这里让黄土地成为绝佳的背景。

"马缨花游客休闲中心"以"马缨花"命名，显然是纪念张贤亮代表作之一《绿化树》的女主人公的。学生时代的我，是一个文学青年，那是如何深爱《绿化树》啊，在饥饿残酷折磨的背景下，马缨花的出现，使男主角有了生的希望、活的转机。马缨花的善良、纯洁和热情，深深感动了我，她那最基本的人性，就是帮助一个人能够尽量活得像一个人。

张贤亮式的主人公，"在清水里泡三次，在血水里浴三次，在碱水里煮三次"。

1936年，张贤亮生于南京，早在50年代读中学时，他就开始了文学创作；

酿制高粱酒的氤氲氛围

徐迅雷摄

1955年“为了给新北京建设腾出地方”，从京城移居宁夏贺兰县；青年张贤亮，当然没有能够“驾长车，踏破贺兰山缺”。1957年因发表诗歌《大风歌》，他被划为“右派分子”，在农场劳动改造二十二年。在张贤亮纪念馆里，我们读到了《大风歌》，激情，直白，属于典型的“大炮诗”。

我没有想到的是，张贤亮还是一位大收藏家。这里有一个很大的展厅，展出“生不带来死不带去”的藏品，收藏是对文化的一种很好的保护。然而，我印象更深的是一面墙，收藏展示了张贤亮自己的著作，各种版本，蔚为壮观。

在我家的书柜里，有十卷本的《张贤亮作品典藏》。那是张贤亮亲历的世界——距离我的江南非常遥远的西北；那是一个人在一个时代的最真实的记录和最真切的描写——距离当今似远非远。我读过张贤亮先生早期的大部分名作，从短篇《牧马人》到中篇《绿化树》再到长篇《男人的一半是女人》等等。我记得年轻的我那激动和感动。

张贤亮1979年平反恢复名誉后重新执笔创作，是写作的井喷状态。“我是中国第一个写性的，第一个写饥饿的，第一个写城市改革的，第一个写中学生早恋的，第一个写劳改队的……”张贤亮说。

后来张贤亮曾任宁夏回族自治区文联主席、宁夏作协主席等职。2014年9月27日，张贤亮先生因病医治无效去世，享年78岁。

系着飘带的风铃，高挂在蓝天。

蓝天，黄土。黄土，蓝天。

黄土地给了我们黄色的皮肤，这是一个坚忍民族的底色。

D

如果把宁夏地图看成一只起舞的企鹅，或者一个面朝西部、伸开双臂的人，那么银川就在脖子的地方，镇北堡西部影视城就在嘴巴的位置，西夏王陵在下巴处，贺兰山岩画景区则处在鼻子上。

小容量有大乾坤，这是我看贺兰山岩画的感受。一幅著名的“太阳神”岩画，面部圆形，头部有放射形线条，两个大圆圈套着两个小圆圈，就是炯炯有神的眼睛——这，就是古代游牧民族心中的“太阳神”形象，刻到石头上，亿万斯年而不朽。

岩画其实是岩刻，游猎的先民们在游牧、围猎之余，以石为笔，以岩壁作纸，把所见之美凿刻出来，历经万年而不会销蚀消失。20世纪80年代，在贺兰山东麓绵延200多公里的范围内，在27个山口，人们陆续发现了数以万计的古代岩画。贺兰山岩画内容丰富，有远古人的放牧、狩猎，有他们的祭祀、争战，还有娱舞、交媾等，以及牛、羊、马、鹿、虎等多种动物图案和抽象符号，从中可以看到对神灵的敬仰、对图腾的崇拜、对自然的遐想等等。

在现场我们只能看到零星的几幅代表作，倒是悬崖绝壁上的岩羊更引起游人的惊叹。而到了银川世界岩画馆，则可以看到对世界各地著名岩画的图案展示，美丽得让人不忍离开。

贺兰山古岩画的石刻线条，对一位我们熟悉的艺术家影响最大，他就是韩美林。韩美林在杭州植物园有座他的美术馆，这个我们杭州人都比较熟悉，但这之前我还真不知道在贺兰山下也有一座韩美林艺术馆。艺术馆于2015年12月开馆，它收藏和展示的是韩美林先生捐赠给银川市的千余件艺术精品。仔细想一想韩美林绘画的风格，不就是贺兰山古岩画的现代变形记吗？韩美林自己曾说：“21年前，我第一次来到贺兰山，面对那么多古岩画，突然感觉，我走了半辈子，直到50多岁才找到艺术的家。”

镇北堡西部影城，到贺兰山岩画，再到韩美林艺术馆，这一天是我们的文化艺术之旅。文化艺术总是相通的，穿透千年，吉光片羽永恒不朽。

E

然后，是从历史到现实的千年穿越的一天。

到宁夏，不能不到西夏王陵；不到西夏王陵，等于没有到宁夏。

西夏王陵，被称为“东方金字塔”。

我从一朵花朵那里看过去，西夏王陵才不会那样沧桑到让人心痛。

两百多座黄土堆，大大小小，星罗棋布，但每一座陵墓都已伤痕累累，非常荒凉。

因为那是泥土垒起来的，不似埃及金字塔用石块砌成。是泥土的风化吗？看去简直像经过千百年的风化侵蚀而留下残迹，一如西夏王国的湮灭，最终能够留下的是沉淀后的历史文化。

无论如何，王陵比王朝存活的时间要长。辛波斯卡在她的名诗《博物馆》中说：“王冠的寿命比头长 / 手输给了手套 / 右脚的鞋打败了右脚……”

“三分天下居其一，雄踞西北两百年”，这说的是西夏王国。在网络搜索非常方便的今天，我特意去查阅《辞海》，对西夏的解释是：

朝代名。党项拓跋氏所建。本名“大夏”，亦称“白上国”，宋人称“西夏”。

1032年（宋明道元年）元昊嗣夏王位，1038年（宋景祐五年）称帝。都兴庆府（治今宁夏银川），最盛时辖二十二州，包括今宁夏、陕西北部、甘肃西北部、青海东北部和内蒙古一部分地区，先后与辽、金及宋鼎峙。居民有党项羌、汉、藏、回鹘等族。从事农牧业。产青白盐，织毡毯。与宋经济文化联系极为密切，茶、马、盐、铁交易频繁。部分政治制度仿宋，有文字，汉文典籍也广为流传。与宋、辽、金多次发生战争。西夏宝义元年（1227）为蒙古所灭。共历十帝，一百九十年。

这个解释简明而清晰，内涵则丰富。在西夏王陵大门口，写着四个巨大醒目的西夏文，我完全认不到其中的一丝一毫，导游帅哥解释后，并且去看门口张贴着的说明，才糊里糊涂地、暧昧地似乎有点明白：四个字从右到左，依次为“白、高、国、大”，翻译成汉文为“大白高国”，乃西夏国号。这“大白高国”大约就是《辞海》所言的“白上国”吧。

入得王陵，先进造型别致的西夏博物馆。王国亡国了，但可以在这里见证文明。馆藏文物很多，但大多不是“好看”的那种；我特别感兴趣的就是那块西夏文的残碑局部，黑底白字阴文所刻，确实漂亮。在《辞海》里，对西夏文的解释更为简明：“记录古代党项羌语言的文字。西夏李元昊大庆年间（1036—1038），命野利仁荣等仿汉字成例创制。共6000多字。”西夏文看去比较好玩。是的，毕竟也是方块字，仔细看与汉字有点像，就是感觉加了特别多的撇。西夏文在一个特定时期承载了特殊文化，这非常罕见。而有能力创制文字的民族，其文化的底蕴并不差，不要看人家是不是少数民族。

西夏创造的文化有多厉害呢？在我国《首批禁止出国（境）展览文物目录》中，一共有64件国宝级文物，永久不准出国出境展览，其中有后母戊鼎、虢季子白盘、殷墟妇好墓出土的嵌绿松石象牙杯等等，还有出自笔者所在的杭州——从良渚出土的玉琮王、杭州半山战国墓出土的水晶杯，再有就是西夏文献《吉祥遍至口和本续》孤本——它是木活字印刷的！

我最早是从马未都先生的文博脱口秀节目中知道这回事的。该文献是可以证明中国是世界上最早发明木活字印刷的唯一实物证据，它将木活字印刷的发明和使用时间从元代提早到宋代。

纸本《吉祥遍至口和本续》是译自藏文的藏传佛教密宗经典，对考古学、西夏学、佛学、藏学、图书史、文献学、文化史等都具有极其重要的研究价值。它的发现是一个不幸中的万幸：1990年11月28日，在贺兰山上放羊的牧民发现，位于贺兰山腹地、鲜为人知的拜寺沟方塔，被不法分子炸毁了！宁夏考古专家赶往现场考察，在废墟中发现了《吉祥遍至口和本续》，共9册，220多页，约10万字，正文全部为西夏文。

宁夏的历史考古学专家牛达生先生潜心研究，从多处倒字等活字印刷特征中得出结论，这是全中国乃至全世界最早的活字印刷作品！

这可是了不得、不得了的大事！光凭这一个文化的成就，西夏就是伟大的西夏！

还有宁夏宏佛塔天宫的西夏文物，被列为1990年中国十大考古发现之一。宏佛塔俗称“王澄塔”，坐落于贺兰县潘昶乡一废寺中，残高28.34米。1990年，在拆卸重建时，从其最上层的天宫内发现了大批西夏文物，包括彩绘绢质画、彩绘泥塑佛教造像、彩绘木雕菩萨像、木简、瓷钵、瓷珠等；尤为重要的是，存有西夏文木雕版2000多块！这些西夏文木雕版，是世界上现存年代最早的木雕版之一，内容均为西夏文佛经，包括《释摩诃衍论》等。这些木雕版数量大、内涵丰富，是西夏雕版印刷高度繁荣的例证，对于西夏学、佛教艺术和中国古代印刷术的研究有重要价值。

然而，文化繁荣的西夏王朝，毕竟已经被历史湮没了。

曾经三国鼎立、三分天下的西夏，是被一代天骄成吉思汗彻底灭亡的。在西夏博物馆，有着这样的情景展示。1227年夏，成吉思汗在率军10万征伐西夏之时，在六盘山下清水县(今属甘肃)萨里川(今红堡川)行宫内去世，年66岁。具体死因，至今未明，各种传说，多有附会。马未都在节目中谈成吉思汗的几种可能的死因，感叹："历史没有真相，只残留一个道理。"

成吉思汗死时秘不发丧，因为其时西夏尚未被完全征服。之后月余，西夏被灭，兴庆府数十万军民几乎悉数被杀，党项族几乎灭绝。多少母亲和孩子，由此葬在西夏国的文字里，和后人看不懂的它们，埋在一起，让后人越发看不懂。

为了彻底抹去西夏的存在，蒙古将这片故地称为"宁夏"，即"安定西夏"。"一代天骄，成吉思汗，只识弯弓射大雕"，成吉思汗十分强悍强大，其铁蹄踏过的地方无不成为齑粉，其弯弓瞄准的大雕无不被射落。西夏这个党项族政权，在经历了190年的风雨沧桑之后，由此彻底湮没在历史的尘埃中；属于西羌族的一支、有"党项羌"称谓的党项族，由此在中国的版图上消失。

西夏王陵当然也免不了被毁坏。只是它的规制实在太庞大了，要将其全部平毁，那几乎是不可能完成的任务。

"贺兰山下古冢稠，高低错落形似瓯。道旁野老对我说，皆是昔年王与侯。"这是当地人的记录。而《辞海》里对西夏王陵是这样解释的：

中国古代党项羌人修建的西夏王国帝陵。位于宁夏银川西贺兰山东麓。全国重点文物保护单位。其范围南北约10千米，东西约4000米。有李继迁裕陵、李德明嘉陵、李元昊泰陵等11座。每座陵园的面积10万平方米以上。地面建筑宏伟，有鹊台、碑亭、月城等。内城位于陵园的北部，呈长方形，城中有献殿和塔式陵台等建筑。8号陵可能是西夏第八代皇帝李遵顼的陵墓，墓室为一中室二配室，中室呈长方形，穹隆顶，方砖铺地。由于被盗，随葬品仅存残缺的金银饰件等。陪葬墓规模较小，封土为圆柱形、尖锥形等。陪葬墓中出土有丝织品和鎏金铜牛等。西夏陵园的建筑特征，既有唐、宋时期的传统形式，又有自己民族的独特风格。

10公里乘以4公里，这是多大的陵园？当然，这比坐落于北京昌平天寿山麓的、总面积120余平方公里的明十三陵，那还差点劲儿。从远处看，这些残存的封土堆，仿佛是一个个黄色的馒头，大大小小，摆在黄土漫漫的西北大地上。

其实，它原本的模样并非是黄土堆，而是外部有着宝塔式建筑，挂满琉璃。本来的每座帝陵，都是一个完整的建筑群体，只是全部被毁了。

其实，主墓室也并不在封土堆正下方，而是在它前方地下。不知缘何，专家也没完全搞明白。是为了防止盗墓吗？事实上都被盗得差不多了。

与时光的风化能力相比，人的摧毁能力更为强大。在缺乏价值的时空中，千年古坟无疑也是最缺乏价值的。我手头有宁夏档案局（馆）编《宁夏漫记——档案里的故事》（重庆出版社2016年6月第1版）一书，上下两册，是非常好的史料书籍，其中有一篇《我所经历的西夏王陵大劫难》（作者王林，见第92页），分为“贺兰山下古冢稠”“千年古坟上了田”“王陵已非旧时园”三节，详述了作者的亲历，摘录部分，管窥一豹：

……1962年，我被下放到平吉堡农场，分在一队劳动。一队的位置，就在贺兰山下的西夏陵东边。当时从一队向西眺望，顺山势而上，大大小小，高高低低的坟丘冢台比比皆是。我在陵区转了几天，确实对它的雄浑壮阔感到叹服，又对它的破败残损感到惋惜。

我从一朵花朵那里看过去，西夏王陵才不会那样沧桑到让人心痛
徐迅雷摄

当时，平吉堡农场是一个新建的农场，土地贫瘠，粮食产量较低。为了改变这种局面，1963年冬，农场要我们到处找肥。这时，有一刘姓老农献言说：“俗话说：‘土放三年成粪，粪放三年成土。’昊王坟的土上千年了，上到地里非长疯不可。”听了刘老农的主意，队长觉得有道理，于是请示场里同意，决定刨昊王坟的土，拉到地里当肥料上田。

当年刨坟拉土，是先近后远，先小后大，先陵墙后陵台。小坟一天就可以“消灭”一个。很快一队附近的小坟就被“消灭”光了。刨坟战场转向较远的陵区。大坟的陵台，因为陵高土厚，风化相对较弱，我们爬上坟顶，只能撬下一米多厚，再往下土层又坚又硬，撬不动也打不碎，就不撬了。

摔碎打碎的土，用车运到地里当肥料。当年冬天，贺兰山下，陵区内外，刨的、砸土的，大车拉、小车运，连拖拉机也上了阵。从1963年到1968年，每年冬天都刨坟拉土上田，一道道西夏陵陵墙，一座座西夏陵陵台，就这样被刨掉了。更有甚者，我们还采取过爆破。虽然把坟包炸掉了，但四处乱飞的土却无法聚集成堆，只好作罢。

1968年冬天是西夏陵最后遭劫难的日子。那时，原来密布的陵台只剩下少许几个大的。传说中的1000座昊王坟这时恐怕连100座都数不够。……因为农场在这儿养了大量的羊，最多时有30多群近两万只，羊只的过度啃食使得陵区空前荒凉。在陵园里，原先随手可拾的瓦当、滴水，也很难找到完整的了。原本雄浑壮阔的西夏陵就这样失去了原有的模样。

这正是：集体农场威力大，王爷坟上可动土；贺兰山下挥斥遒，粪土当年万户侯。

有着同样境遇的还有罗山东麓的明王陵，即明代藩王、朱元璋第十六子庆靖

沙坡头王维手执金色毛笔的大型雕像
徐迅雷摄

青铜峡 108 塔塔群局部
徐迅雷摄

王朱栴的陵墓。在《宁夏漫记——档案里的故事》一书中，收有张树林《罗山明王陵》一文（见第645页），讲述了在1967年、1971年，多座陵墓先后被当地村民为了用砖而拆毁，有的则被盗掘一空。

今天，在西夏王陵那残存而依然巨大的封土堆面前，我们一行旅行者，彳亍而行，小如蚂蚁。

F

离开西夏王陵，我们前往穆民新村进行回族家访，脚步变得轻快起来。吴忠市利通区东塔寺乡穆民新村，是国家级非物质文化遗产传承保护点、国内首个家访式穆斯林风情旅游景点。

村头的花树正处盛花期，有风吹过，碎白之花“散是满天星”，不对，“散是满地星”，同行的每一位美女都在“满地星”前粲然留影。

在回民家里，我们尝到了这辈子吃过的最好吃羊肉，还兴高采烈地体验了一把油炸馓子的制作。

之后南下向西转进美丽的中卫市，只可惜在中卫只作短暂的停留，没能展开旅行考察。中卫自古为军事重镇，左卫、右卫、中卫，皆是军卒守卫之地也。有人说中卫才是宁夏旅游的王牌，下次来宁夏，一定要把这张王牌好好打一打。与我们前后脚到达的著名杂文家鄢烈山先生，在中卫停留的时间稍长，他简明扼要地告诉我这里的种种大美，尤其是中卫市腾格里湿地景区，并不比杭州的西溪湿地差。

晚上，我们驱车前往参加通湖草原的篝火晚会——其实是观赏骑马等文艺表演，让你感受一把草原牧民的激情。

到中卫其实主要是为了去沙坡头，著名的沙坡头！这里处于腾格里沙漠东南部，黄河边上，在宁夏地图上的位置，就是向西伸出的那只手的肘部。沙坡头不仅是国家5A级旅游景区，还是国家级沙漠生态自然保护区，全球环保500佳单位。黄河高山沙漠绿洲，在这里融为一体。我之前是在《爸爸去哪儿》节目中第一次知道沙坡头，看那些孩子们从沙坡上滑下来，还真是挺好玩的。

最重要的是，唐代诗人王维在这里写下《使至塞上》的千古名句："大漠孤烟直，长河落日圆。"这是最为艺术的几何构图。如今立有王维手执金色毛笔的大型雕像，跟他一起合个影挺不错。

都说沙漠雨水贵如油，我们抵达的这天，很意外遇上骤雨狂风，夏日的气温竟然低得让人发抖；我们个个成了萧敬腾，不仅无法放声歌唱，而且几乎无法拍照。这里一个不错的体验是乘坐"沙漠冲锋舟"，在波澜起伏的腾格里沙漠之海上跌宕起伏。声声惊叫，不仅仅是女性发出来的。

从沙坡头景区折转返回，沿着黄河的流向向东，在转向东北方向处，是著名的青铜峡水库，在这里我们坐船向西渡过黄河，来看一眼青铜峡108塔景区。这是一个大型古塔群，建在青铜峡水利枢纽西岸山坡上，依山临水，坐西面东；108座佛塔，是喇嘛式实心塔，用砖砌成，依山势自上而下，按奇数排列成12行，总体平面呈等腰三角形，蔚为壮观。佛说，人生有烦恼108种。导游说，108塔可能建于西夏时期，因为塔基下曾经出土了西夏文字的文物；在20世纪60年代被毁得不成样子，现在看去这么完整，是后来重修的，在1988年被列为全国重点文物保护单位。

是谁说的呢：你经历过悲欢离合，这不是修行，而是经历；如果你在那悲欢离合之中，体认无常、缘起、因果，这就是修行。

G

从青铜峡回银川，途中有个永宁县，永宁县有个中华回乡文化园，依托古老的纳家户清真大寺所建，在此展示、传播和弘扬回族文化精华。

中华回乡文化园，梦回一千零一夜。

在这里，我们感悟身体清洁的紧要；在这里，我们感受心境纯净的重要；在这里，我们体会有信仰的人是有灵魂的。

我不知道如何来描述中华回乡文化园的美丽建筑，还是摘录朱祖希著的《美丽宁夏》（蓝天出版社 Kindle 版本）一书中的描述吧：

> 这些建筑具有强烈的伊斯兰风格。主体建筑群以白色为基调，象征着穆斯林对纯洁信仰和洁净生活的喜爱，在蓝天白云的映衬下，周围林带葱茏，绿树掩映，湖光山色清波潋滟，体现出庄重典雅的回族精神；金色的礼仪大殿高高耸立，穹顶巍峨辉煌，给人以肃穆、圣洁之美感。各座建筑之间互为呼应，高低起伏，错落有致。

我们静静地进入金色礼仪大殿。女士们都认真地用头巾包好了自己的头部。大殿既庄严肃穆，又典雅美丽。建筑原来可以这样美妙，装饰原来可以这样漂亮。我们在富有回族特色的地毯上轻轻地坐下来，我们就静静地坐在美丽之中。

在中华回乡文化园，还有一个非常重要的中国回族博物馆，这是展示回族人文历史的重要窗口，值得认认真真仔仔细细地看。

中国的西北部，对中国来说很重要。改革开放之初的1980年，新华社有四位中青年记者到中国的西北角深入调查采访，他们是傅上伦、胡国华、冯东书、戴国强；有意思的是，他们中两位是浙江人——傅上伦、胡国华，两位是江苏人——冯东书、戴国强，当年都在西北部各省的新华分社工作，其中后来回浙江从事新闻工作的傅上伦先生，是我熟悉的新闻界老前辈。

除了公开报道外，他们写出了大量有分量的内参发给中央领导参阅，从而在舆论界推动农村的改革。后来这些报道汇集出版，书名为《告别饥饿》，1999年1月由人民出版社出版，成了新闻学教材级的书籍。其中一个非常重要的情节是：

他们深入到宁夏南部的六盘山区固原调查，报道了贫困农村包产到户和反对包产到户的激烈斗争，上下对着干，火山要爆发。他们通过手摇电话口授，向新华总社发稿。

因为固原包产到户的做法得到了上面的肯定，很快便在宁夏全面推开。

伟大的改革开放，在农村最早的实践，有着宁夏人民的一份重要贡献。

H

在宁夏的最后一天，我们前往距离银川不远的水洞沟景区游览。在地图上，水洞沟在“人形宁夏”后颈脖的位置，和银川河东机场是咫尺之遥。把水洞沟之旅安排在宁夏之旅的最后一天，是非常巧妙的，因为离开这里就可以快捷到达机场；而更重要的是，水洞沟之旅，恰是宁夏行的高潮。

我非常喜欢水洞沟景区。我在微信上发图片，并且写下感慨的文字：“令人震惊的辽阔、深邃和美丽!”在这里有着文化和自然的双重视觉满足。水洞沟是中国最早发掘的旧石器时代文化遗址，也是我国保存最完整的长城立体军事防御体系，是全国重点文物保护单位、国家5A级旅游景区、国家地质公园。

这里是典型的雅丹地貌。“雅丹”在维吾尔语中的意思是“具有陡壁的小山包”，雅丹地貌原本是指新疆罗布泊地区的一种特殊的地貌形态，现在泛指干燥地区一种风蚀性地貌。水洞沟的雅丹地貌，让我看到了经历千万年风沙雕蚀的大自然的作品，看到了充满雄浑、奇特的荒谷神韵，看到了纵横的沟壑写就的地老天荒和天长地久。因为有了水洞沟，我从江南到西北，立马就有了一种陷入“空间穿越”的快感。

水洞沟景区其实可以叫水洞沟遗址景区。它是穿越了4万年的旧石器时代晚期的遗址，被列为“最具中华文明意义的百项考古发现”之一。最早是在1919年，一位名叫肯特的比利时人途经这里，无意中发现在一处断崖上，有披毛犀牛的头骨化石，有经过人工打制的石英石片。那化石经历了数万年，这是不得了的事。4年后的1923年，两位法国地质、古生物学家——德日进和桑志华，来到这里进行科学考察地质调查，发现北部悬崖上有显露的远古时代的灰烬、化石和石器。百年以来，从洋人到国人，这里陆陆续续有各种考古发现。如今这里建起了水洞沟遗址博物院，让遥远的历史贴近了现实。

作为景区，如今这里的表达形态不是单一，而是很丰富，有博物馆、村落遗址，有红山湖，有芦苇荡，有骆驼车，有大峡谷，有明长城，还有绝妙的地下“长城”——红山堡“藏兵洞”。

从遗址博物院出来，我们走进了水洞沟村，走进了“张三小店”。水洞沟村是从史前延续下来的，穴居建筑直到20世纪60年代还在使用。不过现在的地面建筑是情景再现之地，“张三小店”就是其中之一。1923年，随着驼铃声的响起，两位黄发蓝眼的外国人来到车马店，受到了店主张三的热情接待，入住张三小店。现在的张三小店院子里，立着四尊雕像，他们分别是法国学者德日进、桑志华，中国考古学家裴文中、贾兰坡，他们都是对水洞沟的考古发掘做出过巨大贡献的

水洞沟红山湖畔红山堡的雅丹地貌

徐迅雷摄

杰出学者。

村里看去荒凉的土地上，却有着巨大柳树，上半截的枝枝蔓蔓都被砍去了，然而新长出的绿色柳枝，那向上的柳枝，却是生机勃勃。江南女子看惯了扶风的弱柳，似乎更喜欢与这样的北方柳树合影，那粗壮的树干需要两个人才能合抱。

更加生机勃勃的是这里的芦苇。因为有黄河有湖泊，并不缺水，所以芦苇长得极其茂盛，夏天让芦苇成为“少壮派”，两人多高，密密地挤在一起，大片大片的，在黄土地的映衬下，绿得让人心旷神怡。芦花当然还没有发白，才刚刚开始变黄，那是芦苇们高举的火炬，齐刷刷地顺风侧向一边，有着强烈的动感姿态。我们在勃勃生机的芦苇荡前留影，每个群体每个人，都笑得灿烂如花。

水洞沟景区的芦花谷，有三公里长；沿着木步道穿行其中，让我沉醉。有鸟飞翔，流连忘返。

穿过芦花谷，去看明长城。这里的明长城为土夯长城，是宁夏境内相对保存最完整的一段长城遗址。登上长城观景台，一脚跨两省，在地图“后颈脖”的外侧，就是内蒙古的地界，那是毛乌素沙漠——即鄂尔多斯沙地，是西北大漠的野性风貌；而在水洞沟这一侧，则是长条形的湖泊湿地、高峡平湖、芦苇荡相伴，又是一番“塞上江南”的风景。

如果说旧石器时代的遗址要在博物院里感知，那么明代军事遗存则可以真正深入真切的现场。明代200多年，为了防止鞑靼和瓦剌贵族的南侵，几乎没有停止过对长城的修筑。这是典型的立体防御体系，被称为军事防御建筑的大观园，由明长城、藏兵洞、边沟、大峡谷、红山堡、瓮城等共同构成。有人这样描述：“蜿蜒东去的长城，高台耸立的墩堠，古朴神秘的城堡，曲折幽深的沟堑，令人目不暇接。”

从明长城下来，再次穿越芦苇荡，两边雅丹地貌构成的峡谷风貌尽收眼底，唯有大自然才有这般鬼斧神工的杰作。继而乘船穿过红山湖，“舟行碧波上，人在画中游”。然后转坐骆驼车，抵达红山堡。这里位于红山地区，所以名为“红山湖”“红山堡”。红山堡是明代的屯兵之城，其瓮城城门至今保存完好。

从峡谷到红山堡，在峭立的崖壁上有明代将士修建的一个个黑洞——藏兵洞，这些奇特的藏兵洞高出沟底10多米，即使暴发山洪也淹不着水。藏兵洞的主体其实就是坑道，上下相通，左右相连，左盘右旋，颇多分叉，有如迷宫，让人想起《地道战》里的地道，以及上甘岭的坑道，当然比那宽敞多了，毕竟黄土地挖坑道容易许多。

我们钻进红山堡最大的一个对游人开放的藏兵洞。由于宽大，加上灯光的配置，不会让人产生“幽闭恐惧症”。

除了坑道，这些明代藏兵洞内还辟有居室、储藏室、会议厅、灶房、兵器库、火药库、炮台、水井、暗器孔道及陷阱等设施。明代的红山堡守军，利用藏兵洞，隐蔽自己，待机出击。专家说，在我国所有的长城防御体系中，有长城、城堡和地下藏兵洞紧密联系在一起的，唯有宁夏水洞沟一处。

I

位于丝绸之路上的宁夏回族自治区，简称宁，是中国五大少数民族自治区之一，也是中华文明的发祥地之一。

宁夏宁夏，小小的宁夏，大美的宁夏！

离开宁夏，回到江南，常常魂牵梦萦，何日更重游？

中华回乡文化园一景

徐迅雷摄

上扬的文明

时光让我们在芒种的身边打了个停顿，在这个双休之日徜徉在上垟这片平凡而又神奇的土地上。

这是浙江名品——龙泉青瓷的发祥地，一个名叫上垟的地方，若干年前我曾经与这里擦肩而过，驱车匆匆奔向武夷山，把一些白色的灰尘撒在上垟的身上。事情常常是这样，当你对名山大川趋之若鹜的时候，你的眼睛往往在名胜的高傲面前收获一些失望，同时却忽略了那些以平凡作铺垫被朴素所包裹的美的存在。

我与龙泉市参加“上垟笔会”的作家作者们一起，行进在这个江南小镇的路途上。“八百年了 / 八百年的道路 / 是铺在深山中的 / 残缺与坎坷”，老诗人闻欣先生的诗句此刻就在我身边回荡，“拾起古瓷的碎片 / 拾起八百年前 / 祖先的名片 / 擎在手上 / 让天空的太阳一睹 / 这誉满世界的风采”。

是的，这里的文化是青瓷碎片铺写的文化，这里的文明是釉彩涂抹的文明。龙泉溪的支流在这里蜿蜒地流淌着清澈，溪里布满了青瓷的碎片，恒久地闪烁着青翠的光芒。她与泥土相依相伴，却又与泥土格格不入；她孕育于泥土，又从泥土中升华。这些生命的碎片在清澈的溪流里布置一道天然的风景，不能不吸引我骋游的目光。当然，一位远来的游客，完全不必把匆匆的目光投注到青瓷的碎片上，这里有的是在“谋瓷在人，成瓷在天”的天人合一中烧制出的艺术精品。

1974年那个秋天，七十七岁高龄的诗人路易·艾黎千里迢迢赶到上垟，参观龙泉瓷厂，沉浸在“千峰翠色”里的时候，就那样陶醉在澎湃的诗情里。当他对着哥窑瓷雕李白醉酒而赞叹“啊，你喝多了，好好休息吧”的时候，他显然已李白醉酒般“艾黎醉瓷”了。

曾几何时，上垟的龙泉青瓷一厂二厂三厂……一溜儿走向沉寂，让初来乍到的我面对一排排静默的厂房顿生“执手相看泪眼”的感觉。然而，我很快发现我错了。当一镇之长亲率我们去参观一家又一家个体或者私营的青瓷厂的时候，我才发现青瓷的生命之花依然蓬蓬勃勃地开放，甚至开放得更加摇曳多姿。

瓷碗、瓷杯、瓷瓶，各种各样的仿古瓷艺术瓷，在上垟镇的一个个角落里一批批呱呱坠地，那清丽的啼声一次次地惊动外面的世界。在村头山边的一家瓷厂里，在那些百十米长的龙窑旁边，在一架架一排排密布的青瓷碗坯前面，我们目睹了制瓷女工做坯上釉得炉火纯青的动作，从她那美丽宁静的微笑中知道了什么叫“生命是劳动与仁慈”。

走过曲里拐弯的小巷村弄，在一间寻常民居里，我们看到这里正用现代化的液化石油气作燃料烧制仿古的青瓷，我们真切地感受到真正的艺术品正是生命激情的一次燃烧，然后沉淀、冷却，开放出艺术的灿烂。

上垟的青瓷，原是这样的一道乡村风景线，象征着乡村文化的存在，凝聚着古老文明的精神。只要青瓷的碎片还会闪光，上垟人就会上扬这文明的精华。

时光之水流过上垟的心头，流带出来的不仅仅是青瓷的芬芳气息。在上垟一个有着两千四百多人口的最大的行政村，在一座苍老得像老奶奶脸上密布的皱纹一样的古老房子里，我的目光一次次抚摸那些雕梁画栋。这是有着一百零四根柱子的大房子，我想就是电影《大红灯笼高高挂》也可以在这里试试镜头。果然房子的主人就告诉我们，不久前这房子有两厢的雕花门窗就是卖给了深圳一个电影基地，似乎万儿八千的价格着实让房主有点受宠若惊。这卖出去的雕花门窗是这幢大房子的一鳞半爪，余留的木雕艺术足以让我们细细欣赏上长长的时光。这个村有着许许多多古老的房子，那满身的斑驳，仍在一茬一茬地成长。他们不为出售雕花门窗感到惋惜，他们正为古老的门窗可以一次次摄入电影获得新的生命而高兴。

我们还遇到了一位剪纸老人。这位早已年逾花甲的老妇从田间地头被我们请到一张古老的雕花木桌前，拿起一把虽然古老却依然锋利的剪刀。面对我们成群的目光以及摄像记者的摄像机，她的双手有些微微的颤抖，但行蛇走笔的剪纸动作还是让我们的目光不知所措，只有被她苍老却灵动的双手牵扯成提线木偶。很快一幅图画繁复对称的剪纸展现在我们眼前，那花草正蓬勃地盛开生长，不知哪一位村邻说了一声“她还会唱越剧，唱得很好的”，立刻我们的耳朵继承了眼睛的兴奋。一本已经布满皱纹的《越剧戏考》轻轻展开，“十八相送”的吴侬软语音韵饱满地流淌而出。我真的没有想到一位乡村老妇竟能把一曲越剧唱得那么好，那上扬的音乐穿越了时空，在我蔚蓝的心海里久久萦回。

太阳照在独山村

篇一：大山深处的风景

有一方美丽的山水，藏在我们浙西南地区的崇山峻岭里，在20世纪90年代初，这是一片未开垦的旅游处女地。

山、水、村落、古文化，四者完美结合的唯一去处，就在这里。

从遂昌的妙高镇出发，过大柘、石练，过焦滩，美丽的乌溪江就逶迤在眼前。在乌溪江上游这爬得很远的藤蔓上，缀着一颗闪亮的珠子——独山风景区。

独山一带的山水，仿佛是最优美的盆景。山是俊美和优美两者的完美结合。我第一次见到可真正称得上漂亮的山，就在这里。当时我是眼睛一亮，心头一颤，精神一振。这里的山景，集中，丰富，奇绝，峻伟。在这样的大山深处，怎么会有这样造化钟神秀的天造地设、鬼斧神工之景？我们不能不惊叹大自然的神奇。

更为漂亮独特的是这里的水。在苍翠欲滴的群山环抱中，美丽的乌溪江上游，静静地流淌着亘古不变的清澈纯净。下游那著名的乌溪江水库恰好将最远的蔚蓝伸延到这里，吻着了独山村的田塍。在春天纯净的阳光下，那是浓得化不开的蓝绿色，见不到一丝杂质。在浙南绿谷丽水所有的风景名胜区里，大约再也找不着第二处色泽如此美丽的水了。

独山之美，更在她有文化的底蕴。1991年，独山村被浙江省列为省级历史文化保护区，当时被列入的村落只有三个，还有就是兰溪闻名遐迩的诸葛八卦村、楠溪江畔象征文房四宝的著名的苍坡村。

独山村的建筑中，明朝隆庆年间所建的石牌坊高大完好漂亮，让我们仰视或穿越。它虽比不上徽州著名的牌坊群，但已足见独山古代能工巧匠的聪颖敏巧。幽深的古井已停用，历史在这里打了个顿号。

——不独的独山，她有着文化的精魂。

篇二：太阳照在独山村

麦子的金黄从梢顶慢慢浸润下来。灿烂的油菜花已经褪尽，纯净的菜籽荚饱满在暮春的阳光里。年轻的我走在寻访独山村的路上，步履切削着一样纯净的阳光和空气，裁剪了乡间地上的茸茸绿意。

独山，远远躲进浙西南崇山峻岭叠起的褶皱里，它是乌溪江上游这爬得很远的藤蔓上缀着的一粒珠子。拨开林木葱茏的掩映，我看见了独山村历史的眼睛。光阴总是倏忽而过，但它没有忘记在遂昌县的青山绿水间留下自己的痕迹。这崇山峻岭里所点缀的文化村落，令我在心底发出声声惊叹的鸟鸣。

我的双手最先推开小憩园虚掩的门扉。轻轻地推开了独山村历史的第一道缝隙。阳光穿越了院中那棵罗汉松560多年的光阴，把沧桑斑斑驳驳地写在地上。在独山村所有的沉静里，唯有小憩园是最活泼的：村里的幼儿班设在这儿，十几个孩子奔跳着向我们报告自己的岁数，那稚态让我想象罗汉古松的梢顶。

小憩园原来是个财神庙，它显得过于小巧。而那明代始建清代重修的叶氏宗祠和葆守祠，相挨相伴踞于村中，才树起了独山村古建筑独特的气派。大门是紧闭的，仿佛不愿嘈嘈杂杂地述说久远的故事；石狮子沉默着它的威武；白墙壁宣示着自己的身份。祠前的院落干净而整洁。一头耕牛缓步走来，走出一种乡间的气息。赶牛的村夫热心地唤来看祠的老人。追随着看祠老人的影子，我走向叶氏宗祠与葆守祠夹峙的缝隙，仿佛走在“一线天”下。

看祠的老人用他的方言土语叙述他的独山。在南宋孝宗年代，松阳尚书左丞相叶梦得曾孙叶峦自松阳古市卯山后迁居于此，与朱姓共居而成村落。明天顺初，朱姓大户朱叔明迁居盘溪，朱退叶盛。明嘉靖四十一年（1562），叶以蕃殿试得中第二甲第十九名，官工部员外郎，一时文风卓盛，胜迹日辟。跟着老人走进叶氏宗祠，走进高大梁柱的包围里，我就走进了古人的影影绰绰，走进了历史的沧桑斑驳；站在叶氏宗祠的天井里，仰视春天的明净阳光穿越了遥远的时空，抚摸过心绪，温暖了寂静。老人的背有些佝偻，然而独山村的建筑却依然直立。

矗立在独山土地上的是牌坊、宗祠和民居，矗立在独山地下的是幽深的古井，古井没有继续吟唱汲水的歌谣，叶氏400多年前所置的这口古井，在几年前最终停止了使用。自明隆庆元年（1567）到现在，它不知滋养了多少独山的子民。看祠的老人在井沿伏下瘦小的身姿，意欲转动由整块大石镂出的井洞，我们几位小伙子挣扎得面红耳赤地帮助他亦未能转动丝毫。历史原来在这里打了个顿号，我们其实没有必要移动它的位置。

尽管独山村新建的民居层层包围了古代建筑，但迈步之际时时萦绕着古时的氛围。一抬脚踩着了雕花的条石，一挥手搭在了古门楼的废墟上。泥筑的屋墙竟然分外牢固，建在卵石筑成的墙基上岿然不动。墙基极富特色，一人高或半人高，全是碗口般大小排列整齐的圆头卵石，密密匝匝突起如鼓钉，把独山的建筑文化紧紧地钉在墙的根基上。村头寨墙的垒就当然没有这般讲究，高大的树木已经将根须深深扎进墙缝，寨门上的谯楼依然坚定沉静地守望在阳光下的村口。

踩着石径上经年累积的木叶，细碎声声中攀缘上村前江边兀自独立的独山山顶，看小小的独山村落静静地沐浴在阳光里，搜寻的目光没有看见看祠的老人，这位七十七岁的叶姓老人看护独山村古建筑已有十一年，他把他的家珍一一装进每个游人的脑袋。珍爱独山村古文化的远不止他一人，独山村这个小小的村落已被列为浙江省的历史文化保护区，而保护对象小到村级的全省只有寥寥几家，他是否也知道呢？

独山不独。苍翠欲滴的群山环抱着它。美丽的乌溪江静静地在它身边流淌着亘古不变的清澈。著名的乌溪江水库恰好将最远的蔚蓝伸延到独山，吻着了村北的田塍。那春天纯净的阳光下浓得化不开的蓝色，就深刻地印在我跳动的心里。

瑞士：整个国家的风景

整个国家都在风景里。这就是瑞士。

上帝想在地球上建一个天堂的镜像，他选择了瑞士。

天地美景那么亲切地迎接每一位前来观光的游客。那是如花似玉的原野；那是自然造化的天堂。

瑞士作为永久中立国，千百年来极少受到战火的毁坏，无论是城市还是乡村，无论是人文风景还是自然风光，都很好地得到保养。那形体巨大、声音浑厚的独特的瑞士号角，在为一个国家的幸福吹响。

早在70多年前一个秋天，中国作家朱自清就在散文里这样描述瑞士："到了那里，才知无处不是好风景。"这就是一个国家的风景。在世界上，整个国家都坐落在花园般风景里的情形，还是不多的。真的应该在这里待上一两个月，把整个瑞士的风景看遍。

瑞士，当今已不仅仅是瑞士人的花园，也不仅仅是欧洲的花园，而且是全世界的花园。一个美丽的国家，就这样令人尊敬、令人神往、令人流连，令人一想起来就心旌摇荡。

A

或许，飞机着陆片刻你所见的风景，是对一个地方风景美丽与否的验证。当飞机在苏黎世降落前，透过舷窗看见的瑞士大地，就美丽得让人窒息。我将舷窗当邮戳，盖在瑞士大地美景的邮票上。早已准备着的相机，一口气拍摄了大约50张。停留的白云，伴随着葱茏林木、织锦草地。那些风景不是特意安排用来迎宾的，所以她们美丽得那么自然、舒展和坦荡。

这是2007年的春天。今日的我，已不是未带地图的旅人。从地图上我看我们这回的行程，是从苏黎世切入，到瑞士心脏地带的城市琉森（曾用译名卢塞恩）作第一站的停留，然后西去首都伯尔尼，最后掉头北上来到北部边境城市巴塞尔，在琉森、伯尔尼、巴塞尔三城市之间画上一个金三角。

火车两边，扑面而来的就是美丽景致。近处草地嫩黄，稍远林木深绿，远处一抹雪山舒适地涂画在天边。不时见着奶牛在坡地上悠闲地吃草，我感觉它吃着风景，把自己也吃成了风景。时常有乡村小屋从眼前掠过，那些风景里的别致房子，同样也统统都成了风景。屋顶都写成了人字形，风格不同，都写得很到位。

在火车上看风景，是一种很大的享受。瑞士的火车竟是那么好的旅行车，宽敞、舒适，一点也不拥挤。把相机的拍摄模式设置为飞行的空中摄影，能够在火车上很好地拍摄两边飞过的景致。到瑞士旅游，如果不坐上一程火车，那一定是遗憾。我真恨不得左边长两只眼、右边也长两只眼，这样就用不着左顾右盼，看了这边拉下那边。

从苏黎世到琉森、从琉森到伯尔尼，这一路火车所见的风景够让我陶醉的了，可后来一位瑞士的汉语导游告诉我说：最美丽的火车风景线是从伯尔尼到日内瓦的呢！

春天的瑞士一路风景，车过随手拍

徐迅雷摄

是的，瑞士的火车始终穿行在一个国家的风景里，当然也有一个片刻看不见风景，那就是火车钻进山洞之时，其实，那也是整列火车钻进风景的肚子里了。

B

阿尔卑斯山是欧洲的一条主山脉，一如它的名字美丽得让人心旌摇曳。瑞士作为欧洲中部的内陆国家，有“欧洲屋脊”之称，它的中南部横贯了阿尔卑斯山，占了全国面积的60%，许多山峰终年积雪，夏看雪山本来是绝妙的旅游项目。惜乎行程紧张，这回我们没能上雪山，那么入湖也好极了。

在瑞士心脏地带的浪漫城市琉森，乘坐游船游赏琉森湖，是这次我们与瑞士的第一次最亲密的接触。琉森湖与琉森市紧贴在一起，就像西湖与杭州紧贴在一块儿。阿尔卑斯山的山脚从琉森旁边轻轻扫过，扔下一个琉森湖，把琉森给美的！在瑞士的1400多个湖泊中，人们通常将日内瓦湖或者苏黎世湖看成瑞士湖光的一号选手，然而我还是拼命要把琉森湖推上并列冠军的位置。

那湖水是湛蓝湛蓝的，是一种彻底的清澈，没有比来自雪山的水更纯净的了。想想杭州西湖真的很好，但西湖的水是怎么也比不上琉森湖的湖水的。看着那样的水，眼睛都会清澈起来。琉森湖没有苏堤白堤，然而这个宁静纯美的湖，在游船上往四周任何一个角度看去，都是层次分明的风景。近看琉森城这边，是那独特的欧洲古典建筑，而教堂两个挺立的塔尖构成画面的视角中心，没有人不把这样的画面摄入镜头。一转身，就是山峦的三重奏，色彩由深至浅，近山墨绿，中嵌淡绿，远处则是白象似的群山，色彩的节奏让你明白什么是大自然的神笔。在湖的一角停满了私人游艇，桅杆林立。或有草地藏在林木之中，在游船行进到某个角度，那醉人的草绿，仿佛美人的眼，向你妩媚一下。鹅行湖面，振翅击水；船点远方，划开碧波。赏心悦目，心旷神怡，我醉了，你也醉了。

琉森湖，那可以看见雪山的湖，岂是一抹水袖可以比喻的！

C

琉森湖那透彻心扉的清澈湖水，还真让我这位住在西湖边、一直以西湖为骄傲的人感到惭愧。毕竟，西湖的水一度有过劣五类的不良记录，后经治理才成为合格的湖水。然而，2007年5月29日发生在江浙交界处的太湖蓝藻灾难，让人感到的已不是惭愧而是羞愧了。那一场突如其来的蓝藻污染，让江苏无锡这个以《太湖美》为市歌的城市陷入了严重的饮用水水源污染危机。太湖蓝藻灾难，正是人类通过损害环境而最终损害人类自己的典例。

而在瑞士的琉森湖，你绝对看不到一丝蓝藻，只有清澈的湛蓝之水，那是公众与代表公众的政府长期呵护的结果。对琉森湖环境的保护，若干年前有个野鸭事件，可见其环境保护力是怎么产生的。

琉森湖里有只野鸭飞到琉森市内，在花丛间孵出了一只小野鸭。媒体报道、市长探视、市民乐谈，可想不到，小鸭到第7天就死了。小鸭之死，不仅引起鸟类保护组织的抗议，还引发了民众的不满。一个环保组织质疑：野鸭飞到市里孵仔，是否因琉森湖被污染？这一问不得了，因为居民用水就取自琉森湖。居民们到市政府前游行，环保部门也立即出动，对琉森湖水质进行检测，结果表明湖水污染度真的上升了0.1‰。公众要求市长辞职，果真使得市长引咎辞职，市议会则拨巨款专门用于减污——那一点“污染”在我们看来大抵是小题大做。

瑞士琉森湖与琉森市粘在一块儿，呵护清澈的湖水就是呵护自己的优质生活
徐迅雷摄

优质环境，离不开整个国家和广大民众长期的涵养、保护。到欧洲旅游的中国旅客，最强烈感觉到的反差，恐怕就是环境之优劣。欧洲这些发达国家，城外林木森森，城内绿化成网，鲜花点缀处处，空气清新异常；自来水都达到了直接饮用的标准，哪像污染后还照样流进自来水管的太湖水，连洗澡洗衣服都不行。当返程飞机进入中国北方境内，所见的是濯濯童山，一片蛮荒的样子；而飞机在上海浦东机场降落前，你看到地面的江河湖水就是浓得化不开的黄泥汤，感觉人掉进去都拔不出来。至于像太湖那样，迎来蓝藻暴发的灾难，则是迟早的事。今天我们应该问一问：连水都没得喝的经济，发展起来有何意义？当水都走向了死亡，我们真的想到火星上过日子？

琉森湖如今那彻底的清澈，与环境保护的公众决定力紧密相关，作为公民的公众，其力量只要发挥出来就是最大的。

D

从游船恋恋地下来，脚步轻轻进入琉森城，大致已明白为什么奥黛丽·赫本当年隐居于琉森。这本来就是奥黛丽·赫本那样美丽而空灵的城市呀。如果说仁者乐山、智者乐水，那么，美者是可以乐城的，三者得兼者，当然就会乐那拥有琉森湖的琉森城了。

作为瑞士最美丽的旅游城市之一，琉森有着悠久的历史文化，而且文化的脉络不断、人文的基因恒在。这里有欧洲最古老的屋顶木桥——著名的卡佩尔长桥，横跨罗伊斯河，始建于1333年。那是缀满鲜花的彩绘廊桥，桥的中央竖立着石头砌成的八角尖顶水塔，高达34米。有着高高水塔的卡佩尔桥，是琉森最知名的地标；桥的一横塔的一竖，加上古典老房子建筑群作背景，就在每一位游客的镜头里构筑成了美丽景致。尽管1993年的一场大火将这座古老的木桥烧掉了大部，但琉森人费尽心思将它按原模样重建。只要有了人的致力保护，火是烧不断历史的文脉的。

琉森的气息，吸引了大量世界级的作家来到这里生活和写作。“世界最美的蚌壳中的明珠”，这是法国作家大仲马对琉森的比喻。而那著名的半卧在地垂死的石雕雄狮，则被马克·吐温称之为“世界上最令人感动的石像”。俄罗斯大文豪列夫·托尔斯泰有个小说名篇，题目就是《琉森》，开篇就说到琉森是瑞士“一个最富有浪漫主义色彩的地方”，各国的旅行家们到琉森来的非常多。歌德也长期流连于琉森，如今这里的歌德故居已成为游人不能遗漏的参观景点。

与山相依、与水相拥的琉森，早年曾是瑞士的首都，可见它受人们的钟爱与疼爱。琉森的这片水，这群山，这蓝天，那么恬淡宁静典雅，给托尔斯泰那么强烈的美的刺激，使他全身弥漫着一种不可名状的感情，甚至使他想抱住某人，紧紧地抱住他，搔他，掐他，这实在也不算超常的举动吧。

琉森的老城是一定要悠悠地转一转的，那窄窄的街道，适合步行。我想象着当年的瓦格纳，就是一边悠闲地散步一边构思着悠扬的乐曲，尽管他夸张地说“琉森的温柔使我把音乐都忘了”。今天的游人不承担创作的任务，那么边漫步边赏景，时不时钻进街边小店买一些心爱之物，是蛮不错的。同行的团友，就在琉森随处可见的钟表店里一掷千金购买瑞士名表，瞧那快乐的感觉，真是爽得不行。

瑞士钟表为何那么精准那么著名？早在16世纪，瑞士钟表大师塔·布克就以亲身的经历说明：秘诀在于制作时有个快乐的好心情。布克在自己的作坊里快乐地制作钟表，都能使钟表日误差低于1/100秒。后来由于宗教原因他曾被捕入狱，入狱后被安置做钟表，但在那个失去自由的地方，他无论如何都不能制作出日误

在琉森街头看见灿烂的笑容：黑白是分明的，快乐是相同的

徐迅雷摄

有着高高水塔的卡佩尔桥，是琉森最知名的地标

徐迅雷摄

差低于1/10秒的钟表。布克明白了，真正影响钟表准确度的，正是制作钟表时的心情。今天，无论是瑞士人还是游历瑞士的人，都让我们看到了那蓬勃洋溢着的快乐好心情。

E

瑞士的美丽，随处可见可知可感可念，让人感到愉悦快乐。而且，这里是美女的世界，是鲜花的海洋。我就深切地感受到，这些欧洲旅游名城，美景是一定要包括鲜花与美人的，所以这里我必须宕开一笔，写写鲜花与美女了。

那些窗口，是盆栽的鲜花，点缀着；那些墙壁，是攀缘的鲜花，盛放着；那些庭院，是心爱的鲜花，微笑着；那些街角，是无忧的鲜花，招展着。当鲜花不仅盛开于山野，而且深入于城市，深入于家庭，深入于生活，深入于人心，我们就知道，那已不仅仅是爱美二字所能解释的了，这个世界实在已是太富足、太美好、太幸福、太和谐。天堂一定是用鲜花装点的。

我至今还不太弄得明白，为什么在瑞士城市的街头，总有那么多美女从你面前走过。在琉森一个街口，我有意识地静观了一刻钟，就有十多位年轻美女掠过面前。如果不是瑞士的风景太美丽，我真想庸俗一把，说一句“到瑞士去看美女”。而且这些欧洲的美丽女子，那种从里到外洋溢着的快乐、幸福、美丽、可爱，着实让我这个东方人欣喜地欣赏，想必是美丽的风景和无忧的生活，最能造就一个人的美丽的；而那种美丽是那么的自然、亲切、饱满、充盈。

在我这次拍摄的一千多张照片中，有很多鲜花与美女的照片。真是乐坏了我的相机。同行的女性团友笑我：老徐就是不放过任何鲜花与美女！

F

说到花儿，其实瑞士就被称为欧洲的后花园。当然，后花园并不仅仅由鲜花构成，老城就是必不可少的因素。

一个城市拥有自己的老城区，是值得骄傲的。被称为花园村庄的瑞士首都伯尔尼，最出名的当然要数它的老城区。当年歌德由衷地赞叹说“像伯尔尼如此美丽的城市，是其他地方无法比拟的”，他当然指的就是留给今天的老城。一般人都弄不清楚瑞士的首都在哪里，而日内瓦的名气大大超过伯尔尼，这看起来奇怪，仔细一想一点也不奇怪，其实日内瓦是可以被称为地球首都的；而瑞士首都伯尔尼真是太内敛、太静谧、太柔美、太古典了，要说欧陆风情的代表，伯尔尼老城就是典型的代表。

始建于1191年的伯尔尼，其老城在1983年被列为世界文化遗产。如今游览伯尔尼老城，既可近观，又可远眺，时时能感受到中世纪建筑的古典淳朴。最吸引人驻足的景观，就是老城钟楼，这个建于中世纪的钟楼不那么高大，但上面有一个小舞台，整点到来、钟声敲响之际，各种小动物依次旋转而出。我们的导游将时间踩得很准，在整点到来前一会儿带领我们来到钟楼下，兴致勃勃地给我们讲故事，让我们将这个活的历史遗迹鲜活地看个完整。

离开钟楼不远，就到爱因斯坦故居。伯尔尼是爱因斯坦的福地，他的金色1905年，就在伯尔尼。这一年，爱因斯坦发表了包括《狭义相对论》在内的五篇重要论文，于是有了“1905，人类要用黄金书写的一年”之说。而那时的爱因斯坦是个年仅26岁的毛头小伙，是伯尔尼专利局的小职员，可这个人类空前的天才真的就这样改变了世界。在那长长的拱形走廊边不起眼的小房子里，爱因斯坦常常倚窗倾听钟楼每个整点敲响的钟声，说“钟声给我带来灵感”；爱因斯坦对美好

瑞士首都伯尔尼老城一瞥

徐迅雷摄

准备下楼的爱因斯坦：伯尔尼爱因斯坦故居的楼梯

徐迅雷摄

瑞士巴塞尔，莱茵河美如油画
博物馆里的雕塑与人
徐迅雷摄

的伯尔尼怀着深厚的感情，认为那是他一生中最幸福的岁月。

我满怀崇敬拍摄下爱因斯坦故居照片，那长长楼梯的顶端，爱因斯坦仿佛要下楼向我们走来。其实爱因斯坦在瑞士的十几年都非常重要，在我书架上那厚大的《爱因斯坦全集》，其中有四卷都是“瑞士时期”。

远眺伯尔尼老城的最好地点是山坡上的玫瑰园，到玫瑰园看花是次要的，重要的是在这里一览伯尔尼老城全景，那一片红褐色房顶的老城房子尽收眼底；而那哥特式大教堂的尖塔，永远都是那么的出类拔萃。

伯尔尼老城是一个活的遗迹，呼吸着，心跳着。

G

莱茵河静静地流淌，它的支流阿勒河在伯尔尼城有个天然拐弯，左岸老城右岸新城，这段河流在城市地图上勾勒出一个美妙的图案，让人忍俊不禁。

莱茵河静静地流淌，它在瑞士北部的一个大拐弯，拐出了世界上唯一一个处于三国交界点上的名城巴塞尔，法国、德国、瑞士在这里不是“三国鼎立”而是“三国相拥”。

宁静典雅的巴塞尔是文化之城、会展之城。2007年5月，这里迎来盛大的瑞士旅游展览会，全世界上千名旅游界业内人士，在那短短的三天里聚会在这里。旅游是瑞士的支柱产业，仅次于工业和银行业；瑞士是在用“心”欢迎世界的游客。

被称为“瑞士北部门户”的巴塞尔，已有2000年的历史。美丽的莱茵河挽起巴塞尔，来到巴塞尔不能不看莱茵河。在多云天气的晨昏时刻，莱茵河与河上的桥、与河边的古建筑，那色彩构成一幅美丽的油画。而阳光灿烂的下午，莱茵河河水立刻让中国游客想起古诗句：春来江水绿如蓝。在巴塞尔大教堂平台上不仅可以俯视莱茵河，还能眺望德国黑森林地带的群山。

作为文化之城的巴塞尔，有30多家博物馆艺术馆，我在这里第一次看到了我喜爱的凡·高、毕加索，与他们的真迹合影，那种在心里涌起的感动与激动，我自己最知道。

在巴塞尔看城、看河似乎是不够的，那周边的山顶上，是美妙的去处。我们两次上山，一次是到农庄欢宴，村民用小手风琴给我们演奏土得掉渣的“洋曲”，那一夜我们笑得最开心灿烂；再一次是坐缆车上山，看典型的瑞士山地草坡旖旎风光。不知有谁能抵得住那山区田园风光的诱惑，不过说是田园风光，那里可难以见到农作物，满目都是草地。似乎随便在哪个草地上挖几个小洞，就是漂亮的高尔夫球场。而瑞士的国花就是火绒草。泰戈尔说对了：“绿草是无愧于它所生长的伟大世界的。”

只有720多万人的瑞士，其人口数量与杭州地区相当，还真是不需要多少农作物。整个国家似乎都在养花养草养树，能不将它涵养成人间的天堂吗？相信让上帝看了这样的“天堂镜像”，他老人家一定十分满意。

我们行走在瑞士山间

徐迅雷摄

德国文化城记

大国。崛起。这是一个奇妙的国家，它走过两次统一的大国崛起之路；这是一个独特的国家，它曾是两次世界大战的悲惨策源地；这是一个强大的国家，它在中国崛起之前长期是美国日本之后的世界第三经济强国；这是一个美好的国家，它灿烂的文化遗存，让来自全世界的游客沐浴在人文的辉光里。

这就是德国。8200多万人口的德意志联邦共和国。莱茵河、多瑙河、易北河漂亮地流过身躯的国度。

那些阳光灿烂的日子里，我乘坐德国汉莎航空公司的航班，前来参加了2007德国旅游博览会，游历了多个文化名城，这样的历史文化之旅，钻石级。

A. 柏林（Berlin）

勃兰登堡门上的和平女神驾着马车，在雨中向我的镜头走来。

与凯旋门是巴黎的象征一样，勃兰登堡门是柏林的象征。它见证了两德的分裂，如今它又是德国统一的象征。在“德国人最钟爱的50个德国景点”评选中，它名列第二。

菩提树下大街从它的身下穿过。“菩提树下”，多么富有诗意的名字，这一条柏林最著名的大街，那种氤氲氛围，无论昼夜晨昏，都是如诗若画。菩提树下大街以巴黎广场为起点，它是柏林最具有普鲁士风情的一条街道，是1647年“大选帝侯”腓特烈·威廉所设计；它一直以来就是柏林市的中轴线，重要的历史性建筑大多分布在这里。大街两边那些美丽的建筑中，有两座被称为“文化堡垒”：普鲁士文化遗产博物馆和洪堡大学。选帝侯大街也是柏林一条著名的大街，所谓“选帝侯”指有资格被选举为皇帝的贵族。这些街名都有着历史风情，而柏林的千年历史，尽管与古老的中国不能相比，但文化积淀之深厚，不可小看。

柏林可谓博物馆之城，博物馆多达175家，菩提树下大街穿过的博物馆岛是我们的首选去处。薄薄晨雾中，我们在这里徜徉。这是世界文化遗产，由5座博物馆组成，清澈的施普雷河缠绕着这“五兄弟”，共同组成了不对称而又和谐统一的建筑群体，偌大的世界没有第二处这样的博物馆岛了。

柏林一直以来都是一个丰富多彩、扣人心弦的欧洲大都会。柏林之游让人上瘾，不仅仅因为这里的建筑浓缩了文化，更有诸多的文化活动，雅俗共赏。雅，可以雅到世界顶尖；俗，可以俗到街头随处可见。这里有八个大型交响乐团，其中就有我最爱的柏林爱乐乐团，还有曾经的指挥大师卡拉扬。歌剧院也有许多：德意志歌剧院、菩提树下大街国家歌剧院、喜剧歌剧院。我们一到柏林住下来，就听到窗外传来鼓乐声，亚历山大广场上正进行着“路演”的“群众活动”呢。

时光不会让记忆风化。20世纪初，旅居德法的青年周恩来，就曾住在柏林的皇家林荫路，在那里他发展留学生朱德入党，那是遥远的1922年11月。德国与大批中国名人有深厚的缘分，诗人冯至、学者季羡林、教育家蔡元培、史学家陈寅恪、医学家裘法祖、生物学家贝时璋等等都曾留学德国。

柏林历尽沧桑，但今天在柏林的文化之旅，已不是“文化苦旅”了，即使是去看柏林墙遗迹。柏林墙经历了冷战那风刀霜剑的洗礼，更见证了德国的分裂与

柏林墙，涂鸦墙

徐迅雷摄

统一，它的遗迹无声地诉说着当年东西分隔的血泪历史，毕竟当年为了翻越柏林墙逃入西柏林，有千百人死伤或失去自由。冷战时期的苏联，曾一度下令关闭连接西德与西柏林的陆上交通，自1948至1949年的11个月里，西柏林市民的生存物资靠美国的飞机投送。柏林墙被称作“最为坚固”且“最为短命”的“长城”，到了1989年，柏林墙终于倒了，如今在东部留有长达千米的柏林墙，上面的涂鸦作品寄托了人们对自由和平的渴望，已是世界上独一无二的著名“涂鸦墙”。

与我同行的另一位女记者，用圆珠笔在柏林墙上写下了“佛祖保佑天下和平”八个小小的字。我没有在上面涂鸦，而是柏林墙“涂”入了我的心灵。

在南边，鲜花点缀的查理检查站，红星悬挂的柏林墙博物馆，已成著名的景点。许多中国文化人会在那里买一块柏林墙水泥块带回来留作纪念。柏林墙的一切，在今天已成为文化，是政治文化，是历史文化，更是情感文化。德国人的反思精神，亦可从威廉皇帝纪念教堂中看出。由威廉二世始建于19世纪末的这个教堂，二战中严重受损，战后教堂钟楼的残骸被保留了下来，并在周围建造了新教堂和钟楼、礼拜堂和前厅，旧建筑和新建筑合二为一，战争之死与和平之活合二为一，两者形成了强烈的对比，既能给人以压迫感，又能给人以舒展感，这是最好的警世“纪念碑”。

从反思文化的视角来看，那么在勃兰登堡门南侧附近，那纪念600万二战中死难犹太人的“大屠杀纪念碑林”，则把情感推向了震撼人心的极致。那2711根躺倒的碑柱，全部由灰色混凝土浇筑而成，长短不一、高低不等，远观碑林如迷宫，近看块块似墓碑，这是美国建筑师彼得·艾森曼的杰作。我走进墓地似的肃穆碑林，那真是“于无声处听惊雷”，它带给你的心灵冲击力，是其他任何纪念碑林所不具备的。

纪念碑林于2005年5月开放，这是一个国家对受害者的忏悔、对自己历史罪责的担负。一个国家为什么变得伟大和令人尊敬，这里有一个震撼人心的答案。

躺倒的是碑柱，站起的是德国。

（不容错过的地方：1. 博物馆岛；2. 查理检查站旁的柏林墙博物馆；3. 勃兰登堡门；4. 威廉皇帝纪念教堂；5. 哈克庭院）

B. 波茨坦（Potsdam）

与柏林紧挨着的波茨坦，是勃兰登堡州的首府，是宫殿和花园之城，联合国世界文化遗产称号授予的就是这里的宫殿和花园。在德国第一次统一前，波茨坦是普鲁士国王的夏宫所在地，300多年时间里，当时最优秀的艺术家在这里建造了宫殿和花园建筑群，成为当时普鲁士统治者们的天堂。

这里有著名的《波茨坦公告》签署地西席林霍夫宫，1945年那个二战末期的夏天，苏美英三国首脑在此举行会议，7月26日发布了敦促日本无条件投降的《波茨坦公告》，8月2日签订了有关处理战后德国原则的《波茨坦协定》。波茨坦会议颇有意思，“中途换帅”，会议前期的三巨头是丘吉尔、杜鲁门、斯大林；后期三巨头是艾德里、杜鲁门、斯大林。因为会议期间恰逢英国大选揭晓，工党领袖艾德里击败保守党领袖丘吉尔，出任英国首相并替代他参加了会议。

今天，如果你仅在这里游前院、看屋内，那说明你太老实了，一定要转到后花园去看看，那就明白为什么世人总把美丽可爱之地称为“后花园”。这个“后花园”与孔雀开屏不一样，更绚丽多彩的恰恰在后头，每个拱门、每垛草塔、每簇花团、每片绿地，都是精心摆布与打理的，那才叫“精美”。

因为天堂，所以无忧。波茨坦的核心宫殿就叫“无忧宫”。无忧宫是普鲁士

2007年5月14日，我们在波茨坦，看见了西席林霍夫宫的“媚眼”

徐迅雷摄

波茨坦无忧宫旁著名的风车磨坊

徐迅雷摄

国王腓特烈·威廉一世的夏宫，是德国洛可可式建筑的代表作，是崇尚自然的体现。无忧宫有旧宫和新宫之分，那建设在阶梯式层层叠叠葡萄山山坡上的旧宫是必去之地，长条形的单层建筑外观看起来并不是那么的华丽，但内在的豪华足以让国王无忧无虑。如今的六月有波茨坦无忧宫音乐节，成千上万的音乐爱好者会齐聚在这里，在无忧宫花园里欣赏露天音乐会。

无忧宫内部主要有十二个大厅，其中大理石厅、谒见厅、椭圆厅可供参观。无忧宫东侧有珍藏100多幅名作的画廊。而里边还有一个房间特别著名，那就是法国启蒙思想家伏尔泰住过三年的房间。德国导游人士不会忘记给游客讲述伏尔泰在无忧宫避祸居住的故事。腓特烈·威廉家族与伏尔泰很有缘分，他们喜欢阅读伏尔泰的著作。伏尔泰在巴黎惹了祸，尊崇知识和文化、深爱学术和艺术的腓特烈，素来敬重这位法国启蒙运动的先知，于是干脆请伏尔泰住到自己的行宫里。

无忧宫还有个中国茶亭。17世纪以来，丝绸、瓷器、茶叶等中国特产开始大量进入欧洲，成为上流社会显示财富的奢侈品。到了18世纪，欧洲流行“中国热”的热度颇高。在追逐各种中国器物的过程中，欧洲社会逐渐形成了一种时尚，包括举行中国式宴会、观看中国皮影戏、养中国金鱼等，都成为高雅品位的象征。这种时尚也体现在中国式园林与建筑在欧洲的盛行，“无忧宫”中的中国茶亭就是中国风格的代表性建筑，尽管现在看起来中国味不是很浓。

而无忧宫里最具有故事性的，恰是无忧宫旁边那一座风车磨坊。当时普鲁士国王腓特烈·威廉一世觉得这座磨坊“碍眼”，多次协商拆除不成后，派人强行将磨坊给拆了。磨坊主将威廉一世告到地方法院，法院判决威廉一世败诉，判令将磨坊“恢复原状”，并赔偿有关损失。面对这样“牛”的“钉子户”，威廉一世也不得不低头。

到了威廉二世时代，磨坊主的儿子因经营不善而濒临破产，想把磨坊卖给威廉二世拉倒。威廉二世接信，感慨万千。可他认为磨坊之事关系到国家的司法独立和审判公正的形象，磨坊是座丰碑，应当永远保留。他亲笔回信，赠钱帮助偿还债务，而将磨坊保留了下来。至今矗立着的这座磨坊是“史上最著名的磨坊”，它成了德国司法独立的象征，代表了一个民族对法律的信念，每年都吸引不少观光者，法律专业的大学生则以观摩磨坊为必经程序。磨坊告诉世界，什么是真正的精神遗产。

波茨坦拥有许多优秀的博物馆，大多是普鲁士时期的王宫；就是我们用晚餐的地方，也是一个具有城堡特色的老建筑。而波茨坦的民居，同样也是独特的风景。波茨坦的新巴伯斯贝格别墅区，有许多迷人的建筑，成为不同的“凝固的音乐”。黄昏时分我们走进荷兰区，商店都打烊了，这里安宁得仿佛有些寂寥；荷兰区有130座典型的荷兰风格砖砌房屋，这些房子对外人来说是风景，对自己来说就是安乐窝。在荷兰区旁边，逛逛打折书店也是不错的选择，常常有惊喜的发现，不仅书籍精美，而且可能折扣低得惊人，一折的价位简直就像是“交个朋友，送你了”。

（不容错过的地方：1. 无忧宫；2. 西席林霍夫宫；3. 波茨坦电影博物馆；4. 波茨坦博物馆；5. 荷兰区；6. 船工小巷）

C. 德累斯顿（Dresden）

都说德累斯顿是“易北河畔的佛罗伦萨”，其实可以说佛罗伦萨是“阿诺河畔的德累斯顿”。

如果要问德国哪个城市最美丽，德国人会毫不犹豫地给出答案：德累斯顿。

“谁没有见过德累斯顿，谁就没有见过美。”城市之美，主要得看人文景观的聚集度和美丽度；所以，这个原东德地区的德累斯顿市，无疑是德国最美丽的城市。茨温格宫、森伯歌剧院、圣母教堂享誉世界，包括“绿穹珍宝馆”在内的30多座博物馆让你目不暇接。

二战后期，有著名的“德累斯顿大轰炸”，那是1945年2月14日夜，人们永远忘不了这次毁灭性的轰炸。战后，那些被毁的老建筑得以逐步重建，修旧如旧，修复的茨温格宫是首选去处。

在欧洲建筑四大风格——罗马式风格、哥特式风格、文艺复兴风格和巴洛克风格中，我认为教堂以哥特式风格最拔萃，宫殿以巴洛克风格最美丽，那些德国巴洛克式的房子，重曲线、重装饰，以华丽炫目为佳。而德累斯顿老城是巴洛克建筑集大成者，其中最漂亮的就是茨温格宫，那是欧洲最重要的巴洛克风格的建筑。

18世纪初叶，奥古斯特大帝委派了最优秀的宫廷建筑师设计建造了这座宫殿。茨温格宫朝圣阁屋顶上的一个雕塑——肩扛地球的奥古斯特大帝，他被誉为萨克森的大力神。如今，茨温格宫镀金圆顶王冠宫门是德累斯顿的城标之一；宫殿内庭宽阔舒展，楼阁亭台、回廊曲径、草地喷泉都有一种开放的心态，不是中国那种“庭院深深深几许”的风格。

茨温格宫里有世界上最大的陶瓷收藏馆、古典巨匠绘画陈列馆，这就像看北京的故宫，不仅有外头的华彩，更有内涵的丰厚。陶瓷收藏馆1717年由奥古斯特大公所建，世界上规模最大，收藏了大量的亚洲瓷器和迈森瓷器。20世纪初，朱自清游赏德累斯顿时，就赞美瓷器之精美，他说瓷器上舞女的裙子“做得实在好”，是白色雕空了像纱一样，各种折纹都有，而中国瓷器没有如此精巧的。德国的瓷器在欧洲是最出名的，比如常常在商店里看到的商标为交叉着两把剑的瓷器，就

德累斯顿的茨温格宫
徐迅雷摄

非常名贵。德国也有个“景德镇”，那就是迈森小镇，盛产“瓷中白金”。300多年前，这个镇就开始学习中国的陶瓷艺术，但他们很快就摆脱了仿制，逐渐兼容了巴洛克、新艺术和现代艺术，陶瓷发展到23万种之多。

古典巨匠绘画陈列馆，是建筑大师森伯设计的，属于国家级艺术收藏馆。意大利文艺复兴时期的绘画是馆中最重要的藏品，如拉斐尔、乔尔乔内、提香等画家的主要作品，以及矫饰派和巴洛克的绘画，其中有著名的拉斐尔作品《西斯廷圣母》；这里还有伦勃朗及其流派的大量杰出作品。在近代绘画馆里，印象派画家德加的作品《两个芭蕾舞女》、高更的《塔希提岛的两个女人》都久负盛名，后者是作者第一次到塔希提岛居住时所作。

在断壁残垣上精心重建的圣母教堂，也是巴洛克式风格的建筑杰作之一。圣母教堂是德累斯顿遭战火蹂躏的见证，德国重新统一之前，市中心的圣母教堂是废墟，和当时西柏林的威廉皇帝纪念教堂废墟一样，作为战争纪念碑保存了下来。朱自清曾在游记里说，圣母教堂也是著名古迹：歌德也站在这里的讲台上说过话，他赞美易北河上景致；瓦格纳也在这里演奏过他的名曲。这里曾举行过一回管风琴比赛，参赛的有巴赫，那时他还没有大大的出名，比赛前一天他才从莱比锡而来，看见管风琴好，不觉技痒，就坐下弹了一回，吓跑了比赛对手，最终他演了独角戏，倾倒了四千听众。

在全世界的资助下，“像考古研究一样地精细小心”，历时十年，直到2005年圣母教堂才重建完成，沧桑后的华丽，更是金碧辉煌，成为德累斯顿的标志，比其他任何一座建筑都更能体现德累斯顿的历史。教堂前有一座马丁·路德阅读《圣经》的雕像。德国人评选最钟爱的50个景点，圣母教堂入选。

易北河畔德累斯顿造型艺术学院前，有个宽阔的平台，有人称之为“欧洲的露台”，站在这个平台上，易北河两岸的美丽风光一览无余，可以看看“河水刚

德累斯顿圣母教堂
徐迅雷摄

掉转脸亲了德累斯顿一下，马上又溜开去”的风情。

德累斯顿，美丽的德累斯顿，你其实是一部大书，真不是三言两语能说清楚的。看着一群群德国的孩子在茨温格宫外的广场上撒欢，我知道，和谐、安宁、幸福的日子，不会再轻易失去。

（不容错过的地方：1. 圣母教堂；2. 茨温格宫；3. 森伯歌剧院；4. 选帝侯的艺术珍宝馆；5. 镶嵌大壁画；6. 世界上首座全透明的汽车厂）

D. 魏玛（Weimar）

魏玛，魏玛，像歌德和宪法一样神奇的城市。

魏玛是个一说名字就让人油然而生敬意的小城。魏玛是德国的地理心脏，是欧洲的文化心脏。魏玛是文化古城，是世界文化遗产。魏玛是名人之城，是德国文化之旅不可错过的地方。“魏玛共和国”的名称像一颗钻石，嵌在德国崛起的历史上。

人口只有6万多一点的魏玛，每年都有几百万游客从世界各地光临这里，他们带来朝圣般的目光和心情，当然也带来十亿为单位的旅游收入。魏玛是一个能让你心静下来的地方，最适合文化休闲；魏玛拥有独一无二的文化氛围，魏玛的文化浓度浓得化不开。魏玛属于一个处处是文化的古城，因为整个古城就是世界文化遗产。处于德国心脏地带的魏玛，不仅是德国的文化心脏，甚至被称为欧洲文化与人文史的中心。要与德国古典文化零距离接触，那就一定得去魏玛。

这个小城因魏玛共和国使中国人知晓其名，一战结束后德国第一个共和国——魏玛共和国在这里成立，尽管没有维持多久；共和国第一部宪法是《魏玛宪法》，德国民族剧院是《魏玛宪法》诞生地，首任院长是歌德。

剧院前是歌德和席勒这对好友的雕像。出生在法兰克福的歌德，1775年26岁时，应公爵之邀来到魏玛，歌德从此在这里度过了大半生，直到82岁溘然长逝。因为对歌剧、对文化艺术的共同热爱，他与席勒在这里建立了深厚的友谊。歌德与席勒肩并肩的雕像，是德国被拍摄印刷最多的雕像。

歌德与中国也有缘分，他写于1815年9月的诗歌《银杏树》，说的就是中国银杏，导游还特意给我们发了一页中文的《银杏树》和一片银杏叶。“这样叶子的树从东方 / 移植在我的花园里 / 叶子的奥义让人品尝 / 它给知情者以启示……”银杏之美，最美在树叶；意象之美，最美在背后的情愫。这里的银杏真美呀，我要停留一下！

魏玛主要的还不是政治文化纪念地，而是古典文化纪念地。这里是名人聚居的地方，这里有歌德花园故居、席勒故居、李斯特故居、尼采档案馆、包豪斯博物馆等等。在席勒故居里，鲜花与席勒塑像让我凝视。席勒名作《威廉·退尔》就诞生于此。在巴赫旧居前，年过七旬的导游向我们做了如数家珍般的介绍。巴赫出生在魏玛的隔壁城市埃森纳赫，但魏玛是块磁性极强的吸铁石，把他吸引到自己身边。

作为名人之城的魏玛，这里拥有独一无二的名人故居和博物馆氛围；40多座博物馆，展示的时间跨度从石器时代、古典主义时期直到现代。魏玛作为古典文化纪念地，那些古典建筑群是1800年文化跨越的证据。让我感到特意外的是，这里甚至还有敬畏生命的诺贝尔和平奖获得者史怀哲的纪念馆，史怀哲并不是魏玛人，而是出生在德法边界、如今属于法国的一个小镇。

小小魏玛，竟然有两个世界文化遗产：一是魏玛古城，二是包豪斯学院。“包豪斯”不是一个人的名字，它是德国建筑艺术设计顶尖水平的代表，欧元最高面

魏玛：歌德与席勒的雕像

徐迅雷摄

值的500元纸币图案就是包豪斯风格的建筑。包豪斯建筑简朴实用，看起来远没有这个魏玛街头普通建筑漂亮。我们参观包豪斯学院的时候，那些大学生们正埋首于课业。

魏玛公园林木繁茂，其实整个魏玛就是一座公园。今天行走在魏玛公园的小径上，自然会想起那则著名的歌德让路逸闻：歌德一天在魏玛公园一条小径上散步，迎面走来一位曾把他的作品贬得一文不值的批评家。两人都站住了，批评家傲慢地说："对一个傻子，我决不让路！""我却相反。"歌德微笑着站到了一边。

而魏玛的石径小巷，更是让人感觉"爱不释脚"。黄昏漫步在这样的小巷里，不宜用"爽"字来表达，最好只说传统的"舒服"二字。

除了众多的名人故居，这里还有"德国人最钟爱的50个德国景点"之一的安娜·阿玛利亚图书馆。历史有时候会跟人开玩笑，在和平时期文化遗产也有出人意料的损毁。2004年9月一场顶楼电路故障引发的大火，烧掉魏玛安娜·阿玛利亚图书馆3万珍本藏书，其中很多是举世无双的无价珍品，这是"德国文化的一场大难，世界遗产的重大损失"，呜呼哀哉！

魏玛不仅吸引世界各地的游客，这里还是德国人自己百去不厌的地方。德国，可是音乐之国——来自各地的中小学生正在这里举办文化艺术节活动，笛声悠扬，并非诉说少年维特的烦恼……

（不容错过的地方：1. 歌德故居；2. 席勒故居；3. 安娜·阿玛利亚图书馆；4. 包豪斯博物馆；5. 魏玛艺术展览馆）

让人“爱不释脚”的魏玛石板路

徐迅雷摄

E. 埃尔福特（Erfurt）

一条铁路线将图林根州的魏玛、埃尔福特、埃森纳赫三颗珍珠穿在一起，州首府埃尔福特处于中间，相隔都不远。

我们到达埃尔福特的那天，恰遇德国的男人节，或者说是传统的父亲节，据说其历史可以追溯到中世纪。这个日子是成年男人们撒欢儿的日子，任性一点更可爱。一群戴着草帽、花枝招展的男人，分乘小船，在流经市区的小河上叫啊闹啊划行，让游客观众看着更感到开心。轮椅上的残障男士握着望远镜在观看，红衣裳的小男孩双手扳着小桥栏杆在注目。传统上这一天男人的出游是绝不带老婆孩子的，我们果然没有看到玩乐着的男人拖家带口的。

小河静静地流，流过克莱默桥。克莱默古桥，是埃尔福特旧城的标志之一，因为它是一座建于14世纪、桥上有屋的独特屋桥。在阿尔卑斯山北麓，现存唯一这么一座宝贝屋桥了。克莱默桥全长120米，上面建有62幢窄小的房屋，再后来合并缩减成32幢，是欧洲最长、住户最多的桥屋，是最有意思的世俗建筑作品。它起初是木结构的，后来在1325年用石头改建；桥两头原本各有一座教堂，现在只有东边的教堂尚在。

桥上房屋三四层高，分布在桥面两侧，桥中间于是就形成了一条风格独特的桥街，桥街上是一家家商铺，店面不大，出售工艺品和古玩，所以又被称为商贩桥。进入其中的一个商店，可以深入地下，看看那桥底下的流水潺潺。在“德国人最钟爱的50个德国景点”中，埃尔福特这座克莱默桥是最不起眼的，别看它表面上是屋桥、商贩桥，其实它已经成了文化，蕴含了久远历史的文化因子，称之为“文化桥”是没错的。每年在这里举办的克莱默桥节，是图林根州最大的中世纪节。

埃尔福特市的另一个象征是被称为双教堂的埃尔福特大教堂。如果要看教堂，但没有机会去科隆看德国人最钟爱景点第一名、建造了600多年终成人类世界最杰出哥特式建筑的科隆大教堂，那么看看埃尔福特大教堂是很不错的。

埃尔福特大教堂，在教堂山上，由玛林大教堂和塞维利教堂组成，所以叫作双教堂。每年夏季，在这70级教堂台阶上，还举办教堂台阶节，台阶于是变成了世上最美的户外舞台之一。

玛林大教堂始建于742年，后来在14世纪增设了玻璃窗，在1497年又增设了大钟；大教堂高大宏伟，屋顶装饰有多座大小不等的尖塔，一排排长窗，玻璃上全是色彩绚丽的画，墙上的人物雕像生动精美。教堂内有一个铸于15世纪的铜钟，重达12吨，钟声洪亮，在20公里外的魏玛城都能清晰地听到。1280年修建的塞维利教堂，是五殿堂的哥特式教堂，里面存放有塞维鲁圣人大主教的石棺。

图林根州被称作城堡和宫殿之州，而州首府埃尔福特的教堂特多，它是著名的宗教古城。1501年和1505年期间，德国宗教改革家马丁·路德在埃尔福特大学完成了哲学专业的学习，之后又在这里的奥古斯丁修道院度过了六年。这很让埃尔福特人骄傲一把。现在的埃尔福特是图林根州最大的一个城市，人口20多万。中世纪时，人口肯定没有这么多，但这里曾先后修筑了80多座教堂、30多座修道院，至今仍有许多很好地保存了下来。爬上高高的要塞城堡俯瞰全城，只见尖塔如林，高高低低错落有致，所以埃尔福特有“塔城”之称。

早在中世纪，埃尔福特就是一个强大的贸易城和大学城。埃尔福特有“建筑艺术的露天博物馆”的美称，它拥有华丽的贵族宅邸和桁架房屋建筑群，拥有德国保存最完好的内城，内城那些华丽的历史建筑，大多是中世纪富人、贵族的居所。那些木桁架建筑，最具典型的德国风格。

图林根民俗博物馆是德国最大的民俗博物馆之一，有着丰富的乡村风格的实

埃尔福特大教堂

金碧辉煌：埃尔福特大教堂内景

徐迅雷摄

用文化收藏品，如家具、家用器皿等等，可以了解19世纪的乡村生活。在这里别忘记尝尝图林根烤香肠，它可是在整个欧盟范围内都受法律保护的，它已有 600 年的烤制历史，是无法忘怀的“非物质文化遗产”。肠衣紧紧包裹着的细细香肠，为什么香味那么浓郁，味道那么鲜美？除了秘而不宣的配料，它必须用木炭烤制而成；炭火烤久了，把香肠也烤成了让人垂涎欲滴的美味文化。

（不容错过的地方：1. 玛林大教堂；2. 克莱默桥；3. 奥古斯丁修道院；4. 图林根民俗博物馆；5. 埃尔福特园艺馆）

F. 爱森纳赫（Eisenach）

夜宿爱森纳赫郊外山坡上的旅馆，一种安宁静谧沁入心扉。夕阳打在脸上，温馨留在心里。草木抹上阳光的奶酪之后，闻起来都是香的。

图林根州位于德国的中部，不仅拥有宝贵的文化宝藏，还拥有宝贵的自然资源。德国的环境保护闻名世界，加上气候温和、风调雨顺、土地肥沃，森林覆盖率达70%，到处是蓝天、青山、绿水，而这其中图林根州又是首屈一指，图林根森林就被称为“德国的绿色心脏”，爱森纳赫则处于图林根森林与国家公园之间。住在爱森纳赫郊外山坡上，晨昏都能充分感受到生活在良好自然环境里的那种舒服。在现代社会，现代已不稀奇，珍贵的是原始自然与古老文化。

爱森纳赫被图林根森林柔缓山峦包围着，瓦特堡是爱森纳赫翠绿海洋里浮现的标志性建筑。在图林根森林的万山翠绿里，瓦特堡君临天下，与四周森林融在一起成为理想城堡。陡峭悬崖上的瓦特堡，是保存最完好的中世纪古堡之一，在13世纪是最著名的文化中心，经历了900年的历史和文化之后，已被联合国教科文组织列入了世界文化遗产名录。车子是不能行驶到古堡跟前的，长长一段石板山路需要下车步行。一抬头瓦特堡就豁然出现在眼前，瓦特堡的正面美丽得让人震颤，尤其是在阳光灿烂的时刻。如果没有机会去看处于南部边境阿尔卑斯山麓、全德国最漂亮最迷人、让人看一眼几乎就要窒息一次的新天鹅堡，那么看看爱森纳赫的瓦特堡也很好。

跨过铁索吊桥，才能贴近美丽的瓦特堡。1521年至1522年期间，跨过铁索吊桥的马丁·路德隐居在这座城堡里，埋头将希腊文和希伯来文的《圣经·新约》译成了德语，用掉了无数个墨水瓶。《圣经·新约》译成德语后，为德国语言文字的统一奠定了基础。古堡里有马丁·路德住过的房间，小屋只有几个平方米，陋床，旧椅，老桌……马丁·路德在这里干了一件文化大事。瓦特堡的宴会厅有着盛大的气势，然而心脏部位却在这个小小房间。在外部看瓦特堡，可以兴高采烈；到内部看瓦特堡，应该心怀敬意。

曾在爱森纳赫居住过颇长时间的大文豪歌德，曾协助当地居民共同重修过瓦特古堡。全世界只要知道瓦特堡的人，都不会不关心关注瓦特堡。值得一提的是，瓦特堡如今有了中文录音解说，每到一处，工作人员就给我们播放中文解说。

瓦特堡主楼顶上，德国三色旗高高飘扬。爱森纳赫是当今德国国旗的重要发源地之一。19世纪初的1817年，为了反对专制实现祖国统一，德国各地的大学生纷纷赶到爱森纳赫，他们高举起的，就是黑红金三色旗。

瓦特堡脚下的爱森纳赫，是音乐之父巴赫的出生地。爱森纳赫的火车站，站台上除了写有这个城市的名称外，还特意注明这是约翰·塞巴斯蒂安·巴赫的故乡。以文化名人为城市荣誉的城市，是对文化真正尊重的城市。德国是哺育“乐圣”贝多芬的摇篮，还有巴赫、亨德尔、韦伯、门德尔松、瓦格纳、舒曼等等彪炳于音乐史册的名字与之相伴，历来享有音乐圣地之佳誉。爱森纳赫是中世纪游

爱森纳赫的瓦特堡
徐迅雷摄

吟诗人和宫廷歌手经常表演和比赛的地方。巴赫笃信宗教，又深受启蒙思想的影响，他的音乐是巴洛克音乐发展的顶峰。他被称为西方音乐之父，是德国最伟大的作曲家之一。我喜欢巴赫音乐的雍容、浑厚与博大。

一说到旋律空前华丽复杂的管风琴音乐，自然就想到巴赫。在巴赫故居纪念馆，我们聆听了管风琴的演奏。一楼一间较大的房间的玻璃橱窗内，陈列着各种乐器，各种提琴、六弦琴、竖琴、铜号、双簧管、单簧管等等，朝南的墙边则摆放着古钢琴、古键琴、管风琴。琴师满怀崇敬之心，边介绍边演奏，还请一位中学生模样的小女孩演奏了一首巴赫的曲子，我们的掌声如花瓣一般蓬勃地开放，献给巴赫、献给巴赫的演奏者。自由参观时，你还可以舒适地坐在吊椅上，戴上耳机，聆听巴赫。一流的巴赫音乐，通过一流的德国音响设备传递，真是相得益彰。巴赫故居是一幢两层楼的民居，外墙的金黄色，接近德国国旗的金黄色；故居后花园并不奢华，但也是一个休憩的好去处。

童话般的爱森纳赫，一个小小的山城，许多路面由青石板铺成，而无形的爱森纳赫之路，则由音乐铺成。在巴赫故居的留言本上，我用中文写下了："音乐穿透世界，音乐穿透心灵。"

歌德曾说，"旅人之旅，非为抵达目的地，而为享受途中乐趣。"山水之乐是乐，文化之乐更乐。德国，这个仅古堡就有上万座的国度，如果想真正完成精神文化之旅，我知道，那几乎是不可能完成的任务。

（不容错过的地方：1. 瓦特堡；2. 巴赫故居；3. 路德大屋；4. 汽车博物馆）

G. 法兰克福（Frankfurt）

法兰克福（Frankfurt）的全称其实是“美因河畔法兰克福”（Frankfurt am Main）。美因河静静地流淌，穿城而过，注入莱茵河。

在去法兰克福之前，只知道法兰克福有很大的航空站，好多国际航班在这里中转；只知道法兰克福很现代化，是德国重要的工商业、金融中心，被称为“美因河畔的曼哈顿”；只知道法兰克福书展是全世界读书人和买书人相聚的圣地。

果真，我们最后一站在美因河畔法兰克福停留，欣赏了一座座在阳光下闪闪放光的玻璃、钢筋和水泥打造的摩天大楼；我们路过了欧洲中央银行总部大楼，拍下了那个著名的欧元城标——蓝色的欧元符号€造型上缀着颗颗黄星。我们登上了高高的美因塔——一幢有54层的高楼，在楼顶的观景平台欣赏法兰克福全景，就是进门之前的安检实在太严格，连皮带都要解下来。

有人说，“法兰克福，是在现代的外表之下，隐藏着一颗传统的心”。最值得好好游玩的是法兰克福的老城，源自中世纪的老城。法兰克福早在公元794年就是神圣罗马帝国的权力中心。老城的中心是罗马贝格广场，当初就是集市的中心。广场四周这些不高的建筑，多为人字形屋顶，半木建造，古色古香，精致漂亮。这里有座尖塔形的漂亮老教堂，是圣尼古拉教堂，在二战大轰炸中幸免于难。通过这些漂亮的老建筑，可以看见那昔日的城市风貌，不管是一直保留下来的还是二战后复原重建的。其实这里最值得注目的，是广场上的正义女神雕像。女神手持象征公正的天平，雕像始立于1611年，1887年换成了铜像，下面是喷泉。正义女神手持天平的雕像，就像波茨坦无忧宫旁的风车磨坊，成为公正司法的教例。

法兰克福是大文豪歌德的诞生地。1749年8月28日，歌德出生在法兰克福西思格拉大街23-25号；1832年3月22日，歌德在魏玛去世。法兰克福的歌德故居

法兰克福：美因河的黄昏

徐迅雷摄

在二战中被完全破坏，战后修复。在这里，歌德度过了他的青少年时期，写下了著名的《少年维特的烦恼》。《安妮日记》的作者安妮·弗兰克，也出生于法兰克福。这位德籍犹太少女写下的日记，记载了法西斯恶魔统治一切的时代，她藏身密室25个月的生活和情感，最后的日期停留在1944年8月1日。

法兰克福总归是德国的文化重镇。

黄昏漫步美因河畔，是人生最惬意的时光。在德国，我是一路行一路随手拍，在这里拍到了我最满意的一张照片，是我把相机搁在桥墩上以夜景模式拍摄的，画面中的美因河蓝得让人心醉，倒映的灯光画出了水天一色；河两边各有一座尖塔教堂，左侧是法兰克福大教堂即皇帝大教堂，右侧是福音教会教堂，中间是古老的铁桥低调地跨过美因河；两座教堂的尖塔，把美丽刺进了天空。

（不容错过的地方：1.老城；2.罗马广场；3.法兰克福大教堂；4.施泰德博物馆；5.歌德故居）

清澈的宁静

两位独特的哲人有着挺有意思的生活方式和生存状态。一位是19世纪的梭罗，一位是20世纪的海德格尔。一位在美国那美丽的瓦尔登湖畔筑屋幽居，一位在德国南部森林一个陡峭山坡上一间滑雪小屋里独处，他们深邃的思考在清澈的宁静中诞生和行进，令我肃然起敬。

为了验证人能在极其简朴的环境中愉快地生活下去，梭罗带了几件必需的物品，其他一无所有地来到他家乡康科德镇郊外林中的瓦尔登湖畔居住。他自己动手获得衣食住房，一年只劳动六周，而把剩余的时间都用来阅读和思考，《瓦尔登湖》由此诞生。海德格尔那间滑雪小屋宽仅6米、长7米，海德格尔说："严冬的深夜里，暴风雪在小屋外肆虐。白雪覆盖了一切，还有什么时刻比此时此景更适合哲学思考呢？这种哲学思考可不是隐士对尘世的逃遁，它属于类似农夫劳作的自然过程。"（见《人，诗意地安居——海德格尔语要》，上海远东出版社）

原以为哲学家与乡村乡人相距最为遥远，没想到他们却是如此切近。海德格尔还说：让我们抛开这些屈尊附就的熟悉和假冒的对"乡人"的关心，学会严肃地对待那里的原始单纯的生存吧！"接近故乡就是接近万乐之源（接近极乐）。故乡最玄奥、最美丽之处恰恰在于这种对本源的接近，绝非其他。"

接近故乡，接近本源，接近单纯的生存，接近清澈的宁静。面对美国那处处存在的物欲的泥淖，梭罗认为，多余的钱财只能买多余的东西，人的灵魂必需的东西是不需要花钱买的。“让我们简单而安宁，如同大自然一样，逐去我们眉头上垂挂的乌云，在我们的精髓中注入一点儿小小的生命。”（见《瓦尔登湖》，徐迟译，上海译文出版社）

海德格尔接到赴柏林大学讲课的第二次邀请，在山上小屋前倾听过群山、森林和农田无声的言说之后，去看望一位老友，一位已七十五岁的农民。这位老农民已在报上看到了邀请的消息，他那双清澈无比的双眼不加任何掩饰地紧紧盯着海德格尔，双唇紧抿，意味深长地将他真诚的双手放在海德格尔的肩上，几乎看不出来地摇摇头：“别去!”

纯净清澈的，不仅仅是这位老农的眼睛。由此想到女诗人马丽华在藏北的游历，想到她同样的一次遭遇。这位因《太阳出世》而闻名的女诗人一日借宿于仓姆决家，面对那闭塞的环境、艰苦的生活，女诗人有了许多优越感，从而相信女主人仓姆决会非常羡慕她。然而她错了，交谈中女主人拉着女诗人的手连连说道：“宁吉！宁吉！（藏语‘可怜的！可怜的！’）”这位藏族妇女认为一个到处奔波的女人才是世上最苦最可怜的人！作为一位女性，马丽华若不具备心灵的宁静，就不可能独自在世界第三极的神奇土地上游历，但城市的喧嚣依然在她的心灵中打下深深的烙印。面对藏北这位妇女的话语，她再一次醍醐灌顶。

一幅美丽的画面时常在我的脑海闪现：在浙江南部，一条国道线穿越一个村庄，一座普通的民居离公路很近，简朴的房子旁有一棵普通的柚子树，房前有一排长条石凳，石凳上坐着一排四五个年轻或不年轻的男女农民，脚上随意地趿着拖鞋，手上轻盈地托着瓷碗，他们在半天的劳作之后在自家的门前午休吃饭，他们的神情健康而安详，他们以纯朴的眼光看着我们，看着我们这辆临时熄火而停的客车……车子很快起动又奔向远方了，这幅宁静安详的画图却定格在我的脑际。

远方是个好地方，然而我们在喧嚣中奔波的却并不是奔向那里。哲人作家周国平说：“新年伊始，我只有一个很简单的愿望。我希望在离城市很远的地方有一间自己的屋子，里面只摆几件必要的家具，绝对不安装电话，除了少数很亲密又很知趣的朋友外，也不给人留地址，我要在那里重新学会过简单的生活。”（见《徘徊在人生的空地上》，湖南文艺出版社）不是所有的人都能离开城市居住到农村的，“把城市建到农村去多好”毕竟是孩子们充满童真的妙语。面对城市里拔地而起的高楼，我们不能忘记梭罗的警语：“当文明改善了房屋的时候，它却没有同时改善了居住在房屋中的人。文明造出了皇宫，可是要造出贵族和国王却没那么容易。”（见《瓦尔登湖》，徐迟译，上海译文出版社）

周国平说：“对于一个满足于过简单生活的人，生命的疆域是更加宽阔的。”“学会严肃地对待那源始于单纯的生存！”海德格尔的话再一次在我耳际回响。原始的宁静的水是我们人类所必需的，而水的“下流”——那咆哮的酒却不是人类所必需的。面对睿智的哲人，我如是想。

鹿角的森林

从来没有见过这么漂亮的森林。

那是鹿角的森林啊！电视画面闪过，几秒钟便是一生的记忆。在北国冬天简洁的背景下，鹿群，庞大的鹿群奔跑而过，是梅花鹿或者马鹿，鹿身起伏如波动的海洋，在平视的角度，无数昂扬茁壮的鹿角构成一片密密的森林。金色的阳光从画面外射进，给所有鹿角的枝丫涂上了金黄，绚丽无比。这些壮年的鹿儿，每一只的头上都长着，两棵“大树”，“大树”的枝丫逐节分叉，只是没有树叶，却自然而然地融进北国冬天的风景。

奔跑的鹿群，鹿角竖起一片奔跑的森林！天地有大美而不言，动物的美景，就这样摄我心魄。很久很久，我不知后边的画面播映了什么。思绪的瓶子瞬间倾倒，浸洇了时空的大幅宣纸。

……蚂蚁的团队穿越了朦胧清晰地呈现。我的童年趴在地上，抬头撅腚身姿如驼峰，目光倾注着期待的焦急。一粒特意剩下的最大的米饭或一只追逐好久才拍死的苍蝇，摆在蚂蚁逡巡的路途，哄蚂蚁的童谣是这样用方音吟唱的：

蚁，蚁——

早点爬来吃精肉呐蚁蚁，

迟点爬来啃骨头呐蚁蚁……

“蚁”在这里的发音近似于“颜”，就是蚂蚁。发现了食粮的报信蚂蚁很快会召来大队人马，浩浩荡荡。其中少不了几个头大身大的“宰猪老司”。其实三五只蚁蚂就可把一粒米饭或一只苍蝇架在空中运走，但它们总是这么浩浩荡荡兴师动众。大队人马把那浩浩荡荡的快乐传给我的童年。

与蚂蚁相比，蛤蟆自是难看的动物。然而蛤蟆味美。七八年前的秋夜，我们这批留校的青年教师全副武装，月夜出击，捕捉蛤蟆，制作美餐。高筒靴、皮手套、深水桶、大手电，是我们使用的工具。三位生物系的年轻教师捕捉癞蛤蟆驾轻就熟。竟有那么多蛤蟆！校园里的角角落落捕捉个遍，后来到了校外，有一回还到城门外瓯江边的草滩中捕了满满一桶。蛤蟆老实巴交，手电一照依然傻傻地趴着，戴了皮手套的手一伸就捉住，扔进水桶里它也不会往外跳爬。宰杀时用银针往项背上一戳，中枢神经瘫痪，蛤蟆动弹不得，乖乖地被去首蜕皮。

第二年在校园里就找不到几只蛤蟆了。我们怅怅然而歇了手。原来我们干的是斩尽杀绝的好事。古人传说月中有蟾，遂以蟾蜍代称月亮，而我们就在玉蟾的光华下捕捉了一只只活生生的蟾蜍。遍布的疙瘩难看的表皮不是理由，肌肉的精壮味道的鲜美才是原因。

读书读到一组数字，吃了一惊：地球自30亿年前出现生命以来，曾产生过25亿种动植物，到1990年就已经灭绝了其中的99.9%；灭绝物种的一半是在近300年内消失的，这一半中的60%则又是在20世纪完成的。目前，世界旧的物种正以每天一种的速度走向最后灭绝。为了一根象牙可以杀死一头大象，为了一张皮毛可以残害一头熊猫，为了一副虎骨可以灭掉一头东北虎，为了一次瞄准就射中一只白天鹅……这些作为新闻出现的事件不知与我们为了一顿美餐活捉一桶蟾蜍有多少区别。

在中药房工作的妻子告诉我，鹿角的价格早已超过人参，蚂蚁酿酒祛风湿，蟾酥制丸能解毒。动物给人类带来健康和快乐，人类给动物捎去狠毒与无情。我们的愚蠢越走越远，甚至连一种溺爱都变得那么愚蠢：在美国阿拉斯加一个自然保护区，人们为了所谓的保护鹿而捕杀狼，结果饱食终日无所事事的鹿大量繁殖体态蠢笨大批死亡；后来重新引进了狼，在追逐抗争中鹿才重新焕发生机……

不久前读到了美国科普作家纳塔莉·安吉尔所著的《野兽之美》，作者说："大自然讲述的每个故事都是令人心悸、美丽无比的。她是最有创意的魔术大师，袖子里总能抖出另一个令人惊讶的东西来……"人类不仅需要用眼光来审美动物，还需要用智慧来保护动物，更需要用心灵来敬畏动物。——生物系的学生一次捕捉到一只受伤的老鹰，鹰虽垂死，然而目光炯炯、英姿勃勃，我们不敢食鹰肉，教生物的三位年轻教师把它制成标本，让它的生命以另一种形式存活，存活在我们敬畏的注视中。

面对鹿角的"森林"，想起一句著名的诗句——

伐木者，醒来！

一段好溪

地图上的好溪起伏如练弯曲有致，把国家级风景名胜区——浙南缙云仙都景区的诸多景点彩线穿珠般穿起来了。

一个春末的宁静之夜，琼姐、大乔、小亚、郑君和我，我们五人行走在好溪的身旁，行走在黄昏那小桥流水人家的意境里，走进了夜色朦胧夜色深深中，走进了东山月上月色溶溶里，倾听春江逝水，和着潺潺的节拍把我们心中的乐音一路唱尽……

那是谷雨前的周末，我们以散步的姿态走出仙都那古朴的客栈，让我们五个人的身影飘移过好溪。我怎么也不能想象，这么美丽的好溪，在曾经的过去竟然名为“恶溪”。这是真正的小桥、流水、人家的景致。桥是矮矮窄窄长长的石墩石板桥，水是缓缓急急清清的纯明纯净水。溪边的梧桐花芳香四溢，黄昏的村落就静静地掩映在梧桐花洁白的清丽里。曾经黄灿灿的油菜花结出青油油的果实了，即将黄灿灿的麦苗子还在翻滚着绿油油的波浪。我们呼吸了春天的气息，在心里旋转着快意，游弋在溪边田野厚实的宁静里。

远远的雨蓑岩骄傲地挺着大肚子，吸引着我们。琼姐、小亚和我一路将自己的双脚踩在五线谱上。只有大乔似乎稔熟这里的风景，她可以懒洋洋地拖着黄昏的尾巴落在末尾。摄影师郑君也不带照相机了，风景们不仅摄入我们的眼眶，而且扩印在心里。我们仿佛五只小袋鼠，从大肚岩的肚子底下跳出，而我雄赳赳地领头，走向小赤壁。在赤壁与好溪间，小路躲在直角里，细细地伸进黄昏，伸进静夜。夜色渐渐笼罩了我们的外围，我们只看见一片赤壁是竖着的无声的好溪，看见一片好溪是躺着的有声的赤壁。我们如行走的逗号，点在小路上，也就点在赤壁与好溪的直角线上。因此，快乐，留恋，依依走出小赤壁。在这山北水南，细细小路的光明越来越淡且越来越短，于是唱歌，牵手，驱除了些许忐忐忑忑。

蓦然间一片清辉铺来，向左惊回首，东山月上，我们瞬间就走出了夜晚前的黑暗，无声的欢呼于是响彻心底，在口中只是一起惊叹月亮真圆圆得分外美丽。好溪也走得开阔了。在那长长长长而窄窄窄窄的石板桥上，我们停顿了脚步，坐下身姿。仿佛五只小鸟栖歇在电线上，又如五根手指按抚在琴弦上。

夜色无限好，不肯过河西。小亚挥了一根柳条，拍打穿过月色奔走的溪水，时时扬起水珠点点降落在我们这融进夜色的头发里。我们开始轮番歌唱，歌声被好溪的水流远远带去。风也吹来，于是把我们的歌声分走一半。既然自然与我们一样喜欢歌声，我们就更不能吝啬。“在这个时刻开放自己/伸出你双手触摸这世界/让这个时刻打开心门/使每闪意念宁静形似源源流入……”琼姐在大学念的是英语，于是唱起动听的英文歌，歌声里《雪绒花》一片片盛开，祝愿我们的《友谊地久天长》……坐在这静夜的小桥上，我们的歌声一定也是天籁，月亮的清辉照得明了，夜风的脚步迈得快了。两岸的远山沉静而朦胧，拥着好溪流得更急了，溪上横着石板桥，桥上坐着我们五个远方的来客，把歌唱得更静了，更幽了。

好溪之夜，我们的一路行走，于是不愿继续下去。

沐风天目

幽谷生灵气，有风可沐浴；枕流当漱石，探水可听涛。我未曾想到，浙江天目山有那么多的峡谷、幽谷、石谷，竟是这般清凉之地。在城里日日接受阳光热情扫描的盛夏，忽然置身于风洞一般的天目山，赏于石，嬉于水，沐于风，见一山阳光胜似秋日，看满目苍翠回归春天，真当人生一大快事哉！

西天目山麓，有着谢晋先生题词所称的中华第一石谷，这里乱石成堆，满谷巨石成瀑。那么原始。这些石头可是一亿五千万年前燕山时期火山爆发造就的，又经第四纪冰川运动滑坡进而形成幽谷。这里石头的骄傲之处，既在外形顽固，更在内质不凡；既在自己能成一体，又在赏者赋予灵性。我没有攀爬到山顶的火山口，只伸手摸一摸身边一块石头剩余的体温，原来已经感受不到曾经的炽热，反而把这里独有的清凉传递到我的手上，于是我完全相信导游小姐说话了：这里夏季的温度比外界低5—10摄氏度，真当是避暑纳凉之地。

我们一行过万石聚、穿九连瀑、越水帘洞，清凉就一寸寸浸透我们的肌肤。到嬉水潭，石谷豁然开朗，凉意陡然升腾。嬉水潭的清澈让人想起朱自清先生笔下的梅雨潭，清风徐来，水波初兴，潭里盛着闪动的一底卵石，装了游移的半山倒影。我独坐嬉水潭边，看同行的友人扑向清清潭水，打碎了如镜水面，敲破了满山幽静。潭水边浸着一溜儿西瓜，构成了山野独特的风景，西瓜们也在嬉水呢。我想我就不下水了吧，他们和它们沐浴在水里，我可以沐浴在风中。

这天目山麓的风是有风韵的，她饱满，富有一种内在的张力，舒展着，起伏着，有张有弛，有动有静。她不仅爱抚着你的肌肤，还会侵入你的肌体。她拥抱着你，你呼吸着她。那个时刻，我明白了一个爽字原来是由四个风字的心脏组成的。风大时她的声音不大，那是悦耳的昵语；风重时她的抚摸不重，仍是温柔的亲近。这一沟的山野软风，胜过任何空调带给你的满室凉意。这是石之谷，更是风之谷。穿行于石间，石头向你注目微笑；游走于风中，清风向你点头致意。或者干脆像我一样，静坐于风中，让似水之风沐浴身心，身舒则意展，心旷而神怡。

风景风景，原来是有风之景。在风的一路陪伴之下，我见到了跨谷廊桥的风雅，观天石蛙的风度，绝壁栈道的风姿，官帽巨石的风流，龙须箬叶的风采。“得山水清气，极天地大观”，天目石谷有人书联语于途中小亭，亦透露出一股清清凉气，让攀爬的旅人刷新一次耳目。在谷顶的幽谷茶室歇下脚来，饮一杯清凉的天目山茶，看室内小狗蜷缩脚下，见室外蝴蝶径自翩跹，室外之风钻入，室内之风鼓起，汗消暑退，神清气爽，何其乐哉！

下山归来的路上，同行的小鬼已将片片箬叶编织成叶帽戴在头上，仿佛侦察兵；一会儿又将箬叶连缀成裙饰围在腰间，俨然土著人。山风拂过，箬叶舞动翻身，别有一番韵味在上头。

金庸先生游过石谷，题下“石谷有灵气，灵石成山谷”的联语。但不喜欢顽固乱石的人，肯定不会喜欢这里，何况门票也嫌贵了。我想说的是：“沟不在大，有石则名；谷不在深，有风则灵。”谷里的石头我就不忍心捡拾了，可是真想带一股清风回家，伴我身边。

横空出世江郎山

嘻嘻，危乎高哉！

横空出世，壁立万仞。

这就是江山的江郎山。如今它再一次“横空出世”——作为“中国丹霞”六个申报点之一，经联合国教科文组织世界遗产委员会批准，正式被列入《世界遗产名录》。2010年8月1日，江郎山成了浙江省首个世界遗产，历史性地填补了空白。

浙江是非物质文化遗产大省，列入非物质文化遗产的，在全国最多，但从来没有风景名胜成为世界自然遗产和文化遗产。江郎山开天辟地，看江山如此多娇！接下来很有希望的则是杭州西湖。申遗之路是艰巨的，正因艰巨，价值意义非同一般。

美丽的丹霞美丽的山。丹霞地貌很漂亮，主要分布在南国。这次我国把多个丹霞地貌组团申遗，这是非常成功的策略。有些国家还搞“跨国组合”去申遗的。丹霞地貌的“捆绑”方式也很好，那就是选择不同发育时期的丹霞地貌，使其成为地貌演化过程中不同阶段的典范：贵州赤水是青年早期，福建泰宁是青年期，湖南崀山是壮年早期，广东丹霞山是壮年期，江西龙虎山是老年早期，浙江江郎山是老年期——孕育于白垩纪的江郎山，到如今已有1.35亿岁。看过这六个风景区，也就阅尽丹霞地貌一生的风光了。

列入《世界遗产名录》是干吗的？是为了保护的。所以“保护”二字是世界遗产的魂灵。当年联合国教科文组织通过的是《保护世界文化和自然遗产公约》，“保护”二字搁在头上。有识之士说了：“遗产保护是皮，遗产利用是毛，皮之不存毛将焉附，一定要处理好保护与利用两者的关系。”

譬如自家的古董，呵护好它肯定是第一位的，拿出来看那是第二位的，老是将古董埋在地下不拿出来赏看那也是不可取的，而不加保护地拿出来赏玩结果摔成八瓣那更完蛋。世界遗产，别说摔成八瓣，就是弄破一个角都不行。遗产不仅仅是当代人的遗产，也是子子孙孙万世永续的遗产，所以遗产一定要可持续发展。要可持续发展，那么就要在根本上摆正人与自然的关系，这尤为重要。

申遗不易，保护的责任更重。所以我看我们可以搞一个《江郎山保护宣言》。它是宝贝，一定要呵护好。这是我们每个人的共同责任。保护通常是做减法而不是做加法的，你可不要幻想在江郎山三巨石头上拉索道让你爬山省力方便。

我大学的同桌就是江山人，他几次邀请我去江山玩，去看看江郎山，惜乎总没有时间与机会。接下来一定要抽时间去看看了！

神性山水的神性向往

不能不读《永远的冈底斯》。这是杭州作家大元的著作（上海文艺出版社2010年3月第1版），你肯定想象不到在酥软得骨头都会碎了的杭州，还有这样遒劲有力的作品，而且是散文，而且是记行之作。

那种行走与激情，喷薄而来。与冈底斯的意象非常契合。

冈底斯是什么？对于内地的文学梦者来说，冈底斯当然就是“诱惑”。冈底斯，即“雪山”，藏语和梵语二者的结合。冈底斯山脉，横贯于昆仑山脉与喜马拉雅山之间。冈底斯是神山圣地，始终闪烁灵性的神光；主峰冈仁波齐峰，就是神山之王。

在西藏教过书，有着浓郁西藏情结的大元，能不至爱冈底斯么？对神性山水的神性向往，分明从字与字之间渗透出来，洋溢开来，激荡起来。爱到极致，甚至让人想起海明威的墓志铭:“恕我不起来了！”这，就是大元的《永远的冈底斯》。

这些日子，青藏高原上的玉树，遭遇强地震。国旗再次为苍生而降。读《永远的冈底斯》，更有一种血脉相连、心手相握的强烈感受。冈底斯不倒，神山永远耸立。你看吧，连美国人幻想的《2012》，也是喜马拉雅之侧成为人类终极救援之地。

大元带着他神性的步履，走过好山好水、神山神水。他用心阅读过的山水，无论是宗教的，还是文学的，还是人文的，都是自己向往与热爱的。看看他在目录中写下的这些地名，你会从向往变为神往，由起伏升至澎湃：林芝 · 塔克拉玛干 · 浮来山，喀什 · 红其拉甫 · 天边帕米尔，天山 · 库尔勒 · 尉犁，贺兰山下 · 镇北堡，凤凰 · 茶峒，武陵源 · 天子山 · 神堂湾，美人谷 · 嘉绒藏地，呼伦贝尔 · 大兴安岭西侧 · 额尔古纳河右岸……是的，天堂不过如此美丽！

大元不是黑塞，老黑总期待旅途的艳遇；大元不是徐霞客，老徐总是那么的地理；大元也不是马可 · 波罗，老罗的行记是那般的优哉游哉风情风俗。游客的“客”字与大元无关。“客”是生分的，而大元是与山水融为一体的。他的情怀就是高耸挺立的山，他的情感就是激荡奔流的水。

于是，我们清晰地看到，大元的文字中，有着宗教般的情怀，有着文学性的情结。比如一开篇就是这样的文字：“上个世纪八十年代，在拉萨教书的日子，我读到了黄宗英的报告文学《小木屋》。徐凤翔教授的经历，雅鲁藏布江大峡谷秘境的诱惑，似有无数的谜在召唤着我去解读，便决计要去藏东南林芝看看。那是我平生第一次遭遇树王……”

“我见青山多妩媚，料青山见我应如是。”而对于大元来说，更多的则是：“我见青山多激越，料青山见我应如是！”正如文艺评论家洪治纲所说的：“这是一部心灵与自然的对话录，也是一部隐秘的生命体验史。作者以诚挚的情感，幽深的体悟，刚劲的文字，呈现了人与自然之间的碰撞、交流、抚慰和穿越，展示了丰富的生命景观和精神镜像。它让自然拥有了生命的呼吸，让心灵有了坚实的依傍，也让文字呈现了生命的神圣与庄严。”

大元的行走，神示的诗篇。激越的文字，致命的倾诉。这不是碎片，这无须修复。智者说：“在一种前定的驱使下，当道路开始阻挡，当人心濒于绝境，当人和条件发生了剧烈的冲突的瞬间，有时行为是奇异的。”大元的行走与行走的文字，是对人心绝境的奇异突破吗？相比之下，许多人患上了城市软骨症。别以为只有老年痴呆症，不少人小小年纪，就患了精神上的少年痴呆症了。

大元的文字是激情的明快的，而他的妻子高颖的笔触则是那么的真切与细腻。她写的跋，让我感慨她才是文学人才——而我们都不过是文学“人手”。大元是杭州市作协副主席，我对他说，那你妻子应该是主席。电话那头，传来大元哈哈大笑声。我一定要在这里推荐高颖写的这篇跋——《天堂不过如此美丽》。就看开头与结尾吧：“赤脚走过三亚万豪度假酒店花园的草坪，草尖儿摩挲着我的脚底，软软的，痒痒的，在飘飘然的不确定中，我有些醉意，是盛世居晶黄剔透的梅酒，亦是蔚蓝的天，浩瀚的海，起伏的涛，细白的沙……”“而我与大元，轰轰烈烈十几年，该发生的都发生了，不该发生的也都发生了，该理解的都理解了，如今你中有我，我中有你，除了爱就是珍惜，还有什么比这更重要的呢？”

真是幸福的人儿。神性难道不正是建立在这样的人性上吗？

大道第二

D A D A O D I E R

那一叶穿越千年的宋莲

叶上初阳干宿雨，水面清圆，一一风荷举。

在北宋末期著名词人、老杭州周邦彦的笔下，莲花荷叶是那么的可人。夜里的雨珠，被初阳的光芒晒干了，于是一一风荷举，那么生机灵动。

周邦彦一定想不到，以及现在的我们也想不到，有一把宋朝的莲子，竟然穿越千年，复活在2017年的春天！两年前，中国美术学院李峥嵘博士在山东的宋代考古层中，意外发现了一批莲子，于是开始尝试培育。他惊喜地发现，这些埋藏千年的古莲子，竟然惊人地复活了——其实它一直活着。5月7日，李峥嵘博士一行护送莲花抵达距离古清波门不远的荷花池头，栽在一个宋代莲盆内，让大家欣赏那穿越千年的奇迹。专家们表示，还将继续培育同批的宋代莲花；宋莲之成长，还进行网络24小时全天候直播。

大家见证，这是复活的文物。北宋的莲花，种植于南宋故都荷花池头的南宋石盆中，这是如何的因缘际会？李峥嵘博士则说，这是跨越了时空，将古代文化和现代文明联结在了一起。莲与荷，本是两个交叉圆：莲又称荷、荷花、莲花、水芙蓉等。周邦彦在词里说："家住吴门，久作长安旅。五月渔郎相忆否。小楫轻舟，梦入芙蓉浦。"这芙蓉浦其实就是荷花池，词中实指家乡的西湖。生物学上狭义的莲花与荷花，同科不同属，但同样是出淤泥而不染；所以习惯上并不严格区分，因为它的文化意涵是一样的。莲，花之君子者也。还是北宋的著名哲学家周敦颐说得最好:“予独爱莲之出淤泥而不染，濯清涟而不妖，中通外直，不蔓不枝，香远益清，亭亭净植，可远观而不可亵玩焉。”

江南可采莲，莲叶何田田。旖旎的杭州，有三秋桂子、十里荷花。那一叶穿越千年的宋莲，是融文化的象征。莲与荷融合，古与今融合，物与文融合。与新时代的“融媒体”不同，融文化其实千百年来都在发生。历史、地理、社会、经济和文化之间，本来就是互嵌互动、相融相合、难解难分的。这次宋莲迎请，是2017年西湖梦寻——香花赞雅集活动中的一项内容。这是香与花的融合。这一文化雅集正在持续中，有重现宋代香文化的奇楠沉香特展、伽蓝香会以及三三宗插花展等，充满宋风宋韵。雅集本身就是典型的融文化——文化融合。杭州是历史文化名城，是南宋故都，上城区正在打造南宋皇城小镇，古今交融的文化活动，最具独特韵味。

文化是传承下来的伦理习惯。就像世界文化遗产——京杭大运河，“至今千里赖通波”，到今天沿河千里两岸人们还有赖于通达流淌的大运河，虽然对许多人来说可能没有经济上的依赖，但文化上人人都会依赖，化为精神层面的伦理习惯。杭州既要走向历史，又要走向未来，走向世界；而融文化——文化的融合，构建的是文化共同体，让这一切别样精彩。“一一风荷举”化为“一池风荷举”。

开往绿谷的高铁

真好，浙江丽水通高铁了！ 2015年12月26日，新金丽温铁路正式开通运营。全长188.8公里，过丽水、青田，抵达温州南站；从杭州出发去温州，两个小时多一点，即可到达；今后速度提一提，也就压缩在两小时以内，这就是实现了省内一小时交通圈的目标。

丽水是我家乡。过去被称为“浙江西藏”，那是因为地处浙西南山区，位置较偏僻，经济欠发达。当年建设从金华到温州的金温铁路，那叫一个艰难，因为经济基础薄弱，建设速度很慢，到了1998年6月才开通；那时“喜大普奔”的话是“听说家乡要通铁路了”。我乘火车回丽水青田老家，通常要在火车上耗上七八个小时，咣当咣当，够漫长的；我从不选择速度更快的快客，因为在火车上的时间完全可以利用起来，比如可以看书。如今坐高铁动车，一个多小时即可到达，这个效率就高太多了，上午从杭州出发，下午讲半天课，傍晚即可回杭州。想起当年深圳特区起步时的那句著名口号：“时间就是金钱，效率就是生命。”

早年说的是“要致富，先修路”，现在该说“要致富，先提速”了。浙江省的高速公路建得挺好，高速铁路也需跟上。我一直是高铁的坚定支持者，在2011年发生“7·23温州动车事故”时也丝毫没有动摇过。当时反对高铁的声音一时甚嚣尘上，那是典型的把洗澡水跟小孩儿一块泼掉。没有行路的快速，就难有经济社会发展的快速。发达地区高铁先建起来是对的，欠发达地区则要尽快跟上。一个城市的现代化，要看地铁；一个地方要奔小康，得有高铁。

通常我们习惯于把地铁的建成说成是“开往春天的地铁”，那么，丽水通高铁，完全可以说成是“开往绿谷的高铁”。丽水，古称处州，浙江省辖陆地面积最大的地级市，被誉为“浙江绿谷”。“春色满园关不住，一枝红杏出墙来”，南宋诗人、处州龙泉人叶绍翁的名句，是对秀山丽水春意盎然生机勃勃的极佳描摹。丽水境内有3573座海拔1000米以上的山峰，省内第一、第二高峰都在丽水。丽水是国家级生态示范区，被授予“中国优秀旅游城市”“中国优秀生态旅游城市”“浙江省森林城市”等称号，生态环境质量在浙江名列前茅，在全国都处于前列。丽水一直坚持生态立市，即使是雾霾天气，丽水的小环境也要好很多。

绿谷丽水，是了解“建设美丽浙江、创造美好生活”——“两美”浙江的一个重要窗口。丽水共有国家4A级旅游景区17个，以美丽的山水自然景观为主。网友说：这一路过来，沿途就是一道亮丽的风景，加上隧道的穿插，就正如诗中所说“柳暗花明又一村”啊！隐逸于瓯江之畔的丽水，还有一个称呼是“绿肺”。这里森林覆盖率高达80.79%，确实是“浙南林海”；这里负氧离子浓度远超国际标准，被称作“华东天然氧吧”。趁着高铁的开通，丽水推出了“凭高铁票免门票游丽水”活动，直至2016年2月7日；让更多人来丽水做客，认识秀山丽水，见证比“金山银山”更可宝贵的“绿水青山”。

这次与金丽温高铁同时开通的，有赣瑞龙高铁——从赣州到瑞金再到龙岩，是当年赣南闽西中央苏区之地，所以有着“红色高铁”之称。开往红色的高铁也好，开往绿谷的高铁也好，相对偏僻的地区要想摘帽“欠发达”、成为“绿富美”，很重要的就是要有高铁的助力。

丽水，约吗？高铁，走起！

加 A 不加价

旅游好，或者美景新相识，或者风景旧曾谙。2015年10月15日，国家旅游局官网发布消息，全国14家景区被批准为国家5A 级旅游景区；其中有江苏淮安市周恩来故里、河南驻马店市嵖岈山旅游景区等；浙江有两个，都出自台州市，一个是天台山景区，一个是仙居的神仙居景区。

5A 级为中国旅游景区最高等级，代表着中国“世界级精品旅游风景区”的水准。至今，我国共有215个5A 级旅游景区。有加有减，几天前，国家旅游局“节后算账”，宣布取消河北山海关景区5A 级资质，这是破天荒头一桩；同时对丽江古城等6家5A 级景区提出严重警告，杭州的西溪湿地也名列其中，给予6个月时间整改。

最高级别的景区要名副其实，最高级别的景区也应票价亲民。天台山景区升为5A 级的同时，天台县即向公众承诺：“加 A 不加价，加 A 加服务。”“龙楼凤阙不肯住，飞腾直欲天台去。”天台山“穷山海之瑰富，尽人神之壮丽”，是该县“绿水青山就是金山银山”的支柱。《徐霞客游记》的开篇就是“游天台山日记”，到游之日的“5月19日”后来成为“中国旅游日”。自20世纪90年代以来，天台山景区就一直坚持“不涨价”，游客花15元就能玩转国清景区，石梁景区票价60元/人，漫漫数十载，价格始终如一，如此接地气，被称为“良心价、惠民价”。

风景名胜区，属于“公共品”或“准公共品”。公共品是公众共有共享的，收取适当的门票，是用于管理和维护、优化改进的费用；有的列为“准公共品”，是民间参与了投资，允许适当盈利。可是有的地方，把风景名胜区变成最简单、最省力的敛财机器，竭尽“步步提价”之能事。有的干脆将景区公共品私有化，或者是“景区公司”在背后把持，或者干脆承包给个人，有的庙宇承包出去之后，借机讹诈游客。

你想直接多捞钱、轻松大敛财，其实每个游客都心中有数。湖南湘西凤凰古城是4A 级景区，就给进城设了一道148元的“门槛”，变“凭票进入景点”为“凭票进入景区”，捆绑消费，一锤子买卖，引发舆情哗然。县旅游局的回应是“神逻辑”：“整合和规范管理以后，游客花相同或者更少的钱，会得到更多、更优质的旅游体验。”这是典型的得了便宜还卖乖。

相比之下，杭州可是把西湖景区诸多景点的门票几乎全取消光了，反而引来游客如潮，旅游产业的综合收入、综合效益飙升，这成了一个经典案例。你去威尼斯旅游进城收费吗？你到台湾旅游，碰见多少景点收门票？真的极少，有收取的，也是极低价位“意思意思”的。

这些年来，浙江打造绿水青山，成效卓著。几经努力，越来越多的项目被评为世界自然、文化、景观遗产以及非物质文化遗产，等等。就在10月13日，宁波的它山堰被评为“世界灌溉工程遗产”，这是继去年丽水通济堰入选之后的“又一个”。而早在十年前，浙江青田县的“稻鱼共生系统”即稻田养鱼项目，被联合国列入农业文化遗产……在五年前被评为5A 级景区的千岛湖，日前成为中国休闲度假大会的永久会址；2015年我国休闲相关产业规模将突破4万亿元大关。毫无疑问，“相关产业”才是收成的大头，远超门票收入；青田的“稻鱼共生系统”并不卖门票，可是田鱼干的售价达200多元1斤，还供不应求。

由此可见，眼睛盯着门票，心中想着提价，是如何的“人目寸光”。而那“佛宗道源、山水神秀”的天台山景区“加 A 不加价”，才是真正的睿智。

父老乡亲

在我思绪的丛林里，此时此刻林立着许许多多父老乡亲的身影。虽然已不可能再见，却无法遗忘或者改变。因为他们带给我的，是一次次的心灵的震颤。

一束明晰的阳光照在遥远而贫瘠的稻田。这些挤在山的褶皱里的水田蜿蜒曲折。缩小了看，就是我家园老农那一道道皱纹刻在脸上。山峦粗糙如反刍的牛肚，肚底盛着的是个被方言叫作“小令凼”的村落，小令是村名，凼是群山环抱的低地，发音如档。那年读史铁生的名篇《我的遥远的清平湾》，就想到了“我的遥远的小令凼”。记忆里阳光照耀在稻田，远离了凼底我家园的村落。二十几年前的阳光是苍白的。生产队的社员们在皱纹般密布蚯蚓般扭曲的梯田收割那些无精打采的稻谷。年幼的我追随着，大约是在拾稻穗。顺着扭曲的稻田转出山坳，一抬头看到一位熟悉的老农，我年幼的心灵因敏感而震颤，第一次的，深深的，震颤：

那位老农独自站在收割后的稻田上拾掇捡挑着手中的三两个稻穗，可那是没有几粒饱满稻谷的干瘪稻穗啊，老农那不舍丢弃的专注而怜惜的神情，让我看呆了，在水田里停驻了我年幼的脚步好久好久。“谁知盘中餐，粒粒皆辛苦”是那时已知的诗句，后来读到王炎在《南柯子》里的“人间辛苦是三农。要得一犁水足，望年丰”，读到郑谷的“不会苍苍主何事，忍饥多是力耕人”，我才有所明白童年的我不仅仅因“粒粒皆辛苦”而心灵震颤。

那是一位我熟悉的老农，他在别的社员休息之时，一个人捡到了几枝干瘪的稻穗不忍舍弃，细节这么简单，而非常复杂难以说清楚的是他的神情，和他神情的令我感动。我老家的乡村是刚刚脱贫的乡村，二十多年前“文革”的后期是如何的光景可想而知。老农，这位满脸皱纹如梯田的矮个头的老农，家里有一位低能痴傻的女儿，长年生活在用破篾排围成的“房间”里不曾下楼。那几个稻穗是还给队里，还是插在箬帽上带回自家？收工的队伍中，偶尔所见把拾到的稻穗和采来的野草莓插在箬帽上，插出多么漂亮的风景！

那野草莓是那时节带给苦孩子的最宝贵的山珍。白居易说：“心中为念农桑苦，耳里如闻饥冻声。”饥冻所及孩子，那该是万般无奈的贫苦。遥远的一个年头，南国的雨在我的家乡的小令变成了冰冷的坚硬的灿烂的雪花。是一个静寂的上午，在无人行走的积雪村路上，我突然看见一个只有四五岁的女孩子，让我的心灵有了第二次巨大的震颤：那是一个上身穿了厚厚的破旧棉衣，而下身没有裤子鞋袜的孩子啊！细嫩的腿脚已经通红了，在那土黑雪白的村路上。由于棉衣厚旧裹着上身，上身张开如伞，紧并的双脚是那伞杆。——这是我最初的印象。后来见到了蘑菇，想起那女孩，就是一朵长在雪地上的蘑菇啊。想起杜甫的诗句：“穷年忧黎元，叹息肠内热。”

十年之后，世界当然换了场景。80年代中后期的某一个夏日，我蜗居的陋室木门被突然敲响。那时我师专毕业留校工作已有一两年，已远离家乡小令多年。打开这门，门外站着一位中年的农民，并不相识。一般这个时候找上门来的，都是子女报考师专上线了，来要求关照的，而且一定是老乡，七弯八拐地找到了我，敲响我那已被列为危房的9平方米的陋室之门。我所想的一切都对头，可是绝对没有想到的是，这位穿着短裤凉鞋的乡亲，在进门时问一声“脱鞋吗”在我连声“不脱不脱”之际他就自顾脱了鞋子走进我房间里那一片根本不脱鞋绝然不洁净的灰灰水泥地！那一刻，我这位戴了眼镜的书生一时间不知所措。那是一双长着串串葡萄般静脉曲张的农民的腿，当然没有袜子，就那样赤脚走进我的房间！

农民的孩子，你们读上大学抑或中专，都是那么的不容易。当后来老师们进房间都要脱鞋子的时候，你们的父辈空手赤脚越来越难进入，你可知道？

后来我借调到报社做编辑记者，已是90年代的事情。我的第四次被我的父老乡亲所震颤是到一个遥远的山村小学采访之际。那是一个很好的高山的学校，有一位很好的中年女教师，她是那么热爱她的学生们，也是那么热爱村里的乡亲。我们一到，她就告诉了村里刚刚有位农民去世的消息。午饭后，她拎了慰问品带着我们到了那位农民家。去世的农民年岁不大，因急性病毒性脑炎在下山求医途中不幸被病魔夺去了生命，丢下了年轻的妻子和三岁的孩子。当怀抱着孩子的母亲哭泣着掏出丈夫当年参加自卫反击战的纪念章，颤抖着双手递给我们看时，我的心又一次被震颤！在这跟我家乡小令十分相似的深山褶皱里，一切默默无闻地生存着的乡亲们，都是这么的不容易。临别时，我悄悄掏出旅费中仅存的一张百元票塞进这位怀抱孩子的母亲怀里……

一首著名的歌曲在我耳边响起，歌名就是《父老乡亲》。

家园的风景树

一

你无法拒绝树的美丽，你不能对美丽的树熟视无睹。

——树，家园的树，家园的风景树。

家园的风景树，把根须伸进每一位子民的身躯。扎根在人们的心窝里。葱葱郁郁、郁郁葱葱。

它已生活在童话神话里，生活在民俗民风中，是树的风景线，是站立的文化。

家乡藏在山的夹缝中。前山后山都是耸立的。连绵，青翠。童年看山，百看不厌的是远山的风景树。前山名叫孙山，那是一个山上的村落。翻过高高的山岭，才能见到山那边的人家。然而山岭之巅的岙门上，站立着一棵巨大的风景树。在那山的肩膀上，一动不动，远看是一位慈祥的老人。更让童年的我神往不已的是，那株大树旁站着一棵小树。其实那小树也是很大的树，那是老人牵着的孩子。非常宁静，温馨，美丽，沉稳，从容。从山的那边，走过来走过来。

这是我童年所见的最美丽的景象。天天推开窗户，就会入目而来。

孩童的双目是清澈的。

我看见那树是从山那边走来的人。一老一少，天天都可以看见他们走来。

其实那是树，然而也是人。人就是树，树就是人。我知道我陷入了冥想。

山后亦有风景树，亦是两棵树，并立的两株一样大的树。村名就叫双株松树。

人生在行走，家园在迁徙，风景树是站立不动的，是不变的风景。

二

道路攀爬在山的皮肤上。

风景树在路旁垂直屹立，根扎在山的骨肉里。

我访问的一个自然村，只有一对年迈的夫妇留守。路已陈旧，路里路外划出两个世界，苍老与苍翠。苍老的是行将废弃的村落，苍翠的是依然茁壮的风景树。石筑的道路已是过去式，新路不再开辟。树写的风景不会过时，小树依然生长。所有的人都走了。只有一对年迈的夫妇留守。

一条简易公路攀爬了整整十年。十几公里，断断续续，在山上，沿着一条悠长名叫雄溪的源流，串起四个村庄。

一棵巍巍樟树屹立了遥遥百年。在第一个村庄的岙门上，简易公路打樟树身旁经过，要贯通简易公路，岙门的门槛就要削低。

其实是个小小的拉沟。开山的锄头掘向泥巴，泥巴竟如胶似漆。樟树的根须网状密布，三两天的挖掘，尚未碰到大根，就已挖掉上千斤树的根须。那是樟树伸长在地下的枝枝杈杈。

钻出炮眼，装上炸药，点燃导索，泥石的世界没有因此开花。一个哑炮又一个哑炮，开山放炮几十年的老师傅因此畏惧，从此逃离。村里的支书一脸敬畏地对我说：改道吧，这样的路我们不敢造，这棵樟树最近挂了保护的牌子，树死了，人要坐牢的。

三

一棵树，就能把一个村庄的风景立起。

站立的风景树是不砍不倒的。

有一个村落，在发现有人对他们家园的风景树大柳杉图谋不轨之际，为了保护大柳杉，村人将颗颗铁钉揳入树身。

悲痛的树，悲愤的人，悲壮的景。

自然界有时亦有暴戾光顾风景树。霹雳是刀，洪水是锯，但那是生命对生命的碰撞。

人类把他的长手伸向风景树，却是贪婪对生命的攫取。

风景树的倒下，訇然之声能否将愚蠢震碎。

站立的风景树是不砍不倒的。

——然而有一年在一个山村，我真想把几棵巨大的枫树伐倒。那个村庄的村民以懒惰出名。大枫树下，白天晒太阳，夜晚晒月亮；常常打哈欠，时时伸懒腰；穷得叮当响，就盼着一脚踢着两个金元宝。

树没有倒，人却先倒下。

站立的风景树是不砍不倒的。

曾写过一首短诗，是关于风水林的。开头："风水林，风水林，家园的风水林 / 阳光穿不透你的心脏，云雀跳跃在你的梢顶 / 晨昏的山风一遍一遍唱着你的和声……"一片茂密的风水林进入我的视野。结尾："风水林，风水林，家园的风水林 / 伐倒在童稚的目光里，倒下时唱出璀璨书声 / 孩子们一遍遍数着你一圈圈从心中荡开的年轮。"

这是一个源于生活的真实故事。不砍不倒的百年风水林，为了修建学校，破例伐倒了多棵参天大树。

百年树木，为了百年树人。

云涛雕色

家乡是浙江青田仁庄小令，老早的时候叫孙山公社，让人联想“名落孙山”；后来改叫小令，好太多了。过去不通公路，实属僻壤穷乡，民间有言：“不爱命，去小令。”1982年，十六岁的我考上了大学，成为乡里第一个大学生。因为撤扩并，小令乡被撤，变成了一个村，现属仁庄镇。从县城至小令，现在公路已很好，进出方便。村人大多已外出工作，出国的也甚多，平常留守在村的已不太多了。

小令村要在村口建立迎宾坊，村主任徐文俊嘱我撰书一联，另外三联亦请村贤或县里的文化名人或撰或书。我不是楹联专家，只是读过一些联语书籍而已。揣摩了半天，拟出一联的初稿，征求家乡人士的意见：

云涛雕色大好河山邀你入画

耕读传家动听小令携我流连

附带一个说明：上联写给来访的客人看，下联侧重写自己村人；既写山水之好，又写耕读文化；既有画面感，又有音乐感；上联大气，下联动人；特别是嵌入了地名“小令”，含双关语义，富有特色，而不是放在哪个村都可以用的对联。平仄与对偶基本符合要求，用普通话与青田话都好读(其中耕读的“读”为入声字，用青田话读就是仄声）。把外来客人进入小令看作画中人，与小令山水融为一体，是比较亲切的，这点尤为重要。

网络时代，信息传播交流迅捷。很快就收到一位同乡朋友热忱提出的修改意见。主要说了三点：“上联中的雕色二字可否改为绘彩，因色只能绘不能雕；大好河山有太大气之感，因为是一个小村庄而已，用山川秀丽或美好山川等字更贴切小村实际些。下联的耕读传家作为某家族而用之，当然很好，但用于村庄牌坊有点狭窄之感。”

于是，在这个意见的基础上，改动为：

云涛雕色静好河山邀你入画

耕读传薪动听小令携我流连

然后我写了一个说明，通过 QQ 发了过去，畅谈了自己的想法。这位同乡朋友很客气，回复说“如醍醐灌顶，非常受用，长了许多知识，谢谢您给我上了一堂免费的课”，上课不敢当，说出的感谢是真切的——

非常感谢兄对拙联认真斟酌！楹联不易撰写，我们皆非专家，确需商榷推敲。对所提的三点具体意见建议，我意如下：

意见一：上联中的“雕色”二字可否改为“绘彩”，因色只能绘不能雕。

“云涛雕色”语出刘勰名著《文心雕龙》：“云霞雕色……草木贲华”，谓自然之美。雕，不仅仅有“雕刻”的意思，还有“彩绘设色”的意思，比如“雕青”，就是在人体上刺刻花纹、涂上颜色。开始曾想过用“松涛雕色”，因为小令松树多，但偏于太写实，也不够大气，觉得还是“云涛雕色”好。总之，这个“雕色”是一个非常有文化内涵的词。

因此，“色只能绘不能雕”的说法是不对的，万万不能改为俗气的“绘彩”二字。就算“雕刻”，青田石雕也能把云彩雕出来的，当时用“雕色”就想到了青田石雕；所以在石雕之乡青田，这个“雕色”的“雕”是个绝妙好词。

意见二:“大好河山”有太大气之感，因为是一个小村庄而已，用“山川秀丽”或“美好山川”等字更贴切小村实际些。

“大好河山”有太大气之感——这个有道理的，拟作修改。“大好河山”的“大好”本是一个感情词而非实景词，“大好”即无限美好，其侧重于“好”而不是侧重于“美”。就实景意义来说，得说成“大美河山”，为什么通常不说“大美河山”而说“大好河山”呢，道理很简单，就是在感情上说，无论风景美不美，自己的国土、家园的山水都是好的。因为小令村倡导“大气小令，大爱小令，大美小令”（这几个“大”当然都不是指山水风景而言的），所以当时是承接其“大”，说河山之“大好”。至于“河山”与“山川”“江山”，本质上没有大的区别，“山川”也就是山岳与河流；但细微的区别是，“河山”是感情词，带有感情色彩的；“山川”是实景词，单独看是没有感情色彩的；而“江山”是政治词，带有政治色彩。

对于“大好河山”，问题是一般人看到后，会感到说大了，有自夸之嫌。因此，拟将“大好河山”改为“静好河山”，与下联的“动听小令”动静相对，也更贴近小令安静的现实特点。这里“静好”不仅指山川，也取名句“岁月静好，现世安稳”之意。用“静好河山”，相比“静好山川”，更有感情色彩，而且更顺口好读。总之，这个“静”字比较贴切。

意见三：下联的“耕读传家”作为某家族而用之，当然很好，但用于村庄牌坊有点狭窄之感。

“耕读传家”是一种乡村人文诗意，不仅仅为家庭、家族所用的，事实上是“耕读传万家”。我一开始想的就是“云涛雕百色，耕读传万家”，后因考虑到“百色”是广西“百色起义”的著名地名而作罢。当然，为避免被误解为“耕读传一家”，也可考虑恢复“云涛雕百色，耕读传万家”用句，问题是容易让人联想到广西百色。

联句里的“你”“我”都不是指一个人，“家”也不是指一个家庭、家族。一个“传家”的“传”字，是精神文化的薪火相传。关键是“耕”“读”与小令贴近，小令不是“工”“商”。而“耕”“读”“家”都是不能狭隘理解的。中国楹联学会常务理事解维汉编著的《中国古镇老村楹联精选》一书说得很到位：耕读文化在中国传统文化中有着很高的道德价值；几千年来，农耕思想是中国乡村的不变主题，而耕读文化是名镇古村文化中不可或缺的一部分，“耕是物质的创造，读是精神的升华”。

“耕是物质的创造，读是精神的升华”，人人如是，家家如是，都应该这样。鉴于“传家”容易被误解为“家庭”“家族”的传承，所以拟将“传家”改为“传薪”。传薪，语出《庄子》，即传火于薪，薪火相传、薪尽火传——前薪尽而火又传于后薪，好传统的火种传续不绝。

综上，联句拟修改为：

云涛雕色静好河山邀你入画

耕读传薪动听小令携我流连

这就只改动了两个字：“大”改为“静”，“家”改为“薪”，词性平仄没变，语义更好了。“云涛”对“耕读”，“雕色”对“传薪”，“静好”对“动听”，“河山”对“小令”，“邀你”对“携我”，“入画”对“流连”，对偶基本工整。内容有山有水有景有人，有耕有读有文化有村名，基本符合“言之有物、言之有识、言之有情、言之有人、言之有序、言之有文”的六个要求，而且比较亲切、较好记忆。

这里补充说明一下“动听小令”。现在“小令”的村名是很好的，远远胜过“小岭”。“耕读”之读与“小令”也是紧密相连的，因为“小令”有双关语义：小令是元曲中的一种。最初小令是民间小调，后来成为元朝散曲之一——散曲分为套曲与小令。小令是曲中“短平快”的一截，明快精练。小令正是词的前辈，在五代时期就盛行小令。民间小令语言俚俗，文人小令相对典雅。词牌中带“令”字的有《如梦令》《调笑令》《十六字令》等。小令为小，篇幅不长，古人认为，“五十八字以内为小令，五十九至九十字为中调，九十一字以外为长调”。

“小令”的另一头，则是“大端”矣！大端，谓事情的主要方面，成语“荦荦大端”，即明显的要点。小令虽小，大端却明；而我心中的小令之大端，就是魂牵梦萦的家园。其实对于每一个人来说，家乡家园，就是生命中“最为明显的要点”。

另，说到“苏州的寒山寺，其实就那么一点内容，而因‘夜半钟声到客船’的诗句而流传闻名千百年，引来无数之游客”，这个说实话我们是不能与千古名篇相比的，我相信今天全世界任何人来为我们小令村牌坊拟对联，都不会有张继名诗的影响力，所以要从实际出发，实事求是，不必眼高手低。而且张继的《枫桥夜泊》是羁旅诗，如果他当时不是写诗而是应寒山寺之邀撰写一副对联，那也绝无这样的千古名篇，两者大不一样。寒山寺我去过的，历史上它毕竟是我国十大名寺之一，又是在苏州城西，古运河畔，去苏州旅游顺便一去很方便，寒山寺如果是在小令，那就没那么多游客了。张继的《枫桥夜泊》成为寒山寺的“大端”，被无数书家所写；而楹联通常只被书写一次，传播力也相对有限。今年中秋我去南京，细看大师俞樾绝笔所书的《枫桥夜泊》碑刻，只能感叹“写得真好啊”，我们今天怎么可能写出俞樾那样的字！不好比的，这就是“不可同日而语”。

非常感谢，因你的建议才有这番修改！

……

对联是以汉字为载体的传统文化中的瑰宝。今人的水平跟古人确实是没法比了。对于今天来讲，“云涛可永远雕色，联语难恒久流传”——我们写得有点模样就算不错了。

迎宾坊的横额，村人开始所想的是：正面上为“迎宾坊”，下写“小令人民欢迎您”，背面上未想好，下书“祝君一路平安”。我建议横额正面上为“迎宾坊”，下用“大美小令”四字——“大美小令”是大小对比，也特别易记；背面上为“平安道”，下用“大爱小令”，这样正面背面就相对应了。“迎宾坊”下面是道，所以是“平安道”，寓意“一路平安”；“大爱小令”，一语双关，不仅仅小令人本身有“大爱”，客人离开之时，也更爱小令、大爱小令。

其他诸位为小令村迎宾坊所拟的联语总体较好，如徐孟光先生撰书的：

双峰叠翠丹凤山高迎旭日

一水吟诗青龙潭险探明珠

这形象地描绘了家乡小令的地理特色。

枝繁叶茂　光前裕后

枝繁叶茂，系承胡公家声远；光前裕后，情满上园世泽长。

一踏进温州乐清柳市镇上园村，那种生机勃勃就扑面而来。这是一个可以诗意地栖居的地方，在上园村北部不远处，就是风景旖旎的著名的雁荡山和楠溪江。许多人都知道高调的华西村，不太知道低调的上园村。上园村是“温州模式”的发祥地，整个村庄就是一个巨大的“温州模式展示厅”。一说上园，通常是被冠以“温州第一富村”的头衔，其实它也是“中国第一富村”；早在2003年，上园村就和华西村一起被评为首届“中国十佳小康村”。

2018年，是伟大的改革开放40周年。伟大是时间的函数。“温州模式”是改革开放的一部创业史、一部创新史。“温州模式”发源于20世纪80年代初期，上园村的先行者们，率先运用市场机制，发展以家庭经营为基础的民营经济；“温州模式”是一种经济制度的变迁与创新，核心就是以民营经济为本质，以市场经济为精髓，以实体经济为基石，以有限、有为、有效为政府治理模式。

上园人自豪地告诉访客，全国著名的民营企业家南存辉、胡成中，30年前就在这里创办了求精开关厂，那是镇里第一家民营的股份制合作企业。后来南存辉创立了正泰集团，胡成中创立了德力西集团，都成为闻名遐迩的大集团。在此基础上，上园村民共同创办股份合作制企业80多家、出口创汇企业22家、家庭作坊式的工商业200多户，而上园村总共只有1720人。这里成了“中国电器之都”——柳市镇的经济核心区。

企业发展，枝繁叶茂；经济振兴，光前裕后。发展的道路，正确的只有一条，错误的却有无数条。“温州模式”的创建，民营企业的巨大成功，证明了市场经济的伟大、光荣和正确。八秩高龄的上园村村民胡省三深情地说，他经过系统研究，认定乐清、柳市、上园是“温州模式”的发祥地，应在上园村建起“温州模式展示厅”，缅怀过去的辉煌，为更好的发展凝聚力量。

胡省三教授原是我读大学以及大学毕业留校工作时的副校长，我当年就在校长办公室担任文字秘书，胡省三副校长就在我隔壁办公室。他是物理学教授，然而文理兼通，著述颇丰，有《教师职业技能训练》《科学技术发展简史》等专著。他退休后回到家乡温州乐清柳市上园村，致力于家乡的文化建设。

在胡省三先生主编、由费孝通先生题写书名的《上园村志》(浙江人民出版社1999年5月第1版)中，我得知上园村历史悠久，宋元时期已有村落，乐清县事太学博士周行己等人曾在此居住；明成化十五年(1479)，胡氏始迁祖胡居廉自黄华镇胡家垟迁入，定居于此，此时才有“上园”之称。嗣后，周氏、黄氏等，相继迁入，聚居人数愈来愈多；至1996年底，全村已有63姓，其中胡氏人数最多。

同样由胡省三先生主编的《上园胡氏概述》一书，由中华书局在2015年7月出版。这本精装书籍，厚大厚重，分量十足，全书50万字，历经三年编撰完成。这是第一部反映上园胡氏溯源、变迁、发展及现状的书，该书的出版对姓氏文化的发掘、保护、传承有着重大意义。中华全国工商业联合会原党组书记胡德平先生为该书题词：枝繁叶茂。

枝繁叶茂，光前裕后。胡姓是中国二十大姓之一，排行第13位，人口约1700多万。上园胡氏源远流长，从始祖胡满公算起，迄今已有3000余年历史。不同于传统意义上的宗谱，《上园胡氏概述》采用述、记、志、传、图、表、录等多种体裁，完整地反映了上园胡氏的全貌。从胡氏溯源、宗谱修编到宗祠演变、宗祠管理，从历代名人到当代各界知名人士，从上园胡氏族人的地域分布到祖居地上园村的蓬勃发展，内容多样，资料丰富，图文并茂。

“参天之木，必有其根。怀山之水，必有其源。”重视独特的姓氏文化，就是重视中华民族的文化。姓氏文化是中华民族传统文化中的瑰宝，它是中华五千年文明的一个重要组成部分，它在世界文明史上独树一帜，具有世界上其他民族姓氏文化所未有的鲜明特色，没有哪个国家的姓氏文化像中国一样丰富。中国科学院遗传研究所统计表明，中华姓氏多达11969个，其中单姓5327个，复姓4329个，三字以上的姓氏2313个；目前仍通用的姓氏约3050个。姓氏文化已然成为一种超越时空、贯穿古今的文化现象。它博大精深，源远流长，涉及民俗学、社会学、历史学、考古学、民族学、语言学、文献学、遗传学、文化人类学等诸多学科，折射出社会形态的演进、文明的起源、民族的融合、中外的交流，以及历代政治、经济、文化与社会习俗的发展与变革。姓氏文化，关乎民族凝聚力、向心力，关乎社会和谐、互爱团结；它深入到我们生活中的每个领域，深入到千家万户，深入到每个人的心中，是每个国民不可缺少的文化知识。

寻根是人类的天性，寻根就是今人对自己对后代精神文化的“根部滴灌”。《上园胡氏概述》编委会全体成员通力合作，查宗谱，看档案，阅读各种典籍，查阅族史记事，拜访老年族人，分赴外地调查核实资料，去粗取精，五易其稿，终成此书。编委会全体成员赴江西共青城，瞻仰胡耀邦陵园；赴河南淮阳，瞻拜胡满公墓；到河南新郑，参观轩辕黄帝故里，在大地上寻找文化的花朵，汲取精神的营养。如此重视编撰工作，编就地方姓氏书籍，从而呈现鲜明地域特色，散发浓郁时代气息，最终由中华书局正式出版，这在全国都较为少见。《上园胡氏概述》可成为姓氏文化书籍的编纂典例。

主编胡省三说：在编写这本书期间，根据祖辈的宗谱、借鉴前人关于宗谱学的研究成果，并依据上园胡氏族人提供的《胡氏族史资料》和《胡氏世系源流表》，编委会进行专题探讨研究，拟就了《上园胡氏世系表》，这也是编写这本书所取得的重要成果。上园胡氏族人经常发问：始祖胡满公离我们究竟有多远，已经传了多少代了？以前我们回答不出来，上园胡氏宗谱上没有明确记载；虽有一世系表，但满公后“佚其十世”，不能完整表述，一百年来没有人加以完善。现在能够明确回答：我是第104代，我们这里有102代、103代的。这就是光前裕后：为前人增光，给后代造福。

在《上园胡氏概述》中，收录了《上园胡氏传家宝训》，它充分体现了光前裕后的重要价值，留给我深刻的印象：

勤本业以足衣食，

敦孝悌以尽人伦。

延师傅以教子弟，

明礼仪而先修身。

重亲亲推恩宗族，

贵贤贤荐拔经纶。

居内台忠君报国，

典外牧洁己爱民。

遵斯言无惭祖先，

悖此训不肖子孙。

一脉精神品格，贯穿于传家宝训。毫无疑问，最能光前裕后的，就是精神，就是制度，就是品格，就是文化。在上园文化人胡省三、胡铁铮兄弟俩的身上，让我感受到精神文化枝繁叶茂、光前裕后的重要性。胡省三先生退休后，以巨大热情和精力，投身于《上园村志》和《上园胡氏概述》这两本大书的编纂工作，这是一种深沉厚实的家园情感和人文情怀。而胡铁铮先生则是一位铁骨铮铮的著名画家，他的画作大气磅礴，具有南山北态，下笔如壮士操戈，如公孙舞剑，泼洒点皴，恣意汪洋；往大处看，有北方山形水势的莽莽大苍和无限旷达之大气；往细处阅，则有南方山光水色之妩媚。2018年4月18日，胡铁铮大型山水画展在西湖边的浙江美术馆开幕，我前往观赏，感到无比惊艳。

胡铁铮，号雁石，1946年出生，师从戴学正、林曦明、贾又福等著名国画大家，诗书画文俱佳。2005年他曾在上海美术馆举办个人山水画展，出版有《胡铁铮画集》《胡铁铮雁荡画册》《南山北态——胡铁铮小品选》《画道行者——胡铁铮山水篇》《画道行者——胡铁铮诗文篇》《贾又福画语精要》《学画问岳楼》《云叟鸿迹》等画册与文集。胡铁铮好读书，喜游历，从小生活在北雁荡山、中雁荡山、南雁荡山这“三雁”之间，对家乡的山山水水有极为强烈的感情。他笔下多为雁荡丘壑，是他对雁荡切身体验和质朴情感的体现，他“为雁山传神”，成了雁荡画派的领军人物。正如著名画家刘旦宅先生所说的：“雁荡精神气质被你抓住了。”雁荡山已经并继续给予胡铁铮源源不绝的创作灵感。这正是：雁荡胜概，尽摄奚囊，江山如画，信不虚矣！

“人事有代谢，往来成古今。江山留胜迹，我辈复登临。”将山水的胜迹，提升为文化的胜迹，将家园的胜迹，提升为人文的胜迹，那将是永远不朽的。这就是：

望得见山，看得见水，记得住乡愁，留得住文化。

回家的礼物

“据说就连神灵也能被礼物感化。”这是古希腊哲人欧里庇得斯的话，显然，他说的不是亲人间的礼物。“送礼人的地位决定礼物的价值。”古罗马诗人奥维德如是有云，同样，这样的送礼也与亲人无关。“赠送礼物和接受礼物同样需要头脑。”这是西班牙作家塞万提斯的名言，更是多了几分人与人之间礼尚往来的精明。

我向来没有送礼的习惯，尤其不会给领导送礼。亲人之间，一点物质的传递，能算是“送礼”吗？我还真是从来没有将其看成礼物的。朋友之间会有一点跟“君子之交淡如水”差不了多少的“意思一下”的伴手礼而已。我比较多的是“送书”，我这人买书看书多，见着好书，常常喜上眉梢，买上好多本，分送给同好（比如彼得·海斯勒的名著《寻路中国》）——这个能算是“送礼”吗？非也。

可这春节回家，大家广义的“礼品”实在是不少的：富贵者动辄上万，清贫者几十元也能“打发”——我说“打发”这个俗词其实是不对的，礼轻情意重啊！好像是著名作家三毛说过这层意思：送礼的方式比礼物本身更重要。而我更觉得，心比什么都重要。春节回家，人回来了，心也跟着回来了，有什么比这更重要吗？

然而，毕竟许多远离家乡的人春节一时难以回家。《都市快报》报道的熨衣工衡将远的心愿——“四年前，我就答应给80岁老母买件羽绒服”、保安何志纯的遗憾——“我中风的母亲从没穿过保暖内衣”，感动了许多人。是的，“中风的母亲”与“风中的母亲”，意象是完全不一样的。我们当然期待全中国的母亲都与

“中风”无关，如果是盼望子女在春节回家，那么母亲站在风中的等待，让远方的游子想着都能心中一颤。是啊，为了母亲，那大包小包的艰难搬运算得了什么呢。

2011年春节，我们三口之家是一定要回老家看望父母。2010年，真是我的有福之年——这巨大的福分不是别的，而是我母亲来杭州小住结果查出癌症并且治疗痊愈！在春天的暖阳里，我父母从老家青田来杭州，这是很寻常的到我这里“住一段时间”；年届七旬的母亲有高血压，一天我妻陪她去诊看（那个上午，平常上夜班的我还在呼呼睡觉），母亲跟医生说春节（春节！已经过去的上一个春节）时吃饭感到吞下去时“搁搁牢”，我妻第一反应是“糟糕，食道癌”！于是立刻胃镜检查，不查不知道，一查很明了：真是食道癌。随后进入浙医一院放射治疗，两个月后即痊愈出院，食道造影已不见那凸起的肿瘤——你不得不感慨现代医学的厉害，不能不佩服浙医一院高超的放射治疗水平。我的母亲是最典型的中国传统劳动妇女，贤惠勤劳慈爱平和，如今她已无法站立成“风中的母亲”，而穷苦出身的她，一辈子都未曾期盼过子女送啥礼物，孩子能在春节回家看看就很好啦！如果工作忙回不来也不要紧——母亲心里，从来就是这样淡淡地想的（说成“风清月淡地想的”也可以）。

春节回家——回家就是最好的“礼物”。这是真正的心中的礼物。可是，外出打工不易，回家过年更不易。我妻子连续两天第一时间去买回家的火车票，全都是白白排长队、空手悻悻归。也难怪广东十万农民工骑摩托返乡，铁骑浩浩荡荡——摩托车不是公共交通，可成了春运交通供给不足的最大补充。摩托返乡，相对省钱——这让我想起一句名言：“一分一厘中都有民生之重。”其实这不仅仅因为车票贵，更要命的是车票难买。中国真当是人多啊，那些倡导赶紧放开计划生育、放开肚皮生孩子的专家，都是没有吃过春节回家之苦的人。要说给春节回家游子的最好礼物，当然是一张窄窄的车票——但谁能做得到？

哦，春节春节，春节回家！人回家，比什么礼物都重要！

带不走的故乡家园

醉乡的时钟是停摆的。

2011年，我们三口之家也加入了春运行列，努力从杭州回到浙南老家丽水青田，看看亲友，看看山水，看看家园，毕竟已有好几年没有归乡了，还好，没有近乡情更怯的感觉。我和妻都是正宗青田人，双方父母久居老家，父亲都是退休教师；两边的亲戚，除了出国的，大都在本乡，人多热闹（按家乡方言要说成“闹热”），第一次二十多位亲友的聚会，我就喝醉了。

是被家乡的“老酒汗”给灌醉的。回家第一天我就在小镇的杂货店里遇上了老酒汗，仿佛重逢老友，立刻喜上眉梢，缘分哪！包装还是很朴素的老样子——玻璃圆瓶。老酒汗是高度白酒，温州青田一带的特产名酒，过去我在丽水工作时喝到过，后来“阔别”十几载。家乡话称黄酒为老酒，酿制黄酒之时，煎蒸过程之中，采集那挂着的汗珠状液体，即得“老酒汗”。滴滴汗珠，凝成酒汗，百斤黄酒，方得一斤，所以正宗的老酒汗产量很低，在异乡几乎是买不到的。温州出产的老酒汗大约多一些；据说晚清时曾经成为贡品，1929年在首届西湖博览会上，老酒汗还获得优等奖。这是精华的蒸提，这是酒中之酒；通常低度的53度，高度的64度以上，厉害吧。我带了一瓶53度的去赴宴，比酒席上的茅台还高出一度，哈哈，喝了大半，醉了。

酒不醉人人自醉。时钟暂时停摆。醉入老酒汗，喝高了也不上头。茅台在老酒汗面前，我感觉简直就是“混迹其中”嘛，还那么贵。妻子说，我终于看见了你从喝酒到醉酒的全过程，还好你是不开车的(我“低碳一族”，不买车)。母亲说，你喝那么多，我担心死了（不是说我死了而是说她很担心），一夜没睡好。

母亲年逾七旬，刚治愈癌症正在康复中。我曾说2010年是我的有福之年，就是母亲来杭小住偶然查出食道癌立马住院治疗并痊愈，我感慨现代医学的厉害、浙医一院放射治疗水平的高超。母亲是很柔和平和亲和的人，也是很乐观旷达冲淡的人，我们第一时间告诉她查出是癌症，她坦然面对；放射的副反应是各种疼痛，她默默承受。后来食道造影胃镜检查，肿瘤已不见影踪。回乡居住，依然家务。正月初一，她和我们一起去山口千丝岩赏景，看冬日飞瀑如丝如缕，往来能步行一个半小时，让我们讶异和欣喜。

家园因人的存在而存在。带不走的是故乡家园，带在心里一直跟着走的，亦是家园故乡。这不算乡愁，也不是还原，这只是回家，回老家。英国思想家以赛亚·伯林说，乡愁是所有痛苦中“最高尚的痛苦”。乡愁是文化的，回家是现实的；乡愁是沉淀的，回家是即时的；乡愁是苦痛的，回家是快乐的。当然，文化人回家带着一点乡愁也不错。但春节回家，回到故乡，回到家园，回到亲人身旁，把自己给带回来比带什么都重要。

我倒是带了一本新出版的书回家，成为随手小礼品。这是春节放假前刚拿到的评论集《让思想醒着》，近300篇，近400千字，近500页，很厚。这是继《只为苍生说人话》之后我的又一本专辑。酒醉了是一下子的事，思想醒着是一辈子的事。

都说老友像老酒，越陈越香醇。相见的，一起喝茶喝酒，不能相见的，尤其是远方的同事朋友，发一条短信拜年，遥致问候。我的拜年短信很简朴，不说“Happy 兔 You”，只说在遥远的家乡给您拜年。

春节，因亲情友情而沉醉的特殊时段；春节，连纪年的方式都要临时改变的非常时期——你即使没有醉酒，通常也只记得大年三十、正月初几什么的，会忘了那几天是几月几号星期几。这，就是中国的，特殊的，春节。

春节，乡村六日，不带电脑笔记本，不上网遨游，宁愿日听松涛夜望星空。

故乡家园，可以“沉醉不知归路”的地方。

酒经沧桑

童年的那个上午，除了买酒，已没有别的什么印象了。乡村供销社大门沉重地关着的时候，已有很多的乡邻拥在门外。我是1966年生的，在我十岁以前这是关于酒的唯一的记忆。记不清那年我是七岁还是八岁。却清楚记得那是自我懂事后第一次有一种叫黄酒的东西运进我的家乡——被传为“不要命，到小令”的小令。

大门打开后拥入的乡亲喧嚣拥挤得营业员根本无法卖酒。一条长长的稻草绳穿过一长溜摆在柜台上的各种各样的竹篮，竹篮里放着的一概是陈旧的盛酒的瓶罐，每人限售一斤。这是营业员急中生智的关于排队买酒的主意。我和父亲骇于人群迟去了些许时间，那队伍已长得让人绝望，而从三五里路外各种赶来的人又不断地使队伍增长。我给父亲出了个聪明的主意，在一个亲戚的篮子边上，用一根麻绳系了瓶颈，又打了圈松松地系在那根长长的稻草绳上，这样等于排上一个较靠前的号。随着竹篮的往前移动，我的用绳系着的酒瓶一样往前移动。我们在有酒的兴奋、等待的焦急、对卖完的担心中把眼光盯向最前头。

感觉里很多漫长的等待的时光一寸一寸地缩短，终于轮到我家。那个理平头的中年汉子营业员停了他打酒的动作，向父亲喝道：“你的酒瓶是怎么弄的？不排队自己把它系上去的，不卖！拿了菜篮到后面排队！”

我们在绝望中回家拿了竹篮排到队尾，买到了最后半斤酒混浊的酒脚。

印象中的酒是做香料的东西。如同酱油。在家乡“酱油酒”常常是合起来说的。第一次喝到作为饮料的酒，我已读初中。父亲始终是烟酒不沾。母亲一日大汗淋淋地砍柴回来，从那破了一只脚歪扭着身子的木柜里摸出一瓶黄酒，说喝一口可以解渴。母亲把瓶子送到我嘴，让我抿了一口。

那酒瓶似乎是很好的酒瓶，是从卫生院讨来的挂盐水的那种瓶啊！

平生来到小杂货店买一碗酒，缘台而立站着而喝，只有一次。读高中时住校县中，一个晚上在自修之后邻床的同学对我说去街上小店买碗酒喝，我兴奋得几乎发抖，似乎有一种巨大的刺激在等待着我这个来自乡间的孩子。那时孔乙已就着茴香豆逗着小孩子在咸亨喝酒的印象已是很深地烙在我这个学子的心上了。

我是怯怯地端起那小碗黄酒送到嘴边的。

味竟是很淡。配的下酒菜是什么已记不清楚了，可能是几片饼干或者一根油条。走出灯光黄黄的小店，同学说那酒一定是兑了水的，否则味不会那么淡。

1982年我读了师专，那年我虚岁十七。一次父亲来信说，家里自己酿酒了，新买的酒缸很大很大。

1986年在异乡的一个旅店，我第一次醉酒而呕吐。那是烈日炎炎的七月底。1985年师专毕业留校工作后第一次与同事出差，关于招生面试。完成任务后，同事携我去他的一个同学家做客，吃了一顿饭，午饭或是晚饭，喝了一席酒。同事当时尚是单身汉，席间对同学说的一句话印象至今极为深刻：“你的艳福不浅啊！”

他同学的妻子漂亮极了，是美丽出名的龙泉姑娘啊！

默无声息的我默无声息地喝酒，几杯啤酒之后是我一人喝完一瓶甜甜的葡萄酒的，他们说我酒量大。

在飘飘欲仙中回到旅店。背着同事在水龙头边让所有吃进去的如数倾泻出来。醉酒的滋味是销魂的快乐与痛苦。

醒后对同事平淡地笑笑。我也平淡地笑笑，说有点醉了。

同事不知，那时的我刚刚失恋三五天，那个我初恋的比同事的同学的妻子还美丽的姑娘远远地离我而去了意大利。

在师专工作的六年间，我们曾在庆祝第一个（或者是第二个）教师节时大喝过廉价的鲜啤酒；曾经与三位朋友骑车到瓯江对岸一个名叫桃山的小村庄吃炒粉干，喝过几次啤酒；再就是与住在等拆的木制危房“零号楼”里的几位哥们钻进校门外那条水沟上横架着的“水上之家”小吃店解馋过几回。还有，在一个春节，曾把在朋友家喝过的一瓶名酒所剩的半瓶带回了老家；后来，是买过一瓶整瓶的。我吃食堂吃过整整十一年，是让青菜盒饭和清汤挂面组成我这纤纤之躯的。

在结婚前的二十六年生命之旅中，我体重从未超过110斤。这两年年纪轻轻却开始有了啤酒肚。三年前我离开师专来到政协开始一种“广交朋友”的新的工作，立刻我就被宴请包围。我清楚地记得第一次坐小车出差，第一次被作为“上级来的领导”请上餐桌，面对几乎所有都是我第一次吃到的珍馐，除了我的外表之外自口腔到食道到胃肠的蠕动都是那么的激烈与快乐。当然喝酒，从那时起几乎所有的名酒我都喝过了。我相亲时，利用的是跟随领导出差的机会，我是凭着宴席上半瓶酒的酒劲，浑身是胆雄赳赳地奔赴后来的岳父母家的。各种胡吃海喝之后，很快就有了因果报应：在一次酒后反流性食道出血胃痛阵阵，到医院作胃镜检查，是胃炎加十二指肠糜烂，住院治疗一周。那纤维胃镜伸入喉管插入食道钻进胃囊在里面反复捣鼓时，呕吐连连，渴望吐出吃喝进去的一切交换我过去的健康与宁静。

于是我戒酒了。虽然单位发来的优质干啤如山、丈人送来的家酿杨梅酒如海。

桑梓情

这是1996年的六一儿童节，我被一支歌深深地打动了。那是来自新加坡的一位少年唱的《归乡》。中央台直播并且评奖。晚会后我翻遍了书架上所有的歌本，眼睛急急地搜寻，怎么都找不到这首新加坡的民歌。

歌词、旋律都是第一次听到，相见恨晚，而且只是匆匆一瞥。我不是歌唱的天才没有记住不能哼出，非常遗憾。歌曲陌生却是心仪已久的那种。思乡的魔瓶立刻打开。老家在浙西南山区——丽水青田。家乡的晨雾或是炊烟满室弥漫。于是带出了德沃夏克的《新大陆交响曲》第二乐章，以及马思聪的《思乡曲》，轻轻哼唱并且沉醉。

就在几个月前，遇到也一样远离童年家园的表兄，说着说着就说到了老家。他说退休了就回老家住，很清心很安闲很宁静。门前园后种点菜，是神仙过的日子。他说老家现在通电了有电视了，什么不跟城里一样？表兄说得深情真挚，充满向往。他与我一样才三十出头，向往起三十年后六十多岁的乡村生活。都是因为那乡村是出生了我们的最初的家园。最初的家园就是最终的归宿。于是我也说退休后我也回去，让家园的翠绿永远映衬我花白的头发。

总是难得回家。读初三开始就外出了。每次归乡总是近乡情更怯。乡音未改、鬓毛未衰，而血管里滚动的乡情却越来越浓。一如屋后山前越来越茂盛的绿，浓得无法化开。曾经土地的贫瘠，曾经劳作的艰辛，都已渐行渐远。那割稻子割破了手指的田啊，那挖树桩震麻了手臂的山啊，那挑番薯磨破了双肩的岭啊，带给年少的我不少艰辛，心里曾经的咒骂现在都已灰飞烟灭。十几年来，许许多多人都远离了家园，“出山脱贫”而非背叛土地。多少人多少时刻举头望明月、低头思故乡，就是醉眼蒙眬中影影绰绰浮现的依然是家乡的山山水水父老乡亲！我脑海中常常浮想起曾经劳作过的每一块田地，穿越十几年的时空来到眼前，依然分外清晰。

有一首关于爱情与家园写给“张”的动人诗歌：

如今，我已经学会劳动和写作
学会让每一粒粮食和文字
成为宝石或泪珠，在平凡的生活中闪光
屋后打铁，门前绣花
张，这些小事永远激动着我们
呵！张，跳动的心脏
新年里第一个太阳，些许的宽怀
都流露在眼前这张纸上，我要在清晨
打马翻过你家门前的山岗
让辣椒和高粱在今晚红遍你家的院墙

尽管南北方家园的意境有所不同，但我们都是在称作“家乡”的地方劳动着，恋爱，成长，生生不息，绵绵不绝。

我的刚满两周岁的女儿，已是两次回我偏僻乡下的老家，长住近半年。她看到了“水上鹅鸭白、田中稻谷黄”的情境，认识了猪牛，学会了方言。她带回了乡间的气息，晒黑的皮肤渐渐释放出我家乡太阳带给她的能量。

情萦桑梓，梦萦家乡。什么时候我能唱着《归乡》而归乡？

上山雾　落山风

水竹垟，是山那边的村庄。

我们爬行在浙南山区云和县雾溪畲族乡通向水竹垟村的十里山路上。夏日清晨的雾霭笼罩着蜿蜒的山路。那是宁静的雾，那是与云天相接的雾，白得沁心的雾。在浓浓晨雾中，我们的路始终是那么短——几米开外，路的头尾都钻进雾里不见了。

翻过一道山坡，于是看到周天浓雾留一片稀薄让村庄呈现出来。几十户人家的村舍，就这样稀释了雾霭，依傍在浓雾簇拥的山坡上。几棵高大的风水树挺立出来，站在村头岩石旁。

热情的畲乡伸出热情的手迎接我们。我们挟着雾丝走进村中的木瓦房子。

山里人家的风景让我们欣喜不已。房子后面可是沁凉沁凉的自来水——镂空相接的毛竹从林中雾间伸展出来，一曲一拐地把泉水引进偌大的石凿水缸中。三五块白皙的豆腐用竹筛盛着，放在水缸口，让那清澈透凉的自来水“冲凉”，就构成了美妙天然的“冰箱”。

中午，在吃过畲家主人给我们做的鲜美的家常豆腐之后，起风了，下雨了。风挟着雨星钻进屋里，凉飕飕的，让我忍不住深吸一口风雨进入心底，然后干脆把竹椅搬到门口，让自己沐浴在这高山之巅的雨风里。抬眼望门外，惊异地看到飘进门框的不仅是风，不仅是雨，还有那雾，还有那云！门外的风景有天，有山，有云，有雾，有雨，有风。那天不是纯蓝，那山不是纯绿，那云不是纯白，那雾不是纯雾，那雨不是纯雨，那风不是纯风！平常抬头看惯天上飞着、山顶缠着的云，而现在我们就在这天上，就在这云里，山顶就在身边，就在眼前不远处，我们该是“云中君子”了！这雨似乎不是天上降下来的，而是在我们身边生出而往下掉的，仿佛就是我们降的雨。

……雨小了。山谷里的雾在我们俯瞰的眼底下升腾着，翻滚着。那是山上的雾啊，到山顶便似云非云，到身边便似雾非雾，夹着群山清凉的气息，穿林过树，飞窗入户，将我笼罩，把我包裹，让我呼吸深深，沁入心脾，融进无法忘却的灵魂深处。

云非云，雾非雾；山非山，树非树；风非风，雨非雨；村非村，路非路……此时此刻，我和这美丽的畲家村庄，就站在这美妙的意境里了！

雨后斜阳，我们继续穿行在郁郁葱葱的树林里，爬向七八里路外的村属驮茅湾林场。陪同我们一起去的老张说，身边这些都是厚朴树。他说畲乡水竹垟种厚朴种出名啦，这满目青山的厚朴卖出去都是钱。水竹垟成了脱贫致富的典型村，最多的一户人家年收入超过一万元！在驮茅湾林场，我们见到了阙世三,一位独自一人在山上待了十几年看护林木的跛脚老人。当我们低头钻进那间掩映在林木中茅檐低小的小木屋时，我们被一双结满老茧的粗硬大手紧紧握住。

我们在堆满木头的屋子里坐下，坐在那长长的条木凳上。世三老人激动得一拐一拐地奔到灶台边，炉火旺旺地给我们烧水。同去的老张告诉我们，世三老人是十四岁那年因房子失火而被烧残的。环顾四周，木屋里除了堆着许多木头外，只一灶一床几只盆碗和几件简单得不能再简单的农家用具。十几年来，世三老人离妻别子在这林中为集体为畲乡护林造林。而老人自己却是汉族人。这畲乡的800亩山林中可只有这一间小木屋啊，然而老人不觉得孤单，因为有这数也数不清的林木陪伴着他。他是看着这些树木一天天长大的。世三老人用他的方言充满激情地讲述着他和山林的故事。1976年营造的山林因为无人看护到1978年就快要荒芜啦！那一年已53岁的世三老汉真真体会到什么叫“看在眼里痛在心里”，这一位跛脚的老党员向党支部立下了军令状：“不取分文报酬！杉木不出山，世三不下山！”

春去春来，暑消暑至；秋风瑟瑟，冬雪皑皑。十几年过去，老人抚育的杉木林生长得郁郁葱葱，生机勃勃。杉木比碗口还大啦，老人比画着说，但还没成材，杉木不出山，世三不下山！我们又一次听到这句铮铮硬汉说的话，小木屋也听到了，杉木林也听到了，一望无际郁郁葱葱的苍翠大山也听到了。风中的杉木林涛声阵阵，那可是大地传给老人的回声……

老人带我们去看山。老人指点着他的江山时，他就是个将军，八百亩林立的杉木就是他心爱的兵。我觉得他的左脚是在战斗中负伤的，他是一位饱经沧桑，虽矮小但壮实的跛脚将军。

这几年来，老人也开始大片大片地种植厚朴了。老人带我们去看时，用他粗壮的手轻轻地抚摸过才半身高的小小的厚朴树，仿佛抚摸着他的子孙。知道了厚朴是花大皮厚的落叶乔木，知道了厚朴的树干能制作乐器，知道了厚朴的树花树皮均能入药，是顶好的中药材。一朵花就能卖两三毛钱哩，老人高兴地说。那一刻，我觉得这《辞海》里所说的绿化树，真像我们身边这位淳厚朴实的老人。

土地是诚实的，它不会亏待辛勤的耕耘者；大山是富饶的，它将向热爱它的人们奉献自己的一切。畲乡这山，这树，这景，这人，都是那么的美丽。在我们告别了世三老人，告别了驮茅湾林场这“一个人的世界”，告别了水竹坪村，走下那蜿蜒曲折的山间小道，走过畲乡一路的风景到达山脚时，阵阵清凉透彻的落山风扑面而来，吹起我们的头发，牵扯我们的衣襟，拂过我们的肌肤，透进我们的心灵……

山高水长

富春江静静地流淌，在那个周日，它把一个片段放大给我们看。出杭州，向西南，过富阳，入桐庐，车行两小时，富春江边隐逸着的严子陵钓台，在万木葱茏中，就展示在我们面前。

富春江是美丽的，但一直低调宁静。它只是钱塘江中段的一个别称，下游有激情澎湃的钱塘潮，上游有钱塘江正源新安江，以及新安江水电站造成的千岛湖；毛泽东曾说“莫道昆明池水浅，观鱼胜过富春江”。因为黄公望的传世名作《富春山居图》，因为《富春山居图》一分为二的传奇故事，因为温家宝希望藏于台湾和藏于浙江的大小两段能够合璧……富春江一时热闹了不少。

严子陵钓台的人文景观里，有一处今人的线描石刻，是将《富春山居图》一个局部放大。富春江漫长逾百里，严子陵钓台是其中一个很小的点。深入到钓台内部，我们在找寻“钓台”究竟在哪里，导游小姐让我们仰起头，说那高高的山巅上突出的石台就是钓台，我们不禁笑了。山高水长，那是要几百米长线才能够得着富春江，原来钓台的实景是虚拟的。

“云山苍苍，江水泱泱，先生之风，山高水长。”这是范仲淹赞赏严子陵的名句，山水融合，天人合一，把先生的品格与一生，用十六个字就概括了。严光严子陵，会稽余姚人，东汉初年隐士。少时曾与刘秀一同游学，刘秀即位后，严子陵不愿出来做官，就更名隐居，耕于富春山，“披羊裘，钓泽中”。由此，严子陵钓台成了东汉古迹之一。

包括范仲淹，历代不少文化名人来过钓台，有李白、孟浩然、苏轼、陆游、李清照、朱熹、康有为、郁达夫、张大千、巴金等，他们留下了诸多诗文佳作。陆游道："一竿风月，一蓑烟雨，家在钓台西住。卖鱼生怕近城门，况肯到红尘深处……"不少已刻于碑园。碑园、石坊、东台、西台，我和我的同事们一一游过，最后尊崇地进入了严先生祠。

在门口就有人热情招呼。分送给我们每人三支香："点香免费的免费的。"敬上一炷香，为心中的严先生，我想。里头的人，不知是佛是道，分头将来者拉到台前，一番急切猛语过后，就让大家掏钱。每个人都立马被诳语所诓住，只有岁数最大的大姐说着"我没钱的我没钱的"逃了出来。人家老大把住我，要给我"开光"，高节奏快频率与我大说"你要当心身边有小人某月要注意安全"云云——咳，普通百姓，平安是福，哪个月不要当心安全啊？我给了他几百元，他说再给点，我说够了，于是逃了出来。逃出来就与同事说："哈哈，我想起毛泽东说过的话：庙小妖风大，池浅王八多。"

游人不论多少，进来一个就成一个"收入源"，方法就是让你"明天免灾今天破财"。他们天天蹲守，倒也"山高水长"，可这完全与"先生之风"背道而驰的呀。唉，也怪可怜的。难怪中国在出了个敛财道长李一之后，国家宗教事务局局长王作安说：宗教教职人员队伍中也出现了一些值得注意的问题，比如信仰淡薄、戒律松弛、不重修行、贪图享乐、借教敛财、争名逐利、自我吹嘘、弄虚作假等现象，在各个宗教中都不同程度地存在……

物是人非。景致的变化不大，变得最多的是人。今天的严先生祠，已经不是严先生的了，这就是千年的变化，不，应该是近些年的变化。导游从头到尾也没有提及一次范仲淹赞严光的名句："云山苍苍，江水泱泱，先生之风，山高水长。"

瓯馐可餐

一江瓯水向东流，八仙席上馔珍馐。继大型精装图文画册《瓯迹》后，相同风格的《瓯馐》再次由中华书局出版，主编都是赵青云先生。捧在手上，那叫一个沉甸甸。

此前出版的《瓯迹》，全书6万多字，近700幅图片，分为“东瓯始迹”“古土民居”“雁山瓯水”“民间风物”“艺文翰墨”五个篇章，展示了浙南地区令人叹为观止的传统文化历程。作为姊妹篇的《瓯馐》(中华书局2013年6月第1版，定价358元)，以同样的规模，从历史和人文的视角切入，全方位介绍浙南温州的“乡吃”，此乃区域饮食文化的一顿饕餮大餐。我们要说：“乡愿”的不要，“乡吃”大大的好！

《瓯馐》一书，从“民间宴席图”到“东瓯腊味道”，从“主食的魅力”到“缤纷的冷盘”，从“海鲜好滋味”到“生吃排座次”，从“村落农家乐”到“瓯菜名典榜”，从“街头名小吃”再到“消失的名店”，把整个“瓯菜”系列做成了书籍上的“满汉全席”，这滋味，啧啧！

瓯者，瓷器也。古代温州以瓯为名，温州的母亲河叫瓯江。温州是瓯越大地，地处东南沿海，所以温州人变成了“东瓯儿女”。

一个地方，如果有着一条大江，靠着一片大海，这就是一个得天独厚的宝地。大江和大海垂直构成的T形，不就是人类最活跃、最生生不息的T型台么！在浙北，钱塘江的入海，带来杭州湾两侧鱼米之乡的繁茂；在浙南，瓯江从容流过，诞生了瓯江两岸乡韵悠长的文明——这已远远不止“一条大河波浪宽，风吹稻花香两岸”的意味了。

物华天宝。江海融汇，水产丰富；群山连绵，土产丰登——在这东瓯之地，山珍海味都齐了。在温州，瓯菜的形成，确实得天独厚。

当然，最重要的还是人。人的聚集，饮食文化能够发扬光大。台湾为什么有那么多丰富的小吃，还不是滥觞于当年来自大陆各地的士兵涌入台湾，带来各地的饮食精华。在曾经的历史上，温州也是个移民城市。“瓯菜”真正形成特色，还得感谢宋室南迁的历史大背景；南宋定都临安，使得并不遥远的温州成了一个巨大的“后花园”。在南宋建炎四年（1130），宋高宗赵构为避金难而抵温州，大批宗室和大臣随驾到来，自此，北方菜系、宫廷美食与温州民间菜肴逐渐融合，在地食材，天下技艺，“瓯菜”从而逐渐自成谱系，并随着人的安定而稳定下来。如今，有46个瓯菜名典收入《中国菜谱》，“瓯菜烹饪技艺”也入选了省级非物质文化遗产名录。

一方水土，养一方饮食文化。而文化是“化”人的。记得不久前有新闻说，网友公众选评哪个地方的女人最温柔，结果温州女人得了第一名，评价最高。极而言之，温州的女人最温柔，温州的方言最好听，温州人也最聪明——把“头发都是空心”的温州人比作中国的犹太人，还是很有道理的。我的家乡是毗邻温州的青田县，我是很佩服温州人的。我妻子是青田温溪人，温溪话就属于温州方言语系。瓯江同是青田和温州的母亲河。家乡青田的许多菜肴小吃，与温州是相同的，叫法也相同，典型如“麦塌镬”，外人一看这仨字一定傻眼，不知其意，而我看见书中图文，立马笑得咧开了嘴。“麦塌镬”是面粉加鸡蛋在铁锅里摊出来的薄饼，焦黄喷香，游子是一定可以吃出乡愁的滋味的。再比如“配”，“配饭”“配酒”，就是指下饭的菜和下酒的菜，也是一模一样的叫法；旧时穷，饭为主菜为辅，下饭的菜确实是配角；菜不多时，“看配吃饭”是大人教育小孩的“必修课”。

吃是大事。从形而下的视角看，吃是生存的基础；从形而上的维度看，吃是文化的积淀。在很长时间里，国人相互关心的就是对方的肚皮。1977年，人们发送至外太空的一张镀金唱片，录制了多种人类语言，其中录有一句闽南语的问候语，内容竟然是问外星人“吃了没”。“吃了没”曾经是很长的历史，“吃了没”当然已成了历史。

《瓯馐》是一本“吃”的“地方志”，但不是那种资料价值和学究意义的地方志。《瓯馐》的文字是随笔化的，图片是有艺术性和观赏性的。从传播效应最大化的角度看，我们很需要这类书，它是雅俗共赏的，它是老少咸宜的，它是广大读者喜闻乐见的；可观可藏，可品可赏，只是价位稍高，那么在图书馆里阅读尤佳。

瓯馐瓯馐，馐色可餐！

大端第三

DADUAN DISAN

将爱心公益进行到底

嗯，2018刚跑着步到来，支付宝就给弄2017年度账单了。大数据分析，给各位一个面向2018的年度关键词，于是大伙儿就在微信微博上热晒这个关键"好词"了。我的词儿是"温暖"，倒是很切合我工作过十多年的《都市快报》的理念宣传语：生活因温暖而美好。

都知道支付宝是跟你玩玩、搞搞开心的，对关键词的诠释也是五花八门，"温暖"大概只是说你日常生活用品买得多吧。还有一项是参与公益项目的大数据统计，说我全年"贡献了160次爱心，参与了28个公益项目"，我截图晒出去，问：有那么多吗？

立刻有朋友回复："哈哈！也是个淘宝达人！有些宝贝买了会自动公益捐赠的！"

是的哈，"160次爱心"其实是总量很少的"零头"捐赠，可以忽略不计的。

我是每年捐赠一个月的工资加奖金——也就是一年的十二分之一用于慈善公益，迄今刚好坚持20周年了。随着工资收入的提高，捐赠的额度也水涨船高，20年前月工资是1000元而且无奖金，现在从单位里获得的平均月收入——把年终奖也摊进去，大约是税前2万元，所以去年是捐赠了2万多元，3万元不到。

2017年第一笔捐赠，照例是向杭州市"春风行动"捐款1111元——杭州市政府曾经给我发过一个"春风行动"先进个人的证书；而最后一次捐赠，是向袁立救助尘肺病人的基金会捐了1000元，这是我为一位散文女作家的新书写序言她给我的润笔（意外！写序不收报酬的呢）。2018年开年，第一项捐赠仍然是“春风行动”，1111.11元，通过支付宝直接转账，很方便。

多年来公益捐款主要是用于帮扶贫困大学生，每年8月份结合《都市快报》的“阳光助学行动”来进行。2017年阳光助学的资助金额，从过去每位5000元提高到了6666元，共三位合计19998元——我是希望三位同学都能6666哈！其中叶景芬同学是丽水龙泉的视障大学生，在长春大学就读，系第二年资助，将连续资助四年直至她大学毕业；另外一男一女两位同学，是杭师大附中新疆部毕业的新疆籍同学——沙拉木考上了重庆大学，阿提古考上了中山大学。为新疆籍同学助力，已进行了多年，感谢杭师大附中分管新疆部的秦丽副校长每年的认真推荐！

之前的2016年助学捐赠比较多一点，资助了五位同学，每人5000元，因为有部分助学款来自我的著作签名本的助学义卖。这么多年来，我出版了10多本书，其中6本是由中国最好的人文类出版社之一的广西师范大学出版社出版的，销售都很好，最多的印了4次，而我所有的签售收入全部都是用来助学的，感谢每一位参与者！2016年加上其他的公益捐助，一共捐助了4万多元。

再之前，最难忘怀的一次帮助，记录在我的微博中——

【2012年8月22日21:07 我的微博】刚刚朱铁志先生短信告知：我的好友、著名杂文家、《人民日报》大地副刊主编徐怀谦先生，因罹患抑郁症，于今天下午2时不幸去世！在杭州，我们曾一起举杯畅饮；在长春，我们曾一起畅谈杂文；我在《人民日报》副刊所刊发的随笔杂文，大多经过徐怀谦先生编辑……无比沉痛！

【8月30日23:42我的微博】今天，北京，徐怀谦先生追悼会。心中的悼念。怀谦走后，留下孤女寡母，孩子刚刚读高中。响应铁志先生倡议，下午去银行汇上11111元，为孩子助学。怀谦先生永远活在我们心中！

……

在2017年9月“暖城·腾讯99公益日”中，我与传媒业界杨锦麟先生、学界吴飞老师、青年爱心领袖邓飞等一起，参与宣传活动，我倡言的关键话语是：“幸运的人要去帮助不幸的人！”

2017年参与的另一项文化公益活动印象深刻，那是8月6日在南宋御街的南宋序集，在第二届云林公益书画联展与义卖活动现场，我认捐3943元，买了若干幅杭州爱心人士的书法作品，首次从杭州佛教界人士手中接过荣誉证书。在现场我还做了一个有关文化公益的演讲；那天我在微信微博上记录了这么几句话：

静观现场，南宋序集。

书画义卖，云林公益。

杭城高手，爱心洋溢。

大作四幅，结缘椽笔。

证书一帧，惭愧可拟。

分享一刻，情怀铭记。

文化慈航，善之大兮！

文化人可以多做一点文化公益。除了直接的捐赠，我也参与文化公益的各种捐书，去年共计1万多元的书籍捐出。再有就是公益讲座，全年累计大约30小时，谈人文阅读，谈文学写作，谈认知与情怀。去年最后一次参与的公益活动，是为徐骏先生的公益讲座做嘉宾主持，徐骏在浙图文澜讲坛讲述参与淞沪抗战的八十八师，同时他所著的《八十八师》一书首发，我是该书长序的作者。讲座那场面的火爆！提问之热烈！真当是难忘！我作为“浙江省文学志愿者中心”的副主任，当然也要做公益性的文学讲座，包括去学校文学社给学生们谈谈写作经验，去年还获了一个漂亮的“优秀文学志愿者”的奖牌。还有就是组织文化公益活动，比如义务为文化达人的“台湾文化之旅”做规划、做服务。

其实百无一用是书生，也就这点名堂了。我属于工薪阶层，算不上什么“中产阶级”，所以没有中产阶级们的各种焦虑，日子过得很快乐。

今后，一如既往，将爱心公益进行到底！

玫瑰书香的杭城

春暖花开，面朝书海；玫瑰书香，扑鼻而来。

这是2017年4月23日星期天，这是世界读书日，这是世界读书日的杭城，精彩阅享，阅享精彩；一个爱阅读的学习型城市，让人越想越精彩——

浙江展览馆，杭州第十一届西湖读书节，各类不同主题的美书房集中在这里，比如浙江文艺出版社的文艺书房，莫言肖像签章本在这里闪亮登场；“春日里，我们读诗”的朗读者行动，“最美妈妈”吴菊萍都前来成为领读人。

杭州市图书馆大门前，一场“无偿献血 书香为伴”的活动在这里开展。我和著名作家黄亚洲、诗人李郁葱，将自己的签名图书赠送给无偿献血者。面对记者的镜头，我说：读书的人是有福气的，献血的人是有爱心的，有爱心又有福气的人是最美好的。

良渚文化村，在著名的“大屋顶”——文化艺术中心“中国最美社区图书馆”，下午我赶到这里开了一场名为“玫瑰书香”的公益讲座，从深与浅、远与近、轻与重、博与精、内与外、宽与窄、快与慢、旧与新等多个维度切入，把一大批值得一读的书介绍给书友们。两小时主讲，半小时互动，互动提问期间，给每位提问的书友赠送了我的书的签名本。

杭州市胜蓝实验小学，一场“行走的课外书·悦读越快乐”的活动在这里进行，除了教育专家“亲子阅读”主题讲座外，小学生们捐赠了1000余本课外书，将送给甘肃礼县的六所贫困学校……

一场场有关阅读的“交响音乐会”，构成杭城宏大的阅读“交响诗”。

在这部“交响诗”中，一个创新的旋律，仿佛春天的奏鸣曲，在“展开部”呈现给书友读者，那就是“杭州文创书市”，在滨江等三地同时启动。文创品越来越成为书店的特色，书店确实越来越离不开文创品。在台湾诚品书店，文创品已然成为书店重要的特色。美丽美好、琳琅满目、让人爱不释手的文创品，是完全可以成为全民阅读盛宴中的“满汉全席”的。文创书市，应该成为杭州阅读的一个新品牌，成为学习型杭州的一个新标志。

一个全民学习、全民阅读的城市，一定是一个文明、美好、潜力巨大的城市。作为线上购书第一平台的天猫图书，在世界读书日前夕发布了有关售书的大数据分析，其中“购买数量”杭州列为全国第四，前三是北上广；但从人口总数量分析，杭州其实远超北上广。杭州市无愧于“全球首批、国内首个”入选联合国“全球学习型城市网络”的城市。“天堂和书乡，应该就是杭州的模样。”

南宋时，杭州就是全国的出版印刷中心。“南渡以后，临安为行都，胄监在焉，板书之所萃集。”在《两浙古刊本考》序言中，国学大师王国维如是有云。浙江在南宋时，刻书地点有170多处，其中以杭州为最盛。临安城里，书肆林立。官刻私雕并举，工匠精神凸显。刊刻技艺最精，成书印制最美，印本流传最广。后世藏家，誉之“一叶宋版一叶金”。

一个人，需要“腹有诗书气自华”；一座城市，更需赓续那份“腹有诗书”的自华气质。

“有工夫读书，谓之福；有力量济人，谓之福；有学问著述，谓之福。”清人张潮在《幽梦影》中如是说。全民参与、全城共推，全方位营造买书读书的氛围，是能够极大增进一座城市的幸福感的。满城花香，是为景美；满城书香，是为人美；为了这样的“双美杭州”，大家一定要齐心协力呀！诚如广西师范大学出版社这天所言的：为了人与书的相遇，我们一直在努力；既然人与书的相遇不是凭空而定，我们就创造空间，创造情境，以耐心，以勇气，以热情，以诚意！

在书房

如果说时光是无形的牢笼，那么书房则是有形的牢笼。如果没有一点“囚徒”的精神，我们怎么耐得住形单影只的寂寞。毕竟外面的世界很精彩，充满了花枝招展的诱惑。

不挂字画，不安电话，更无空调，三合板的原色漆就平凡的朴素。在丽水，在20世纪90年代初，在一个秋冬季节，我们有了新房，于是把朝南的带阳台的这个最大的房间装修成书房。书房最要紧的是三件东西，书架、书桌和书床。木工师傅按我的设计要求给我打书架，一天来了一位找木工装修房子的男子，看了半天愣是看不懂那搭好的框架算什么东西。那时那个巨大的框架正躺在地上，跟房间一样长，我和妻子正忙着帮助木工师傅往上钉三合板。我们笑着让他猜了老半天，这是一面墙壁那么大的准备永久固定在墙上的书架，另一面墙壁的还没打呢！这个顶天立地的大书架在刚刚搭成一个恐龙化石般大骨架的时候，谁看得明白是什么东西呢。木工师傅也说他做了大半辈子的木工，从没打过这样的书架。

让我难以忘怀的是木工和后来的油漆工算我书架的工钱时，收费都分外低廉。

是父亲用了从老家带来的扁担和麻袋，一担担从老房子挑了书来，把书架喂饱的。门卫老头以为我父亲挑什么宝贝东西，知道是书，也兴高采烈气喘吁吁地帮助着抱了几大摞上来。

父亲说，你只有几本书。母亲说，以后你少买几本吧。父亲说那买还是要买的。妻子则认为要宏观调控。于是几个月前特意买了本账本，作了一个月的明细账。离这个月发工资还有一周，一摸袋里竟已分文不存，记得一个月来买书只花两三百元吧，《钱钟书论学文选》一套六本近百元，《川端康成文集》一套十本140多元，让朋友从省城杭州买回的克尔凯郭尔三本50多元……目光从明细账上一一扫描而过，书款像加油器上显示的数字一个劲地往上翻，竟然爬到了我月工资不远处四百九的地方才打住。

缓缓地把账本放回到书桌上。这玩意儿明细得不留情面，我打算把它逐出我的书房。书桌上让这黑脸皮的家伙占了一角，真是个错误。

我的书桌毕竟不是柜台。尽管七八年前从木器厂买来的时候是一张“经理桌”。当然不是现在老板们用的那种花里胡哨的大桌子，而是直线加方块的工字桌，水曲柳贴面，漆了原色，很素朴的那种。不过挺大，长1.2米，宽0.8米，价格是369元，很好记的数字。而当时我的月工资还不到两百元。付款时出纳女孩问我发票开哪个单位，我说别开了，是我自己买了当书桌的。那漂亮的女孩瞪大了水灵灵的眼睛奇怪地看了我半天，说这是为经理做的经理桌啊。

我差点儿告诉她这是我准备结婚而添置的唯一家具，付出的代价超过了一个半月的工资。

后来读到一篇文章是说书桌的，作者感叹他家没有一张像模像样的书桌，读时我正趴在书桌上，不免有点洋洋得意起来，仿佛六月天里吃到了一支大雪糕。读着读着，作者笔锋一转，便说世界上的许多大师的作品都不是在像样的大书桌上写就的，立刻想到自己的无所成就不禁赧然，那支大雪糕是吞进了我冬天的肚子里了。

这些年来，尽管发表了二三十万字的所谓作品，在诗歌散文杂文的丛林里拳打脚踢了几阵子，却实在是些没有功力的花拳绣腿，确确实实是十分愧对我的书桌书架，愧对时光为我编织的温柔的牢笼。

可是痴心不改。常常在晚上离了卧室里的老婆孩子，独自钻进我的书房，钻进我书房里的“书床”。“书床”是我特意“发明”的“新词”，专指书房里这张为读书而做的不大的床，躺在床上，躲在被窝里看书，是从小形成的习惯，我现在近视眼镜已经加深到六七百度，归功于躺着看书的“功劳”。去年装修书房时，特意设计了这木床，把床头斜成一个坡度。一位朋友曾嗤笑“书房中间造张床”，我不为所动，反认为他不懂读书。要知道躺在“书床”上，让满架的书籍包围你，让那满屋的精神火焰照亮你的心灵，手中捧着一本好书，在深深的静夜柔柔的灯下拥着被子读着读着头一歪就睡着了，这是多么美好多么惬意的事啊。特别是在冬天。

恨　书

我知道你是书呆子。在别人穷得剩下钱的时候，你穷得只剩下了书。你做不了官，因为你给领导拜年时竟送去了一本书，而书摊上的《拍马述》你又没来得及去买；你发不了财，因为你这些年每月工资250元，掰成两半一半用于物质一半用于精神消费殆尽，而书架上的《股票经》你还没有来得及看；你成不了器，因为成器的人得读更多的书，而你的书仅够填八个书架。

买书时你恨书。翻翻这本，好书；看看那本，书好。掏掏衣兜，没钱。于是望书兴叹，所以恨。一本好书听说出版了，揣着钱跑遍书店，没进货，于是想书兴叹，所以更恨。最近你头脑发热给与中药打交道的你的妻子买了本专业书想拍她马屁，花了29块8角把书捧到妻子面前，妻说这本书我们药房有的天天可看，马屁于是拍到马腿。恨书！

藏书时你恨书。原先你在学校工作，借的是公家的书架；后来你调进了机关，书架得自个花钱买。哪来的钱儿做书架，就连纸板箱恐怕都买不来，于是把书全折腾到床下，弄得到过你房间的人都知道你有“一床底”的书。后来以9块5角一个的价钱你一口气买了一手拉车廉价的毛竹书架，总算把书们从床底请到了架上，但那毛竹不久就被虫儿蛀得白粉成堆堆到书上。恨书！

借书时你恨书。人家说你家是个小图书馆，你便扬扬得意，敞门入场，敞架看书，敞开供应，甚至送货上门。借书不登记，以免以小人之心度君子之腹。结果自然是借多收少，好书都成甩出去的正宗肉包子，当然恨书！把书借进来似乎不恨书了吧，不！你的两位启蒙老师之一的徐着鞭先生，是一位呆了多年冤狱的花甲老人，把一本发黄的竖排本描写辞典借给年少的你，你又被一个同学借走，同学又被同学借走，最后竟丢得无影无踪！而那本书是先生学生时代的唯一留书，它伴着先生在北师大欢度的青春时光，伴着先生历经劫难苦度的中年时光，伴着先生成为一个乡村文化员的老年时光，然而你把它弄丢了！那书不仅仅是书啊！它是先生青年时代青春美好的记忆，它是一位天涯沦落人一生坎坷的见证！它在不平和的日子里始终没丢，却在平和开始不久就这样被你丢了！你发疯般跑了很远的路跑了很多的地方去寻找，那希望的线索很快被无情地断了。你，你们都和先生一样热爱那本有茅盾和叶绍钧的书，但你们的热爱成了先生最大的折磨。先生后来在乡村文化站添置的一本新版文学描写辞典的扉页上写下了他心痛的话语，你在回乡的一次偶然中读到了先生的笔迹，你潸然泪下，在心底里一万个呼喊恨书恨书恨书……

不仅仅是这些，是书使你近视，因为你天昏地暗地读。是书使你得了胃病，因为你废寝忘食地读。是书使你近了书本远了人群，因为你没日没夜没黑没白没亲没友地读读读！虽然你教书时学生说教得出色你说得益于书，虽然你结婚时妻子说是因为知道你有“一床底”的书才同意与你见面与你恋爱而后与你结婚，虽然你写作这篇豆腐干文章是因为这书，但你依然恨书！

爱到深处恨不够。

漫步经心

冬夜，微雨晶莹。雨中，街道的喧嚣已褪得很远。相识方才三日，我们便并肩行走在街上，走向我想象中你的家园。

在所有的阴晴圆缺中，我总是那么难得地将步履迈出书房，把轻微的履痕叠印在人迹的河流。当台灯的光芒幻化成书亭的灯光，我每一次的停留都充满了期待。在街河的两岸，除去茂盛地生长了衣摊鞋摊玩具摊大排档之外，我们该不该种植下南国的杨柳或者北方的白杨，从而收获一片精神的食粮？

从大街走向小街然后拐进窄窄的弄堂，雨夜的阴影留给我们最微茫的一抹光亮。院门紧闭，是不需轻扣的柴扉么？你说这是你家的老房子，就像四合院的那种，白天正准备着装修，打算租给朋友。静夜里你推门而进却仿佛僧敲月下门的意韵。雨中，迎接我的只有天井上一片依稀的天光。

荆棘丛中，有几许天使般的豌豆盛开了春天的生机。我的停留总站立出许多的怅然失望。那些在夜晚开张摆出的书亭书摊，花花绿绿了自己的脸面。然而所有的妖冶无法让喜欢素朴的我动心，不是西子的品质，怎可以胡乱淡妆浓抹？打眼望过，留下的只有遗憾。小小山城，难道真的没有一个可以让我驻足流连的书摊？

打火机在静寂中打出一朵光芒。你举着晃动于雨中的火焰，引导我走向你的老屋深处。木板的楼梯真的那么陈旧，我们一前一后两个人的脚步挤压出声声古老的呻吟。

我寄望当然是每一个街边的书亭都燃烧起一把精神的火焰。可是那么多的“播火者”睁大的只是铜钱般的双眼。或许我们的一声“有没有好书”，会使他躲藏的左手或右手从底下摸出一本赤裸的嚣叫。于是我们只好逃亡。

木楼板在夜空中依然震颤。熄灭了手中的火焰，你推开了房间的小门。电灯点亮。满屋粲然。仄仄的世界杂乱得简单。虽然没有我想象中的“书满金山”。但一本的崭新亦可让整个世界辉煌。我是为了看你的书而来到你的家园，我是为寻找我那心仪已久的梦幻般的川端。

终于在初冬的漫步中看见一个书摊。一个新开不久的小得不能再小的书摊。在街边，一个看似寻常却是品味不凡的书摊。在花生摊旁。不少戴眼镜的小伙姑娘磁铁般吸附在小小书摊周边。年轻的摊主领我到他家里让我买到了川端康成十卷。

漫步。而且流连忘返。

相见恨早

我看见时间倏忽的影子了。在影子那头的影影绰绰斑斑驳驳中，许多形迹像石头一样从水中凸露出来，悄无声息或哗哗作响。为什么它们来得那么早，迎面光临或者内心突现，让我年轻的生命不知不觉承受过经历过，如一只性急的小猫把一盘盘珍馐匆匆舔过但却不懂滋味。恨晚只需相见知，感悟“恨早”却并不容易。我坐在黄昏的河边，静看断河从流、残阳如血，拾起朝花，投进心湖，溅起浪花，或者泛开涟漪。

把双脚如桨般插进如画的山水，是在哪年哪月春天夏天？为什么在心头荡不开涟漪在笔端留不下文字？是我缺乏性灵还是山水缺乏了灵性？武夷去过了，见过美女峰游过九曲溪；桂林去过了，看过象鼻山喝过漓江水；深圳珠海去过了，那是中英街吧，那是澳门环岛游吧，那是锦绣中华缩微景观那是中国民俗文化村，一路浑浑噩噩懵懵懂懂走过来。南京中山陵自踵走至顶，长江大桥从头走到尾。腿够勤眼亦快，然而过眼的怎么都变成了烟云呢？过脚的则不留任何痕迹。是山水对不起我还是我对不起山水？只问不答。只知晴川历历芳草萋萋进入我双眸的镜头，咔嚓咔嚓了一阵子，至今才发觉心里不曾装上底片，空留下一片苍白的记忆，搅和了远山不再远水不再的一片憾意。

或许有幸？读山读水让我读出一种“相见恨早”，读书读文可会读出一种优哉游哉？然而稍加深思明察，就发现有多少书文报章被我草草读过早早遗忘，甚或无缘千里来相会也匆匆擦肩而过？我仿佛一个年轻而无知高傲而荒唐的侠客，骑了一匹时间的骏马穿越书本的林海，却只握了一柄短身软剑在些许树身的皮表划了几道浅痕，成为一名匆匆过客还扬扬自得。许多许多过去的那些时光，你的短剑可曾伐倒过几棵树木你的眼睛可曾读透过几本书籍？那些早早购得的名著名作或借之于外而无踪无影或存之于内而束在高阁，还以为知识外储文化亦能外储，还以为所用之日喊几声“芝麻开门芝麻开门”，便能石门洞开一切源源而出滚滚而来。一个道理真的直到现在才懂：只有逆流而上，一切才会滚滚而来，否则只有汤汤而去。

一些青春故事的逝去，仿佛无关艰辛。玫瑰的花朵太早开放，不是错过花期而是错过蜂期。为什么“初恋，我们不懂爱情”？相见太早，初恋的花朵，任何人只能开放一次。迟未到盛开怒放的日子，我们便悄悄开放，偷饮了花瓣上清澈的晨露。十九岁，我就走上了那晃晃悠悠的藤条桥。想得太容易，走得很轻松。直到知道无法到达彼岸，才思维一片空白，木然而呆立。苦痛的呻吟徘徊在心底，久久不能散去。其实，那是一种怎样的心灵的艰辛呢？那是留给归途的披荆斩棘，最后衣衫褴褛才走出重重包围的丛林，回到我的一个人的世界，久久舐舔了心灵的血迹。最该相见恨早的，人们却都早早相见草草相见。就算不是“萍聚”，就算天造之地设之缘由之神助之，阴阳合奔爱河共浴，却游不了几年就见了异思了迁，回头恨见早，举刀斩情缘，这是如何的人生悲剧情爱悲剧？相见太早的人，假若相见迟些时光，既不错过花期亦不错过蜂期，将是怎样？在长长的时间隧道上，在相见的早晚之间，爱之花应该找到那可以灿烂开放的黄金分割点。

相见恨早。相见恨早。其实，恨的不该是“早”本身。在我一脚跨进三十岁的门槛的今天，在人生可以开始回忆的时光，我作如是想。

秋韵不阑珊

一个杭州女子作文，写的却是北方。“我的那些北方朋友打电话来说，杭州的秋天一定很美吧，江南多好啊，江南让人想到唐宋意象，真想来杭州嗅一嗅桂香……”然而，她却在电话里对北方朋友说，北方多好啊，我想念北方的无情，让我想到金戈铁马，我真的很想在冬天去北方。

如果你冬天去无情的北方，那么你秋天就得来多情的南方。南方行，先行到杭州……你总不会认为我在做广告吧？郁达夫在他的散文中写道，“西湖就像是一位‘二八佳人体似酥’的狐狸精……”杭州总是迷人的，特别是秋天。

一年四时，我最挂心的就是秋天。“秋风秋雨秋煞人”是我所爱。其实南国的秋天并没有那么多雨，而无雨之风总是纯净得可爱。庐隐也说，其实秋天是具有极丰富的色彩，极活泼的精神的，它的一切现象，并不像敏感的诗人墨客，所体验的那种凄迷哀凉。二十岁大学毕业那年，我的失恋在秋天。我后来觉得，秋天是最适宜失恋的季节——我说的是美好的秋天最适宜抚慰人的心灵。那时我骑了单车，很远地飞驰到郊外，秋收的田野金黄灿灿，割稻的农民把田野弄乱了，而我的心情却很快被秋天的丰收景象修复齐整了。那时流行台湾校园歌曲，《垄上行》就温柔地在我心中响起。

垄上行，就是行走在秋天里。我其实不是杭州人，我说的割稻秋收的场景，现在在杭城是难以见到了。但骑了单车，在杭州看看秋天的风景，的确是很适宜的。杭州城市不大，景点相当集中，骑车最好。前年早秋的一天，我跟我妻骑车去植物园，悠悠行进在小径上，忽然就闻到一股清香沁入心肺，仿佛没有经过你的鼻子，就到了你的胸中。一回头，就发现万绿丛中一株早桂真的早早开花了。妻子几乎惊喜失措。晚报第二天才刊登了消息。这怎么会让你忘怀呢?

其实远比早桂出名的，是杭州的迟桂花。烟霞洞，晴爽天，桂花迟，撩人香。那就是郁达夫笔下的美情美景美人。这样看来，杭州的秋天其实是文人和人文的秋天。

但我又想，“有三秋桂子，十里荷花”，这么朴素的几个字，就让人们千百年来神往杭州，总不仅仅是文字本身的魅力吧？“万顷湖平长似镜，四时月好最宜秋”，“平榭水影清，金波玉桂传香，引领千门秋月夜；湖光山色好，绿意红情成趣，迎来万户月中秋。”这写的是西湖十景中的平湖秋月。在杭州看看秋月的丰姿，最好是去三潭印月，中秋之夜，皓月当空，烛点塔内，纸蒙孔口，光透纸出，倒影湖中，水中成月，微波荡漾，就这样，月光灯光湖光光光相映，月影塔影云影影影相随。没有不爱的理由。

我非常喜欢一首带着淡淡的忧伤的缠绵的歌，那是《南屏晚钟》，那意境就是杭州秋天的韵味。在冬天渐渐到来的时刻，听一听《南屏晚钟》，秋韵就不再阑珊。

让雪花飞一会儿

窗外那些车子，被雪裹成一排白面包了。

刀郎名曲《2002年的第一场雪》，说“2002年的第一场雪，比以往时候来得更晚一些”，但2011年的第一场雪，对南方来说，真是来得太早太璀璨了。新华社电讯说，1月18日，浙江迎来2011年首场大雪，并已持续三天，20日4时30分开始，杭州萧山国际机场得关闭一会儿……呵呵，是的，飞机这时候还真不能“飞一会儿”，安全第一。

我这个上下班骑车的人，也不敢骑车了，19日后半夜离开报社时打车，20日下午来上班乘坐95路公交。呵呵，还不错，都挺顺利。尤其出租车司机是个乐观、爱说话的人，后半夜开车那么辛苦，他却很开心。春运刚刚开始，出行的舟车与行人，很艰难，不容易。辩证地看雪：雪灾是不好的，关闭机场延误航班也很讨厌，但雪毕竟很可爱，尤其给南方的人，孩子，带来多少的快乐。那银装素裹啊，那厚厚的雪被啊，那造型各异的雪人啊！

很奇怪，没下雪却带来另一种焦虑——“瑞雪兆丰年”真是没错的。今年的冬天杭城还真是冷的，但重要的是天冷人不冷。或者说，雪冷是不要紧的，血冷才真正要紧；雪冷是正常的，人冷才是不正常的。只要人心是暖的，什么冷雪不能融化？

南冰北雪。南方多雨水，雪也很潮湿，落地易结冰；北方的雪很干，可看成雪沙雪粉。1月中旬的双休日，我到吉林长春参加《杂文选刊》杯首届全国杂文大赛颁奖典礼，我的一篇杂文《文化严厉主义》得了二等奖，那可是在全国2.3万多篇应征杂文中评出的得奖杂文，一等奖仅一篇，二等奖才五篇……此行我是“三把钥匙挂胸口——开心开心真开心”，这可是我写杂文这些年来第一次有杂文在全国获奖，当然不只是为得奖，更主要是为杂文界同人心与心的温暖——我们的心是相通的，都是为了杂文事业的繁荣、为了社会的发展进步。那一夜长春零下32摄氏度，室内与室外，冰火两重天，我挥毫写字，写下“路很远，心很近；天很冷，心很暖”之心声。

“是你的万种柔情融化冰雪，是你的甜言蜜语改变季节。”刀郎这样唱。这两句话确实很人性、很哲理，在寒冬，在春运的艰难季节，多需要“万种柔情融化冰雪，甜言蜜语改变季节”啊！这天新华社报道说，萧山机场近1000名员工和1000多名武警官兵紧急除雪除冰……各地各处，除雪除冰，不都可以看成改变季节的甜言蜜语、融化冰雪的万种柔情。

雨中曲，雪中情。好莱坞老电影《雨中曲》中的舞蹈舞得很开心，舞蹈技艺已臻化境。雨水本来影响舞蹈，可是成了舞蹈的最好背景。大雪纷飞，有家要回，雪之寒是家之暖的绝佳背景，有家就好，因为有家就有爱，而人生有爱是最最重要的。

让雪花飞一会儿！对南方来说，从全年看飞雪基本上也只是“一会儿”。我说“让雪花飞一会儿”不是求浪漫，而是因为人类毕竟无法杜绝下雪更改天气，我们只有改变人类自己的相处环境。传统的“人定胜天”思想是不对的，人只有尊重自然敬畏自然顺应自然，这样才是对的。只要人对了，面对极端天气，又有啥可怕的呢?

仰望星空

冰雹竟这样满世界劈头盖脸打下来。

那年夏日的久违的冰雹啊，你把屋脊上的瓦片敲得七零八落，让刚到乡间挂职锻炼的我惊怖不已。

是云天低层次的一阵子发怒。沉静之后，夜晚来临。高远的星空还在。

这样的夜晚，一定要搬了凳子在乡政府的大院里独坐。星空笼罩。抬望眼，仰天长乐。

星空，我这样的星空！这样美丽、漂亮、辉煌、灿烂的星空！

是哪一位来自远方的大科学家讲的呢？“科学的发展，甚至连测量银河系里每一颗行星的距离都易如反掌，但科学却永远无法解释星空为什么能够带给我们如此崇高的美感。感受星空的美，就是诗人的使命了。”

我不是诗人，可我一次次为星空的美而震颤。星空那么沉静，可我的心空却一次次怦怦跃动。

我最初遗失的一本书，是我最遥远的一次心痛。《星座与希腊神话》，是一位乡间的孩子到城里第一次买回的一本书。在夏夜，在群山环抱中，我紧攥着这本美妙的神话，我攥紧了我最初买到的心爱，对照着书中的图案神圣地朗读星空。

我的演奏天籁的天琴啊，我的美丽的白天鹅；我的巡视天穹的牧夫啊，我的神奇的人头马；我的霓裳羽衣的仙女啊，我的闪烁的大黑熊……我的双鱼我的宝瓶，我的巨蟹我的金牛，即使西南天空最最张牙舞爪的天蝎啊，你也在我心中安静地停留……

后来那本书丢了，丢不下的是永远的心痛。

星空依然灿烂。要离开乡村到城里读高中了，临行的头一天晚上，站在乡村学校旁的山坡上，我又一次凝望星空。记忆里那一夜的星空无比璀璨，在我的脑子里第一次蹦出了一个“繁星欲滴”的概念。最灿烂的星空是欲滴的星空啊，那么明亮地闪烁，那么饱满地悬挂着，饱满如满天悬挂的夜露。

于是就想，即使明天下雨，我也相信雨里那星空依然在远天存在，一如既往地闪闪烁烁，沉静地等候风消雨过。读高二的一天，我仰望星空，由牛郎织女想到悲欢离合，于是第一次突发了奇想，写下了我的诗歌处女作，“……辉光闪耀的北斗星哟／该万万年没用了吧／让我把你用起来／将银河的水一勺勺舀干。”

为的是织女牛郎不要一年才相会一次啊。我已长大了许多。

但奇想毕竟是年轻的。星空一天天让我感到敬畏，直到读到康德的名言——“有两种东西使我产生的敬畏充满了心灵，那就是头上的星空与心中的道德律”，我方才恍然开悟：星空为什么这么神圣，神圣得不容任何人“动手”。

乡村的夏夜依然宁静。宁静的星空常常在我心中灿烂地燃烧。温森特·梵高画下的《星空》就是这般的热烈。在燃烧中滚动，在滚动中燃烧。释放出炫目的能量胜过太阳。一首歌自远天而来：“星光灿烂，穿过黑夜来到我身边……”

一架飞机闪烁着飞过。飞机很小很小，星空很远很远。

——必须仰视的，是星空啊，只是星空！

瞬间的风景

瞬间的风景是美的。

在人生的漫漫长途中，有许多瞬间的风景进入你的视野。它来得突然，如迅雷，似闪电，那么让你渴望抓住它，然后它毕竟只存在瞬间。正因为如此，它也便这样强烈，这样深刻，印在脑海难消，留在心底难逝。上大学的头一天，在校园里找不着该走的路，梧桐树下，向一位年轻而留有胡子的老师问路，他热情地指点完我问的，还指点去食堂、去医务室……的路。那一瞬间，一股爱的暖流，便涌上我的心头。

一次，在异乡的一所学校的传达室逗留，随手翻看刚到的报纸，一帧英姿飒爽的女兵照片映入眼帘。几行短短的文字说明了女兵的姓名，她来自广东，年轻而富有，但她却参军了，她说赚钱的机会一生都有，而当兵只有这一次。未及细看，传达室的老头拿走了要分发的报纸，我还不知那报纸的名称，也没记住那位穿上军装戴上军帽的女老板的名字，然而那瞬间的印象却抹不去了。

在人生旅途中，这许许多多不能忘怀无法忘怀的瞬间情景，恰如我们生命旅程中闪光的路标。多年前10多岁的我，曾与一批同学争先恐后爬上运载我们归去的卡车，我背后有一只手使劲推我一把才使我上了车，而我至今不知是谁助年少的我一臂之力。作为乡间的孩子参加全县的学科竞赛，拿了语文二等奖的我常常想起的不是那破天荒的成绩，而是背后那只大手。1985年我的诗作《我们五个》

发表在《飞天》杂志著名的《大学生诗苑》上，我去邮局取30块钱的我的第一笔稿费，那位已不惑之年的女营业员微笑着说："你把你发表的诗背来给我听听，我才把稿费给你。"那瞬间，我觉得她那么年轻，那么富有人情。就在几天前，在蒙蒙细雨中，我去拍一份电报，翻遍衣兜竟缺了两毛四分钱，那位皮肤雪白的年轻的报务员小姐说："好吧，我给你垫了。"……

瞬间的风景，有时是一个粲然的微笑；瞬间的风景，有时是夜读中掠过眼帘的一句诗；瞬间的风景，有时是车窗外闪过的一片金灿灿的稻田或油菜花。

瞬间的风景，时间很短很短，领域很小很小，然而它是美丽的，它属于永恒！

以呀还牙

当我抵达八十岁，最后一颗牙齿在一阵摇摇欲坠之后终于脱落的那个阳光灿烂的下午，我必定会回忆起2001年，新世纪的第一个初夏，我躺上医院补牙机的灿烂感受。

补牙机（或说是补牙台，或说是补牙椅，反正就那东西）是为右撇子设计的，可为我看牙的是一位主打左手的左撇子。我躺的地方右边该是医生，左边是喷水排污装置，上头是灯光照明装置，右边是搁那对付牙齿的十八般兵器的装置，医生就在仰躺之我和兵器装置所构成的直角或锐角之间，这样他的右手操作起来才顺手。可为我看牙的牙医同志是左撇子，他常常要绕道到我的左边来操作，至少也要在我的头顶上才“顺手”。

说这么一大堆，其实就说明了我为什么叫这位牙医为左医生。左医生还比较年轻，跟我一样戴眼镜，不过我长得白他生得黑，我说话流畅他说话有点结巴——“艺术结巴”。当我向他张开“血盆大口”的时候，我感到我绝不是老虎，那时涌上心头的词语是“我为鱼肉，人为刀俎”。

我主诉我的右上方牙齿这几天“阵痛”。他拿了“榔头”（比喻义）对我的牙齿一个个敲，我的牙齿竟然这么不争气，这会儿坚决不痛。这个痛吗？不痛。这、这个痛吗？不痛。这、这、这个痛吗？好像也、也不痛。我的心虚起来。左医生说你的牙齿好的呀。我说刚才挂号时还痛得不行呢。他说那么你去拍片。

于是我去拍片。半小时后片取回来了，尽管作了充分的思想准备，但从袋里抽出片子的时候我还是大吃一惊，我看见了我的半个骷髅。

左医生很干脆地将片子往挂片子的地方一插，仔细端详起来。我耐不住寂寞，说，我们外行看这上面的牙齿一颗颗都是一样的。不想左医生也说，是的，你的牙齿都都都是好的。恰巧这时另一位歇了手的医生闲逛过来，瞧了一眼片子，干脆利落地用手一指说，这一颗不是蛀了吗?

左医生便不吭声，操起他的兵器就对我右上方从里往外数第三颗牙齿进行了重点检查。后来他在这颗牙齿的石头上打了一条隧道。人毕竟比蛀虫厉害，它们要干几年几十年的活，人几秒几分钟就干好了，而且成效更大。左医生说，今天就到这里了，先把痛的问题解决了，过两天再来。

第二次前往的时候，我喜滋滋地告诉左医生，这两天好多了，没有阵痛了。左医生说，今天你可要有点痛，熬熬熬不住的时候我给你打一针麻药，因为今天要把你的牙神经拔拔拔掉。左医生的结巴真是秘籍箴言——他重复的是三个熬熬熬和三个拔拔拔。

左医生把封堵在我的牙隧道里的东西一一取出。然后他拿了一枚可作暗器使用的几乎细不可见的针类兵器就往我的牙隧道里插。我的牙神经发出了“呀”的一声惨叫。左医生再次插入的时候我觉得已经不是插入而是刺入。第三次刺入，我已经熬熬熬不住了。我只好央求左医生给我打一针麻药。

左医生说，你实在痛我就给你打麻药了。麻药这东西我这辈子还是第一次领教，我以为是立竿见影的。所以左医生没等几分钟就掏出了他的暗器。我很不幸地发现只是把十二分的痛减为十一分痛，那减去的一分可能是安慰性的。所以我还是发出“呀”的一声。左医生说牙神经要一根根地挑掉，而他又没有专用的像鱼钩一样的武器一次性把牙神经钩断，所以他说他不得不弄得很累。到了牙神经快拔光时，麻劲才上来，嘴上某些部位硬了，说话都只能说硬话。

那个时刻我明白了一些词语为什么跟牙齿有关，比如没齿难忘。

但面对左医生，我只有“以呀还牙”。

我的刮痧

我的刮痧，非我刮人，乃人刮我。我家卧室里如果发出一声“老婆救我”的惨叫，那一定又是我中暑了。

本人别无所长，长于中暑。我的中暑不分季节，不仅夏天，冬天也中暑。还怪，午睡的时候，喝酒的时候，疲劳的时候都会中暑。哎呀，反正我一年中暑无数。

昨天就中暑了。单位惨无人道地让我连上了一月零一星期的班，我思想上还很坚强，知道吃碗饭不容易，可我的身体却闹起情绪，它说它快要断裂。于是中午的时候不知怎么回事身体就从电脑桌前平移到了床上，我睡着了。醒来就昏沉。赶紧将藿香正气水灌入喉咙，然后跌跌撞撞加班，跌跌撞撞采访，打稿子，编版面，折腾到后半夜两点才到家。还昏沉，暑未退。脱了衣服对自己的左肩右肩乱拧一气，豆腐似的皮肉先红后黑。

老婆端来一碗水，拿来一把牛角梳。那把花了300多元买的牛角梳，本来用于梳头，现在几乎成了我刮痧的专用，梳子的背脊磨得镜子似的锃亮，倒是梳头时感觉梳齿生硬晦涩。刮痧的操作流程简单，老婆已驾轻就熟，很快我的后背红成一片，转而黑成一片。老婆对我的中暑程度三言两语就说得很清楚，这回用的是四个字：肉都熟了。

痧刮了就好，立竿见影的，比正气水见效快得多。中国的民间治疗方法就是绝，而且刮痧技术简单，不需要多少成本。只是刮过的皮肉有点不像话。《刮痧》的电影我是不去看的，我太知道刮痧是怎么回事了，美国人怎么受得了。

老婆有一回告诉我说，她看了一个报道，说是容易中暑的人身上缺了一种什么酶什么蛋白质。可我觉得这大概与基因遗传有关系，因为我老妈也擅长中暑，我小妹也喜欢刮痧。小时候在农村，一回中暑得厉害，母亲叫了一个长于用针放血的老农给我“放痧”，那人手指头上缠着线，用针一戳，我就眼前一黑，眼睛看到的全是底片。

有一年，我和老母亲都因胃不好而吃丽珠得乐，那年竟然两人皆未刮痧。我把这个发现贡献出来，是希望哪个研究者看能否试试找到丽珠得乐与治痧的亲仇关系。“伟哥”原来也不是拿来治“痿”哥的。谁有心来研究研究，好不好?

片段自己

A. 我的三句人生座右铭

认真做事，轻松做人；

淡泊以明志，宁静以致远；

荣辱不惊，看庭前花开花落；去留无意，望天上云卷云舒。

B. 去《都市快报》应聘时写的简介

幼名小敏，大名迅雷；与“文革”同年面世，跟贫苦结伴而生。泽受家乡山高水长，惠自父辈耳提面命。得改革风气之先，八二年考入大学；感开放理念之盛，八五年毕业留任。曾任校长秘书，也兼团委袖领。九一年调至地区机关，与文字结伴同行；九四年借至处州报馆，做编辑欢度夏春。业余教书育桃李，闲时写作咏性情。九五年回到政协办公室，九六年领衔政协秘书科，九七年派至青田海口镇。时任镇委书记，亦兼人大常委会主任；清清白白为政，堂堂正正做人，有心立功立德，无愧乡友乡亲。倦于迎来送往，乐做性情中人。辞官职，别丽水，卷铺盖，赴杭城。受聘浙江青年报一九九九，出任大周刊主任二〇〇〇。性喜读书，家有三千藏书；素爱舞文，刊有五百小文。写文卖字，为生之道；淡泊宁静，座右之铭。认真做事，轻松做人；坐看云起，卧听雨声。一家三口，妻贤女慧，其乐也融融哉。

C. 十七岁的高考

时光之水在我的心里打了个漩涡。——因为我遥远地想到了高考。

1982年，我跨进十七岁的门槛，这一年的7月成为我生命中一个无法忘怀的切分点。那年的夏天同样装在蒸笼里，比七月流火的无边燥热还燥热的是我们学子的心灵。

高考对于我，是一场无法回避不见鲜血的白刃战。我呱呱坠地于贫困县里最贫困之一的一个小乡村，童年最深刻的记忆就是捧着一碗黑不溜秋的番薯丝猛啃还得忍饥挨饿。兄弟姐妹五个，仿佛一串冰葫芦。我是老大，亦是读书成绩最好的一个，所以是家里的唯一的希望。在偏僻的村校读初二时，步行40里去参加的一场全县语文竞赛开始变更我的命运。在那次竞赛中我进入了全县前十名，着实把寂静的山村轰动了一番。凭着这次获奖的一张证书，一心想把我“培养出去”的父亲领着我来到县城，敲开了青田鹤城中学的大门，于是我成了鹤中首届初三毕业班的一位学子。毕业后我考进了青田中学高中班。当时的高中只有两个班，一个城镇班，一个农村班，我是两个班里唯一的一个尴尬角色：从城里的鹤中考上去，读的是城镇班，不得住校；从乡村里来，无法长期投靠亲友，必须住校。那时青中的校舍十分紧张，整个农村班的学生挤在由一个教室改成的宿舍里，进进出出都是沙丁鱼，根本无法再加一张高低铺。最终我还是把自己变成沙丁鱼中的一条，紧紧贴在另一条沙丁鱼的旁边——与我的一位同乡挤在一个窄窄的铺位里，在那个一不小心就“骨碌”下来的高高的上铺，一夜一夜地度过高中的漫漫时光。住，是这般的好玩；吃，更是有趣——曾经有一天早餐买了三分钱的榨菜萝卜丝，配了早饭一顿，配了午饭一顿，配了晚饭一顿，穷困带来的饥饿感觉常常从胃部一圈一圈地蔓延开来。如此的情景，只能说明高考对于我来说是如何的艰辛、重要和压力。

7月7日第一门考的自然是语文。那些一张张从天上飘下来的雪白的试卷仿佛是一片片寒冷的雪花，手之触及，禁不住一阵寒战掠过。我的目光率先急急扫描的就是作文题目，题目太长了，叫作《先天下之忧而忧 后天下之乐而乐》。要想高考不考砸，首先语文不考砸；要想语文不考砸，必须作文不考砸。还好，这个题目审题不太难，“先忧后乐”，爱国的志士仁人的人生大境界，而且语文老师在复习的时候翻来覆去地叫我们爱国爱国再爱国，这算是爱对了路了。高考看起来有点烦，其实考考也不难：你先不去想考那么多天那么多门课，我就想着眼前的这一门；你也不必去想这一门语文有那么多道题目还有作文，我就想着第一道；你更不必去想作文老长真可怕，我就先想怎样写好第一段……遇到答不出来的题目，我就想我答不出来别人也答不出来的，绝不失去信心。这样一步步走下来，三天的高考也考完了。

卷起破铺盖，穿着一双漏洞百出的拖鞋，爬上一辆大卡车的车背，罩在烈日的光焰火舌里，回到了乡下老家，我的45公斤的躯体立刻进入了一场头痛发烧的疾病，倒在了床上。性急的父亲也不等我恢复元气，就问我考得怎么样怎么样有没有希望有没有希望。他也不看看我这只“烤鸭”现在已成为一只“板鸭”了，我有气无力地回说恐怕没希望了。因为好像每门课程都有些考起来了，又每门课程都有些考不起来。父亲本来不白的面目一下子就更黑了。

可是我总有一个期待，幻想着会出现这样的情景：我坐在门口的竹椅上，忽然有人兴冲冲地向我跑来，大喊：你考上了考上了，电话打来了！然而这样的情景迟迟没有出现。我的把十年里所有的几个银两都抖出来供我求学的父亲，终于耐不住煎熬，忧心忡忡地去乡里拿起那只摇把电话，然后又垂头丧气地搁下。发榜了，上面见不着他儿子的臭名字。我的家乡原名竟然叫作“孙山”，那么我就是那个“更在孙山外”的“贤郎”了。

可是我仍有一个期待，幻想着会出现这样的情景：我坐在门口的竹椅上，忽然有人兴冲冲地向我跑来，大喊：你考上了考上了，电话打来了！——因为那几年高考有本地区的师范专科学校降分录取的情况。

终于有一天，我坐在门口的竹椅上，忽然同村的一个年轻人兴冲冲地向我跑来，大喊：你考上了考上了，电话打来了，叫你赶快到县里去体检！

没有车，父亲领着我兴高采烈步行三四十里山路赶赴县城。那年9月我卷起那套从县里扛回来的破铺盖，跨进了师专的大门，成为班里唯一一个应届考上师专中文系的学子，成为乡里第一个大学生。

那一年我虚岁十七。

D. 青春叙事

1984年3月20日，是我十八岁的生日。在此之前十八年，也就是1966年3月20日，我出生在一个贫瘠的山村。我与“文革”同年降生。孩提时代当然没有玫瑰花香。父亲是乡村教师，守着他那小学校里的三尺讲台；母亲持家种地，以她瘦弱的双肩挑起家务农务的双重担子。父亲以他粗浅素朴的思想，认定读书是我的唯一出路。所以六岁半就让我早早跨进乡村小学那破旧的大门。十年寒窗之后，十六岁半的我从青田中学毕业考入丽水师专。1982年秋天的阳光于是变得分外明媚。到1984年我十八岁生日的时候，已是大二的第二学期。记忆里没有庆贺自己十八岁生日的仪式，那时也没有庄严的成人仪式活动。青春的岁月或许是懵懂的，但非常单纯。回想起来，刚刚进入十八岁时关于十八岁的概念有两点比较明晰，都是读书读到的：一是《高山下的花环》等感人至深的作品，怀念对越自卫还击战所牺牲的年轻战士，记下了“春青永远十八岁”的动人语句；一是读《青春万岁》，知道这是王蒙在十八九岁时构思创作的长篇小说，明白十八岁已经能够演奏成长的欢歌……

大学时代，我所在中文82(2)班42位同学中只有两位是1966年出生的，另一位与我同龄的也是男同学。毕业后我们两位年龄最小的都留校工作，他做教师任教哲学，我到校长办公室当秘书干起了行政工作。现在回想起来，在1984年3月20日至1985年3月20日这纯粹意义的十八岁这根藤上，竟结了不少的瓜，不是苦瓜而是甜瓜。

十八岁这一年我在班里、在学校里所兼的职务是最多的一年，共计七八个，只是有个特点，多数是副职，如学生会副主席、广播站副站长、《括苍文学》副主编等等。正职可以举重若轻、运筹帷幄，副职可要举轻若重、埋头苦干，那时的确很忙，跑前跑后，上蹿下跳，戏称日理万机。

最难忘的是庆祝国庆。1984年10月1日是建国35周年大庆。我们在那一天都围在大教室的两台电视机前看国庆大阅兵的转播。“小平您好！”的标语是与我们同龄的北京大学生打的，我们分外自豪。

“文革”中的童年与改革中的现在相比，自然让我们这代人明白许多起码的道理。爱国主义当然是我们心中的主旋律。为了庆祝国庆，那时的我策划举办了以爱国主义为主题的诗歌朗诵会。那时大家都热爱诗神缪斯，报名踊跃。为了筹到富有意义的奖品纪念品，我拿起真诚的笔，给全国各地的一批诗人去信，以寻求诗人签名本。当时我的心多少有点忐忑，这偏远的山区师专由团委、学生会举办的一次学生诗歌朗诵会，他们会不会重视呢？出乎意料，回应热烈。著名诗人、时任《诗刊》副主编的邵燕祥先生寄来了五本题词并签名的《诗刊》，每本题词都写得认真郑重，内容深蕴哲理。我至今珍藏着其中的一本，题词是："明天比昨天更长久！"这是对我们青年人寄予的很大的希冀与鼓励！在我写作这篇拙文前不久，邵燕祥先生出版了一本诗文合集，题目就是《明天比昨天长久》，我见到后分外亲切而激动，赶紧买下。我的目光热切地寻找组诗《中国，怎样面对挑战?》，找到了其中的《八十年代的青春这样说》——因为当年他题词的《诗刊》里就刊了他的这一组诗，而诗歌朗诵会上我同班的一位普通话最为标准的女同学上台朗诵的就是这首《八十年代的青春这样说》。著名诗人流沙河寄来了十本签名的《星星》诗刊，他的签名极幽默豪放，大大的字体，草书的"河"字最后一笔向前拉得很长很长，构筑成了一条形象的河流——那时的"朦胧派"领衔人物舒婷也寄来了十本《舒婷顾城抒情诗选》，还有缪国庆、张宝申、薛尔康、王自亮等一批当时富有影响的青年诗人或热情洋溢地来信或寄来签名诗集。这次诗歌朗诵会获得了很大的成功，像舒婷的《祖国啊，我亲爱的祖国》等诗歌名篇的朗诵声至今萦绕在我的耳际，这些感动了我十八岁的诗歌，将感动我一生。

前面提到的《括苍文学》，也是十八岁的我负责创编的。1984年12月创刊号出刊，铅印封面、打字油印内文，大开本，厚68页，放在手上也有点沉甸甸的感觉。后来我做编辑，旧业重操，兴味盎然，自然与十八岁时编辑《括苍文学》有着难以分割的渊源关系。说真的，《括苍文学》在校内校外颇受好评，特别是外地的一些兄弟学校同人的来信赞誉有加，令年轻的我不时高兴得多吃两个馒头。

如果说当一个认真负责的编辑还是比较容易的话，那要当一个能诗善文的作者可就不容易了。80年代初，文学爱好者结队成群，特别是高校学生，热情非凡。我也是个文学发烧友，但真正写出一首像样的诗歌是在十八岁的时候。我知道我的天资并不聪颖，但不管是谁，执着地耕耘总有收获。1984年11月12日，在下午的课上完之后，一种事关灵感的氛围包围了我，同学们进行课外活动去了，依稀记得只有一两个值日的同学在翻凳洒扫，除此之外仿佛世界退得很远，我静静坐在自己的座位上，缓缓拿出纸笔，然后急急写下一首长句子的诗歌，题目叫作《我们五个》：

我们五个不是五朵金花而是五个高高矮矮的小伙子

我们读师专别人瞧不起我们因为我们将来是教师

我们照样戴起校徽走上大街不怕斜射的目光

我们是我们你们是你们我们是人类灵魂的工程师

我们同寝室同睡觉同起床一同跑上公路跑过汽车灯光

我们一人买一套西装一条领带星期一统一行动穿出去

……

这首二三十行每行二三十字的诗是我们大学生活的真实记录，是我们十八岁的黄金时代的真实写照，一气呵成。后来这首诗率先刊登在班级黑板报上，外国文学任课老师上完课后走到我的位子前对我说，这首诗完全可以不仅仅是发表在黑板报上。后来学校的《大学生活》墙报、校广播站和《括苍文学》上都刊发播发了，在上下年级的同学中引起的反响还不小，有的同学将其抄录到自己的笔记本上。再后来就是《飞天》大型文学杂志发表了我这首诗歌，当时《飞天》的《大学生诗苑》稿件采用率只有千分之三左右。后来收到了一些读者来信，表示了欣赏。我想不是我的诗写得好，而是十八岁的大学生生活真的很动人。

美好的日子总是过得很快。转眼到了1985年的春天。而在这一年的夏天我就要从师专毕业了。在离3月20日我19岁生日还有一个半月的2月5日，还在十八岁的人生轨道上行进的我，迎来了平生的又一大事：这一天，中文系党支部的全体党员为我的入党申请举起了自己的手，使我成了一名年轻的预备党员。当校党委一位领导找我谈话时，我曾说，我即使成不了优秀的党员，那也一定会成为合格的党员。那也是一天的下午，初春的阳光，温暖明媚。

……蓦然回首，原来这平平常常的十八岁里竟发生了这许多事，而这些事无形中影响了今后的一生。

于是我想：

人生的真正起步，是从十八岁开始的。

E. 飘在杭州

清楚地记得在跨进三十岁门槛之前我曾做过一篇题目为《仰视中年》的文章，其实文中的千言万语都在标题的四个字里说完了。那时还年轻。那时在浙西南的丽水市，一个真正秀山丽水的地方。现在三十五岁的门槛都已经越过去了。现在却飘到了杭州。在杭州打工。杭州拱墅公安分局颁发给我的暂住证上“来杭事由”那栏里写的就是“打工”二字。两年打工，有点像飘的一代。

飘本来是很年轻的时尚男女的事儿。我以及我老婆的飘却是人到中年的飘。这样的飘是无本之树木、无根之浮萍。你想在这样的飘中享受飘飘然是不可能的。

真正的飘一代首先以居无定所来去自由为重要特征。而我们这些中年男女却顽固地认为安居才能乐业。所以到杭州后我从亲戚家飘到了单位的集体宿舍又飘到出租房再飘到现在自己的房子，飘过了一条勇往直前的路子。我的居住人生是这样的：

到杭州，开始借居亲戚家里。杭州外东山弄那地方靠近西湖，走不了几步就到曲院风荷，我一旅居法国的远房亲戚，多年前在外东山弄购有一套居室，盛夏季节空置，所以1999年8月就由我飘入那块风水宝地。可我的亲戚在春秋季节都要回来休养生息的，于是在9月到来的时候，我就飘到了报社的集体宿舍。宿舍在二楼，面临文三路，车水马龙轰轰隆隆，那临街的窗积聚了陈年的灰尘。空调当然是没有的了，夏秋之交把我们热成知了一个劲地乱叫。与同事一起交了300元人民币给中介，在一个叫“三宝新村”的真正“小”区合租到一小套房子，于是乐滋滋地飘了进去。两个结了婚的大男人同居在一块，除了卧室独立，其他什么都是公用和共用的。

一年多前，我是“下定决心，不怕牺牲，排除万难，去争取房子”，房子怎么争取啊，按揭贷款自己买呗。那时全家倾其所有不到8000元人民币。却要买杭州50多万元的三室一厅。我那老婆对这个现房一见钟情。同事朋友却说我疯了。把丽水的房子“抵”给弟弟，筹了12万付了首付款，结果房子就是我的了。到了中年才能有这样的胆识。因为中年是厚实的，因为厚实而自信，因为厚实的自信而心灵不飘。

当然不是没有困难。我每月的三千元工资刚好支付每月的按揭款。吃饭的钱立马飘到了空中。鲁迅也曾说：一要生存，二要温饱，三要发展。生存起码的条件是有房住还得有饭吃。偏偏供职的单位曾经紧张到工资都开不出来了。要求生存。否则死得很难看。

老婆说，你有两技之长，一能教书，二能写作，先把写作开发出来。手指敲在键盘上，这时刻我才明白中年对写作来说，真是太重要了。人到中年，厚积薄发。

去年春节后开始给全国各地的报刊写稿。主打时评杂文和书评随笔。半年时间，把全国诸多报刊这块阵地攻了下来。飘出去的是篇篇稿件。飘回来的是张张汇单。约稿电话不说接连不断也是接二连三。发表档次还不低。弄得名气还不小。尽管中国现今的稿酬还远不如鲁迅那年代，但广种薄收，还是能多劳多得。每月稿酬很快就超过了工资，让我那整天担心饿死的老婆放心了不少。

老婆比我迟一年飘到杭州，她以放弃自己曾经拥有的一份好工作为代价。先飘进一个药厂，未干满一年活计，那厂就倒闭了。然后飘到一药店做了“实习生”——人到中年都徐娘半老了，还实习生呢。每月几百元的收入只能忽略不计。女儿飘来读小学，光一次性赞助费就有一万五千元飘进了学校的口袋。那时我想，幸好我已到年富力强的时代了。

英人西德尼说：“你想知道你的汽车能开多久而非开多快的时候，你便进入中年了。”人到中年，飘在杭州，却要你这辆中年之车开得又快又久。

F. 四无化生存

《人民法院报·正义周刊》2002年11月1日发表了一篇精彩的通讯，建议“流动”者仔细读读。通讯的题目是《一张调动函惹出的麻烦》，说的是张先生办理从上海调往北京的“迁徙”故事。那位张先生有上海户口，两年前辞职来到北京，成了一名律师；因其妻的单位、某中央国家机关准备解决一批职工两地分居问题，张先生打了申请得到了批准，这样就有望成为一个北京市民了，没想到难题从此接踵而至，干部身份问题、行政关系问题、户口和档案问题……数不清的问题全部是迁徙过程的难题，这简直让他走过了人生的一次万里长征，故事繁复曲折，真的很精彩，由于说起来太复杂，这里就不再引述了。

由此想到笔者自己的经历。我现在在杭州的媒体工作，三年多前，我还是300公里外一个镇里的党委书记，是组织的“培养对象”，由于实在不喜欢在从政的道路上走下去，最终成为无数个大小官员中的一个，于是毅然“弃政从闻（新闻）”，来到了杭州。这样到杭州工作，是没有杭州户口的，你可以天天免费去看西湖，但不能“享受”杭州人的许多“待遇”，比如我的孩子读小学，我就要多花好几万块钱。

一年多前，杭州算是在人才引进上有了政策的“松动”，比如，很有象征意义的是，将控制人员入杭州的“人控办”改名为引进人才的“引进办”，这事儿当时引起的反响是很强烈的，包括笔者所在的媒体都竭力予以报道。由于“引进办”和我在杭州买的房子在同一条街上，挺近的，有一天也忙里偷闲去“看看”，打听一下像我这种人有没有可能属于人才被引进——想起来好笑，那时我都在杭州媒体——人才济济的单位成为骨干、成为中层领导了，还谈什么“人才”和“引进”？其实无非是一个“杭州户口”问题。一问不要紧，一张我们见惯了的冷漠的脸告诉我：“你不属于我们杭州引进的人才。”还好，当时我扔掉镇委书记不干，到杭州来从见习记者开始干起，就没指望自己作为人才连户口都能“进入”杭州，否则，听了那样的“回答”岂不当场晕倒？

就这样，我在杭州无户口化生存着，我发现照样活得不差。我是打工者，我花了规定的钱之后，杭州公安机关颁发给我“暂住证”，上头写着来杭理由就是“打工”二字。我在离西湖骑车15分钟距离的地方买了三室两厅的房子，我是打算长期住下去的，不是“暂时住住”的。不久前，南方几家著名的报纸招兵买马，向我伸出橄榄枝，我也委婉地谢绝了，我决定赖在杭州了。

除了无户口化生存，我还无档案化生存。除党组织关系外，我的档案等全都扔在老家，过去把干部档案弄得神神秘秘，说是什么“生命线”，我现在倒干脆，老早就远离它了。年初，我跳槽到另一家在浙江发行量和广告量都居第一的报社工作，报社在给我定基本工资时，希望我能拿到档案，至少“关键内容”也有个“复印件”。我给老家那边的组织人事部门打了无数电话，费尽周折，弄来弄去，才弄来一页“复印件”。

同时，我还无职称化生存。1985年，我大专毕业，虚岁二十，留校工作了若干年，曾得到一个“助教”的初级职称，后来调到机关工作了多年，机关是不评什么职称的，所以我老早就没有什么职称了。报社希望我把原来大学里用的助教职称转评为媒体序列的职称，“这样才能派上用场”，我也“婉言谢绝”了。我倒不是跟我的早就成了大学教授的同学相比觉得自己职称的“落后”，而是实在对“要在本行业从业多少年”“要通过什么什么考试”才可以参评什么级的职称等规定没兴趣。陈寅恪不是没有职称的吗？我没有职称不也是照样活着、照样干着？以写作和编辑为生涯的人，是靠真水平生存的，还是靠真职称生存的？

最后，我就是无级别化生存了。离开了那个“科级”的镇委书记岗位，远离了那些“向上的台阶”，跟所有级别就拜拜了。我一年能在全国主流报刊发表300多篇时评杂文散文随笔，我能被《杂文报》选为全国30位杂文名家之一，是靠级别得来的吗？

我发现，把户口、档案、职称、级别这些依附之物全抛开，真是一身轻松，可以更专注于工作、学习与写作，我称这是“删繁就简”的人生。

G. 难忘2001：成功之门其实虚掩着

人生的艰难困苦从远处看还很富有诗意。一年的度过，亦近亦远。2001年的早春，对我来说是奇怪的。春节过后不久，单位里就无法及时开出工资了。2月下旬，我家倾其所有，只剩300块钱。这太好玩了。

首先是我老婆从业那个药厂面临破产。没多久她就下岗了。下岗这个词真是温柔。可没钱过日子却是很生硬。她是执业药师，拥有中级职称。据说执业药师还是“稀缺资源”。但下岗是现实，很冰冷的。老婆跟着我从浙西南的丽水来到杭州，她放弃了原来在医院的好工作。下岗，进入休眠。我呢，两年前从丽水某镇镇委书记任上“弃政从闻（新闻）”，到杭州一家报社做记者，有一万个人笑我骂我是傻瓜。而我这家报社，在折腾一年多一点时间之后，那家叫作万马集团的企业在丢进两千万人民币之后，再也无法承受亏损撤退了。我们无法及时拿到工资，便一点也不奇怪。

就在那时，我所居住的小区，在组织居民为内蒙古雪灾灾民捐款捐物。那号召性的大红通知贴在大门入口处。啊啊，好啊，还剩着的300块钱可以派上用场了！我跟老婆招呼也不打，就把最后的300块钱捐了出去。我想，这下子好了，我身无分文，真的可以从零开始了。谁叫我是这个小区的业主委员会主任呢。那时大家选我做主任，瞧着我做过镇委书记，又是报社的一个部门头头，就傻乎乎地投了票。我带个头捐个款，自然而然的事。

回家跟老婆汇报了。我那温柔得一塌糊涂的老婆听了温柔地笑了。她笑着说，好，没问题，米桶里还有半桶米，还够吃十天八天的。这真有点意思。我要在一分钱都没了的情况下，在杭州生存下去。——这样的经历，不仅仅是2001年难忘，这辈子恐怕也忘不了。

我在各地的报刊上发表时评杂文和随笔书评。最初是在《杭州日报》，这家报社稿费发得很快，同城作者常常三四天就能与样报一起接到稿费单子。近水能救近渴，燃眉之急很快不燃眉。

写作不是一日之功，需要长期的生活积累、阅读积累和思考积累。当然还要写作本身的积累——此前我下过“零星小雨”，只是没成气候。当然还需要努力，需要勤奋。工作本身是很忙的，一天工作超十个小时不说，一两个月没有休息一天是家常便饭，要知道我们的报纸是日报，版面还不少。我们报社在杭州市区，地段还不坏，但忙碌的我们有一句“名言”——“什么时候我们到杭州去旅游一下”。西湖离我们报社不算太远，一年来我还没见过两回，每天剩余的一点时间，都用于阅读写作——这太令人难忘了。

年终。蓦然回首。2001年，准确地说是2001年后10个月，我在全国主流报刊发表时评杂文和书评等近300篇。尽管中国目前的稿酬不太高，但我的稿酬收入足够养活老婆孩子了。尤其难忘的是，其中30多篇被《报刊文摘》《杂文选刊》等转载——其中《报刊文摘》就转摘了4篇时评。许多看起来高不可攀的名刊大报的门被叩开，用一篇篇稿件，以一次次真诚。到现在已是稿约不断。成功的大门其实是虚掩着的。——希望我这句话朋友你也难忘。

H. 新世纪：得奖在杭州

“得、得、得奖在杭州”，我原本是想把标题折腾成这样的，主要表示结巴说话，不好意思。后来发现有造作之嫌，只好放弃，写成了这个正经的“新世纪：得奖在杭州”。

2008年，我的评论得了个中国新闻奖，受到了杭州日报报业集团总编的万元嘉奖。于是我想把这作为“杭州记忆”的故事由头。我现在是《都市快报》的首席评论员，就是每天忙于写“快报快评”的那个。十年前，我还是一个江南小镇的镇委书记，经常行进在山间小路。那是组织上作为“培养对象”下派的，之前我在机关里做了多年的秘书。镇委书记还没干满一届三年呢，我决定弃政从文——因为感到还不干自己感兴趣的事，这辈子要废了。

1999年盛夏，我从山城丽水投奔天堂杭州。细雨打在夜行火车车窗上，无声，那是温暖而百感交集的旅程。我在一家媒体从见习记者干起，开始融入事业，融入杭城。2002年之初，跳槽到了都市快报。我这个“新杭州人”，很快就将迎来个人的“在杭十周年”了。

回首十年，是我孜孜不倦、未曾虚度的十年。在杭州，立言并立业。我特别感谢现在单位的工作环境，在这里干媒体、做新闻、写文章，可真是凭真本事吃饭的。这十年来，我已在全国各种报刊发表文章超过了2000篇，主要写的是时评杂文随笔，其中逾百篇被各种选本选载。我成了《读者》原创版签约作家，是《杂文选刊》评点的“当代杂文30家”之一，也是《杂文报·名家新作》专栏30人之一，去年还多一个社会职务：杭州市政协委员。

我现在的生活非常简单：每天十多个小时学习、思考、积累，两三个小时用于写作。几乎没有任何的娱乐，我还真不知道杭城的“泡吧”“足浴”是怎么回事。爱因斯坦曾说：“一个人活到六七十岁，大概有十三年做工作，有十七年是业余时间，此外是吃饭睡觉的时间。一个人能不能成才，关键在于利用你的十七年，能够利用业余时间的人就能成才，否则就不能成才。”诚哉斯言。

每天结束夜班回家，是后半夜两点钟左右。躺靠于床，我面前是品字形打开的世界：左边是书报刊，右边是笔记本电脑，前方是电视。品字的造型很好，就是三个打开的窗口，读书、上网、看电视新闻三不误。早晨是从中午开始的，睁开眼睛面前又是同样的品字形世界。

简单生活，原来也可以获得很多奖励——这些年来，我的文章所得奖项，累计有上百个了。本单位的奖、本集团的奖、杭州市的奖、浙江省的奖、外地区的奖以及全国性的奖。当然，写评论不太可能获国际的奖。一个人只要努力，原来是能够获得很多奖励的——过去我怎么就没想到呢。不过，我写作时从不想能否得奖那码子事。“但问耕耘，不问收获。”我还是这老思想、老观念。华裔科学家、诺贝尔奖获得者丁肇中曾说：“为获诺贝尔奖而搞科学研究那是很危险的。”科学研究马虎不得，一些人为得奖为出名，弄虚造假呢，当然危险了；新闻和评论简单得多，可也得老老实实做文章。

在投奔快报之前，我曾得过全国性的奖项，那是中国残疾人事业好新闻奖。这也是国家级新闻奖，两年举办一次。那时刚刚跨入新世纪，我撰写的报道和编辑的特刊，一下拿了那一届的两个奖，其中一个是一等奖，是有资格到北京出席颁奖仪式的。当年我服务的单位，头头似乎舍不得两千多元的差旅费，我与之磨嘴皮，好歹获得同意，飞抵京城去领奖。是邓朴方先生坐着轮椅来给我们颁的奖。我国把残疾人事业好新闻奖列为国家级新闻奖，这是对残疾人事业的重视；8300万残疾人的幸福，需要大家齐心出力。

在2006年，我的文章《改革如何过大关》得了一个有意思的奖，那是《同舟共进》杂志评选的“优秀作品最具冲击力奖”。《同舟共进》是广东省政协主办的杂志，颇具思想分量。这家杂志社，连续多年在中秋节前夕给我寄月饼，每次寄来的都是香港出产的同一种名牌月饼，味道蛮不错的。

没有想到，在2008年获得了新闻界最高级别的奖——中国新闻奖。那是网络评论《大桥坍塌的中美调查之别》，第一时间刊发在“19楼网站”自己的博客上，时间是2007年8月8日17:35，后因广东金羊网刊载，获得了广东省新闻奖一等奖，并由广东省记协推荐参与第18届中国新闻奖定评，终获三等奖。于是我成了《都市快报》作者文字类作品获中国新闻奖的第一人。别看是三等奖噢，全国那么多家报刊电视广播还有网络，总共仅有261件作品获奖呢。当然这个事情笑一下就可以了，我知道泰戈尔的话："不要一路流连着采集鲜花保存起来，向前走吧，沿着你的路鲜花将不断开放。"

我名义上在说"得奖在杭州"，实质上是说"立业在杭州"。南方有著名的周报和都市报，都曾希望我能去工作，都婉言谢绝了。杭州毕竟是个好地方。

曾经的生活什锦菜

什锦菜，河虾派，秋葵加肉片，今晚我将和爱人相会；拿起吉他，装满果篮，在密西西比河我们将快活自在……

——卡朋特演唱的美国著名乡村歌曲《什锦菜》

A. 童年小电影

乡村那淡墨般的夜色轻轻慢慢地从天幕上涂抹下来。童年的村庄群山夹峙，让人想起一个名字叫“夹皮沟”。太偏僻了，太宁静了，特别是家乡那遥远的夜。有一抹亮色嵌在村夜静寂的深处，嵌在记忆茫茫的远方，蓦然现出，激动得怦怦心跳。

那是我的遥远的童年的乡村小电影啊！

小电影与大电影不一样。大电影摆在晒谷场，就是歌曲《露天电影院》里唱的那种情景。在70年代乃至80年代初，放电影对于我的家乡来说无异于热闹的过节。寂寞而单调的乡村生活，通常一两个月才有一次放电影的机会。白天一获知放电影的消息，大家就抢也似的扛起条凳直奔晒谷场，我家离晒谷场近，我就常常第一个抢“滩头”占领了好位置。那种怦怦心跳里的快乐能够让童年的我快乐上好半天。

后来竟然有了“小电影”。那是区里的电影队不再来，公社有了自己的放映机的时候。“小电影”美好而快乐的印象便取代了晒谷场上明晃晃的太阳照在一排排歪歪扭扭长凳上的印象。公社老房子，仄仄的瓦楼下，人踩在声声作响的木楼板上，那平常刚好摆下乒乓球桌大约是会议室的房间里，树起了崭新的放映机。那放映机在我的心目中是那么的神圣、美好，令我尊敬。放映员把片子上好了，把电灯熄灭了，所有到场的人都鸦雀无声了，放映机发出似乎比晨鸟鸣叫还清丽动听的声音，一束明丽的光柱投射到近在咫尺的银幕上，小小的画面上一颗红星闪烁着璀璨的光芒……那么清晰！那么清晰的小电影！那画面至多是现在的29英寸彩电的画面，然而那是电影，这多么奇妙，多么可爱，多么令少年的我欣喜不已激动不已。——后来是痴迷不已，便常常往“公社”跑，在晚饭之后，在夕阳下山的时候，不管有没有“小电影”，总怀着一份期待，一份渴望，一个月也总遇上那么一两回，挤进公社那老房子，看《杜鹃山》里柯湘的飒爽英姿，看《平原游击队》里“抓不住”的李向阳，看《闪闪的红星》里潘冬子的英勇机智，听那“小小竹排江中游”的动听歌曲……“公社”里放小电影是不声张不宣声的，大致等于现在的试映、看样片，或许也有一点公社的领导们先睹为快的“特权”，我分享到了那一点“特权”里的特别味道，许多人也都分享了那特别的味道，大家都是兴高采烈。记得那回放《平原游击队》，一个年纪比我更小的小男孩，在打更大爷喊“平安无事噢”之后，跟着用方音喊出一声“一碗馍食噢”，让大伙儿忍俊不禁，引发了一阵无比开心的哄堂大笑……我的遥远的童年的小电影，没有很特别的故事，却很深地嵌在记忆里，是寂静的山村生活里抹不去的一笔亮色。

长大了，电影银幕越来越宽，音响越来越好，座椅越来越舒适，然而我却更喜欢拥在被窝里看电视里的“午夜影院”，因为那小小的屏幕，总时时让我想起我童年的小电影……

B. 掌上的游戏

摊开你的手掌。生命线、事业线、爱情线。开始手掌上的游戏。

命运就掌握在指掌间，人生就行走在缝隙里。

早在我十几岁的时候，嫩嫩的手掌就向一位老者展开。老者是一位女性，我的亲戚。她的手掌随意地握着我的手掌。她的目光慈祥地停留在我的手心。时间在我的手掌上打了一个顿号。她说我的命很好，很不错的。这让我想起更早的时候，我的现在已经去世的祖母那时带我到她的一位朋友面前，让那位岁数比我祖母更大双目已经失明的老人用她的双手抚摸我嫩嫩的身姿与脑袋，高兴地说我很不错的很不错的。

恋爱季节，我现在的妻子那时的女友让我伸出我的左手，摊开我的手掌。深深长长是“生命”。繁繁复复是“爱情”。惊叹声似乎在遥远的时光那边响起。伸出纤纤右手，示范了标准的“手型”。干干脆脆的三根线条让你看得清清楚楚明明白白真真切切，哪有我这左手纹路网似的错综复杂——一点也不干脆！

有了女儿，做了编辑。一天在编辑部有一位中年作家给我们几位编辑操作了手掌上的游戏。准或不准。信或不信。生命长或短。事业败或成。“女人”多或少。恋爱早或迟。于是欢声四起。伸出我的左手，一眼之中竟说出一句“女人多得不得了”。哈哈大笑冲破房顶。那时我脑袋中浮现出一句古话：“百行孝当先，论心不论迹，论迹贫家无孝子；万恶淫为首，论迹不论心，论心自古无完人。”作家朋友笑过，便很认真地说：“不过，掌纹对有知识有涵养的人来说，其实往往是不准确的，因为事物会发展变化，因为理智能控制情感。”

跨过三十岁的门槛，告别真正意义的青年。那日出差在外，朋友宴请。席间谈及苟富贵无相忘之类的话题，我笑着说本人脑门光光圆圆缺乏额角一定做不了官——这是一位会排八字略懂周易的乡村教师说的。话音刚落，右边隔了一个位置的一位研究文物与钻石的朋友立即叫我伸出右手。都说男左女右，这位仁兄竟然打乱了古老传统的游戏规则，来个女右男也右。仿佛男人也不甘示弱于巾帼。朋友作大吃一惊状，宣布观察结果：危乎殆哉，非离婚不可！害得坐在我左手边隔了一个位置的一位教中学语文的女教师轻轻而关切地问：直说这样的结果，你不介意吧？

——微笑的花朵，开在我心里。

如果一切命中注定，能够改变，那么自然地改变好了。

如果一切命中注定，不可改变，那么更应笑面人生。

何况这仅仅是一种游戏，一种掌上的游戏，一种关于人生命运话题的掌上的游戏，一种常常与事实不符乃至互相矛盾的，掌上的，游——戏。

命运怎么能够掌握在指掌之间？人生岂能行走在缝隙里！

C. 诗意的教书

南方的山林沐浴过晨风晨雨之后，在“雨后复斜阳，关山阵阵苍”之前，最初的一缕阳光透过山岚照亮山上的几座房子，那房子必定是乡村的学校，从中传出空山鸟鸣般清丽的琅琅书声……这就是我心中一直神往的乡村学校的意境。

总是太爱琅琅的书声。特别是孩子们集体朗诵的声音，在我是生命中走过30

个年头以来最为感人肺腑的声音。那是在电视《望长城》、歌曲《长城长》和最近的《东方时空》采访狼牙山五壮士中的幸存者葛振林的片子中一遍遍聆听过的声音，也是我，我们每个读过书的人曾经朗诵的声音。

现在我悟到，一种深爱方能构成一种情结。我曾经不止一次地对朋友说过，我最喜欢的职业有两个，一个是写作，一个是教书，那是我适当的人生定位。我的“教书情结”的形成，有关于父亲、弟弟、妹妹、妹夫、姑妈、姑夫等是或曾经是教师，有关于《乡村女教师》《孩子王》《凤凰琴》《好大一棵树》等影视作品，有关于自己从小到大嗷嗷待哺时受到老师们的哺育和从小至今都曾经当过“半个教师”所面对的可爱的学生。

当我第一次把那块小小的黑板挂在我家的木板墙壁上时，我才七岁。我记得那块黑板画着围棋格一样的暗红线，整块黑板正方形，不足现在的台板大。它是至今有37年教龄的父亲那时从学校带回来的。于是刚刚在乡村小学读着一年级的我第一次成了课余的“教师”。学生是一起捉迷藏的男伙伴，一起过家家的女伙伴，他们排排坐着，听课安静而认真。

已经记不得那几年我都给我的学生们教些什么内容了。在家乡的学校读初二时，我成了“代课教师”，给同班同学教过一课《夜明珠》。那时的我把本有些诗意的课文教得一点诗意也没有，朗读“索朗阿爸”时竟用的是家乡方言。坐在课堂后边的物理老师是我们的班主任，课后他给我指出了一个读错了的字：潭。同学说我站在讲台上身子老是扭来扭去。我不知道扭来扭去能否扭出诗意，但那种情境无法忘怀。

十七岁的我读完高中考进师专。读师专意味着一生将与教师结缘，兴奋的我一进校立即写下一篇文章发表在校园那一长排黑板的一角，以别别扭扭的语句真情诉说热爱教师。大二时写过一首题为《我们将是教师》的长长的朗诵诗，参加全校文艺会演，全班上台激情朗诵，当掌声长长地响过，我们荣获了创作和表演最高奖。大三时我十九岁，打回老家去实习，在母校青田中学教初三语文，又成了既是实习生又是实习老师的“半个教师”。那年的冬天似乎特别冷，我们在唏嘘声中每天早早地爬出被窝，带领学生们晨跑，在蒙蒙亮中跑过公路跑过汽车灯光跑向东方的鱼肚白。有我们这批实习教师的到来，花季里的中学生们更加生机勃勃。一个多月的朝夕相处，离别时的依依不舍让我们青春年少的眼泪尽情流淌。

师专毕业，竟没有实现做一个“乡村教师”的梦，我被母校“先下手为强”留作校办的秘书。只有在那唯一兼任讲授《大学生思想修养》的一个学期里，我又成了“半个教师”。又是冬天，山城丽水下了一场罕见的大雪。暖国的雨终于变成了冰冷的坚硬的灿烂的雪花。我和年纪不相上下的大学生们一起融进纷纷扬扬的雪中，快乐的笑声也纷纷扬扬地从雪地上升向飘雪的天空。那天，下课铃声刚响过，一位调皮如孩子的女生竟用一团藏匿了一节课的雪团击向刚刚起步离开讲台的我，可惜枪法欠准，在黑板上炸开一朵纯白的花朵，在课堂上炸出一片灿烂的笑声……

冬夏春秋，一年年教师的生命在一茬茬一代代学生中延续。于是，关于教书的朴素的诗意便在我这曾经的“半个教师”的心中永远向往。

D. 大妹

大妹妹此时远在广东。

大妹妹出嫁时多少有点被迫。在那个乡村的冬夜，在江南山间的一道褶皱里，在昏暗如烛的灯光下，父亲要十九岁的妹妹答应出嫁。妹妹沉默了许久许久，说，嫁就嫁吧。在一旁，是长兄的我无言，心底翻起许多混乱的滋味。

在温州瓯海乡间教书的妹夫其实没房子，在龙年生了可爱的龙子后，把房子还了亲戚，妹妹一家三口住进了学校一间10平方米的陋室。妹夫是师范毕业的，教数学；妹妹高中毕业，代课教英语。

妹妹五年前来信就说要盖房子，盖自家的房子。父母是无法支援她什么的。家贫，家父在乡间教了30多年的书，家母在山野种了30多年的地，而我兄弟姐妹共有五个。父亲当时硬要妹妹出嫁是想喘口气，而母亲是哭了，虽然繁重的劳动将母亲的背都压弯了。

犹豫了又犹豫，在儿子长大些后，去年秋天，妹妹下决心辞去代课的工作，独自一人去了广东，几经周折，落脚在顺德的一家丝厂打工，加工真丝棉被。去年春节是在了广东过的，妹夫带着儿子到广东，妹妹竟是很坚决很潇洒地要求丈夫携儿子坐飞机去，坐飞机归。因思念儿子便将儿子留在身边。

打真丝棉被是季节性的工作，严冬时忙得不行。夏天来临之际，妹妹领着儿子，带着赚来的近万元钱，坐火车，转汽车，从广州回到温州。

妹妹妹夫在一个夏天就把单间四层的楼房盖上去了。花了5万多，大多是借的，我和妻在暑假去双潮，多年未见的妹妹竟是英姿飒爽，说话间让人闻到一种远方的气息。妻和妹妹睡在学校的陋室，我和妹夫睡在尚未粉刷的新房。妹夫说妹妹从广东回来后变得会吹牛了。妹妹那夜把300块钱塞给我的妻子她的嫂子。

妹妹在秋风又起的时候，携小弟与小妹去了广东河源，又开始了她的找工生涯。

昨夜妹妹拨来遥远的电话，与小弟小妹一起轮流着与我说话。声音清晰而亮丽。

想起大妹妹，便想起广东那首动人的歌曲，虽然唱的是“大哥大哥你好吗……”

大妹妹叫红蕾。

E. 小弟

母亲说，小弟的身体越来越瘦了。

然而小弟才刚刚二十出头。在这个时候，仲夏的晚上，他该是在寂静的星空下，走在我家乡的山路上，走向我老家那几块在静夜里朦胧着的水田，孤独地坐在地角的田埂上，通宵看护着一湾消瘦的细水流进几近干旱的长着青青稻苗的田里。

母亲说，真不知道他吃得消吃不消。这些日子，母亲和小妹到我这儿照顾我坐月子的妻子和未满月的孩子，老家只剩教书的父亲和学了一年半裁缝只会缝不会裁就算出师回家了的小弟。他和父亲日夜轮换着看护那些关系到收成与生计问题的流入稻田的水。

两年没见小弟了。两年前他来丽水是为了看病。消瘦、口干、乏力，这些莫名其妙的症状让医师们和那些现代医疗仪器莫名其妙。在去年秋天他跟随他的姐姐我的大妹去广东打工，干加工真丝棉被的活。他消瘦的体力使他一天加工不了几张真丝棉被，于是一个秋冬过去，收支几近平衡没赚什么钱就回来了。母亲说家里待着没法子，于是只好又回到青田乡下老家。

中午，在照顾未满月的小女儿时，我突然说到会不会缺碘缺钙的问题。忽然想起，说小弟就是缺碘小妹就是缺钙。母亲说那是他们读小学时医生来普查时查出的，医生说要给小弟多吃海带。我悚然一惊：缺碘？是缺碘？！是，小弟是缺碘，小弟原来就是缺碘！而我一无所知！而我在一个月前对碘缺乏病还一无所知！而两年前小弟来丽水检查时医生对小弟缺碘也一无所知！当时我陪小弟去医院，医师在他脖子前部喉结附近十分明显的肿大部位摸来摸去过！而我那时根本就不知道这些。

十年了！而十年前我的父母是知道的，我怒问母亲知道了为什么不管！母亲怯怯地说哪有什么东西给他吃呢。我知道母亲说的是穷。我知道我老家饭桌上至今常常只有一碗干菜。我知道我家乡的村庄至今还是贫困村。我也知道家乡所卖的盐绝然不可能是加碘盐！但海带这种便宜货还是可以买得起的！母亲惴惴地说贫血不好吃海带，你弟是贫血的。“谁说的？谁说的？”我愤然的叫喊震碎了一些飞扬的思绪。

我急乱地翻找报纸和书籍。可此时，那些介绍“碘”及碘缺乏病的报纸和文章就是找不着！把书一扔我倒在床上。想我的两年未见的乡间的小弟，想年幼时我四个弟弟妹妹中曾经最让我喜欢的机灵的小弟，想读了初三就辍学去学裁缝的小弟，想我三兄弟中自大至小分别大学高中初中毕业而他就是初中毕业的小弟，想我三兄弟钢笔字都写得挺好而他写得比我更漂亮的小弟，想皮肤异常白皙而显得更加消瘦的小弟，想在这个夏夜晃着已是麻秆般消瘦的身影孤独地走在家乡窄窄的田埂上去看水的小弟……我潸然泪下！

很久没有这样空腹喝白酒了。我在沉沉中睡去。梦见小弟从乡间来到我身边。

小弟叫春雷。

F. 孕者已是母亲

母亲的称号，不是从婴孩呱呱坠地时算起的，而是从怀孕之际开始的。

孕之初，妻与我皆不知晓，而那时节，孕育新生命的母体常常处于抵抗力的低潮时期，面对感冒的入侵，往往也难以抵御。妻那时也生病，感冒、发烧，绵软无力。她当时没有提防着是否怀孕，去医院就诊，医生照常开药、打针。后来，妻在一个烈日炎炎的夏末的傍晚，拖着疲惫的身体回家，见我就嘤嘤地哭，问了半天才说经医生检查是怀孕了，紧接着就喋喋不休地诉说曾经打过针吃过药会有影响的，特别是在怀孕的头三个月。

哭了很长时间。我束手无策。看着妻，我忽然觉得这不是已为人妻者的哭，而是初为人母者的哭啊！

在恨恨地骂过“这个小混蛋我不要他（她）了”之后，在后悔自己干吗不早不迟偏偏在这个时候生病之后，在翻了很多书问了不少人感冒药对孩子会不会有影响之后，在犹豫了又犹豫讨论了又讨论了之后，妻才决定让这个“小家伙”在母体里待上足够的时间，在该出来的时候再让他或她出来。

后来是少不了的妊娠反应，“小家伙”竟毫不客气地把母亲折腾得翻江倒海。后来是少不了的常常感到肚子饿，“小家伙”毫不客气地把母亲汲取的营养给“抢”了过去，让母亲常常半夜起来找东西吃。后来当然是肚子隆起与增大，“小家伙”全然不顾母亲在天气热起来时先要趴着睡一会儿的习惯，让母亲总是忍受着仰卧或侧卧。后来当然是少不了的胎动，“小家伙”没日没夜没轻没重地踹得很重，妻说不得了，现在就那么有劲了，长大后怎么办呢！聆听妻的话语，分明觉得这是母亲在说话。

不久，将到妻子分娩的时刻，我无法想象自阵痛开始的分娩的剧痛是何等的猛烈。我只是想，如果不是母性的韧劲，如果不是母爱的力量，如果不是母亲的责任，仅仅是一个女人的话，怎能承受那分娩之痛呢！

在我悟到妻子要比丈夫早十个月“升级”时，我于是不再觉得失去青春红颜失去纤纤腰肢失去盈盈步履而脸上布满妊娠斑腰部粗如水桶步履维艰的孕妇“真难看”了。

因为，她已是母亲。

G. 妻子和那个美丽的冬天

岁末，圣诞节后的12月26日，我在异乡的学校教课，妻在家独坐阳台，和煦的冬阳铺在阳台的栏杆上，笼罩在妻子乌黑的头发上。

妻子宁静地靠着椅子。一本展开的书搁在藤椅上。在这个平淡的冬天的意境里，妻的思绪渐渐被冬阳融化，纷纷飞扬起来，乘着阳光的翅膀，飞到那年那月，那个美丽的冬天的下午。

飘雪。好大好大的雪。妻告诉我，那是山城几年来下得最大的雪，还记得吗？我说我记起来了。我告诉妻，我和那个叫梅的女孩同另一个孩子一起，也在一个飘雪的黄昏，在空旷的田野玩过雪，翻过一个筋斗，我曾躺在纯白的雪地上。

妻子思绪穿越纷纷扬扬的阳光，纷纷扬扬地飞舞在漫天皆白里。一个男孩与一个女孩玩雪的笑声，清丽地穿过飞雪的天空，穿过这些年月时光的隧道，弥漫了这冬天的阳台……

冬冬：

又是年终了。在新年来临之际，多想寄上我的深深祝福，还有默默的怀念。可是，冬冬，你在哪里？

你可记得那个冬天？一场好大好大的雪，世界变得纯洁剔透。你我陶醉在厚厚的积雪中，恣情地玩着、闹着、笑着。突然我对你说，塑造雪娃娃吧。结果是你塑造了一个女孩，我塑造了一个男孩。女孩像我，男孩像你。一切尽在不言中，你我融化了。

那时，我们太小太不懂得珍惜了。深深地爱着，却又总是相互伤害着。爱，令我们伤怀，令我们憔悴。

在一个迷乱的春天，我决然离开了你。为的竟是想让你永远怀念我。伤心的你远走了，不知走向何方。留给我的只是永远的愧疚，无尽的思念。每一个春天成了我最感伤、忧郁的季节。

又是冬季了，寒意浓浓的。而我却有几分兴奋、几分欣喜。多渴望有一场大雪，我要重新塑造两个雪娃娃。一个男孩子，像你；一个女孩，一个新的自我。

信写好了，却不知寄向何方。冬冬，你在哪里？可知道我的这份想念！

最美最真的祝福永远寄给你！冬冬。

一九九三年十二月二十六日

独坐阳台，妻子用圆珠笔在红格子的稿纸上，写下这封现在没有改动一字的信。妻子美丽的大眼睛看着信，妻读正面太阳读反面。妻把信揣在怀里，第二天带着信去上班，在药房，抓着她热爱的中药。

依偎在我怀抱里，妻子对我喁喁细语，轻诉那冬雪的下午，那妻子独人掌管的中药仓库，仓库里塑着的两个雪娃娃，那曾经拥有过的两个人的世界……冬冬，比我的妻子年少一岁的冬冬，你知道吗？

初恋时我们不懂爱情，毕竟那时我们太年轻！然而，爱，毕竟，毕竟是不能忘记的……

就在妻子独坐阳台的第二天，妻收到了一份惊喜：一份没有署名的来自远方的圣诞贺卡。封面印着《缘分》：相遇相识是一种缘分/相知相惜是一份默契/不论未来将是如何/我都珍惜这份友谊。里面印的是《关心·想念》：在这个温馨的季节里/总会想起你这位好朋友/希望你日子过得比我好。后面用钢笔写着：“又是一个下雪天……”

妻子也买了一个印着《问候》的贺卡，问候她那心中的飘雪的美丽的冬天。

没有寄出。

H.父亲日记：关于出生

女儿！你妈妈真是太伟大了，你要知道你把妈妈的力气折腾得消瘦如丝！今天，1994年5月23日凌晨4点46分，我——你的老爸，你的外婆，你的郭丽萍阿姨，和你的亲爱亲爱的妈妈终于聆听到了你那么嘹亮那么高亢那么激昂的第一声啼哭！为了这一声啼哭，我们四人与好几位医生阿姨度过了一个不眠之夜，这个不眠之夜对爸爸来说是如何如何的刻骨铭心！

女儿，前天我就陪你妈妈到医院妇产科住院，等待着你的出生。本来，5月10日就该是你来到人世间的日子，或许是因为计算的日子太理论化了吧，或许是你觉得妈妈孕育你的子宫太舒服了吧，延迟了10多天你还不肯出来！我仿佛听见你对我说：“嗨！老爸，我待这儿挺好的，真不想出来！”你瞧，你这么小小年纪就这么调皮了！在老爸觉得你调皮之余，又想你这样的一个女孩是否面对人世间感到胆怯呢！女儿，不怕世间的风风雨雨，你要想到阳光是多么美好蓝天是多么美好大地是多么美好生活着是多么美好工作着是多么美好！自然界的风风雨雨也是美好的呢，那么你自然也不必害怕人世间的风风雨雨了，它们都是养育你成长锻炼你成长的不可缺少的因素，知道吗，女儿！

然而，“千呼万唤不出来”之际，你爸爸妈妈自然是有些为你担心的。担心胎盘会不会老化，担心羊水会不会枯竭，担心供氧是不是充足营养是不是足够。——但不管怎样，爸爸我有一个坚定的信念，你会好的一切都会好的！

前天医生给你妈妈挂上了1个单位的催产素，你的蠢蠢欲动已加强。昨天医生又给挂上了2—5个单位的催产素，宫缩明显开始加强，一步步把你妈妈逼上阵痛的境地。在待产室，你妈妈承受着一次次阵痛的侵袭，时间缓慢艰难地走过分分秒秒，阵痛强烈倔强地走过分分秒秒……你妈妈右手挂着点滴不好多动，左手紧紧地握着你爸爸的手！你妈妈的呻吟一次次穿透你老爸的胸膛震颤着怦怦的心灵！

医生在凌晨两点差一刻的时刻让你妈妈进入了产房，躺上了产床，从那一刻起，除了医生外，妈妈就处在一个人的世界了。

——不，她身上还有你，她身边还有你爸你外婆你的郭丽萍阿姨！还有许许多多关心着你的朋友们！

从那时候开始的等待时间虽然只有大约三个小时，可那等待的时间是多么漫长而令人心焦啊！

那是黎明前的黑暗。徘徊。倾听。可怜巴巴地用眼睛对进出的医生询问。

凌晨三点多，助产士阿姨出来，说你妈妈没多少力气，真急人。

助产士阿姨又一次出来，说胎心有点异常（一直来都是很好的，你有一个健康的心脏），于是打电话给妇产科主任，把她从睡梦中唤醒……

当一位医生又一次从产房里出来时，她以冷峻的神情从柜子拿出一张表格，说“要用产钳”，叫你爸看看上面的文字后签字。你老爸看也不看就在上面签了字，因为“别无选择”！签字的手虽然没有颤抖，可悬在空中的心在颤抖啊！

等待。焦急的等待。聆听着你妈妈的呻吟，只有干着急。一次甚至把病房里其他小朋友的啼哭都幻听成你出世的声音了。

……终于终于，你的郭丽萍阿姨在门外听到了你的第一声啼哭，郭阿姨激动地说：“生了！现在是4点46分！”此时此刻，你的老爸甚至还有点不敢相信呢！可真真切切你的啼哭声一阵阵传来！那真真切切是你呱呱坠地的声音！万籁俱寂中分外嘹亮的声音！知道吗，女儿，那是你老爸除了当初听到你老妈说“我爱你”之外，最最激动魂魄的声音了！

护士小姐把你从产房里抱出来，我看见了你非同一般的楚楚动人！护士小姐说你的重量是六斤六两。郭阿姨坐在你的小床前，仔仔细细打量你，说你真像你老爸，鼻子眼睛眉毛额头嘴巴皮肤都是那么像！嗨，老爸的女儿！

女儿。从今天开始，不，其实早在怀上你开始，更远一点地说是从想怀你开始，就注定了——爸爸爱你！

I. 位子位子

人在社会上、单位里、家庭中都要扮演一个角色都有一个自己的位子。我这里说的是我家中的角色们的位子，各种“位子”。

三口之家中我是父亲的角色，年龄和地位都占据了最高的“位子”。你瞧，户口簿上的“户主”就是我。这个“高位”可是天然而成，想着心中扬扬得意，暗暗窃喜。

然而女儿一出生，“高位”就已被她窃取。至今女儿虽然只有三个月的“高龄”，却早早地被众人推上了“皇帝”的位子。皇帝开金口，不愁你不走。你以为她不会讲话么？笑就是信号，哭就是命令。特别是那各种各样高低变化抑扬顿挫的哭声，常常指挥得“奴才”们左右奔跑手忙脚乱。由于缺少一个翻译，弄错了旨意于是使得龙颜大怒哭声震天斥责动地，老爹老娘只得诚惶诚恐一阵更忙乱地瞎折腾。

于是爱的“位子”也就发生了极大的变化。最初在两口之家的筹建阶段，也就是老爸老妈恋爱季节，“你心中有我我心中有你”地干活，虽然骑车是你爸在前干苦力，老妈在后真惬意，可那时后面的老妈会给前头的老爸以动力。一结婚，“女人翻身做主人”，爱的位子就发生了第一次倾斜，老妈连动力也舍不得给了，那么高的陡坡一车两人怎么冲得上去！一生子，更不得了啦，老妈哪里顾得上这个老爸，老爸于是只得闷声闷气做好“小媳妇”。

这种状态在玩儿时的“位子”分配上更鲜明地体现了出来。老爸生肖为马，早早地被狗年生的小狗骑了。那天猴子母亲带着她的小狗女儿骑到了老马的背上，“驾驾”了很长时间后，猴子母亲因为玩累了也一屁股坐了下来，嘿，那真是“两座大山”压在马背上啊！

但是，“忍辱负重”是老马的本色。汗流浃背的老爸还是满脸笑呵呵。小妹来照看女儿，弄得最后这小狗竟然不认主人是谁，对父亲不要父亲抱、对母亲只要那一对砸不破的“铁饭碗”，对小姑姑却整天恋恋不舍眯眯笑，不知老爸在她心中还有什么“位子”可言。然而最不能容忍的是睡时的“位子”。炎炎夏日，老妈睡了铺着有保暖作用的草席的大床、皇帝占据着新买的摆在床边的小床、老爸的位子只有在摊着篾席的地上了。老早已是“天凉好个秋”了，总不能让老爸打地铺吧，一夜老爸偷偷撤回大床，插在小床上的女儿与老妈中间，小家伙竟然能够在睡梦中也明察秋毫。一阵手足扭动之后面对“第三者”就愤愤哭将起来！你瞧瞧，老爸头一回充当第三者的角色就以失败而告终。还好，老妈不是“正人君子”，没有当着女儿的面把老爸一脚踹下床底，而是把她从小床抱到大床上，让她睡在老爸老妈中间。于是三个人睡觉的位子重新形成，确立了一种新格局。谁是真正的“第三者”不是明摆着么？相安无事倒也罢了，问题是小女儿不老实，睡着睡着就会扭转过来，横插在中间，三个人构成一个 H 形。咳，女儿，已经三个多月了，老爸老妈总可以亲热一下吧。于是上有政策下有对策，一日动手把酣睡的女儿推到腰部以下，于是三个人的位子就构成了一个 A 字形啦！

其实，不管家中的位子如何变化，大家相互间的心中的位子可没有高低、大小之分啊。老爸的位子虽然动荡最剧，但想想“生了女儿是两个女人爱一个男人”，也就没话可说啦！

J.“离离原上草”

早上起床，三岁的女儿抚着床头，突然兴之所至说：“爸爸是‘离离原上草，一岁一枯荣’。”

我和妻便大笑。其实我是哑然失笑。“离离原上草”，是头天晚上朋友聚会时给我取的一个“雅号”，原因是我头上的毛发所剩不多，用了表示繁茂的“离离原上草”一词，纯粹是反讽之意。回家时与妻说了，没想尚未入睡的女儿听见了，早上起床就说了出来，还带出一句更具讽刺意味的“一岁一枯荣”来。

其实我的头发是只枯不荣的。虽然只有三十出头，但额上的“濯濯童山”面积已日益扩大。奇怪的是胡子却越长越多，由于一直没有筹集资金去购买一把剃须刀，像割草机一样地把胡须割去，所以常常是“莺飞草长”的模样。用诗人闻欣先生的话来说，是“脑袋顶上的头发，逐步调防到下巴上”。这种调防应该是自然的战略部署，但指挥者可不是我的大脑。有人以为我留胡子有什么特殊用意，其实半点用意也没有，只是觉得日日花时间跟胡子“过不去”也挺烦的。我对那些天天把头发梳向头顶的“地方支援中央”的秃发者的耐心深感钦佩。

头发面积缩小，额头扩大，最大的麻烦是早上洗脸：洗脸的面积增加了不少，攥了毛巾一把是抹不过来的，得增加几把才行。就算一次增加五个平方寸的洗脸面积，天长日久的，总共得增加多少要抹擦的面积？幸好这辈子不涂抹雪花膏之类的东西，否则经济负担的加重可不在小数。

头发稀少了，最合算的要数理发师傅。三下五除二，很快就处理完毕，节省了时间。吹风也三下两下就吹干了，很省电。于是我就想，理发费论个数是很不科学的，得参考头发的茂盛程度作适当的价格浮动。比如我现在付出的是“4块一个头”，是最便宜的那种，我想是不是收我个3块8毛什么的，有个5%的下浮，那才是合理的交易。

在我的理发师傅那里价钱不下来，而在我的“观众们”眼中我的岁数却不停地往上蹿。于是有时作自我介绍，干脆说清楚了“芳龄”，并补充一句：“虽不聪明也已绝顶了，嘿嘿。”

头发的锐减，究其原因是若干年来既劳心又劳力。去年秋天开同学会，不少同学毕业十年方才见面，一见我的这副尊容都颇为感叹。我的那位在大学里教哲学的同学发表高论：“头发从前面开始秃的是智者，从头顶开始秃的是色鬼。”吓我一跳。

没有虚度年华，是这些年来的最大安慰。“离离”一词还有“忧伤貌”一解，我并不忧伤。乱曰：“离离原上草，一岁一枯荣。野火烧不尽，春风吹不生。”

无妨无妨！

在丽水·雪泥鸿爪

1982年我考入丽水师专（那时大学难考啊），人生命运由此迎来拐点。毕业后在丽水工作多年，那个时代已很遥远，曾经记录下当时的一些经历与感想。

A. 懊恼举凡

我家属于工薪阶层，若干年来日常所买商品多为普通产品，竟然劣质品多多，所以懊恼也多多。

老婆怀孕，我买桂圆一包，吹着口哨回家来。那“龙眼”睁得是挺大，是最贵的那种。不剥挺漂亮，而剥一颗竟坏一颗，老婆将一颗似坏非坏的放进嘴里，随之便响亮地“呸！呸！”吐了出来。十分懊恼。

去菜场买肉，左拣右挑选了一刀好肉，卖肉的屠夫用塑料袋装了后再称重量。回家打开一看，一刀完整的瘦肉下面竟压了两大块皱巴巴的肚皮肉，连油也熬不出。十分懊恼。

老婆自行车再次被偷，买了辆新的，特意前加链条锁后加防盗锁，很是增加了几分安全感。一日防盗锁竟打不开，不仅防小偷而且也防主人，只得拿锤砸了。不久前轮的链条锁却不打自开——链条竟断了。十分懊恼。

那年搬入新居买来日光灯挂在餐厅，三年也点不亮，一直以壁灯照明。初装时，灯管闪了几下噼啪了几声两头一黑就熄火了。原以为灯管劣质，一而再再而三地换上新灯管，烧了三支才恍然大悟并非灯管不行。十分懊恼。

夏天的卧室闷气难通，买了一只换气扇装上，用了半月，一拉开关不动弹，坏了。拆下捣鼓半天能转了，响声却越发如雷，弄得食寝不安。不久一拉开关又坏了，倒也干脆，可十分懊恼。

买了个某某牌子的抽油烟机，费了九牛二虎之力装上去，用了一年其中一个风扇就“躺倒不干了”，装卸很难，就让其变为“独眼龙”，只用另一个风扇独掌天下，尽管油烟缭绕。没想到另一个风扇前赴后继干了不到一年也“躺倒不干了”。十分懊恼。

新买了一个燃气热水器，用了不久就“无动于衷”，请修理工上门服务，他打开一摸，果真就好了，乐滋滋地付他十元。待他离去，旧病复发，立马去请，他说热水器没问题，减压阀坏了，再拿十元买个新的换上就行。我说这减压阀刚刚买来，他说刚买来也会坏。十分懊恼。

最懊恼的是水龙头。先是卫生间的坏了，然后厨房里的也坏了。一个该流时不流，一个不该流时却一直在流，坏了换，换了坏。继而总阀门也坏了，拧来拧去关不了。当厨房间的水龙头又一次坏了要换时，只能“带水作业”，花了九牛二虎之力终于在“喷泉”口上装了新龙头，当然自己也被喷得满身淋漓。十分懊恼。

不懊恼的是使着优质产品的时候。我家最优质的产品是四件：早期的一架夏普收录机、后来的松下小彩电、现在的康佳大彩电以及刚添置的联想电脑。

B. 曾经的足球

足球，我业余的“赏心乐事”！只要沉浸在观看足球比赛中，一切烦恼都会烟消云散，真有“爱球没商量”的感觉。

看足球看得最痛快的是1990年世界杯赛。在丽水师专工作的我，单身汉一个，蜗居于9平方米的一间危房待拆的陋室。为了看球赛，特地向朋友借了一台12 英寸的黑白电视机，置于陋室唯一的木桌上，白天黑夜一场不拉地“独自欣赏”。过去多与球迷朋友挤满一室围看一部彩电，“群看”有“群看”之乐，群情的激奋常常洋溢满室；现在是一对一，“独赏”有“独赏”的风味，所有的激动几乎都在心里清晰地震荡细细地咀嚼。当然赛后少不了球迷朋友扎成一堆指点过去展望未来。印象极深的是一位女生，俊美俊美的，侃起球来神采飞扬，可爱得让我不得不怦然心动了好几回。当时天气炎热，丽水更是个标准的“火炉”，在陋室里独自一人就干脆脱得只剩裤衩一条，门一关，家天下。山城的蚊子厉害，小小陋室整天听见嗡嗡嗡嗡，难以对付。于是想了个“绝妙好法”：自个钻进蚊帐里，在那顶不新的帐上挖一个小洞，让我双目之光从洞里直射出去，紧盯在小小的黑白荧屏里滚动的黑白足球上。偶尔有蚊钻进，在帐子里可是“敌弱我强”，叭的一巴掌灭了，竟有一种射门进球的快意。

表兄从意大利归国探亲，我回到老家青田与他会面，迫不及待地问他足球。嘿，这老兄也是“铁杆球迷”一个！十几年前出国之前他和我都还是十多岁的“儿童团”成员，根本还不懂足球，现在可大大的不同啦！在经营一家名为“大金龙”的中国餐馆的繁忙之外，足球就成了表兄弟业余的第一赏心乐事了。表兄弟侃起意大利足球甲级联赛的球队和队员如数家珍。他用意大利语发音来说 AC 米兰、尤文图斯、桑普多利亚，说古利特、伦巴多和上届世界杯赛意大利队神射手斯基拉奇，那韵味，啧啧，听着真够悦耳舒服！他讲“那不勒斯”时总发“那玻力”的音，给我印象极深刻。可惜表兄的“大金龙”开在意大利南端的一个小城，而意大利著名球队多在北方，加上当老板事务繁忙，他也很少光临现场，只在电视里“一睹风采”。93—94赛季中国中央电视台每周日现场直播一场，我在中国，表兄在意大利，可是同时观看同一场比赛了，真是开心无比！

5月中旬，意大利“名牌”桑普多利亚队来北京与中国国家队进行了一场友谊赛。我早早地就守在电视机前。当时妻子正身怀六甲，比赛开始，我敲卧室的门：过来看精彩球赛，让我们的小宝宝在肚子里也进行一次“球教”！

这场球真真让我、妻子和怀在肚子里我们的孩子看得舒心！饱经沧桑的中国队虽然多次让我担心、揪心、痛心乃至无限伤心过，但绝不灰心，绝不！你瞧，这场比赛中国队赢了，竟进了四个球！

感谢足球！1994年世界杯又将鸣锣，我早早地开始了“倒计时”，让自己一天一天逼近那足球的快乐！

C. 人生有球须尽欢

在这个热浪滚滚的夏日，我们度过了一个足球的蜜月。我们看球的热浪也滚滚，让人想起球场上万千观众掀起的人浪，一波又一波。

如果有一对球迷夫妻，把他们的爱情蜜月也安排在这一时刻，那么，他们是最忠诚、最热烈、最幸福，也最“铁杆”的。这“双重的蜜月”，在一生中该是绝无仅有，刻骨铭心。两个人崭新的世界，因足球缤纷而缤纷。

而我遗憾于没有赶上这样的时光，反而偏偏凑上了一个特殊的“月子”——

妻子做产，孩儿正等待满月。也因为我们的足球似乎尚未脱离襁褓，所以世界杯的地点离我们那么遥远，世界杯的时间与我们如此颠倒。于是常常让我不眠于通宵，刚刚哄睡了孩子，马上开醒了电视。

妻子不是球迷，幸而她“爱屋及乌”，于是多买些优质的咖啡对付瞌睡虫之外，不必担心是否要“买些安眠药以对付悍妻”。来自乡间的母亲，更是不懂滚来滚去的足球，她照料了家务，却附带照料了我的足球。在仄仄的居室，我把电视机移来移去，寻找一个远离孩儿的位置；母亲把沙发排来排去，为我寻找一个舒适的角度。就在这套组合沙发上，承受着来自腹背的火笼般的熏烤，感受着达拉斯棉花球场里那些炎热的滋味，我度过了一个个欢乐而且艰难的不眠之夜。

尽管不可能像过去那样骄傲于“一场不拉”，然而我心满意足。只是愧对孩儿，让她在不少时候无可奈何地躺在我的怀抱里与我一起坐在“绿茵场”前，承受了幼儿不宜承受的许多射线。不知怀中的女儿长大后是否热爱足球，但老爸至少希望她找个热爱足球的男友，并能够在他看球时聪明而乖巧地提些“什么是越位”一类的傻问题。

我的小弟久居乡间，那里因为只有自发的小水电而绝不可能在白天与晚上十点以后看到电视，我原本不知道瘦弱的小弟也爱足球，只是听母亲偶尔说起他喜欢站进人家家里看“打球”，于是我迫不及待地捎信回去唤他到来，由此为自己找到了一个“球友”，做伴观看后半程。没想到小弟半路杀出，竟也熟知贝贝托什么的。夜半三更有这么个“两个人的世界”，足球就更不寂寞了。夏夜尽管依然宁静，而且我家的足球之乐有一半分享给小弟，这是多好的事情呢！

“人生有球须尽欢，莫使时光空对月。”我期待着四年的时光飞逝而去，法国世界杯快快到来。

D. 寻找蛙声

蛙声穿过胸膛，是一种美妙的感觉。

最初陶醉于蛙声是在丽水读师专。一面靠山三面围田的校舍，在春天的夜晚是会被如潮的蛙声包围的。那时我们男生宿舍建在山坡上，晚自修结束，要爬“七十九级台阶”回宿舍，人一级级升上去蛙鸣的音高也一级级升上去，蛙声悦耳春风和煦，蛙声和春夜的风一起拂过脸颊。那时我们中文系宿舍又在四楼，三年里我们真正十分细致地体味到头枕着蛙鸣的波涛是什么样的滋味。那时我曾被蛙声感动得不行，写过一首题为《蛙声》的诗，是那种“啊！蛙声”与“啊——蛙声”之类的句式，而且投给了一家杂志社，自然没有发表。诗尽管不发，情却难以遏止，对蛙声的爱恋有加，对蛙鸣的钟情依旧。

回首一望，这竟是十二年前的事了。读满师专后毕业留校，从山上的学生宿舍降到山下教工宿舍，渐渐地在工作忙乱人世纷杂中把蛙声给淡忘了。工作六年调离师专时，在一个宁静的春夜，恍然想起蛙声，提耳倾听，竟是不见蛙声一片了！怅然中匆匆钻出被窝漫步走向校外。我一步步走向田野，田野竟一步步向后退去！城市包围了农村，噪音淹没了蛙声，人类改变了自然，自然改变了生命！于是只有在夜空下灯影里独自喟然长叹。

离开学校走进机关，我知道我更是远离蛙声了。

一次出差在外，我逃离了那座城市里最高级的宾馆，到市郊一所学校，与朋友老牛以及老牛的男学生女学生一起度过我和老牛两位寿星的生日。那夜我们当然陶醉于青春的气息欢乐的氛围。但是，更令我陶醉之余沉醉其中的是那么欢快那么热烈那么朝气勃勃生机蓬勃的蛙声包围了我们！青春如歌蛙鸣亦如歌。在那次生日派对上，面对莘莘学子，我是那么真挚而深情地讴歌了那么美妙的蛙声的！

谁，无论谁，你的生日聚会上不仅有青春年少的学子用青春的歌喉为你合唱《祝你生日快乐》，而且还有那么春意盎然的蛙群用天籁的声音为你合奏“祝你快乐生日”，你无法不从陶醉走向沉醉。

那夜与老牛挤在一起，又一次头枕着蛙鸣的波涛，在生命的一个特殊日子，让心帆航行在碧绿的大海上。瞬间又是几年过去。在这些平淡的日子里，聆听蛙声的时光越来越少，更是没有能够倾听到那令人心醉的如潮的蛙鸣。田野被日益扩大的城市吞食。青蛙亦被日益膨胀的胃口吞噬。我们就这样远离了生命中许多美好的东西。是否我只能在记忆深处心灵一角寻找蛙声？

在这个刚刚逝去的春天的一个早晨，从这新居门外被四面楼群包围的一块经年积水的洼地传出了稀薄的乐音。我久久地立着，看那水上浮着一层淡绿的春天的飘萍。

E. 无水的日子

丽水夏天的热当然是很有名的。家住四楼，没有空调，每次气吁吁汗涔涔地爬到目的地，总是急不可耐地钻进卫生间自顶至踵淋个透，而不是让电扇很卖劲地只吹热风。可是糟糕不糟糕，今年这个夏天刚刚到达，我那幢房子的半边楼就闹水荒闹得厉害，这是以往从来未出现过的事。

最初的无水状态还是比较客气的，在每晚的两三点钟还有涓涓细流，于是深更半夜爬起来接水是项新的家庭生活内容。装水的容器没那么多呀，于是连装口粮的米桶都临时转换了职能拿来装水。可这些“桶装水”差不多只能用来烧饭做菜滚开水，剩一点洗脸，这个人洗了那个人洗，最后的洗脸水肥得可以种地了。

很快地，这“凌晨两三点钟供水”的业务也停止了运行，你那水龙头就是通宵拧到顶也不会降下一滴水，于是只好从底楼公家的水龙头那儿接了水往四楼拎。我拎，我老婆拎，我老母亲拎，大家轮番作业，最后这“社会主义大家庭的劳动竞赛”很快分出了高低；我这长年坐办公室的书呆子最无能，而一直在农村砍柴挑担做农活的老母亲最厉害，不怕被别人耻笑了去，最后这挑水的重任主要就落到母亲身上了。她弄了根扁担，用塑料绳子吊了水桶，天天往这四楼挑水。别的人家也一样，经常在楼道拐弯处水桶遇水桶，双方异口同声：没水真讨厌。

根据“穷则思变”的原则，一日我和同住一楼的单位驾驶员小叶爬到楼顶，查看水箱。小叶拿了个大扳钳，拆拆卸卸地将开关检查一番，发现毫无问题，于是我们又爬到水箱顶上，然后又钻到水箱里头，把那个“浮子”又查看了一遍，实在也看不出什么毛病来。奇怪的是，似乎是感谢我俩这一番费心的折腾，竟然有那么个三五天果真来了自来水，只可惜好景不长，三五天之后随着时间的推移天气的加热历史的车轮反而后退到“无水状态”，高兴了几日的人们只好又重新操起水桶。那些日子，人简直发了酵一样，仿佛变得酸酸的了。

我们这半边楼的水箱常常停水，而另半边所用的水箱常常有水。大家一看发现原来进水管道不是“同根生”的，于是住在顶楼五楼的同志们下定了决心要彻底改变这一状态。指望水厂给你改道显然是没指望的，于是大家合计着从走向那半边楼的主管道上接个分管道出来，然后在中间装个小水泵。这下可好了，一呼百应，大家想着有水就快要直流口水了，纷纷掏钱集资，每户拿了五六十元，买了材料请了管道工三五个小时就安装完毕，电闸子一合，小水泵就突突突开动起来，水儿们就直冲楼顶水箱，然后就清凉凉地流到了各家各户的水龙头。在停水一个多月之后，听着那水声哗哗哗，才第一次真正感到那是：“动人的音乐”。

就在那几天，丽水的气温爬到了比体温还高的高度。

F. 过年没感觉

那天母亲说，该去买点东西来，准备过年了。我随口就答：买东西干什么，管它什么过年。母亲嘿嘿一笑也就作罢。埋头干活中，一丝游思在脑际闪过；原来又快过年了。

如今过年真的没感觉。甚至远不如元旦的到来在我心中有感觉。元旦是真正的辞旧迎新一岁一交替，一元复始万象更新的确令我激动 。而过年或者说是春节算什么呢？是老人和小孩子们的事。春节最传统、最深刻的语言内涵就是团聚，准确讲是阖家团圆。而团圆还有一个中秋节，而中秋节还有一轮诗意浪漫的皎皎圆月。离开农村十几年，如今做了城里人，城里人的过年更是乏味得不行；小孩大人烟花爆竹乱放一气，去年陈夕夜莲城的最大新闻便是鞭炮引起大火；然后是疯玩几天，老 K 麻将赢来输去的，本是休息的日子反而弄得更累；还有一个就是所谓的春运，害得全中国那么多人大包小包挤在仄仄的车里，那么多的大车小车挤在窄窄的路上；最有过年气氛的算是中央电视台的春节联欢晚会，一大批演艺界人士煞费苦心却换来一大片失望没劲倒灶的叫喊声，弄得人家直搓两手越来越不知如何是好。

这就是过年。好多人干脆说过厌了。我觉得厌倒不必，淡化过年意识倒是很有必要。干吗去准备什么过年货，看那菜场上人挤人忙乱的样子，卖肉的屠夫屠妇们倒是真来劲，看那些市民整刀整刀整腿整腿地割肉回家把好端端的新鲜肉腊成干巴巴的什么酱油肉，挂在窗外风吹雨打虫蛀鼠咬的。

真的应该回头看一下：现在不是过去了。过去缺衣少食，杨白劳过年也得给喜儿扯上二尺红头绳。就算在相对还比较贫穷的农村，过年的意味也没过去那么浓郁了。我少时在老家过年，看母亲在腊月的最后几天忙碌的样子：廿四掸尘，廿五廿六杀猪熬油、廿七做豆腐炸油豆腐炸油条、廿八炊糖糕、廿九蒸豆腐丸做山粉饺（淀粉饺）、三十煮猪头做祭祀吃年夜饭；正月初一早上起来要吃索面（一种长寿面）、初二去丈人家、初三拜坟、初四走亲戚……而现在省去了其中不少环节。团圆自然重要，人情亲情永远不该淡薄，但许多人平日心里根本没有装着父母亲人，过年到了急急忙忙慌慌张张奔回老家，还愿一样过两夜更没必要。我曾想：小家的团圆固然重要，大家的团聚不也很浪漫吗？干吗人人都过年滋味浓浓的、团圆欲望烈烈的，把挣来的几个辛苦钱辛辛苦苦地丢在千里迢迢的旅途上？有人说过年有点慌兮兮，怕真是那样。

过年没感觉，说不定是一种现代意识或说是超前意识，不坏。

G. 平和的心境

西方的圣诞东方的年。国人很看重过年，千里迢迢都要赶回家，为了吃上一顿团圆饭，过上一个团圆年。这是沉淀了几千年的文化心理，无从改变。生活在变化，时代在发展，然而年的过法却似乎没有太大的变化，吃喝玩乐好像仍是主旋律。如何过个健康、祥和、快乐的春节？我想到的一句话是“健康心境欢乐年”。我觉得内在心境的调适，比外在过年的热闹要显得重要。对待过年，健康心境有三个特点，那就是：平常、平和、平静。

过年要有平常心。太看重过年，对过年的一切要求太高，往往适得其反，反而过得不满意。比如央视一年一度的春节联欢晚会，不少人发出“一年不如一年，明年发誓不看了”的感叹。这就是缺乏一种平常心的表现，害得本来应该高高兴兴的除夕夜也沮沮丧丧。如果以平常心去看这台晚会，那还是挺有看头的，比平时的晚会好多了，比如1995年春节晚会，那个《黄河水样展示》节目，就平中见奇，感人至深。还有一种情况是，春节放假，不少人都要坚守岗位，如果有一颗对待过年的平常心，把工作者看成是美丽的，那就不会产生“人家过年我上班，没劲”的心理失衡现象。

平和的心境对过年来说也很重要。平和讲究的是个“和”字。自己内心和了，才会产生和气、和睦、祥和的氛围。特别是对于一些生活还比较困难的人来讲，平和尤其显得重要。我比较熟悉贫困乡村过年的情形，由于有一种平和的心境，只有一只猪头也把年过得快快乐乐。如果一味怨天尤人，那怎么能快乐得起来呢?现在毕竟已不是《舞台姐妹》里所说的“年年难过年年过，处处无家处处家”的时代了。当然，我们若能给生活在困厄中的人们送去一丝温暖那更好。去年春节我和妻子去给孤儿院的孩子们拜年的情景难以忘怀。另外，有些家庭过年时阖家坐下来，平和地回顾过去一年，评出个家庭十大新闻的做法，也挺有意思。

最后说一下平静。说平静并不是一味地反对热闹，问题是不少人过年热闹过了头，以致放鞭炮炸坏了眼睛烧毁了房子，搓麻将输掉了钞票累坏了身体，还有聚会喝酒喝得不知天高地厚东南西北的。人说求个平安，没有平静的心境可是难得平安啊。

在时光的流水线上，过年毕竟是要奇峰突起的。只要我们有个健康、良好的心境，那么奇峰上的景致一定会变得秀丽。

H. 去了一趟孤儿院

除夕夜，我去拜访马平一家。他们讲的一个小小细节让我心颤。在孤儿院（准确地讲是儿童福利院），他们给他们所抚养的孤儿赵丽虎削苹果吃，有孤儿把地上的苹果皮捡起来吃了。他们还说第二天正月初一要去看望孤儿们，买了果冻什么的，还有一些儿童项链——爱美之花依然在孤儿院的女孩子们心中没有顾忌地开放。她们揪着马平曾小月夫妇说想要戴项链。

后来我和妻子去了一趟孤儿院。在正月的那个早晨。自行车后带着一箱水果两箱饼干。鞭炮在身边响起，零星而热烈。给孩子们拜个年。在今年这个春节，这是唯一的一次去拜年。

孩子们是抢着把那箱苹果橘子分光的。而且很快吃光。很快。很高兴和很快活。我静立一边，看孩子们围着那位戴眼镜的年轻的阿姨大叫我要我要。妻拿了两个橘子到门外，那位坐在椅子上残疾得厉害的小朋友接一个橘子。在接第二个时第一个又滚到地上。他的手也不灵便。一个小男孩过来抱着我的双膝，仰着小脸叫：谢谢叔叔！谢谢叔叔！那是童稚的欢乐。一个小女孩也来抱住我。一样的欢乐，懂事，有礼貌。一位还爬上椅子，把小手伸向装那饼干的纸箱，说还要吃饼干。阿姨说明天再吃，否则晚饭吃不进去了。他回头做调皮的鬼脸。

一些孩子散开去。一些还围着。我跟福利院的阿姨说话，问问孩子们的衣食情况、身体情况，特别是残疾情况。多数孩子是残疾的。有的残疾情形外人还看不出来。阿姨说着，仿佛说着她家中的孩子们。那么熟悉。那么平和的热爱。一个男孩子抱着她的双膝，仰着头说，抱我一下，抱我一下。阿姨将他抱起来。他很快活地贴着阿姨的身子。放下时，我说我也来抱你一下。他很高兴地扑过来被我抱起，举过头顶。我的头顶就盛开了一串童稚的灿烂的笑声。身边的孩子们一个个都说抱我抱我叔叔也抱我一下。于是一个个轮流着抱起，一次次举过头顶。一片片欢乐的笑声在我的头顶开放开放。

我和妻与孩子相处了很短时间。很短。在春节的那天。

萍　聚

有一首动人的歌曲名叫《萍聚》。那感人的歌声留给人的记忆真是长远。在情感的故事之外，我们的人生之旅中总还有不少萍聚的机缘，构成那些晨光漫漫、夕阳横斜或灯火阑珊般的温馨驿站，在脑海里点缀了点点银帆，铺陈了粼粼金光。

那年春末的一天，我坐末班车离开丽水赴龙泉采访一位啤标收藏家。夜龙泉的许多华灯街衢既陌生又熟悉，而这里的许多文朋诗友既熟悉又陌生。年轻或年长，谋面或不曾谋面，融合成一种氛围让你沉浸于自然，亲切，热情，让萍聚的时光构筑成蜜日蜜时而胜过蜜月蜜年。

在这弥漫的人文气息里，我不仅见到了我要采访的啤标收藏家邵鸿江先生，还在不满两天的暇余时间匆匆穿梭，还见到了江晨君、空亭女士、徐龙年老师、闻欣先生等等一批活跃在龙泉文坛上的作家作者。那时我在晚报编副刊，他们是我的重要作者，也是我们的衣食父母。没有他们我这巧妇就无米下锅，更何谈为人作嫁的荣耀。于是我们的相聚不仅仅像朋友而且似亲人。

相熟较早的江晨为接我而在夜风中痴痴等待。初次相见的空亭女士又邀请我到舞厅翩翩起舞。不会跳舞的我跳舞，不会抽烟的我抽烟，不会喝茶的我喝茶。会来一点酒？那好，龙年老师干脆邀我下馆子。最后，大家一起相聚在闻欣先生家中，举杯邀明月。出过两本诗集的闻欣先生，退休了仍被选为龙泉市作协的首任主席，年逾花甲，依然诗心年轻，爱心依旧。他是那么平和、素朴、亲切，人品郑重，诗文俱佳，总让我想起范仲淹赞颂严子陵的名句：云山苍苍，江水泱泱，先生之风，山高水长。那时闻先生的夫人损伤胳膊刚刚治愈，便拎篮买菜点火做饭，而后含着微笑看我们斟酒举杯。然而我竟没有向她问安！我知道我性格中最大的特点就是“矜持”，而这样的矜持也真是不可救药！然而我分明知道自己在待人接物言谈举止如同处于雪山冬眠状态之际，内心却热烈如火山熔浆的奔突。在酒过三巡之后，在我们刚刚谈论到写作的观察力、想象力和感受力的时候，我忽然感受到一种被关怀的撞击力，那么真切，那么深刻，那么含蓄而动人肺腑。因为我发现：一桌菜碟子摆成一个圆，这个圆的圆心已不再与整张大桌子吻合，而渐行渐近向我靠拢，因为坐在对面的闻先生一次次地把菜碟向我这边推进或调换，以至圆心移位，重心偏离，这样的倾斜政策怎不让我这位晚辈在心底里感动异常！

在那次相聚之前与之后，我在丽水各见过闻欣先生一次，都是一样的矜持内向拘束，几乎令自己忍无可忍。后来闻欣先生得了一次病，愈后好久江晨君在电话里告知我，说发病时很危险现在好了不要紧了，语气好似轻描淡写地托他代向闻先生问好，竟没有去信，更没有登门。后来读到他的新作《好雨知时节》，才知那时闻先生的危急，竟是大呕血不止！幸而上帝只打开天窗看了眼就合上了窗缝！

于是我知道自己绝不会是好雨，只会是被滋润的禾苗，特别是在那些萍聚的时刻。然而我此刻亦明白，虽然我们已错过握手的机会，但不该错过心灵的遥望与祝福。

月亮湾听月

月华仿佛是通过这如水般的音乐传进心里的。窗帷低垂，温柔的灯光铺了满室，桌上的这枝玫瑰从细细的瓶颈里静静探出头来，点出一桌的盎然。茶香弥漫，音乐轻飏。月亮湾原是这茶楼的名称，立在这城市繁华街衢的心室里。静静坐下，看纤纤素手把了茶壶，将一泓清清香茗轻轻斟入面前这盈握的茶杯，茶香从心底慢慢升起，融进这月华般的音乐里。

是同学周庆请了同学到月亮湾茶楼喝茶的。十年了，加上三年同窗已整整十三年。十年或十三年都弹指一挥间。一挥间我们就长大了，连我这个当年在班里年龄最小的也跨过了三十岁的门槛，都有着青年与中年的“双重负担”了。我骑着单车一到，做东的周庆先生就从二楼的窗台探出身来微笑着招呼。不称周庆为老师而改为先生，是因为他已离开教师岗位做了老板，成了“自己给自己发工资的人”，若干年历练之后，只是从一副眼镜里依然能够看出隐隐的书生气。而在丽水城内的十多位同学中，大约只有我依然守着“百无一用的书生”的观念自嘲或者自励。

老同学陆续到来。围绕茶桌的半圆靠椅逐步扩展，等候的心情一一打开。没承想在这中秋之后国庆放假华灯初上月亮尚圆的时刻大家都还挺忙，所有的“千呼万唤始出来”都有理由充足的解释。当年读现代文学读出“潘先生在难中”的老潘做了副局长，一整天为工作陪客去钓鱼，伸出红彤彤的手臂说晒得多么黑；

当年读苏轼词句“多情应笑我……”并终于取“应笑我”做了笔名的老应刚从医院探望领导回来；当年上舞台演老太演得从容自在的小王调到报社做编辑，刚从电脑房的清样里抬起青春依旧的脑袋……恪守“君子之交淡如水”的我，虽然与老同学共居一城却难得见面相会，这一见便讶异万分：怎么除了依然在中学守着三尺讲台的老马身材依旧之外，这些男人都大腹便便胖得像变形金刚了？于是体重的变化成了最初的话题。当然也说到了老师，说到了其他同学，说到了人世沧桑，老师的去世或许不足为奇，但隔壁中文班的同学里已有两位遭遇不幸匆匆地告别了我们。而我们在这秋风沉醉的夜晚，围坐在茶楼里品茗聊天，该是如何的福祉呢？

职业，职位，收入，乃至城市情人之类原本可以不成为我们谈话的主题。不过这般难得地坐着聊聊天，也让因忙乱纷杂而疏远的亲情友情同学情稍稍拉近些距离。大家都成长了，长成了，合在一块可以称为“少壮派”了。那么我这书痴在这品茗听月之际干吗还为无人讨论王旭烽刚出版的《南方有嘉木》而遗憾呢？月亮湾里的音乐不正是一曲天籁么？

只要心中有月，便可聆听。

大写第四

D A X I E D I S I

学习女排好榜样

今日里约奥运落幕，昨天中国女排夺冠。这是中国体育代表团在里约奥运会夺得的最后一块金牌——第26金。一个美好的周日，无论你是眼睛盯着电脑屏幕，还是阖家坐在电视机前，只要收看中国女排登顶之战，都会感动振奋，甚至激动得泪光闪烁。尤其是岁数稍大的人，惊见老女排，敬佩铁榔头！

由铁榔头郎平带领的这届女排不容易！这是如何艰难的征战之旅：从小组赛5战3败名列第4，到淘汰赛3战3捷，本届奥运会8战比赛战果是：

2 比 3 败给荷兰队

3 比 0 战胜意大利队

3 比 0 战胜波多黎各队

0 比 3 败给塞尔维亚队

1 比 3 败给美国队

3 比 2 战胜巴西队

3 比 1 战胜荷兰队

3 比 1 战胜塞尔维亚队

“这一刻，泪水都散发着玫瑰的芳香；这一刻，激情都闪耀着金子的光芒；

所有的付出都会得到回报，所有的坚持都化为荣耀。”相比于“从胜利走向胜利”，中国女排是结结实实、不折不扣的“从失败走向胜利”，这样的胜利，尤其可贵、宝贵、珍贵。终极成果就是：“输了1场的美国是铜牌，输了2场的塞尔维亚是银牌，输了3场的中国是金牌。”

这，就是大写的中国女排；这，就是大写的中国女排精神！

学习女排好榜样！

“有一种精神叫中国女排！有一种传奇叫郎平！有一种比赛叫荡气回肠！有一种胜利叫永生难忘！中国女排赢了！我们是冠军！为你们骄傲！为你们自豪！”网友的呼喊很激情，女排的夺冠太激动人心。

“比赛前，我就预料到中国女排是冠军，因为对手是‘赛而为亚’。”网友的戏言很轻松，女排的经历很艰难。我们完全可以用“点赞”“赞一个”“棒棒哒”等语词来赞扬中国女排，但此刻，我想用最传统的话语来赞颂，那就是：学习女排好榜样！

中国女排总教练、铁榔头郎平赛后说：“不管我在或不在，女排精神要一代一代传下去！”何谓“女排精神”？其内涵实质是什么？郎平所言的“女排精神”，其实是“老女排精神”，郎平自己就是当年创造“老女排精神”的核心人物：

1981年11月16日傍晚，整个国家似乎都停下了脚步，全中国无数人守在黑白电视机或收音机前，收看收听第三届女排世界杯决赛——中国队对阵东道主日本队；在主场球迷震耳欲聋的呐喊声中，一个叫郎平的女孩扣下了第一个世界冠军，中国女排3比2获胜！整个中国沸腾了，当年我也是沸腾的一员！扫把点燃燃成火炬，脸盆敲破敲响心声。从此出发，中国女排创下了世界排球史上第一个“五连冠”，也创出了“女排精神”，成为一个时代的主旋律，成为整个民族锐意进取、昂首前进的精神动力；在改革开放之初中国女排之崛起，恰是中华民族崛起之缩影；而“团结起来，振兴中华”也成了时代的最强音！

老女排精神的基本内涵，当年被概括为：无私奉献的精神；奋进拼搏的精神；团结协作的精神；艰苦创业的精神；不畏艰难的精神；自强不息的精神；勇攀高峰的精神；振兴中华的精神……伟大的品格，经风霜而闪耀；伟大的精神，历时光而不朽！

都说“文无第一，武无第二”，而竞技体育是需要“文武双全”“文武兼备”的；竞技体育要决出第一第二第三，竞技体育也需要人文精神人文品格。尤其是逆境坚持、困境崛起，不怕困难、不怕挫折，以韧性、以拼劲，实现逆转、实现梦想，以此实践“更快、更高、更强”的奥林匹克格言，这，就是中国女排的精神品格！

在杭州的安贤园，两年前迎回了老女排冠军成员陈招娣的骨灰，安葬在青松翠柏之间。陈招娣是从西子湖畔走出去的女排杰出队员，因病在北京走完了58岁人生的最后一程；她是女排“五连冠”时期的主力队员，当时世界顶尖的接应二传手、体育界唯一的女将军，是中国运动员的楷模。陈招娣生前的一句名言，正是对老女排精神的最好阐释：“别人的青春在花前月下中度过，而我们的青春是在训练场上流汗、疲劳和伤痛中度过，那时的体育没有金钱，没有市场，只有一个字——拼。”

老女排时代，那时没有互联网，没有大数据，没有云计算，物质不富饶，精神却茁壮。从历史到现实，郎平成了老女排精神的最好传承人，而且在今天发扬光大。精神是靠人创造的，女排精神也不是抽象的。从最具象的层面看，女排精神就是郎平精神，就是“铁榔头精神”；郎平是领袖，是精神领袖；郎平是灵魂，是女排灵魂。正如网友所说的：“有一种女人就叫郎平，这种女人自带光芒，活着都是照亮别人。”她既秉承了奋进拼搏的精神，又秉持着专业主义的精神，我心坚定，筚路蓝缕、以启山林。正是因为有了郎平，所以才能印证这句话：中国女排不会在一届比赛输给同一个对手两次！赛后，央视主持人白岩松都激动地说："这一战后，郎平该被封神！"

常识告诉我们：人总是需要在一个意义结构中才能实现自身价值，人也是在一个价值结构中闪烁光芒。站在人类价值观的制高点，我们不难发现：中国女排奋进拼搏、永不言弃的精神，不仅是奥林匹克精神的代表，而且超越了体育本身，超越了家国范畴，是人类普适的共同价值。我们任何的事业，都离不开这样的精神价值、价值精神。

奥林匹克运动会，就应该是大众的，快乐的，激情的，美丽的。伟大的精神最美丽！"不管我在或不在，女排精神要一代一代传下去！"理想不死，初心不变，精神永续！

中国好人

当“五百里滇池奔来眼底”的时候，你可能想不到马街那一带的周日集市，是十万人的汪洋大海。

昆明市西山区人民检察院，坐落于马街，人海涌动中，镇定如礁石。在水泄不通的集市周日，杨竹芳常常到办公室看看卷宗。外面的世界很近，又很远。

从毕业参加工作，21年来杨竹芳一直在这个区里的检察院工作，一步也没有离开；而且她干的活儿也一次都没改变，简单说就两个字：批捕。

随着城市的发展，这样的大赶集，在2009年8月被取消，退出了历史舞台。当然，十万人赶集的奇特景象，还上不了“云南十八怪”。可如今说起大集市，杨竹芳还是很怀念，感叹：“东西真便宜啊！”

2009年10月19日，云南省人民检察院授予杨竹芳一等功。这是她二十一年来获得无数荣誉中的一个，这是对她在平凡的岗位上做出不平凡贡献的又一次激励，这是对一位“中国好人”的嘉奖。

为人的杨竹芳很柔，办案的杨竹芳很牛。二十一年来，杨竹芳承办的批捕案件，超过了1800件，一直保持了“四个无”纪录——无错案、无超时限案、无违法违纪案、无被举报案。办一件铁案不难，把所有案件都办成铁案很难。那要用多大的心啊。办案很牛的杨竹芳，把每一件案件都办得很铁。在司法领域屡有错案变成轰动新闻的当下，杨竹芳真的不简单。

那么，铁案是如何铸成的？

杨竹芳不是天上掉下来的林妹妹

杨竹芳生于1966年，与我们两位采访记者是同龄人。她就是西山当地人，她就读的小学就在检察院办公楼不远处。

这一代人，好在10多岁的时候“文革”就结束了。在百废待兴的时节，在改革开放的初期，接受了中高等教育。他们总有一种使命感，总有一种理想色彩，总感到这个时代需要我们，这个时代依靠我们，这个时代离不开我们。他们不是以自我为中心的，而总是把自己与社会、与国家、与时代甚至与世界维系在一起。

杨竹芳不是林妹妹，从天上掉下来；也不是孙悟空，从石头缝里蹦出来。她是政法学校科班出身，她在一个团队环境中成长。杨竹芳说：“遇到好老师、好领导、好伴侣的人生三幸，我都有了。”

度过实习期，正式工作后，杨竹芳第一次参与办案子，那是在1988年7月底。这头一回她就差点出错了。那是一起安眠药抢劫案，犯罪嫌疑人姓刘，这个案子有被害人证言，药店也证明，确实把安眠药卖给了刘某；二十一年前还是黄毛丫头的杨竹芳觉得，这个案子完全可以批捕。

当时的批捕科科长，提出了不批捕的理由，因为证据之间没有形成链条，犯罪嫌疑人说安眠药是放在杯子里的，而被害人和证人却都没有提到那个杯子。“顶头上司”成了很好的老师，他说：“你在外面没什么，人家在里面一天就像几年，看看只是一个小小抢劫案，但对他和他的家庭来说就是天大的事情。”后来，刘某没有被批捕，而被释放了。“这起案件初步奠定了我办案的理念。它让我明白，人的自由尊严是最重要的。干司法工作，人命关天。”

“工作中没有小案子，凡是事关人民群众利益的案件，每一个都是大案子”，这如今已成为杨竹芳的办案信条。

检察官就是要最讲认真

云南是一片神奇的土地，多民族风情，多旖旎风景。但由于靠近金三角地区，这里也深受毒品的毒害。

2009年1月7日，一个叫丁学贵的男人，受别人之托，从宁夏带麻黄碱5000多克到昆明，要交给一个从缅甸到昆明接货的女人。

两人在联络接头时，被缉毒民警抓获。从城中村丁学贵的临时住处，收缴了那5000多克的麻黄碱。公安机关以丁学贵涉嫌运输毒品罪提请批准逮捕。

案卷材料交到了杨竹芳手上。犯罪嫌疑人丁学贵，对整个事实和情节过程，没有什么异议。案子人证物证确凿，定性批捕似乎理所当然。但杨竹芳很认真，仔细推敲，凭着多年的职业直觉和良好的法律功底，认为这个案子不是运输毒品罪，应属于法无明文规定不为罪的情况，不能批准逮捕。

这里的关键就是：麻黄碱是制毒原物，通俗地说就是用来制造毒品的原材料；运输毒品和运输原材料是不一样的，运输制毒物品与走私制毒物品也不同。

杨竹芳综合分析全案证据和相关法律规定，给出的审查结论是：麻黄碱作为制毒原物，涉及麻黄碱的罪名只有《刑法》第350条规定的“走私制毒物品罪、非法买卖制毒物品罪”；犯罪嫌疑人的行为不符合运输毒品罪的犯罪构成要件，也不符合走私制毒物品罪、非法买卖制毒物品罪的特征，只能认定为一个单纯的运输制毒物品的行为。犯罪嫌疑人丁学贵涉嫌“走私制毒物品罪、非法买卖制毒物品罪的证据不足，依法不予批准逮捕”。

真理与谬误之间，往往只有一步之遥。作出决定后，杨竹芳在审查结论中从犯罪构成要件、逮捕的证据条件等方面，详细阐述不批捕的理由，还面对面地和承办案件的公安干警进行探讨，释法析理，承办干警不但心悦诚服，还感谢杨竹芳给上了一堂生动的法制课。

对一个人、一个家庭来说，“进去了”可是天大的事，人命关天。批捕是第一关。质量是办案的生命。铸成错案，那就来不及了，你连喊“错错错、莫莫莫”也没用。错案得要“国家赔偿”，那是大事。杨竹芳说:“批捕是最严厉的强制措施，错捕，批捕质量不高，会影响检察院的声誉，损害的是法律的尊严。”世界上怕就怕认真二字。检察官就是要最讲认真。

进入卷宗又走出卷宗

8张办公桌挤在一个小套间里，在办公室接受采访时，杨竹芳无法放下在办的案件，时不时要丢下我们去处理案件。看杨竹芳办案，进进出出风风火火。

她拿出一沓卷宗来让我们看，她那密密麻麻的字，写得很认真。杨竹芳被称为“卷宗堆里的检察官”，她对案卷里的每一页都要负责任。因为一个疏忽，就可能铸成错误。每个字签下去，都会影响一个人的一生。

杨竹芳现在是西山区检察院侦查监督科的副科长，这“检察官副科长”实在不是什么官，而是要干活的，干的是审查批准逮捕的活，就是通过对卷宗中各种证据的审查判断，认定案件事实，从而对公安机关提请批准逮捕的案件作出“批准逮捕”“不（予）批准逮捕”的结论。但如果认为那只是卷中办案、纸上谈兵，你就大错特错了。杨竹芳既要进入卷宗，又要走出卷宗。杨竹芳办案的一大特点，就是对大量案子“提前介入”，深入现场，获取证据，第一时间指导公安民警办好案件。

香格里拉，美丽的世外桃源，它在最偏远的云南西北角。今年7月，杨竹芳和同事旷莒丹，会同公安民警，连夜风风火火跑了一趟，为了一个女人和一个女人的案子。

女人赵某，多次上访，没有结果，她“告”的是另一个女人朱丽，反映朱丽在三年前以找工作为名，诈骗她多笔现金，事后还多次发短信威胁她。赵某抱着一丝希望，到西山区检察院来上访，杨竹芳与侦监科新来的同事旷莒丹热情接待了她。赵某说，公安机关不给她立案，认为证据不足。杨竹芳在仔细询问了解案情后，认为朱丽有重大犯罪嫌疑，应当立案侦查，随即向公安机关发出要求立案通知，要求公安机关立案。

当案件进入批捕阶段后，公安机关提交的证据中，缺失了几项重要证据，没有达到批准逮捕的条件。批捕的工作时限，一般三天，最长不能超过七天。证据是关键的关键，为了能够尽快补充证据，院里决定由杨竹芳出马。在香格里拉，几经周折，在当地人事部门、银行查找到汇款凭证等重要证据，所有的间接证据形成链条后，朱丽被依法逮捕。

除了“山高路远坑深”之外，夜间常常也要奔赴现场。西山公安分局治安大队中队长吕立印象最深刻的，是杨竹芳提前介入的一起夜总会毒品案。2009年1月破获秦楼夜总会毒品案，抓获主要成员20多人，民警打电话给杨竹芳，她马上赶到一直工作到凌晨四点多……披星戴月，本是农耕时代的遥远意境，常常在夜间加班加点的杨竹芳，还真是常常披星戴月地工作，不知疲倦。当然，这得益于云贵高原离天很近，而春城昆明的天空这么明澈。

那一夜夜的星空，不仅映照在检察官的心头。

竹之挺拔，竹之芬芳

2003年，大年三十，杨竹芳接手一起29人色情抢劫杀人案。大年初三一大早，她就和同事赶到看守所提讯犯罪嫌疑人。春城昆明，是一个几乎没有空调的城市，而这一年昆明的冬天却是少见的寒冷。从早上八点半到晚上七点，杨竹芳和同事连续提讯了16名嫌疑人。前后十个小时不停做笔录，加上天冷，手指都蜷曲着难以伸直，但杨竹芳的精神一直坚挺着。

好人首先要把工作干好。一个人日子越忙，就越远离烦扰；一个人负担越沉，就越贴近大地。杨竹芳就是这样一个人。二十一年来，杨竹芳从没有尝过年休假的滋味。当地执行的是“朝九晚五”工作制，但批捕工作要求“短平快”，上班那点时间是远远不够的。承办案件不能超时限，杨竹芳只能对自己“超时限”。一个人的生命重量与质量，如果不想一页纸那样轻飘，那就要几十年如一日，把每一天的每一件事都尽心尽责、认认真真地做好。

2004年9月1日，昆明城市区划调整，以市中心为点，画了个“准十字”把城市剖为四等分，构成版图、人口、经济总量相对均等的四个区。这样，西山区立马就变成了一个大区，需要办理的案件数量大增；侦查监督受理各类刑事案件，同比上升了四成。案件多，人手少，只好更多地加班加点。好在杨竹芳已经工作上瘾了，她说没有活干、不去办案反而浑身不自在。

1966年9月出生的杨竹芳，生肖属马。杨竹芳告诉我们，西山区检察院所在的马街，名字就来源于十二生肖。或许，生肖为马的人，真有一种踏踏实实、不怕吃苦的牛马精神。

那是竹之挺拔，那是竹之芬芳。

好人是如何炼成的

检察院处于公安与法院之间的桥梁地带。检察官杨竹芳如果去干公安，她一定是个好民警，因为她是那么的重证据；如果她去做审判，那么她也一定是个好法官，因为她是那么的重公正。

爱工作、爱生活的杨竹芳，在人生历程中并非“一帆风顺”。2003年5月21日晚，杨竹芳赶赴赵家堆派出所，提前介入一起故意伤害案，引导民警取证，直到次日清晨六点，工作才告一段落。驾车返回途中，一辆逆行的大货车向她驾驶的微型警车撞过来，车子被撞得面目全非。那司机是酒后驾驶。119接报后赶到现场，经过40多分钟抢救，才将她从变形的驾驶室里救出来，送进医院。脑震荡，全身软组织挫伤。这是不幸中的万幸。但从那次车祸之后，她就落下了偏头疼的后遗症；每逢天阴下雨，左侧头部就会剧痛，常常要吃止痛片。

同一年的11月，因为胆结石，她又做了胆囊切除手术。真是祸不单行啊。不过，胆被切除了，她浑身是胆，全心是爱。

竹芳本质是母亲。重证据、重公正的工作之外，她最大的本色，是重感情，她被称为“检察官妈妈”。

像对待自己孩子一样对待他们

云南发生过两起影响很大的弑父案与弑母案，在批捕环节，都是杨竹芳经手的。

一个很帅很有天赋的孩子，喜欢写作，在面临高考之际，在他十七岁的时候，却把母亲和外婆杀了。那是2004年，这名高二学生徐某，用哑铃把母亲和外婆打死在床上，用被子捂了起来，尸体放在家里一个月；他母亲一个月没去上班，引起单位注意，他能够脸不改色心不跳地为母亲编理由“请假”。直到一个月后，他没钱用了变卖冰箱、电视机，以及尸体的恶臭，才引起安保人员及邻居的注意，于是案发。

杨竹芳与民警第一时间赶到案发现场，掌握第一手资料，在案件报捕后的两天内即将该案件审查完毕，对犯罪嫌疑人徐某予以批捕。但他毕竟还是个十七岁的未成年人。他出生在高知家庭，非常聪明，小提琴考级到了十级，还曾在全国青少年写作比赛上获得特等奖。母亲督促他专心学习应对高考，孩子不听，于是一怒之下就把他辛苦写了几十万字的小说撕了；而外婆又把那些撕碎的文稿当废纸卖了。天才往往是偏才，偏才往往是怪才，怪才弄不好就会变成恶才。这孩子是典型的激情犯罪，心智远未成熟；最后被判了十四年。

这样的孩子，如果没有母亲般的关爱，可能一生都要毁了。野百合也要有自己的春天。关心孩子的母爱情怀，在杨竹芳心底油然而生。她帮助孩子找到在情感上已“远走高飞”的父亲，孩子见到父亲时放声大哭，孩子给杨竹芳写信，叫她“检察官妈妈”。杨竹芳给孩子送书，有《感恩的心》《爱如储蓄》之类温情美文的书籍。在看守所，那一声“妈妈”，让杨竹芳百感交集，那是对并非母亲的好人妈妈的最高褒扬。

是的，“爱如储蓄”，储蓄是因珍惜而把重要的东西放在安全的地方，真爱如储蓄，储得越多，取回来的爱也越多；而杨竹芳把爱付给这些犯了罪的青少年，压根就不会去想把爱“储蓄”到他们身上是不是“安全”，更没有去想会不会得到回报。

西山区人民检察院，挂着一块“未成年人犯罪问题法律诊所”的牌子，并不醒目，但“诊所”的名称，在全国都算得上有特色。未成年人身心上的毛病，是需要诊疗的，但这需要“社会医生”，而爱是这些“医生”的灵魂。一些年轻孩子，年岁上现在已是成年人，但心灵上还远远未成年。杨竹芳将当时十七岁的小徐列为“青少年法律诊所”的诊治对象，一方面是帮助孩子，另一方面以资研究青少年的犯罪特点，从根子上研究如何防止一名好学生变成罪犯。

母爱是真实的，但是，一切要以事实为依据，母爱对罪犯的“母爱之心”没有法外同情。在另一起“弑父案”中，杨竹芳的行动体现了“法律至上”的坚定理念。

2007年9月，一个叫周汉禹的中年妇女向公安机关投案自首，说自己杀了丈夫，并陈尸床上。9月26日，杨竹芳与同事李健蓉接手共同办理这起蹊跷的故意杀人案件。凭多年的办案经验和女人的特有直觉，杨竹芳敏锐地意识到，此案另有隐情。床上痕迹很少，大摊血迹在院子的地上及墙上，说明第一现场不在床上。一个一米五几的瘦小女人，怎么可能将一个一米八几的大块头男人从院里打死后转移到床上？杨竹芳和同事到现场认真勘查，仔细分析，重新提审嫌疑人，终于真相大白。原来是她的儿子对父亲长期虐待母亲、动辄吊打的行为，看在眼里，恨在心里，那天在父亲又毒打母亲之后，他一怒之下，拿铁棒打死了父亲。母亲疼儿心切，“自首”替儿顶罪。“母顶子罪”，这当然是法律不容许的。正确办案，才能真正弘扬人间真爱。

一次次累加的小爱变成人间大爱

每一卷卷宗背后，都是一个个活生生的人。

活生生的人，有时也被生活所迫。一个姓姜的17岁孩子，从农村考上了大学，但他家里非常穷困，靠向亲友借了6000元钱，才得以进入大学校门。2007年，放假了，他无钱回家，闲逛时，有人叫他合伙去偷电动单车。有时就是“一念天堂、一念地狱”，犹豫片刻后，姜某入伙，骑上了同伙盗窃来的电动单车，没跑多远就被抓了“现行”。那辆电动车，价值1980元。

杨竹芳了解到，姜某此前并无劣迹。为了挽救这个失足青年，杨竹芳和她的同事找到学校反复做工作，多次与公安机关协调，最后决定对姜某取保候审，使其得以继续上学，没有被开除。一失足，也可以不成为千古恨。

如果说一次爱只是一次小爱，那么二十几年如一日一次次累加的爱，就是人间大爱。

有时，爱与恨的情感，常常在检察官杨竹芳的心头交织。2008年10月，杨竹芳遇到了一个办案一生中最匪夷所思的未成年人犯罪案。那是一个才十五岁的钟姓男孩，他把十岁的妹妹——继母之女，强奸并杀害。杨竹芳提前介入该案，这小男孩对自己奸杀妹妹是一脸无所谓，没事似的。他是有预谋的犯罪，准备了安全套、润滑剂和伟哥，到旅社开房，把妹妹骗来……在指认现场和讯问时，还连称“太爽了”。而对杀死妹妹的罪行，认为自己只是犯了个错误——“我下次不犯了”。

面对钟某的残忍与无知，杨竹芳克制内心的愤恨，一如既往地对他进行帮教。这孩子其实很聪明，喜欢葫芦丝，已经考到了十级。葫芦丝成了杨竹芳促使钟某悔悟的“钥匙”，她送了一把葫芦丝到看守所，让他每天有三个小时的练习时间。无知的孩子终于感动了，哭着说，自己连畜生都不如，对不起父亲，对不起继母，对不起妹妹。

杨竹芳说:“刑法的目的是教育，不光是惩罚。”

因为我对百姓爱得深沉

有个来自浙江的小老板，在昆明开了个印刷包装厂。2005年中秋节前夕，厂里的一个小工——给杨竹芳留下“白白净净”印象的小女孩，上门给老板送月饼。没有想到，小老板恶向胆边生，撕掉小女孩的衣服，小女孩激烈反抗，挣脱后跑到阳台上呼救，小老板才没有得逞。

杨竹芳接受办理这起强奸案。她怎能忍看年轻少女，被扳倒如西山睡美人，遭受强奸猥亵。当杨竹芳和公安人员对犯罪嫌疑人讯问时，这小老板指着杨竹芳说:“我在社会上是很有地位的，如果你整不下我来，老子一出去就要你的命！”家属也四处活动，对杨竹芳软硬兼施、威胁利诱。由于公安机关没找到关键物证，犯罪嫌疑人矢口否认。杨竹芳反复推敲每一份书证物证，她建议公安机关对犯罪嫌疑人的房间重新进行搜查，结果在大衣柜里，找到了受害人被撕破的衣物。证据面前，小老板泄了气，对前来宣布逮捕的民警叹了一口气，说:“没想到这个女检察官胆子这么大，我服了。”

小老板服气，小女孩佩服，杨竹芳办过多少件案子，让百姓佩服满意？说不清。一个细节是：有一天杨竹芳带着丈夫的拐杖到单位附近一个修理摊修理，没想到，修理师傅看到她后，把手中的活儿放下，客气地对她说:“我在电视上看见你了，你很辛苦，你帮了很多人，这就算是我帮你一个小忙吧。”修理师傅把拐杖仔细修理好了，坚决不收一分钱。

赢得来自上级的荣誉容易，赢得广大百姓的尊重很难。因为世界上最难的事就是让广大老百姓都满意。但是，“只要我们心中有百姓，百姓心中就会有我们”。对于杨竹芳来说，如果把艾青的名诗改一个词，那就是：

为什么我的眼里常含泪水，因为我对百姓爱得深沉。

长空里，她不是一只孤雁

杨竹芳像云南名吃过桥米线那碗汤，当你看不见她外表热气腾腾的时候，千万别以为内心没有滚烫；当你只见汤的朴素之时，千万不要以为没有鲜美。

她生活在两个好环境里：由同事构成的单位好环境，由丈夫孩子构成的家庭好环境。难怪，你看杨竹芳的眼睛，是那么的清澈，是那么的幸福。

年轻的女同事跟她一起去附近小店吃午饭，骑车的同事先一步回到单位，放下电动车，又走回来，挽着大姐杨竹芳的胳膊一起走。这么融洽的同事关系，能不让我们感动？

长空里，她不是一只孤雁。这是一个团队，大家都飞得很整齐。

他们是一个相当团结的团队。西山区检察院景迎宾检察长，以迎宾的姿态热情爽气地迎接我们，他对他们这个团队称赞有加。杨竹芳和她的同事们一起办案，一起学习，一起进步。他们的工作氛围，让我想起一句早已不再流传的老话：团结、紧张、严肃、活泼。这里四个关键词，个个都与杨竹芳所在的侦查监督科很切近。一个小小套间里，挤进七八个人办公，倒把大家的心挤近了。去年他弟弟上了抗雪灾第一线，她和同事在办公室里为他唱歌，唱那豪情万丈的《真心英雄》，想起来都叫人感慨。

办案时，有些案子很纠结，特别是那些经济类的案子，由于经济形态发展变化很快，不小心就会办错，所以要时刻注意学习，让自己进步。对各种最新的“司法解释”，杨竹芳总是第一时间学习、领会，并带领同事一起学习一起用之于实践。

有些“释法”，本来就很复杂，比如最高法院曾在一个批复中规定“行为人确实不知道对方是不满14周岁的幼女，双方自愿发生性关系，未造成严重后果，情节显著轻微的，不认为是犯罪”云云，随后又下发通知暂缓执行该规定。云南毒品案件较多，有关法律规定可不仅仅是刑法上的，许多广义的“司法解释”，都要及时准确深刻地领会。杨竹芳总是这样，因此成为同事们所称的“办理疑难案件的老中医”。

杨竹芳还注重制度创新。她发现，案件数量多了之后，渐渐暴露出公安机关与检察机关取证形式和证据标准不一致的问题。于是，杨竹芳和侦监科同事仔细研究，大胆建议建立“跟班见习”制度——让西山公安分局的年轻民警，到检察院侦监科见习，为期一般三个月。至今，已有19批51名民警进行了跟班见习，从而进一步明确了证据要求，提高了办案水平。检察机关对公安机关侦查活动是否合法实行监督，在“跟班见习”中也打好一个重要的基础。而更让人高兴的是，许多民警很开心地成了杨大姐的编外“准同事”。

杨竹芳说：“做好本职工作，他人感动的时候也是我被他人感动的时候，我尽责的时候也是他人为我遮风挡雨的时候。”

家庭中，她是一个幸福人

好人有思想，好人爱生活。中国好人不是不食人间烟火的人。杨竹芳说："人的生命相当脆弱，活着是相当幸福的事，健康平安活着，能和自己的家人在一起做自己喜欢做的事，是很幸福的。"

她心里装着老百姓，但不能没有自己、没有家庭，这是新时代中国好人的新形象。

去年，杨竹芳很高兴地搬到了新家。一进门，迎面就是一个蘑菇形景德镇陶瓷大鱼缸，里头的红鲤鱼优哉游哉。墙上挂的四幅油画，有点俄罗斯风格，当然那是印刷品。茶几的月饼盒子上，是杨丽萍和她的《雀之灵》。三口之家小小合影照片，不张扬地搁在电视机旁。

杨竹芳的丈夫段建明，是徐霞客中小学校的老师，2008年4月5日，段老师在自己家门口被建筑垃圾绊倒，撞上花坛边缘，肋骨断了四根。5月30日晚，段老师才出院没几天，在离校回家的路上又不幸遭遇车祸，多处受伤，两腿粉碎性骨折，医院两天下了两次病危……对一个家庭来说，孩子的感冒发烧都会让父母焦虑，别说发生了这么大的事情。杨竹芳也不是完人，她也曾忧郁和悲观，暗地里多次泪流不止。而且，工作又不能放手。是谁说的呢："有使命感的人好可怜。"

如今，丈夫依然拄着拐杖，右腿上密密麻麻爬着蜈蚣一样的手术伤疤。人生不免有时需要"拐杖"的支撑，有的拐杖是有形的，有的拐杖是无形的。每天睡前，杨竹芳都为拄着拐杖的丈夫洗脚，那情景让世人明白：夫妻间不仅可以握握手，还可以握握脚。

过去丈夫是帅哥，现在读中专的儿子长大了，儿子就成了第一帅哥。"他都一米八了"，说这话时杨竹芳一脸幸福。

人到中年，身体不由自主地胖了起来。做菜时系上围裙，那背影就是普普通通的家庭主妇。杨竹芳是累的，她不时会敲一下背。

大姐杨竹芳是可亲可敬的，因为可亲，所以可敬。

一生中，好人总能收获许多褒扬

一个人的一生，如果踏踏实实、兢兢业业、努力工作，成为一个真正的好人，那是能够获得许多荣誉和奖励的。

杨竹芳在她二十一年的工作历程中，获得了许多荣誉。最让杨竹芳自己感到具有家庭幸福感的荣誉，当然是在2003年和2009年，两次被妇联评为“五好文明家庭”。2006年，全国维护妇女儿童权益协调会授予她“全国维护妇女儿童权益贡献奖”称号；2008年10月，被最高人民检察院表彰为“立检为公、执法为民”的杰出典范；2009年5月，她被授予“昆明市五一劳动奖章”；最新的就是被云南省检察院记了一等功。

杨竹芳依然是那么朴素，她当然知道，荣誉面前，不能只添一个名头，而不增一抹亮色。

是谁说的呢：“时代呼唤这样的好检察官，法律需要这样的好检察官，人民热爱这样的好检察官。”这些话说得有点大，但在“好人”两个字前头，杨竹芳配得上“中国”二字。是的，杨竹芳，她是中国好人。

【附录一·记者随感】

做一个有思想有灵魂的检察官

秋夜，昆明的夜空尽管不像夏夜那样繁星欲滴，但我们看见了久违的星星。

检察官杨竹芳，当然是人间好人星群中一颗璀璨的星星。寻常到你可能没有关注，但她一直在星空闪烁。

杨竹芳很朴素，一个装饮料的瓶子，就是她现在的茶杯；当杨竹芳陪我们去吃饭时，我要去一趟洗手间，她会细心到脱口而出“我要不要带你去卫生间”。好人就是很本色、很本质的。

杨竹芳是一个有生活、有思想、有饱满情感的人——一个好人。谁说好人只能是“傻子”、是没有思想的“螺丝钉”？中国好人绝不是不食人间烟火的神仙。好人完全可以是生活中人，是工作中的智者，我们完全可以做有思想有灵魂的好人。具体到身份，杨竹芳就是一个有思想、有灵魂的好检察官。

在杨竹芳身上，平凡孕育着伟大。杨竹芳是一个对检察工作上瘾的人，不办案她就觉得浑身不自在。她所从事的“批捕”，是“短平快”的工作。她不仅付出精力，还要付出智慧。当百姓有冤屈找到她时，她简直就像是“一个人的信访大厅”，为百姓排忧解难。就像“教书育人”一样，杨竹芳是“办案立人”，她是失足未成年孩子的“检察官母亲”。

做一个有灵魂的检察官，就离不开一个“爱”字。做一个有思想的检察官，就离不开看书学习的好习惯。这些天，杨竹芳案头一袋书中，就有温总理读了上百遍的枕边书《沉思录》。

检察院的重要职责之一是进行侦查监督，对于公安机关侦查的案件进行审查，决定是否逮捕、起诉；对公安机关的侦查活动是否合法，实行监督。监督就是把关的重要方式。检察监督，就要有质疑精神。杨竹芳就具有这样的精神，所以她21年办了1800多件案件，无一出错。

出错是容易的。在云南，就曾酿成了著名的“杜培武错案”。那是11年前，昆明发生了“4·22”枪杀案，两位身着便服的民警被枪杀在一辆面包车内，其中一位是杜培武的妻子，另一位是杜培武的同学。当时杜培武是昆明市公安局戒毒所的民警——不是杜培武杀的那还有谁呢？错案就在这样的推理下“合理”地发生了。重推理已变成了重猜测，重证据则变成了重逼供。

“先入为主”还是“证据为主”，本来是个司法常识。很遗憾，面对这么重大的案件，当时昆明市检察院在批准逮捕时，没能认真听取杜培武的申冤之说，没能深入调查刑讯逼供留下的蛛丝马迹，没能把住批捕的“第一关”。杜培武后来二审被改判死缓。不久真凶——铁路警察杨天勇在另案中落网，那把杀人手枪也赫然出现，蒙冤受屈26个月的杜培武得以无罪释放。这些年来，冤案新闻时有所见，有的还真比窦娥还冤。不久前，在云南晋宁县还发生了震动全国的“躲猫猫”事件。

急功近利、“宁可错杀三千，不可放过一个”的司法劣文化，不是一下子就能完全消除的。“把事情做对”，对于公检法司来说是多么的重要。中国有句古话叫“头上三尺有神明”，人是应当有点敬畏之心的，敬畏天道，敬畏公理，敬畏国法，敬畏民心，尤其是在人命关天的领域做事的人。

现在，杨竹芳做到了，她是一个有思想、有灵魂、爱百姓、爱生活的优秀检察官。她是我、是我们学习的好榜样。

我把我的《只为苍生说人话》一书送给杨竹芳。我是“只为苍生说人话”，她是“全为百姓办铁案”。我在扉页上题写了四个字：

中国好人！

【附录二·记者手记】

生活因好人而温暖

我们到昆明，不是看风景，而是见好人。

这个好人名字叫杨竹芳，一位生肖为马的中年检察官。

杭州有西湖，昆明有滇池；杭州有个西湖区，昆明有个西山区。西山是云南第一名山，坐落于滇池之西；这里有著名的“睡美人”——整个西山，远观轮廓，就像一位仰躺着的美女，惟妙惟肖。传说是思念情人的公主，眼泪化为滇池，身躯化为西山。

在美丽的西山区，杨竹芳工作了二十一年。她很平凡，二十一年干的都是“批捕”工作；她很不一般，二十一年来，承办的批捕案件超过了1800件，没有一件错案。把一件事做好不难，二十一年如一日，把每一件事都做好，真的不容易。

如果说云南有“十八怪”，那么杨竹芳可一点也不怪。她是一位可亲可敬的大姐。在历史上，昆明因为有西南联大、有“飞虎队”而受人尊敬；在现实中，因为有春城与美景而令人向往；而如今，因为有杨竹芳这样的好人，昆明是真正的“四季如春”。2009年10月22日，当我们《都市快报》的记者结束采访告别杨竹芳时，由中央媒体组成的大规模采访团也抵达了昆明。

“好人有好报，好报报好人”，我们《都市快报》推出了《中国好人》专栏，就是要褒扬好人——生活因温暖而美好，生活因好人而温暖。13亿中国人，好人很多很多，有平凡的，有非凡的，有突出的，有杰出的，杨竹芳是我们的第一个“举例说明”。

（备注：另外由记者吕宏主笔写作的《她是一个什么样的人？》《最幸福的两个时刻：侦查结案时 家人相聚时》《那一刻，我真想叫她一声杨姐》请见2009年10月25日《都市快报·天下周刊》）

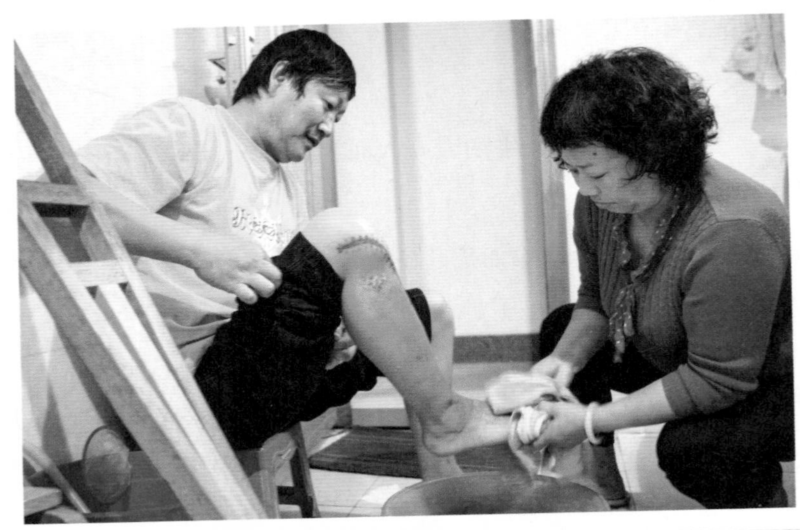

宁静的夜里，杨竹芳为丈夫洗脚

徐迅雷（左二）吕宏（左四）赴昆明采访杨竹芳（左三）结束后的留影

任烨摄

亦奇亦琦的王翼奇

对王翼奇的大名，我当然是真的久仰的。我在丽水读师专时，在一位青年教师的破旧不堪的陋室里，第一次见到王翼奇的一幅书法作品，于是第一次知道王翼奇的名字，知道王翼奇曾是北大中文系的高才生，知道他在师专教过书现在调走了无缘在我的中文系教室里聆听他的授课了。凝视他的名字于是想象大鹏舒展奇丽之翼翱翔的样子，目睹他的书法于是感到走笔于古人的隶篆行楷之间而使今人的破旧陋室熠熠生辉。——此后所见书法一眼便知是否翼奇所书，真是一奇。

我在处州晚报社（借用工作一年）时，王翼奇曾来山城丽水签名售书。得知王翼奇的到来，我是三步并作两步从三楼奔到五楼的。当总编把我介绍给王翼奇把王翼奇介绍给我时，我甚至怀疑自个的眼睛：这位从沙发上站起来跟你握手的、不戴眼镜的、皮肤黝黑的、个头不高的、身材并不清瘦或清秀的人，就是就是就是王翼奇？这不扬的其貌简直有点像我老家的农民伯伯么！奇了！

王翼奇正谈着他的书法，语调冲淡而明快，却洋溢了幽默与文采："我的书法是罗体，因为我的老师姓罗，可不要听成'裸体'噢，不过，'裸体'也没关系，我的字正是赤裸裸地表现了真实的我。"如此，"奇谈怪论"，岂非又是一奇？这些"奇语"很深刻很形象地注入我的脑袋。

书法创作其实还是王翼奇的"小儿科"，接过他的名片看看：浙江古籍出版社副总编辑、作文报总编辑、浙江大学人文学院客座教授，其衔无一与书法有关。

假设由我来给王翼奇先生作幅漫画，那我一定让他用次要的左手握一管古代的毛笔龙飞凤舞地书写现代的书法，而让他用重要的右手握一管现代的钢笔精心细致地点读古代的华章。我们一般学子中，古典文学的素养与底蕴堪与相比者几许?学问“做”得深的有之，可大学问不是“做”出来的，它需要一股子真真正正的灵气。这股灵气缠绕而且渗透于学问之间，学问才是不凡的、美好的，一如剔透的美玉，可让我们称之为“琦”。这样的学子才可能成为“学人”而非“学究”。

王翼奇少时因病辍学，以天赋般的乐趣沉浸于古人的华章，许多自然成诵;做小学生时就曾作了一首旧体诗刊发在《厦门日报》上。后来一读就读了北大，师承王力、游国恩等，那是高山仰止了。后来的吟诗作对中，足见翼奇先生的功力。人家端着文竹而出“文竹”，他脱口而对“武松”。1997年第1期《读书》杂志《读书短札》栏刊发叶九如先生文章说到，周一良教授在《再记联圣大方》一文提到导师陈寅恪先生十分重视作对子，曾出“孙行者”与“墨西哥”为上联，要求考生做出下联，前一对考本科生，后一对考研究院新生，当年周祖谟先生为“孙行者”作出下联“胡适之”得陈先生好评;而“墨西哥”的下联，迄今尚未有人作出。“友人王翼奇在读罢此文后，稍作揣摩，以‘文中子’对出。”——“文中子”为隋末王通的私谥，其所著亦名为《文中子》，以“文”(文章)对“墨”(翰墨)，中对西，子对哥，书名(人名)对国名，可谓字字切当!叶九如先生说:“王翼奇君二十年代(叶先生文此处有误，应为“六十年代”，后《读书》刊文作了订正)毕业于北京大学中文系，所师从的教授，不乏寅恪先生高足，故王君算得是寅老再传弟子。今以‘文中子’对‘墨西哥’，寅老有知，当莞尔笑之，六十年前清华园中之悬鹄，已有中者。”叶先生文章刊出后，王翼奇巧对陈寅恪，一时传为佳话。

倒是1968年这样的时代才使这位厦门人在北大读完学业后来到丽水这个地

2015年12月1日，由广西师范大学出版社等单位主办的徐迅雷作品研讨会在杭州举行，王翼奇先生在研讨会上书赠徐迅雷对联：响箭寒林鲁翁笔，霜天晓角迅雷文

方，在茅檐低小之下依然读出他那纸上的一片青青草。80年代初，王翼奇入了刚刚组建不久的丽水师专，教了一届中文系的古代文学，用他的“奇语”说就是“只生了一胎”，但却生出个有口皆碑来。后来调入浙江古籍出版社，一步步升为副总编辑，一本本地出版学术书籍，让人目不暇接。1992年他作《访龚自珍古居》七律一首，以敬仰的心情以心灵的言语“直逼定庵”。夺了首届中华诗词大赛历史题材之魁。1996年绍兴公祭大禹陵，剥开系列活动的层层包围，寻得核心的核心是一篇辞章典雅、文采斐然的《祭大禹陵文》，主笔人之一就是这位王翼奇先生；1998年丽水缙云仙都黄帝祠复建，又是一篇辞章典雅、文采斐然的《祭黄帝祠文》系王翼奇先生所作，两篇祭文正是他的文思才华乃至精神品格的结晶。——从《祭大禹陵文》和《祭黄帝祠文》之琦可见王翼奇之琦矣！

都说王翼奇是好人。他没有忘记浙西南的秀山丽水以十几年的光阴滋养过他生命的华年。尽管人生道路曾经坎坷，尽管情感历程曾经曲折，但这一切都没有使他悲观地低下头颅，反而丰富并日臻完善了他的性格与人格。三年前那次他来丽水，我在短短几日的接触里，就感受到了他那旷达、冲淡、豪放、飘逸的风格。那次他来，是把他与同人江兴佑主编的一套《中国趣味典故精粹》丛书作为精神食粮传送给他的第二个故乡。“六一”期间他在书店门口签名售书，一时间热闹非凡。他与文学硕士江兴佑站着“左右开弓”，给每位读者所买的每本书双双签上他们的大名。他还认真创作了八幅书法作品自杭州带来，以“摸奖”的形式赠送给八位幸运读者。一位读者买了十一套书摸中了一幅作品，喜滋滋地走了；一位读者没有模中，就问能否“卖一幅给他”，显然他知道、懂得并喜欢王翼奇的书法。这套5卷本的丛书图文并茂，演述典故语词来历，畅说传统文化佳话，其图栩栩如生，其文娓娓动听。用王翼奇的话来说，“不仅小学生可以看，就是研究生也要看。”此言真的不差，如我就是从《百图花木典故》第18页上知道俗称“香菜”的芫荽的，并且知道与此有关的一个关于王安石关于《论语》关于以学问为幽默的典故。——王翼奇先生自己就是长于以学问为幽默的，与他交往、对话，名言佳句、典故传说左右逢源厚积薄发，常常以他的博学睿智自然而然地营造了一种闪光的文化氛围笼罩了你熏陶了你。与王先生交往，有时一时听不懂他的言辞，然而能够让你在潜移默化中近雅而雅。但他却时时感念人家对他的影响，丽水的这一方山水、这一方人文感染熏陶了他。他提到了秦少游、范成大，提到了文化的感情、心灵的感应。他说曾经与“常有切磋之雅”的朋友夜步瓯江吟诗作赋，写下了“江涛点颊风吹鬓，却忆当时秦少游”的诗句。于是我想，在丽水“少游”而能“成大”者，乃亦奇亦琦的王翼奇也，我辈待上一辈子，恐不及牛尾。

在丽水的这方山水土地上，常留下王翼奇的影迹。我的老师、历史学教授胡一华出版的专著《刘邦和项羽》由王翼奇题写书名并出任责任编辑；我邻居的朋友胜和、琳瑜结婚，是王翼奇题赠的佳联，联中巧嵌胜和、琳瑜的名字；王翼奇给万象山烟雨楼撰写过联句，又应邀为观音岩摩崖石刻增添今人的光彩……

我在采访江兴佑硕士时，他的顶头上司王翼奇在一边给他说了连串“蛮子”的风格：南蛮的蛮人有一股蛮缠蛮干蛮横的蛮劲，建议他改名为“蛮子”最好倒置为“子蛮”……这些奇言琦语听得我“目瞪口呆”听得我的采访对象哈哈大笑。于是想到“四时可爱唯春日，一事能狂更少年”之句。这位被我称为“亦奇亦琦”的王先生翼奇老师可是年年春夏秋冬皆可爱，常常能“狂”永远少年下去了。于是我想不再唤他先生或者老师，干脆叫他“翼奇兄”得了。

大风起兮歌飞扬

以一曲《采茶舞曲》风靡大江南北的周大风先生，是我国著名的作曲家、音乐理论家和教育家。2015年10月11日，周大风先生在杭州逝世，他“采风而来、踏歌而去”。著名作家黄亚洲撰联送别周大风：

江南丝竹小桥流水偏逢大风百代心醉

国中嘉木大道茶经皆在小曲千载情迷

周大风先生是浙江宁波人，1923年生于上海；获“浙江省有突出贡献老文艺家”称号，享受国务院有特殊贡献专家津贴。出身富商家庭的周大风，只读过一年村塾、五年小学、一年外语商科，他自学成才，终成学识渊博的一代音乐家。

周大风先生为《五姑娘》《金鹰》《两兄弟》《风雪摆渡》《春到草原》《江姐》《血榜记》《斗诗亭》等越剧作曲，还为绍剧《孙悟空三打白骨精》、评弹电影《燕窝鸟》作曲，又为甬剧、姚剧、婺剧、话剧、广播剧以及十几种曲艺谱曲。特别是1958年，他为大型九场越剧《雨前曲》编剧、作曲，剧中的插曲《采茶舞曲》风靡全国。

有意思的是，采用越剧音调的《采茶舞曲》并非创作于杭州龙井，而是创作于浙南泰顺山区。当时周大风和浙江越剧二团赴泰顺山区巡回演出，一个乡村之夜，他通宵未眠，一气呵成《采茶舞曲》的词曲。《雨前曲》进京公演，周总理观看后对《采茶舞曲》提出修改意见："有两句歌词要改（插秧插到大天亮，采茶采到月儿上），插秧不能插到大天亮，这样人家第二天怎么干活啊？采茶也不能采到月儿上，露水茶是不香的。"周大风一直改不出来，后来总理建议："你要写心情，不要写现象。'插秧插得喜洋洋，采茶采得心花放。'你看这样改如何？"于是有了——

溪水清清溪水长

溪水两岸好呀么好风光

哥哥呀，你上畈下畈勤插秧

妹妹呀，你东山西山采茶忙

插秧插得喜洋洋

采茶采得心花放

插秧插得匀又快呀

采得茶来满山香……

这首《采茶舞曲》，成了浙江民歌的经典代表作。1987年，《采茶舞曲》被联合国教科文组织作为亚太地区优秀民族歌舞保存，推荐为这一地区的音乐教材。

早在1994年，周大风先生来到浙南的遂昌县，我出差到此，偶遇周先生，下面是当时的一个片段记录：

……

在餐厅见到你依然精神矍铄。没想到你年逾古稀已是71岁。

你递给我名片，上面印了六个单位和头衔，你笑着说你曾有过一百多个头衔，现在还有30多个。

没想到我们同住遂昌县府招待所三楼，于是我们做了三天的邻居。你的一曲《采茶舞曲》家喻户晓："溪水清清溪水长，溪水两岸好呀么好风光……"真是"大风起兮歌飞扬"！我说周老您谈谈创作与《采茶舞曲》吧。你说谈《采茶舞曲》的文章太多就不谈了；创作重要的一点是与众不同，与古不同，与己不同，与他人不同。你说你很欣赏求异思维，喜欢唱"反调"；你说你有怪癖脾气艺术家没有怪癖不行；你说烟酒无师自通，烟爱抽"杭州"，酒喜喝"加饭"，但遂昌的"绞股蓝"味道好极了。你边说边以小孩子般顽皮的动作从口袋里掏出绿皮的"杭州"来：便宜，而且没假货。我忍不住笑了起来。

你身体很好，你说你是研究佛教的。于是谈到宗教音乐问题。你说，一句话，宗教音乐，不管是中国的还是外国的，它都是民众的音乐。又谈到民族音乐。我说，越是民族的越具有世界性。你说，但也要注意原始民歌也往往是落后，需要艺术再创造。这让我想起王洛宾先生，你说见到过两次。你谈到了洛宾先生一生的坎坷，谈到三毛在他家住过八天而一些文章编造得却很多，谈到了海外效应与名家效应，最后你说，王洛宾的话题不好多讲了，只能到此为止。于是谈到民族音乐的危机问题，谈到台湾的严肃音乐，谈到原始状态的《妹妹你大胆地往前走》，谈到把《南泥湾》改编成摇滚搞的什么名堂！和蔼而健谈的你，笑声朗朗。站在桌前，把我笔记本搁在电视机背上，你边写边解释，写下给我的题词：

乐乐乐，何乐乐，以乐润身，以乐养心，乐人乐己，何乐乐！

不会忘却的司徒雷登

初夏杭城，此时凉爽如春；细雨蒙蒙，仿佛润物无声。

在西湖南边长桥侧畔的唐云艺术馆，有一个高品质的展览：《一位“特殊”的杭州名人：司徒雷登在1946》，于2017年6月19日在这里开展，展览将持续到8月14日。

展出第一天下午我就骑车前来参观，逗留了一个多小时，遇见观众三两人。

唐云艺术馆一楼和二楼的空间，恰好容纳这个展览。展览分为三个部分：寿人寿世——司徒雷登的七十寿辰；涉入外交——成为驻华大使的司徒雷登；重回杭州——获授杭州市荣誉公民。在这里，你可以看到司徒雷登用过的皮箱，穿过的睡衣，拄过的拐杖，揣过的怀表；你可以看到一大批珍贵的老照片，比如司徒雷登与周恩来的会见照片；你可以看到1946年司徒雷登七十大寿之时各位名人赠送的字画贺礼；尤其宝贵的是，你可以看到这一年司徒雷登回杭州“探亲”时，被授予“杭州市荣誉公民”的证书和金钥匙……

司徒雷登1876年出生于杭州，那个现在叫“耶稣堂弄”的地方，已然是杭城的黄金地带，这里有值得去一看的司徒雷登故居纪念馆，这里静静地立着司徒雷登的雕像。司徒雷登的父母早年从美国到中国传教，“原来他乡是故乡”，司徒雷登住在中国的时间比住在美国的时间长，他是一个在中国奉献了半个世纪的美国人。司徒雷登成为“一个出生在中国的美国人，一个死在美国却葬在中国的美国人”，这里的特殊性确实非同一般。他是个杭州通，有一个略为夸张却很形象的说法是“他杭州话说得比英语还要好”；他总说西湖是世界上最美丽的地方，这里就是他的故乡；而他的父母和他的一个弟弟，辞世后都归葬于杭州九里松墓地。

历史文化名城杭州，铭记着司徒雷登这位“特殊”的杭州名人。2008年11月17日，司徒雷登的骨灰归葬于杭州半山安贤园，“生于杭州归于杭州”，这是最好的归宿；而回到中国安葬，正是司徒雷登先生的遗愿，他自称“是一个中国人更甚于是一个美国人”。2016年9月4日，习近平主席在G20杭州峰会欢迎宴会的欢迎辞中，这样提到司徒雷登：“140年前，1876年的6月，曾经当过美国驻华大使的司徒雷登先生出生于杭州，在中国生活了50多年，他的骨灰就安放在杭州半山安贤园。”现在，杭州名人纪念馆特别推出这次纪念展，让历史的记忆再一次复活，司徒雷登先生又一次活生生地走进了我们的视野。

设立于本世纪初的杭州名人纪念馆，是用来珍重纪念先贤的，辖有章太炎纪念馆、苏东坡纪念馆、张苍水祠、于谦祠、于谦故居、司徒雷登故居、唐云艺术馆等名人纪念馆所。这次“司徒雷登在1946”特展，展出的是杭州名人纪念馆馆藏的珍贵文物，有关司徒雷登的各种文物保存得很好，到展览现场看了会惊叹；所选取的是历史长河中一个重要时间节点，因为1946年对司徒雷登来说意义重大：6月24日他迎来了七十岁寿辰，7月12日出任美国驻华大使，10月18日应邀回杭州参访，接受了杭州市金钥匙和荣誉公民证书，这是他生前最后一次回到家乡杭州。10月19日那天，在杭州中华基督教青年会四楼会场，司徒雷登接受了杭州市荣誉公民称号。杭州市“荣誉公民”证书为隶书书写，装在咖啡色木盒中，盒盖上用隶体书“杭州市荣誉公民证”8字。金钥匙装在长10.5厘米、宽6厘米、厚2.5厘米的锦盒内，正面用中文镌刻着“杭州市钥”四字，以西湖三潭印月图案为背景，背面镌刻中文“杭州市荣誉公民司徒雷登先生”和“市长周象贤赠”19

杭州·“司徒雷登在1946”特展现场

司徒雷登用过的皮箱

徐迅雷摄

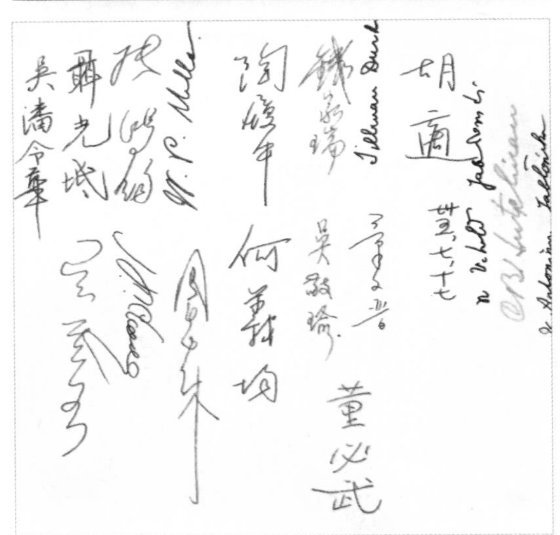

《燕京学报》纪念司徒雷登先生七十诞辰专号
司徒雷登先生七十诞辰嘉宾签名册上有周恩来、董必武、胡适等的签名

字，下方镌“民国三十五年十月十九日”11字。

司徒雷登重返故里时，杭州市民热烈欢迎，市政府特意将耶稣堂弄改名为“司徒街”，以此向司徒雷登先生表示敬意。司徒雷登走进故居中他诞生的房间，温暖的目光抚摸了不曾远去的一切。杭州给了童年的司徒雷登无忧无虑无拘无束的快乐，他在十一岁上才返回美国读书。

馆藏有司徒雷登的妻子艾琳的老照片。艾琳中文名叫路爱玲，1904年在美国新奥尔良和司徒雷登结婚。翌年，婚后不久的艾琳即随司徒雷登来到杭州。这次回中国，司徒雷登的身份是传教士，“杭州与湖州之间的广大乡村区域是我传教的范围，这也让我熟悉了吴语的各种分支方言”。1926年艾琳在北京不幸辞世，安葬于燕京大学公墓。“直到那时，我们夫妻的幸福生活才终止。”司徒雷登此后终生未再娶。

“因真理，得自由，以服务”，司徒雷登一生都在践行这样的信念。司徒雷登首先是传教士，继而是教育家，最后才是外交家。他在唯一的回忆录《在华五十年》中，回忆了在中国的经历——彼时中国，波诡云谲。书中记录了他对事业的选择、在中国的使命、燕京大学的创建历程、二战期间被日军软禁的岁月，以及二战后担任美国驻华大使所参与的对华事务等等，有反思与总结，从中可见他对理想的不懈追求。书中开篇第一段就说：

我这一生中的大部分时光都是在中国度过的。这个国家的一切早已经融入于我的灵魂之中——我生在那里、长在那里，在那里拥有无数的朋友。我完全是一个中国式的美国男孩，当我长大后，又以一个传教士、中国文化研习者的双重身份回到那里。传道者、神学教授、大学校务长，这是我回到中国后的诸多角色。1946年，我被“派遣”到位于南京的美国使馆担任驻华大使一职——这是我在中国的最后一个角色。

展出的老照片：司徒雷登早年的全家福

对于杭州，司徒雷登充满怀念的情愫；这里是他的出生地，他学会的第一种语言，是跟着奶母所学的杭州话。他在回忆录里这样描写天堂杭州：

杭州，一个古老而隽秀的城市。自古以来，这里就是文人墨客的天堂。城郊的西湖、环绕西湖的众佛之山，以及钱塘江的潮汐。马可·波罗曾称杭州为“世界上最美丽华贵之天城”，并耐心地描述这个城市里奇妙的运河、小桥、小街。这里曾经是南宋的首都，被“胡虏”侵犯的北宋皇室仓皇逃到了这个城市。中国有一句著名的谚语：“上有天堂，下有苏杭”，这句话充分说明了苏州和杭州在中国人心里不可逾越的地位……

2008年，杭州半山安贤园，在司徒雷登先生骨灰安放仪式上，美国驻华大使雷德说：“中国是司徒雷登先生热爱的国家，他出生在杭州，今天又回到这里，完成了他的人生旅途。他相信教育是加深两国关系的重要途径之一，如果他能看到今天的变化，他一定会非常高兴。”司徒雷登先生好友傅泾波的后人、美籍华人傅履仁老先生这样说：“司徒雷登先生的一生都奉献给了中国的教育事业，回到中国是他最后的心愿。”

……这是别不了的司徒雷登。

度尽劫波西湖在，莺啼陌上人归来。名人是城市的文化瑰宝和历史“地标”，珍重每一位杭州历史文化名人，是杭州建设独特韵味别样精彩世界名城的应有之义。

杭州西湖长桥，展出头一天下着蒙蒙细雨

徐迅雷摄

“马一浮”与“买衣服”

在蒲团上，静静地席地而坐。

这里是杭州花港观鱼公园蒋庄智林图书馆楼上，马一浮先生曾经的书房，旁边就是马一浮纪念馆。

来自台湾的文化人毛政伦先生给我们讲一个故事，不，一个细节，无法忘却的细节：

有一天一队游客经过，举着旗子的导游说：“我们去马一浮纪念馆看看。”一位游客立马接嘴问：“买衣服，买什么衣服?”把“马一浮”听成“买衣服”了。

知道“买衣服”，不知道“马一浮”，然也。亦可知让历史文化名人“活”起来，让名人故居“活化”之重要。

毛政伦先生受台湾著名学者、教育家龚鹏程先生之托，来到蒋庄，具体做“故居活化”工作，保护名人故居，活化名人文化，提升人文价值。在“花家山下流花港，花著鱼身鱼嘬花”的花港观鱼，通过马一浮故居，让马一浮在杭州“活”起来，让更多的人知道“马一浮”不是“买衣服”，这是最佳选择。

1883年早春二月，在四川成都西府街，一阵婴儿的啼哭声，划破了宁静的长夜。因为老爸在四川做“七品芝麻官”，马一浮出生在这里。六岁的时候，跟父母回到了老家浙江绍兴上虞长塘乡，度过了快乐的童年，展现出过人的天赋。成年后，取《庄子·刻意篇》“其生若浮，其死若休”之义，改名浮，字一佛；后又取《楞

马一浮像

严经》"如湛巨海，流一浮沤，起灭无从"义，改字一浮，遂以"马一浮"名世，"马浮"倒是少有人说了。

在马一浮故居蒋庄入口处的墙上，我们看到了实在不熟悉的一个"蠲"字。马一浮在中年以后，取《法华经》"蠲除戏论"义，名其居曰"蠲戏斋"，别号蠲叟、蠲戏老人。"蠲"即去除之意，"戏"指不严肃的行为。

蒋庄入口是一个月洞门，上题"揜水园"三个隶书大字。"揜"是"掩"的异体字。揜水园地处花港观鱼公园东北角，这里西连红鱼池，南濒小南湖；东接苏堤，有一座锁闭的小桥；北邻御碑亭，附近就是镂空的林徽因形象纪念碑。揜水园所在地，原是南宋时代的卢园，后建"小万柳堂"，主人是无锡文化名人廉惠卿，是为"廉庄"；后来园子转售给南京富商蒋苏庵，"廉庄"遂成"蒋庄"。

1950年5月的最后一天，68岁的马一浮受弟子蒋苏庵之邀，迁居蒋庄香严阁。他在《香严阁日谱》中记述："庚寅夏四月望。移寓苏堤定香桥蒋氏别业之香严阁，主人所目为西楼者也。临水为楼，轩窗洞豁。南对九曜山，山外玉皇峰顶，丛树蔚然若可接。东界苏堤，槐柳成行。西望三台，南北高峰迤逦环侍。唯北背孤山、宝石山，不见白堤。避喧就寂，差可棲迟。南湖一曲荷叶，田田若在。庭沼俯槛，游鱼可数。今日湖上园亭寥落，此为胜处矣。"（见《马一浮全集》，浙江古籍出版社，2013年1月第1版，第5册第57页）

在蒋庄，晚年的马一浮先生过着书斋式的生活，日日读书，高朋满座。高朋中有一位是时任上海市市长的陈毅。陈毅拜访马一浮的故事后来被传为美谈：1952年春，陈毅先生在浙江文教部门领导的陪同下，一身便装来到蒋庄拜访马一浮，马一浮家人说主人正在休息，过一会儿再通报，陈毅元帅忙说不必惊动，稍后再来拜访。他们在花港观鱼观了一圈，在春雨蒙蒙中再去，马一浮还没醒来，家人请客人进屋等待，陈毅却说"未得主诺，不便遽入"，就在屋檐下伫立等候。

直到两人相见，马一浮深为儒将陈毅的学识和风度所折服，两人遂成好友，互相时有唱和，感情亲密无间。

马一浮先生六艺在身，是儒学大师、思想家、诗人和书法家。他于古代哲学、文学、佛学造诣精深。熊十力、梁漱溟、马一浮三位先生合称我国“现代儒学三圣”。梁漱溟称马一浮为“千年国粹，一代儒宗”。在20世纪存亡继绝的年代，这三位大师敢于直面惨淡的人生人世，坚守中国人之所以为中国人的最后底线。汤一介先生在《马一浮全集》序言中说：如果说熊十力先生是哲学家，梁漱溟先生是思想家，那么马一浮先生可以说是经学家。“经学家”与“经学史家”不同，“经学史家”可以是学术大师，而“经学家”不仅是“学术大师”，而且是“思想理论大师”，马一浮先生的思想是建立在“六艺之学”基础上的一套思想理论体系。

“后世有欲知某之为人者，求之吾诗足矣。”这是马一浮先生说过的话，他的心迹，都隐在他的诗里；作为浙江大学的教授，他是《浙江大学校歌》的词作者，开头就成名句：“大不自多，海纳江河。惟学无际，际于天地。”2014年，教育部曾公布最受网友欢迎的高校校歌前十名，《浙江大学校歌》荣登榜首，获“最美校歌”之称号。

马一浮精于书法，他溯源秦汉风骨，取径晋唐法度，笔墨温厚，气格尚古，峻拔清逸，凝练高雅，超逸绝尘。面对先生书法之真草篆隶无一不精，丰子恺推崇其为“中国书法界的泰斗”。书法大家林散之先生则称马一浮先生为“牛斗”，称自己为“小子”。2015年6月，由浙江省文史研究馆、浙江图书馆、浙江美术馆主办的《游艺证道——马一浮书法展》，展出了他的书法作品、手稿、信札以及读书札记等近180件，展示了他那精湛超逸的书法艺术。

马一浮粹然儒宗、博学硕望。其精深治学，学问如浩浩海洋，广博无垠，深邃莫测；他淡泊清平，为人如巍巍山峰，沉稳踏实，笃厚安详。

马一浮的学问、性格、情感和志望，是在诗礼之家中萌发、陶冶、培养而成的。1898年，赴绍兴应县试，名列榜首，同考者有鲁迅、周作人。1899年，马一浮虚岁十七，遵父命娶同邑名绅汤寿潜之长女汤孝愍为妻。1902年，马一浮二十岁，妻子在绍兴老家不幸病逝，病因是为家族中长辈辞世守孝时，妻子怀孕而需打胎，服用民间堕胎药意外中毒而不治，马一浮从此一生不再娶。次年他赴美游学，后又游学日本，既学日语又学德语。极具语言天赋的马一浮，精通英、法、德、日等多国语言文字。1906年，他居住杭州西湖边的广化寺，广览文澜阁《四库全书》。辛亥革命杭州光复之后，他的岳父汤寿潜成为浙江省首任都督，他就跟着岳父做了一段时间的文字工作。在杭州的弘一法师、丰子恺等都成为他的好友。

1938年受浙江大学校长竺可桢之聘，随着抗战中浙大西迁的路程，赴江西泰和、广西宜山开讲国学。1939年，在日寇大轰炸的阴云之下，马一浮在四川乐山创办复性书院，以保存传承民族文化。1940年，复性书院在乌尤山脚造茅屋数间，因面临小溪麻濠，名为“濠上草堂”。“濠上”其实典出庄子，乃自得其乐之地也。住此期间，马一浮在书法作品中常具名“濠叟”“濠上叟”“濠上客”。

抗战胜利后，马一浮返杭。除了抗战时期为了躲避日寇而离开杭州，其他大部分时间他都居住在杭州，入住蒋庄之前皆住杭城陋巷。西湖在汉时曾称“明圣湖”，常居杭州西湖的马一浮时有具名为“圣湖居士”“圣湖野老”；“野老”亦是表达了不慕荣利、无意仕进的意愿。

1953年，浙江省文史研究馆成立，马一浮被聘为首任馆长。他几度请辞而不获准，直到答应不用到馆上班，而在家自由研究为主，方才应允。

马一浮先生生命中的最后十七年，有十六年在蒋庄度过。入住蒋庄，隐居林下，置身湖山，马一浮读书、刻经、论佛、唱和、写字、弹琴……直到1966年夏日，因红卫兵要来扫“四旧”，遂移居安吉路。“长夜愁无旦，花朝露未晞。”“栋桡方欲折，谁与问鸿蒙？”马一浮年谱传记记载：“这时眼不能看书，亦无书可看，来访者亦很少，只能终日瞑坐。毕生手稿及收藏之书画，被‘造反派’纵火焚烧，幸被赶来的浙江省图书馆工作人员以‘留作批判’为由，抢救部分，现存该馆。”（见《马一浮全集》第6册上卷第90页）

马一浮曾在1951年为修复后的灵隐寺大雄宝殿撰并书楹联：

古德此安禅，似岳镇西湖，看庭前树老，陌上花新，衲僧莫道闲机境；
林神常奉足，喜法流东土，任狮子嚬呻，象王蹴踏，游人只认好溪山。

楹联集中反映了马一浮在文学、佛学、书法上的极高造诣，署名“马浮”，至今仍悬挂在大殿正中，但款识亦于“文革”时被去掉。

1967年4月初，马一浮因胃出血入住浙江医院，入院前拟诗告别诸亲友：“乘化吾安适，虚空任所之。形神随聚散，视听总希夷。沤灭全归海，花开正满枝。临崖挥手罢，落日下崦嵫。”并写下自挽联：“大患有身，血气心知皆病本；真如不变，涅槃生死等空花。”6月2日，马一浮与世长辞，享年85岁。遗体火化后，于次年权葬于杭州余杭县五常乡黄泥坞。

涅槃生死，生死涅槃。今天的马一浮，得到了学界应有的重视。除了著名学者吴光先生主编的《马一浮全集》出版之外，还有大量有关马一浮的著作面世。吴光先生著有《马一浮卷》（中国近代思想家文库，中国人民大学出版社2015年4月第1版）；滕复著有《一代儒宗——马一浮传》（浙江文化名人传记丛书，杭州出版社2004年3月第1版）；马镜泉、赵士华著有《马一浮评传》（国学大师丛书，

1942年前后，马一浮在四川乐山“濠上草堂”书房，
照片系偷拍
马一浮篆书作品

百花洲文艺出版社2015年3月第1版）；我的好友、杭州师范大学陈星教授，是研究丰子恺与弘一大师的知名学者，他撰写了《隐士儒宗·马一浮》一书（山东画报出版社2001年9月第2版），从书中这些章节的关键词，可见这位中国现代国学大师和隐士之一生：神童、别妻、游学、清空、护生、高山、陋巷、负暄、麟凤、复性、圆融、弦歌、回归、泰斗、诗意、礼贤、禅心、金兰、乘化。陈星先生说，写这本小书写得极苦，因为马一浮先生实在是太深奥了！

“知音其难哉！”台湾龚鹏程先生深识马一浮先生，他曾著《章马合论》，对章太炎与马一浮作比较研究，认为两者论国学大相径庭：“章君如今归葬杭州西湖‘花港观鱼’之畔，恰与蒋庄马浮先生纪念馆衡宇相望，二氏平生宏阐国学，俱称宗师，而取径互异，适可并参。”并言：章太炎说心，“所强调的是断性、断烦恼，以证无生”，而马先生则“以心性为真为常，以心为六艺之原”，二者迥异，观者不可不察。（见中华文化研究集刊第七辑《马一浮研究》，上海古籍出版社，2008年7月第1版）

龚鹏程先生曾任台湾淡江大学文学院院长，是台湾南华大学、佛光大学这两所大学的创校校长，亦是北京大学中文系特聘教授。一袭青衫布衣、低调谦和的龚鹏程先生，这些年来致力于两岸教育和文化交流。名人故居活化，他在台湾做得很成功，早年他发现红楼剧场、林语堂故居、钱穆故居素书楼、草山行馆等等，都有着深厚的人文历史底蕴，却被长期闲置并缺乏管理。对这些“潜力股”的文化空间，他提出“公办民营”的模式来活化和运营，取得了很大的成功。

其中多个我曾去参访过，比如阳明山的草山行馆，留给我极好的印象；我在这里买了一个闲章，刻有“心画”二字，非常喜欢，爱不释手，所花新台币1000多元，折合人民币才200多元。草山行馆是蒋介石迁台后早期的居所，一度荒废并遭遇祝融之灾。活化之后，成为世外桃源的宁静之地，很受欢迎，许多游客来到这里，沉醉其中。

龚鹏程先生来大陆进行文化和教育的交流，他要把台湾的经验拿到大陆来，他“活化”四川都江堰文庙，“活化”杭州马一浮纪念馆，实现他让文化活起来、发展下去的初心。

2014年1月起，龚鹏程先生正式接手进行马一浮纪念馆“活化”工作。具体实务，他委托毛政伦先生来负责。来自台湾的毛政伦先生，长期致力于文化推广；他的祖籍是杭州临安，他说：“台湾是生我、养我、成就我之地，但我血液里流着的是无法分割的杭州血。杭州，从小就在我心里不断地呼唤我。也因此，心里一直有心愿想回杭州看看，看看老家的山水，看看老家的祖坟，看看老家未曾谋面的同宗亲人。”来到杭州，对名人故居的“活化”进行落地推展，他由此融入了杭州生活，并与杭州电视台结缘，多次受邀到《钱塘论坛》担任对话嘉宾。

通过自筹经费，活化马一浮纪念馆，修缮了西楼香严阁，重开了智林图书馆，恢复了明道讲堂和濠上雅集。“广书院于天下”，是马一浮的理想。1950年，他在蒋庄设立智林图书馆。为往圣继绝学的明道讲堂，原为马一浮先生规划的复性书院讲学模式之一，现为纯公益性质的讲座讲坛，不定期举行。濠上雅集，来自当年杭城文人名士的“西湖月会”——在20世纪40年代，由马一浮与浙派古琴大师徐元白、知名画家张大千等文人雅士共同创办。2015年5月，马一浮纪念馆举办了“古乐诗吟与古琴尺八雅集”活动，浙江、台湾两地多位古琴尺八名家齐聚湖畔，抚琴对弈。

名人故居可以安静，但不宜太清寂，而需要有人气。经过活化之后的马一浮纪念馆，在2015年入选为杭州“最具品质体验点”。马一浮向来深受台湾学者的尊重，如今通过杭州的马一浮纪念馆，一起受到两岸的共同尊重，这是再好不过的。

蒋庄有两棵巨大的广玉兰，临湖而长，挺拔葱郁。毛政伦先生说：“盛夏之时，满是木香，不输桂子。”

我们挥挥手告别毛政伦先生，静静走出马一浮故居蒋庄，走出“微波风漾一池鱼”的花港观鱼公园；这一路上行人熙熙攘攘，总是有一部分人自“主流”旁溢出来，进入那“揜水园”的月洞门。

不是去“买衣服”。

在杭州遇见青田石雕大师

良工不以璞示人，艺术圣境通鬼神。说鬼斧神工、巧夺天工、工匠精神，都关乎一个简单明了的“工”字，这本是工匠的工具曲尺，也更是一个意义深蕴的意象：人的顶天与立地。

中国工艺美术大师徐伟军，我的青田老乡。2018年初，“浙江省第七届中国工艺美术大师推荐人选评审结果”公示，公布了13人名单，徐伟军列在第一个。“中国工艺美术大师”，是该领域的最高称号。

徐伟军的艺术很不凡，但他的名字很普通——这是“青田特色”的名字，那个年代上一辈青田人喜欢用“伟军”给孩子“讨”名字；徐伟军15岁敲开青田石雕艺术的大门，19岁就成立以自己名字命名的石雕创作室，从“学徒工”到“工艺美术大师”，今年恰逢“四十不惑”；他的杰作辈出的石雕作品，以震撼人心的姿态，屹立于艺术的天地之间。

遇见徐伟军，是在杭州的阳春三月，是在春日载阳的西子湖畔，是在葛岭路上的杭州四大国石艺术馆。自西湖边的北山街上葛岭路，在通往抱朴道院的“山门”东侧，是一条向上向上再向上的道路，路口立着勒石的馆名。这里的西侧是著名的玛瑙寺旧址，内设连横纪念馆；这里的东侧，有静逸别墅，乃民国浙江省政府主席张静江的故居。葛岭路上，古韵悠悠；西湖诸堤，杨柳依依。湖山联袂，近如咫尺；闹中取静，风水宝地。在那向上向上再向上的道路顶端，就是新设立的杭州四大国石艺术馆，这原本是一个名为“葛岭山庄”的地方。这里春日花木掩映，夏日万木葱茏。那天因着诗人陈墨自青田老家来杭州，约我到杭州四大国石艺术馆，与同样从青田老家来杭州的徐伟军馆长见面。于是，在杭州，在美丽的西湖边，我遇见了青田石雕新一代的大师、青田石雕“少壮派”的代表人物、青田县石雕厂厂长兼艺术总监、帅哥徐伟军。

杭州四大国石艺术馆馆长徐伟军、青田石雕博物馆执行馆长陈墨、我这位在《杭州日报》评论部做首席评论员的青田老乡，就这样相会于天堂杭州。说来惭愧，我这个正宗青田人，自从十六岁出门远行去读大学，就成了一个“近乡情更怯”的“外地人”，对中国著名石雕之乡的“青田石雕”素无研究，更没有任何的青田石雕作品的收藏；家中除了书多还是书多，这书显然也不是“藏书”，是拿来用的。所以，以青田石雕为主的四大国石艺术馆设立在擅长吸纳的天堂杭州，让我开心爽心；而这里呈现的石雕大师的作品，则让我震撼震惊！

杭州四大国石艺术馆，由老字号企业青田县石雕厂集团、杭州四大国石有限公司联合发起组建，历时一年筹备，终于在2016年11月23日正式对外开放。这是展示国石文化的专业艺术平台，内设石雕厅、中心厅、印石厅等三个展厅。徐伟军告诉我，这“葛岭山庄”原本是中国皮革的“老大”卡森集团的高档会所，后来转型为平民茶馆。西湖景区私人化的高档会所，在中央“八项规定”之后得到整改转型，被少数人所享用的稀缺公共资源得以回归民众，这是一个巨大的进步；而今有的又转型升级为博物馆，如这个杭州四大国石艺术馆，则更是对西湖景区优质稀缺资源的提升利用。

这里是“湖山最胜处”，与西泠印社一衣带水。那天我抵达时，恰逢浙江美术馆馆长、国家一级美术师、著名艺术评论家斯舜威先生一行到来，徐伟军馆长于是做起了解说员，带领大家徜徉于石雕艺术的殿堂。

四大国石，分别为浙江青田石——“印石之祖”，福建寿山石——“印石之帝”，浙江昌化鸡血石——“印石之母”，内蒙古巴林石——“天赐之石”。四大国石各具特色，而青田石温润美丽、最适合走刀雕刻，恰是“石中君子”。艺术馆以徐伟军创作和收藏的石雕精品为主，同时设立了“西湖四大国石文化大讲坛”，致力于展示和传播独特而高雅、独具韵味且别样精彩的国石文化、石雕文化和印学文化。

这里有倪东方大师的《飞流》，当然，倪大师的代表作《花好月圆》——1992年“青田石雕邮票”一组四张之一，被青田石雕博物馆收藏。这里有张爱廷大师与馆长徐伟军合作的作品《神童庆寿》。这里有徐伟军和留会民合作的《万里江山图》。这里有徐伟军的《岩间溢云》《近水楼台》和龙蛋石作品《横空出世》。这里有姚光甫的《藏风得水》、周蒋文的《春满枝头》。这里不仅有这些大作，更有巨作，一如留大伟和徐伟军合作的《欢天喜地》。你想看徐伟军《天上宫阙》等三件在G20杭州峰会国宴上展示的作品，那么就到这里来。这里也有一组组青田石代表、“谁见灯光胜月光”的“灯光冻”印石，从中可见“细、结、温、润、凝、腻”这印石“六相”之完美……这里的石雕作品价值连城，多少个“亿”难以算清。在这里，定然是每一位参观欣赏者的惊叹、赞叹和咏叹。

曾任浙江大学党委书记的张浚生先生留下了墨宝：“赋石以生命，巧夺天工，叹为观止”。张先生对徐伟军说：“一个‘70后’的艺人，能华丽转身走出来，能将地域文化与都市文化加以‘文石融合’，那将是一个‘海纳江河’的大器之才。所谓形上谓道兮，形下谓器。你可以与名校跨界结合，可以与西泠文化结合，可以与西湖文化结合。”

美石如美玉，谦谦如君子。这是艺术的“金銮殿”，这是真正的“高大上”。杰出的艺术作品有穿透力，非常非常多的杰出的艺术作品聚集在一起，则有震撼力。

如果说烹饪是舌尖上的艺术，芭蕾舞是足尖上的艺术，那么青田石雕就是刀

杭州四大国石艺术馆镇馆之宝之一：在 G20 杭州峰会上展示的徐伟军作品《向上向善》

尖上的艺术。那是雕刻刀的刀尖，那是艺术延伸的触角。徐伟军这些青田石雕的大师们，是一群通过雕刻刀“向石头找灵魂”的人。在青田方言“图书岩”中，他们用雕刻的减法，塑造自然之命和艺术之命。这就是“青田石魂”。

徐伟军出生于1977年岁末的冬天，比生于1966年的我小11岁。他的家乡是青田县章旦乡，这里与县城鹤城镇山水相依，距离石雕之乡山口镇不远。1992年，那是邓公邓小平南行的年份；因着姑父在山口镇的青田石雕二厂传达室做门卫，初中未毕业的徐伟军，在这一年来到石雕厂拜师学艺；一位乡村少年，冥冥中仿佛听见石雕艺术“远山的呼唤”，由此与石雕结下不解之缘。那时候家中条件十分困难，学“石刻”、雕“图书岩”就是想学一门手艺，将来能够养家糊口。“那时候的辛苦，不像现在。”徐伟军说，“我们一个月三十斤米，早上最起码七点钟起床，做到十二点钟，吃了饭马上洗了碗，就又开始做了。我们当时一边是保姆，一边是学徒，这样一路走过来。”保姆是师傅的保姆，学徒也是师傅的学徒。基本功是必须专心致志勤学苦练的，一枚小鸡蛋一雕就是一年，一个金蟾蜍一学就是两年。夏天没电扇，汗水和石头灰搅在一起；冬天没热水，手上长冻疮，磨出一个个老茧。恩师是青田石雕大师刘银华，他将技艺倾囊相授。学技艺，须坚持，“现在想来觉得很庆幸，幸亏坚持了下来”。

从“讨生活”到“做艺术”，那是人与时光的渐进。“15岁出门远行”的徐伟军，到了19岁就开始自立门户，成立了“徐伟军石雕创作室”。第一年他就带了9个学徒，好卖的石雕让他赚到了10多万元，掘到了“第一桶金”。

在那么多石雕学徒中，谁的翅膀硬得快、飞得高，与一个人的天赋与勤奋密不可分。青田石雕人才辈出，但人才成长的基本规律是一样的，就是渐渐分出金字塔塔形，有的在塔底，有的处于塔中，有的站上了金字塔塔尖。徐伟军成了塔尖的领军人物。

锲而不舍，美石可镂。作为工艺美术大师，始终是要靠作品说话，靠作品立身的。徐伟军每天与石头不断对话，听从石头的变化。他动刀既小心，又大胆：该留留，留则如身上肉；该削削，削则似地下泥。“青田石雕与雕塑、绘画、陶瓷不一样，无法设置预先思考成熟的题材来雕刻创作，一切得由原材料来决定。”徐伟军说，“妙手偶得，便成为青田石雕的一种特点。但是，妙手偶得是从艺人长期对自然和生活的观察和感悟中来，是在等待中寻找天赐良缘。我的创作源泉就是来自自然生活。”创作源泉，来自生活；心中情思，融于刀锋；人生感悟，刻在石头。这，就是艺术创造的“最强大脑”。

石不雕不成器。石雕大师徐伟军，也是浙江省首席技师，是工艺美术类唯一入选者；圆雕镂雕浮雕样样精通，在雕刻过程中，既顺应自然，更创造自然、创造艺术。他精益求精的工匠精神，延续着青田石雕的黄金时代。

徐伟军的作品，或大气磅礴，或静水深流；若玲珑则透秀气，若写意亦见精巧；天赋灵气，匠心独运，既有传统的继承，又有现代的创新，寓思想性、哲理性和艺术性于一体——这样的审美作品，可谓人见人爱。赤橙黄绿青蓝紫，谁持彩练当空舞？艺术家的艺术神思。在这杭州四大国石艺术馆，看徐伟军的一些作品，则会想到齐白石和八大山人朱耷，那里头的简练可不简单，而是做到了“少而不贫，少而不单调，少而有味，少而有趣”，透过“少”的法度，给欣赏者一个无限的思想空间，那精美石头唱出的歌，余音绕梁三日而不绝。

这就是不以未经雕琢的“璞”来示人的良工。那一定是快乐愉悦的艺术创造，就像俗话说的，“金字塔不是痛苦的奴隶造的”，而只有快乐的工匠和艺人才能创造出这么美丽的金字塔。年轻的徐伟军，不仅是县里的劳动模范，还是省里的青春领袖；他爱石、敬石，他沉浸在快乐的创作中，才有源源不断的石雕作品问世。而这么美丽绝伦的青田石雕，绝然是无法造假的；成为石文化的代表作，成为收藏家的最爱，那是必须的。

那天我在亚马逊网站选购有关徐伟军和青田石雕的书籍，见徐伟军编著的《徐伟军石雕艺术馆》一书（“非遗”选粹丛书，浙江摄影出版社2014年10月第1版）的编辑推荐有云：“徐伟军就是一位全身心投入石雕事业的青田人……他以最饱满的激情创作了许多石雕名作经典，产生出不平凡的艺术感染力。”而作者简介则有详细的获奖介绍：

2003年名作《大地梦想》，就是极好地利用了石材的特色，在石材利用创新方面起到了引领作用，该作品获浙江省第二届工艺美术精品奖；《万子庆神州》《吉星高照》分别获2004年、2005年中国青田石雕精品评比金奖；《宝岛果》获2008年中国百花玉缘杯金奖；《清晨练习曲》获2009年中国浙江省工艺美术精品博览会金奖及精品奖；《回家真好》获2009年第五届中国四大国石展金奖；《一壶乾坤》获2010年第二届中国浙江工艺美术精品博览会特等奖；《阳光路上》获2011年第七届中国四大国石展金奖；《又是一个丰收年》获2011年“天工艺苑百花杯”金奖；《遨游四海》获2012年中国工艺美术博览会创新产品设计大赛金奖；《满城黄金》获2012年“非遗薪——浙江石雕精品展”金奖；《惟有牡丹真国色》获2012年中国（杭州）工艺美术精品博览会金奖；《竹报平安》在2013年第三届中国浙江工艺美术精品博览会上获得“明清居杯”特等奖；《满园春色》在2013年第五届中国国际旅游商品博览会上获特别荣誉奖；《清气满乾坤》《横空出世》被浙江省博物馆永久收藏；《龙腾盛世》被中南海紫光阁永久收藏……

在这之后，2014年作品《怒放的生命》荣获中国（杭州）工艺美术精品博览会金奖，2015年作品《君淡若兰》荣获第五届中国浙江工艺美术精品博览会金奖，等等。还有值得一提的是徐伟军的得意之作《只待春来时》，原型是一枚通体金黄的长形石蛋，如何构思创作，徐伟军先后想了四年；直到有一天，他突然灵感迸发，于是将这块“闲置”石头的外部雕刻成了编织袋，将里头通透纯净的冻石雕刻成了一株春日的嫩芽。编织袋如襁褓，嫩芽如婴儿，黄色象征阳光，生命就将茁壮成长……这件独具匠心的作品，在2014年获得了第四届中国浙江工艺美术精品博览会的特等奖。徐伟军显然对龙蛋石有偏爱，龙蛋石青田话俗称“岩卵”，紫色壳内多为浅黄色冻石，是青田石之珍品；在《徐伟军石雕艺术馆》一书中，不仅收录了《含春》《诞生》《神品》《笑开怀》《大地梦想》《印象黄山》《月下守护者》等龙蛋石作品，还专门附录了一篇《龙蛋石的传说》文章。而《龙腾盛世》《清晨练习曲》则是徐伟军的龙蛋石杰作。

你日日原地打转，他一日千里在艺术的大道上奔驰。这些日子，徐伟军在忙于创作《海纳江河》，这是为浙江大学120年校庆雕刻的作品，将来要放在浙大博物馆的。2017年5月21日是浙江大学建校120周年，百廿年浙大，迎来双甲子华诞。《海纳江河》名称来自著名国学大师马一浮作词的浙江大学校歌《大不自多》：“大不自多，海纳江河。惟学无际，际于天地。”惟学无际是对学子讲的，对于徐伟军来说是“惟艺无际”。

当然，石雕有时也是遗憾的艺术。站在一个玉兰花的巨型石雕面前，徐伟军略有遗憾地告诉我们：这件作品，因在官方的一个重要场合展示，有关方面提出花朵向下的玉兰花造型，都要去掉，要让每一朵花儿朝气蓬勃地向上开放。石雕都是因材施技，玉兰花也不是向日葵，“朵朵葵花向太阳”，即使是向日葵，在太阳下山的时候也会低下头向着大地沉思，干吗非得让花朵朵朵皆向上……好在徐伟军毕竟是大师级的能工巧匠，去掉那些向下的花朵，就当园艺师在整枝，整个大作依然浑然一体，外人根本看不出来其中经历了不一般的“修整”。问一共去掉多少朵玉兰花，徐伟军说二三十朵，我笑言：一朵少算算值三四万元，百万元被去掉了！真没想到石雕还有这样的“减法”，好在外人看去整个作品还是那么自

徐伟军经典石雕作品《只待春来时》，荣获2014年第四届中国浙江工艺美术精品博览会特等奖

然，那些“活着”的玉兰花，依然那么栩栩如生、生机勃勃。

一江春水向东流。青田人的母亲河瓯江，似一条蓝色飘带，挽起群山，推动人潮。山之仁、水之智，造就了青田的物华天宝、人杰地灵。外向开放、大方大气，让青田子民多聪颖灵光，少“生虱芋头”。徐伟军成为青田县石雕厂第四代掌门人之后，将青田县石雕厂成功转型升级为青田县石雕厂集团有限公司，带领一大班艺术人才砥砺前行。石雕集团集石雕设计、生产、销售为一体，是目前四大国石中唯一一家集团公司。徐伟军收有80多个徒弟，还经常去技校授课，培养后继人才。

刀耕笔种通石语，青田印石千秋誉。石雕作品，是青田特产，具浙江特色，融江南韵味，展大国风范，见世界大同。早在2006年，青田石雕就入选第一批国家级非物质文化遗产名录；有着“天下第一雕”美誉的青田石雕，早已成为侨乡青田的一张金名片。全县共有石雕企业1300余家，石雕从业人员3万余人，其中亚太手工艺大师一人，中国工艺美术大师五人，浙江省工艺美术大师26人，石雕作品远销海内外50多个国家和地区。作为县政协委员，徐伟军提案建议政府更加重视综合型石雕人才队伍的建设，打造一支集专业创作人才、理论研究人才、对外宣传人才的综合型石雕人才队伍，让青田石雕更好地走出青田，走向世界。

要走得快，就一个人走；要走得远，就一起走。徐伟军作为“领头雁”，他要带领群雁，飞得又高又远，飞得又快又好。

妙道自然，登峰而能造极。从三十而立到四十不惑，作为身怀绝技的石雕大师，徐伟军的石雕技艺臻于完美，艺术天赋发挥得淋漓尽致，而面向未来，则是艺无止境，不停前行进取的脚步。不再是“筚路蓝缕，以启山林”的时代，艺术追求更需要“韧的战斗”。

在杭州四大国石艺术馆，徐伟军告诉我，他与我这个徐迅雷是青田同一徐族，

杭州四大国石艺术馆藏品实景

徐迅雷摄

他查过族谱了。哎呀，原来是一家人，我这才知道，更是骄傲得不得了。老家本家是大家，祝贺徐伟军，祝贺我的这位同辈的本家兄弟！

徐伟军把生命融进了石雕，石雕更是融进了他的生命。

三十而立的刘翀

翀者，向上直飞也。

杭二中毕业生刘翀火了！三十岁的他，被美国著名期刊《科学新闻》评为2017年度“美国十大杰出青年科学家”之一。这个奖项每年评选一次，是对美国青年科学才俊的高度褒扬。

刘翀比去年获得该殊荣的在美华人科学家张良方教授年轻，张良方去年三十六岁，他解决的是纳米粒子靶向给药的难题。美国当然很牛，多少英才被吸引吸纳吸住。咱们予以“预科”培养，张良方是在清华念的本科，清华大学报道张良方这个消息的时候，为自己培养过他而深感骄傲。

与张良方相同，“三十而立”的刘翀，也是解决了一个极具挑战性的世界级难题——将细菌与金属或其他无机材料结合起来，复制光合作用的能量生成化学反应，即“人工光合作用”，这在没有广泛的能源基础设施的地方特别有用。

刘翀这位浙江学子，年纪轻轻却颇有传奇色彩。他出生在江山市，小学初中都在江山老家就读，高中进入杭二中创新班。当时该校的理科创新班，面向全省只招30人，他以第三名成绩入选。刘翀酷爱化学，一路获奖无数。高中毕业，他放弃上清华大学的机会，保送进入复旦大学激励班，之后以化学系排名第一的成绩，被评为复旦大学2008年度优秀毕业生。毕业后他申请国外名校，收到了哈佛、斯坦福、普林斯顿、伯克利等9所美国一流大学的录取通知书，而且全都是承诺给予全额奖学金。最后他选择了全美化学专业排名第一的伯克利大学。

有天赋、有兴趣，并且不断获得鼓励，从而持续培养兴趣，这对于一个学子的成才至关重要。在杭二中，刘翀受到张永久老师的鼓励，他对化学越发有兴趣，当时就被老师认定为“一个很有科学家潜质的学生”。

2002年夏天，大科学家霍金莅临杭州，刘翀作为10名杭州中学生代表之一，参加座谈会，并与霍金共进晚餐。霍金是“渐冻人”，表达艰难，但他鼓励这些孩子：“你们都很棒！”霍金还给每人签发一张奖学金证书，到英国任何一所学校就读，都可获得全额奖学金。那次会见，让刘翀坚定了搞科学的信心与决心。霍金来杭，轰动天堂，《都市快报》当年的重磅报道，我是直接指挥者，那时把目光都倾注于霍金本人，对他会见的青年学子几无关注，现在来看，这显然是个很大缺陷。

名歌《你鼓舞了我》唱得好：“你鼓舞了我，所以我能站在群山之巅；你鼓舞了我，让我能跨过狂风暴雨的大海；你鼓舞了我，让我能超越自己……”

养成好品格、好习惯，是一个人成长的可靠保障。刘翀长于独立思考，养成了喜买书、爱钻研、不粗心、肯吃苦的好习惯。孩提时代，有一次看电视，说杭州动物园的熊猫进入老年了，他马上去翻百科全书，查阅熊猫的平均寿命多少、最长寿命几何。在杭二中读高中时，有一次他在市区图书馆看书，也许看得太投入了，一时忘了时间，当他急匆匆赶到公交车站时，才发现末班车也开走了，怎么办？他立即毫不犹豫地作出走路返校的“傻”决定，20多里路，走了三个小时，到校时天已漆黑，翻墙进校园。他不是身上没带足够的打车钱，而是有意识地让自己去体验吃苦。

刘翀的成长之路，对于今天的“焦虑父母”来说，特别具有教益。看看当下的“焦爸虑妈”们，从幼儿园甚至胎教时期就开始担心孩子“输在起跑线上”了。

可是刘翀上小学一年级时，啥都不会，10以内加减法、拼音都没有在学前教过，完全“零起点”！当时一个聪明的老师说，这孩子糟糕了，怎么都不会呀？是的，按照大家的说法，刘翀是典型的“输在起跑线上”了，可是，如今的刘翀，在哈佛大学完成博士后工作之后，已经是加州大学洛杉矶分校的化学助理教授了，马上就要建设属于自己的实验室；他在三十岁上，跑过人生马拉松，跑上了金字塔塔尖！

“不要一路流连着采集鲜花保存起来，向前走吧，沿着你前进的路，鲜花将会不断地开放！”我把这一名句送给刘翀，以及所有取得成就的青年才俊！

脊　梁

宣平溪是美丽的，她不仅流过你的家乡，更流过你的心田。东西岩是美丽的，她不仅矗立在你的身旁，更矗立在你的心上。

1994年8月中旬的一天，晨光熹微中的你拎起那只黑色的小背包，走出半山自然村那座泥木结构的房子，挺挺脊梁呼吸一口清新的空气，步行五里走到黄弄小学；然后你坐上三轮车到达老竹镇；接着挤上农用中巴来到丽水市；之后是跨上空调大客车到达省城杭州；最后登上火车向北京飞驶而去。

你荣获了“全国十佳民办教师”的光荣称号。这次由中国教育学会、光明日报社和健风集团公司主办的“全国十佳民办教师”评选，对于全国230万民办教师来说是第一次。你作为浙江省唯一的入围者在这次评选中当选。

你的小传是那么简单：陈岳明，男，1942年生，52岁，丽水市丽新畲族乡人，1963年高中毕业，1964年任民办教师，“文革”开始而停教，1972年重执教鞭，任小学、初中语文、自然、物理等课教师，现任丽新畲族乡黄弄小学校长。

你从北京捧回了金光闪闪的奖杯还有3000元奖金。你静静地回到家乡，一如你静静地去。海拔1234米高的马鞍山遥遥地率群山欢迎你，碧水清澈风光旖旎的宣平溪静静地欢迎你，闻名遐迩的风景名胜东西岩静静地欢迎你，欢迎你这个热爱大山的大山的儿子载誉归来。

与山的峻拔相比，你个子太小身板太薄。然而你这样一介文弱书生的纤纤之躯里爱太深情感太丰富。

少年时期的艰苦求学深深地刻在你的脑海。小学毕业到武义宣平读初中高中，50里山路走一趟磨破一双草鞋。不知磨破了多少双，你说。毕业后，你以15元的工资到下圩村小学开始担任民办教师的角色。面对生活着众多畲族同胞贫困而落后的家乡，你下定决心不让孩子们失学，更不能让乡村学校因缺少教师而办不下去。后来因“文革”开始学生没了教师没了学校停了，你十分揪心悻悻而归操起农具。在至今23年的教书生涯中，你任教的班级入学率和巩固率均达100%，回首起来你心欣然。你艰苦没有白费。1989年，班里一对名叫何丽洪、何文斌的姐弟被迫停学了。母亲的去世，家庭的世界塌掉了一半。你急，急之余更从自己微薄的工资里挤出了160元钱供姐弟俩念完小学并送他们上了初中，拆了自己的东墙补了学生的西墙，很长一段时间你戒掉了老酒而把东墙补了回来。学生们总是这样沉浸在你的关爱之中，一次次。僻远的麻田村的一对姐妹辍学了，你攀援30里山路急急而去，没想到起雾刮风下大雨，最后浑身湿透。看着你气喘吁吁听着你苦口婆心，家长不能不为你的精诚而感动。两姐妹现在都初中毕业成了裁缝师傅了，你欣慰地笑着说。

在春天和秋天的阳光微笑着抚摸这里的山山水水时，你总是兴高采烈地带着你的兴高采烈的学生走进大自然。到美丽的宣平溪畔踏青野炊，到美丽的东西岩游览观察写作，都是很开心的。你描述着你的教师之乐，就描述出一个畲乡孩子王的形象，那么鲜明地呈现在我眼前。阳光下，山水间，你们诗意的行走让我回忆少年。

说起你的学生，你一个个如数家珍。钟荣生、蓝友春、雷金发，这些畲家的孩子现在都长大了，都成了“单位”里的人了；熊庚木不是畲家孩子，小时候很顽皮，爱打仗，现在到一个乡里当了党委书记，很重视教育，筹资几十万建成了教学楼；前几天有个学生考上中专了，拎了两瓶“四特”来，他小学时在班里成绩原本很差，四五十分——你说这几年来学生有四五十个考上大中专了，但你自己一儿两女三个孩子都没有“读出头”，两个高中毕业一个初中毕业。太忙了，没什么时间顾他们读书。你很平淡地这样说时，你轻轻的声音透彻我的肺腑。

你对孩子们的热爱是那么的真挚，你对家长和教师的爱也是那么的深刻。

你说七八年前，畲乡开始渐渐脱贫，手头有了钱出现了赌博的恶习，家长赌一些学生竟然也卷进去赌，近墨而黑。你做过几多工作，动过一番脑筋。最后你想出开办“家长学校”这一招，你亲自走上课台给家长们讲“思想”与“专业”，两个轮子就这么转动起来。你开办了一年多时间的“家长学校”备受欢迎，也使你力陈赌博之弊规劝戒赌为孩子前途着想的肺腑之言取得良好效果，赌风自然渐息。你不仅医治家长们的思想之病，还真真实实给缺医少药的村民们看身体之病。你说不少人风痛坐骨神经痛等等被你治好了。有时也会给学生看看病，你说好在农村“滚”大的孩子身体都比较健康。

你许多方面都年年进步，然而当了十八年校长的你，却依然是个“老民办”——老资格的民办教师，没什么“长进”。1986年，学校分来一个“民转公”的名额，然而你让了，让给了你的一位老同学。当然有人说你“傻”，但你反而“傻乎乎”地振振有词：“我是校长，我不能利用职权抢利益。”你深知作为一校之长，该如何当好表率，该如何调动教师的积极性。采访之际，你轻描淡写一句“得之淡然，失之泰然”，让我更深入地看到你心灵深处的品格。之后，每每民转公评先进什么的你都让。你贤惠的妻子也忍不住给你吹起了“耳边风”：“转了公办就会加钱，就是福利，不能再让了。”你却笑笑说：“我不喜欢争，一争就费心，就不安宁，现在多安宁！”工资渐渐涨了，一次领工资最初那位转为公办的教师发现自己工资有300多元，而校长才200挂零，不免唏嘘感叹，你却笑了：“我会有这一天的!”不知是宽慰人家还是相信自己。你朗朗的笑声，飞向了校园上空那万里无云的蓝天。

说起教师，你一言一语总关情。你想起在北京授奖大会上，拿出60万人民币资助这次评选活动的健风集团柴云健总裁的一番肺腑之言。他说他就是在民办教师的培养之下走出童年的求学之路的，他说他的父母都是教师，他说他这辈子最不能忘怀的就是教师，他说得热泪盈眶，你听得心潮澎湃。你想起已去世的老同学陈翠梅，想起她1985年得了肝癌晕倒在讲台，想起她热爱的上塘畈民族小学，想起她被追认为省级优秀教师，你说你写过关于她的一篇散文许多人看了都落泪，说着说着，你的眼圈又红了起来。

正是你们这许许多多痴心不改的朴素的教师，构成了中国农村教育的脊梁。你们被学生爱着，也被同事爱着；你们被亲人爱着，也被朋友们爱着；你们被社会爱着，更被自己爱着!

是这种深爱的情感，使你在1991年秋天走向僻远的黄岭上小学。这次请你出山，是要你彻底改变有史以来本乡教学质量最差学校的局面。开学第三天，你这样一个文弱书生，在这个村有史以来最大规模的村民大会上，面对百十位村民立下军令状:“拿不出成绩我决不出村!”连你在内，两男两女共四位教师，你与另一位男教师挤在不足5平方米的泥木结构的宿舍里。在极艰苦的条件下，你既当校长又当教师还兼班主任，上语文教自然，课余还要给差生补课，一头扎进去就忘了朝夕。那儿离家有15里路，至今连自行车也不会骑的你为了缩短路程改抄近道，那是荆棘丛生将近荒芜的鸡肠小道，一个星期回家一趟，每星期一上午5点钟就出发，跋涉一个多小时到达学校时，宁静的村庄尚未苏醒。衣鞋每次必被灌木与杂草的露水湿透，到校都得更换一次；时有蛇兽出没，突然吓人一跳。在黄岭上工作两年的确太劳累，你的身体原本瘦弱，在校的生活又更加简单清贫，体力常感不支，于是你更多地喝一些补脑汁。常常上课时也头昏眼花冒金星，那就喝上一口继续讲课——补脑汁价格便宜，是你唯一的补药，从1976年开始喝起陆陆续续喝到现在，你说不知喝过多少瓶了，但上课时要喝补脑汁是在黄岭上开始的。那一年你教的毕业班20个学生有16个考上了初中，总评成绩从全乡倒数第一变成顺数第二，这是破天荒头一次。你工作了两年离开了黄岭上，你依然牵挂着那两间泥房打通而成的又矮又窄的教室。当年是细心的你发现教室的抬梁几近断裂而避免破房压顶的悲剧的。你说乡村学校的办学条件真是太差了。

在多少有点忸怩的情况下，你开门让我走进你学校里现在住的这间宿舍。10多平方米的校长宿舍让我唏嘘不已。陈旧而凌乱。没什么家具，唯有1974年做的一桌一凳最新最好。陈旧的草席铺在不像床的床上。一床棉絮盖一张报纸挂在空中。旁边挂着那只去过北京的黑色小背包。天花板根本无“板”而只有一张又大又旧又破的篾席抵挡瓦片下的酷热与灰尘。米缸，风炉，火盆，那是烧饭或取暖的用具。六七只陈旧的蛇皮袋歪七扭八地鼓囊在地板上，你说那是多年积下来的教学资料，用不着了也舍不得丢于是就放着。床边有一堆也是舍不得丢的破鞋子。炉边有几块茶子饼，我问可以烧吗，你说在风炉里没法烧，这是学生勤工俭学采茶子榨油后留下来的。你说学校还有了三亩茶园每年有两三百元收入，你说茶园是劳动教育的好场地。说着我惊喜地发现脸盆架下放着的那只很破脸盆里有水，水中有三只很大的河蚌，活着。你说这是你从溪中抓来的，养了一年多了，很好养换换水就行，教自然课时给学生们看看。说着你顺手从旁边的水缸里舀出一牙杯水倒了进去。你说你还冒险抓过一条蕲蛇，就是五步蛇，制成了标本给学生看。环顾四壁时我知道了什么叫家徒四壁。然而床后的墙壁上贴着一张《中小学教师职业道德规范》，两旁是有些陈旧的“春蚕到死丝方尽”的联句，字迹别别扭扭，你微笑着说是自己书写的。一侧是门窗，开得太小，大晴天漏进的阳光也不多。毛主席塑封像挂在窗台的明亮处。窗台上有一叠字典词典，旁边放着一只圆镜，——那镜框里夹着的可是破碎后剩下不足一半的半块玻璃片。当我注意它时，你左手端起镜子照了照几近谢顶而稀疏的头发，不好意思地笑笑说“反正不太照镜子的”，随后你右手拿起一把小小的一次性塑料梳子，略带兴奋地对我说“这把梳子是从北京宾馆带回来的”，梳了梳头发。

陈老师！当我踩着嘎嘎作响的木楼板走出你的宿舍的时候，当我看到校园墙壁上用标准的仿宋字书写的“忠诚党的教育事业”等大字的时候，当我站在台阶前凝视冬青树绝不飘零褪色的绿叶苍翠欲滴的时候，当我看到办公室的桌上堆满待发的书簿的时候，当我询问你刚刚买来的新电筒价格的时候，当我知道你的学生曾参加全国万校小学生作文大赛获奖而你的学校同时获得优胜单位奖的时候，当我读到你曾发表在《浙江教育报》上的文章《浅议当代教师的素质》的底稿的时候，当我问你什么时候最快乐你回答学生成绩上去时快乐得“多喝几杯酒”的时候……我心激荡。

跟随着你，我们走向半山自然村你的家。十多户人家的泥木房子立在半山腰，村前是1957年建成的水库，村的左边不远处就是美丽的风景区东西岩。绿化树掩映着黄色的泥房，构成你家乡一方美丽自在的风景。由于建造水库，你村庄的良田全部被淹，赖以生存的田地“吊”到山上，本不富裕的村民致富越发困难。

你家门前至今未败的美人蕉举着火炬欢迎我们；你七十四岁高龄的母亲和你几回回称赞过的贤惠的妻子欢迎我们；你的儿子从自家的橘园里采来几捧青橘欢迎我们。你让我看到一个成功的男人背后不仅仅只有女人。你说你的妻子小时候是童养媳，你说家父1972年去世时家境极困难。而你重执教鞭时月薪才18元，妻子每天挣的工分值0.18元。许多民办教师业余都帮家里干农活，你妻子也要你到自留地动动手。但你学校那头“太投入”家里这头“太付出”，于是弄得西瓜不如甜瓜大，甜瓜地里则杂草丛生东寻西找才找到几个拳头大的玩意。村民见了就笑说：“教书先生，甜瓜先生，甜瓜种成苦瓜了！”你自我解嘲道：“苦瓜好啊，苦瓜清凉解毒。”甜瓜变苦瓜的事虽已过去多年，但现在竟也不见“情况好转”。在我特意要求下，你带着我走向菜园，走入你家种植的植物们中间，果然看不到那种茁壮与茂盛。你把你家那个烧灰用的灰寮指给我看，我看到的是寮上破败的茅草漏洞百出。

清贫。洁白。它塑造了你的家庭，也塑造了你的形象。“家有三斗粮，却做孩子王”，这是一种不同的境界。然而我从你居家中看到你对生活的热爱：庭前摆着三盆兰花，室中挂着一箫一笛和两把京胡。你取下京胡调试几下之后拉起了一段曲子，我听到了一种如歌的行板。你说你曾经是乡村过年过节时组织的演出队的“后台”，会拉婺剧，于是你拉出一段西皮。你还很高兴地说当年计划生育宣传演出，你独奏二胡拉遍全镇60多个村庄。你还说备课改作业劳累了，拉一拉二胡可以放松自己。你不仅会拉二胡，还会编写小剧本，《一束南瓜秧》等多个剧本参加过市地调演还得过创作奖。真没想到你这么多才多艺。有时候，你还去上上音乐课，不过风琴弹得没这么顺，你说。

站在村前，秀山丽水装满眼底。这是你爱的所在。家乡永远装在像你一样的民办教师们的心中。8月21日你在北京领奖的座谈会上，带过一句“二十三年风风雨雨尝尽教坛生涯的酸甜苦辣”之后，就饱含深情地谈起家乡的丽山秀水。何止在座谈会上呢，当你登上天安门城楼，当你走进人民大会堂，当你辗转于故宫的回廊过道，当你攀登上长城八达岭遥望群山的莽莽苍苍，当你领过奖杯紧紧捧胸前，当你睡上席梦思安然入寝，当你参加盛宴觥筹交错中举起酒杯的时候，你心里一直一直挂念着的，是家乡。

授奖时田纪云副委员长问你是哪里人，你清脆地回答“浙江丽水”，田副委员长说，他也到过丽水。

丽水，梦萦魂牵的家乡！当健风集团柴云健总裁请你再等三天坐飞机回家的时候，你说就坐火车吧，可以早点到家。归心似箭的你由此失去了第一次或许也是最后一次坐飞机的机会，依然是坐火车到杭城，坐大客车回丽水，坐中巴到老竹镇，坐三轮车到黄弄小学，最后步行回家到半山。

民办教师陈岳明，你无愧于雷洁琼副委员长题下的称号——

农村教育的脊梁！

倾山之恋

傅亚芹老师，我对您和您的上垟小学的向往已经整整三年了。您深深地藏进浙西南绵绵起伏的大山，让我的目光几回回跑动在地图册上，从丽水很远地走到遂昌，从遂昌很远地走到王村口，最后在没有线路的地方想象着山路一节节地升上去，到达这个名叫上垟的村落。

在三年后的五月八日，这个阳光灿烂的星期一中午，在王村口镇，这个曾经风云激荡的老区小镇，在朋友接通的电话里，传来您清晰而明丽的声音。您说您是傅亚芹，您说欢迎我们的到来。我迫切地说，傅老师，我们向往上垟小学！

真没想到您那儿也安上了电话，全村唯一的一部。更没想到我们攀登五里山路未到一半，您就站在那棵大树的庇荫下等候着我们，抢走了我们的行李。翻过一个山坳，欢迎的鼓乐之声随风而来。这是三年来一直让我梦回萦牵令我无限神往的声音。上垟小学鼓乐队总是在校门外石阶上列队奏乐欢迎每一位远方来客。鼓乐声中，青山、蓝天、阳光，都变得那么纯净而清澈。

我以澎湃的心情，走进山坡上您的洁净得一尘不染的校园，在一日一夜的居留中，一次次被您的孩子们举手行队礼问候，让我这位刚刚做了记者的年轻人彻底浸润在文明的意韵里，甚至有点不知所措。

这是您二十多年来爱心构筑的家园。两幢楼房一个操场一道围墙，一面五星红旗在高高的旗杆上迎着山风飘扬。您的二十多年，在我的心目中切分成三个段落：70年代初您随丈夫邱嵘老师从金华来到上垟，外面“地覆天翻”，您和丈夫潜心教育这山里的孩子；70年代末到90年代初，您和您的上垟小学和着改革的节拍一步步走向成熟；从“东方风来满眼春”到现在的三年，您奏响了辉煌的第三乐章。您是一个真正的“乡村女教师”，从您身上清晰地折射出时代的光与影，而这三年里神州大地的巨变更使您意气风发。您成了党的十四大代表，成了浙江省杰出教师，成了全国先进工作者……今年您和全国劳模一起，“五一”在北京人民大会堂接受隆重的表彰，您的奖章的编号很有趣，恰好是1234号，让我听到您在风琴上弹出的优美音符，让我听到您带领学生们晨跑喊出的激越呼号，更让我听到您和您的上垟小学进步的足音。

几年来，您几次婉言谢绝调您入城。你爱这山里的学生、学校、同事，爱您的丈夫、家庭，爱上垟这个小小的村庄、村庄里的父老乡亲。您带领孩子们劈山整地，在11亩土地上种出1万多元收入全都投入学校，盖教学楼，让全部学生免费入学。跟随着您和孩子们的步履走进梅林橘园，看青梅缀满枝头，闻橘子花洋溢了芳香，蜜蜂嗡嗡嘤嘤地飞越在蓊蓊郁郁之上。您和另三个老师再加上刚刚退休的您的丈夫邱嵘老师，五个人总是同桌吃饭，组成一个特别的家庭，温馨而融洽。这天小毛老师鼻子肿痛，您拿着药棉给他处理，您的关切是一种母爱般的关切。您把关心与爱护从校园伸延到整个村庄。吃饭时一位村民来找您，您放下筷子倾听他的诉说，得知一位村民因病去世了，您就拎了东西去看望孤儿寡母，劝慰中您的眼泪扑簌簌滚落下来……

有了您这位“主心骨”，贫困的老区、粟裕将军率领他的红军挺进师战斗过的上垟村，一步步走近外面的精彩世界。上垟小学装上了电话，安上了卫星电视地面接收器，高压电线从山下拉到了山上。这三年的巨变让学生们和村民们惊喜不已。记得一个故事说山村的教师背学生过河而成“人桥”得到很大的荣誉，调走后新来的老师筹款建了“石桥”而一直默默无闻。您可是宁要石桥不要人桥，经过努力向省里争取了48万元，兴建通往上垟的盘山公路。

呵，傅老师，傅老师，和您走在开了头的盘山公路上，在您指点群山之际，涌上我心头的词只有一个：倾山之恋。

启蒙老师

我曾是教师，所以我桃李满天下；我曾是学生，所以我老师满天下。

从读小学到读中学到读大学到工作，从偏僻农村到县城再到现在的杭州，处处有老师。现在我在杭城一家媒体任编辑，人到中年的我，有着中年和青年的“双重的肩膀”，有着老师和学生的“双重的身份”。年轻的记者习惯喊我为“老师”，我喊我们的总编也是习惯地喊“老师”。因为一声“老师”是最亲切的。所以，我现在依然是“老师满天下”。

在诸多的老师中，最难忘的是启蒙老师，因为他或她是人生的引路人。在写作方面，我受惠于从小学到中学到大学到现在的许多老师，然而最难忘的是启蒙老师——他是现在已经退休的徐怡君老师。

我生于60年代，写作兴趣的培养始于70年代，这个年代是我读小学和初中的年代，那时在老家青田县小令乡，非常偏僻的一个乡村。现在这个“乡”已经不存在了，因为撤销了乡级建制并入了仁庄镇，成了镇里的一个村。那时徐怡君老师是仁庄中学的语文老师，我的也是乡村教师的父亲认识他，父亲说，徐怡君老师语文教得好，远近闻名；徐老师的作文尤其教得好，远近更闻名；徐老师不仅作文教得好，而且他的文章写得更是好，文章写得好，闻名就更远了。父亲希望我能跟徐老师学习写作。

我在小令乡中心学校读书，而徐老师在十里路外的仁庄中学教语文，山路遥遥，怎么学？父亲想了一个办法，让我每星期写好若干篇作文，然后托人带到仁庄中学交给徐老师，请徐老师批阅，徐老师批阅后再让人带回来，这样不就可以知道自己作文的长处和短处、提高写作的水平了吗？

于是，我就这样开始跟徐怡君老师学习写作了。这是最正宗的“函授学习”。徐老师批阅作文，极为细致认真，每一个标点符号使用是否妥当都批阅出来；在评语里，将文章的优缺点进行条分缕析，还提醒不该怎么写，建议应该怎么写。记得一次我写了一首“七律”——那时我刚刚读初中，哪知道什么格律啊，只是每句七字，凑成八句而已。徐老师在他的“批复”里，首先肯定里面有写得好的句子，然后告诉我格律诗是有严格的音韵平仄规定的，还用横线和竖线代表平声和仄声，细致地标注了一首七律的格律，那时我才明白，原来格律诗是这么回事。

几年的“函授”学习，我始终没有与徐老师见过面。

但我的语文水平特别是写作水平提高很快。而且我还开始偷偷地向外投稿了。徐老师知道后，他在“函授信件”中告诫我：写作不是一日之功，不要急于求成！

在老家小令读完初二，父亲想办法将我转到县城去读初三。我成了青田县鹤城中学第一届初三毕业班中的一员。那时是凭什么转学插班到鹤城中学的？一是凭我在读初二时参加全县的语文竞赛进入前十名的成绩，二是凭一本作文本。人生命运从此改变。与文字打交道最终成了我的职业。现在我业余的主要精力用在时评杂文的写作上，在全国主流报刊发表了大量时评杂文，影响颇大；《杂文报》在全国遴选了25位杂文名家，我也荣幸入选了。

启蒙影响一生。

父亲来杭州，带给我徐怡君老师新出的一本书——作品集《红粉飘零》。所收的13部中篇通俗小说是从他发表过的作品中精选出来的。贫者因书而富，富者因书而贵，何况这是徐老师自己写的书呢。在书的封底，印着徐老师的简介：

徐怡君，男，1934年8月出生，1953年开始从事教育工作，1993年10月退休。1985年被评为浙江省优秀教师，1989年教师节被教育部授予全国优秀教师荣誉称号。从小爱好写作，至今发表作品计有小说、散文、诗歌共60万余字。系浙江省民间文艺家协会会员，青田县民间文艺家协会原副主席。

（徐老师八秩高龄之时，我曾专程到他家里拜见老师；在本书出版前不久，徐怡君老师告别了人世；谨以这篇老文章纪念徐老师！）

蒋筑英·蒋志豪

阳春三月。山城丽水。花动已是满山春色。

剧院，上演的电影是《蒋筑英》。我与蒋筑英的妹妹同在一个剧院观看这部电影。我流泪了，身边许许多多的观众被电影感动得潸然泪下……

蒋筑英的妹妹也泪眼蒙眬。对于绝大多数丽水人来说，不知道蒋筑英有个妹妹在丽水，在我们身边。

她叫蒋志豪。

寻找默默无闻的蒋志豪

我很偶然地听到电影公司经理说："听说蒋筑英有个妹妹在丽水，因为蒋筑英是杭州人。"她介绍说十二年前，蒋筑英逝世时听说过有这么回事，他妹妹好像在"五金厂"，但不知叫什么名字。

寻找！挂电话至"丽水五金修配厂"，没有，又拨"丽水五金电镀厂"，没有，但接电话的女同志告诉说曾经有一部分职工转到丽水棉织厂。又打棉织厂，没有，依然"没人听说有这么回事"。

一位"老丽水"告诉我，丽水工具厂原来叫"丽水五金厂"。于是我骑车直扑丽水工具厂。门卫告诉我：有！她就是蒋医师！

“你就是蒋筑英的妹妹？”“是的。”我的手与蒋筑英的妹妹的手紧紧握在一起！

丽水工具厂医务室，这是一个小小的整洁的一个人的世界。在这里，蒋医生告诉我她的名字“同志的志，自豪的豪”。与长兄筑英相反，哥哥的名字像是女性名字，妹妹的名字像是男的。现在她已52岁。1962年，当哥哥蒋筑英从北京大学物理系毕业考取长春光机所著名光学家王大珩的研究生时，她从杭州卫生学校毕业，分配到缙云盘溪章源卫生所。在那个偏僻的山村，她像一个赤脚医生一样扛起那只画有红十字的药箱，为这远离老家杭州的山区的父老乡亲看病问诊。从蒋志豪的脸上，依然能够清晰地看到那山风铸就的质朴。直到1977年，志豪才从章源调到丽水工具厂，在医务室这个平凡而又不平凡的岗位上一干就是十七年。

“蒋医师是个埋头干活的人，十几年如一日勤勤恳恳默默无闻地工作，与同事的关系都很好。如果不是1982年她去成都参加哥哥的追悼会，我们都不知道她是蒋筑英的妹妹。”工具厂党委书记张绍文向我介绍说，“现在，除了我们厂，社会上很少有人知道她就是蒋筑英的妹妹。”

是的，蒋志豪是默默无闻的，而这种默默无闻让我看到一种深蕴的力量；蒋志豪是平平凡凡的，正是这种平平凡凡让我肃然起敬！

来就诊与报销医药费的工人们进进出出。从蒋志豪与工人们的音容笑貌中让人看到了一种那么朴素的亲切与融洽。

当她告诉我她丈夫的名字时，我惊诧了！她丈夫是丽水地区经委高级工程师、丽水市政协副主席、九三学社丽水市委员会主委许强思！是我的一位早就认识熟悉的“君子之交淡如水”的朋友！

而熟悉许强思的人中，又有多少人知道他的妻子就是蒋筑英的妹妹呢？

这就是默默的力量。我惊诧于这种力量。而此时此刻，蒋志豪告诉我：“在报纸宣传大哥的事迹之前，大哥的事迹当时我们也一点都不晓得！”

药箱·手表·兄妹情深

蒋筑英是一位优秀的光学家，是中国最大的光学基地——中国科学院长春光机所的副研究员。1982年6月15日，在他出差成都时发病不幸去世，终年43周岁。他去世的第二天，另一位47岁的优秀知识分子——罗健夫也患病去世。蒋筑英、罗健夫的英年早逝，一时间在全国引起了巨大的震动。胡乔木以饱蘸激情的笔墨写下了那篇著名的《痛惜之余的愿望》。

蒋筑英出生在一个困苦的家庭。父亲蒋树敏被错判为反革命于1952年入狱，直到1981年才得以平反；母亲一直体弱多病，以糊火柴盒维持生计，养育了六个儿女，1967年因病去世。童年少年的蒋筑英没有领略到玫瑰色的光芒。而作为兄长的他，小小年纪便成了家里的顶梁柱……一位中学教师被蒋筑英事迹感动后，在写给蒋筑英妻子的一封信中写道：“筑英同志，对事业——是一位才华横溢的科学家；对人民——是一位值得钦佩学习的楷模；对尊长——是一位孝顺朴实的好儿子；对同志——是一位表达心声的良友；对你——是一位亲密相爱的伴侣；对孩子——是一位既严格又慈祥的父亲。”

那么，对弟弟妹妹呢？他是一位关爱备至的好长兄，关心着每个弟弟妹妹。蒋志豪的思绪飞回到1968年。大哥回杭州时与志豪会面了。筑英问志豪怎么一肩高一肩低，妹妹说是扛药箱扛的。大哥以深情的目光凝视着这个远离杭州而在浙南山区缙云乡下的妹妹，嘴里喃喃；药箱，药箱……药箱是妹妹的事业所在生计所在，但这药箱使妹妹的肩膀变得一边高一边低了，这药箱把妹妹独自一个人拴在了那遥远的小山村，甜酸苦辣，有无限滋味涌上大哥的心头……

后来，在一次获得100元稿费时，筑英用这笔钱给远方的妹妹买了一只上海牌手表。蒋志豪在缙云乡下收到这只手表时，久久凝视着它。而此时的大哥自己也还没有手表，只有一块父亲给他的怀表。

志豪拿出这块一直珍藏着的手表，因年久手表已走时不准了，表带也与表身分离。睹物思人，悠悠此情。

蒋志豪告诉我，由于大哥1956年就离家去北京读大学，一直来很少回杭州，更没有到过丽水，所以会面的机会甚少，在妹妹这里没有留下更多的遗物。但我从她珍藏的资料中，看到了妹妹怀念兄长的深情。资料中有：蒋筑英事迹报告会录音带四盒，长达三个半小时；追悼会录音带一盒和追悼会挽联集一本；众多报道蒋筑英事迹的报纸，特别值得一提的是1982年10月10日《光明日报》的长篇报道《为中华崛起而献身的光辉榜样》和父亲蒋树敏写的长篇文章《我的儿子蒋筑英》；有父亲在长子去世后写给著名光学家王大珩的那封充满情感又充满理性的信件的复写底稿；有长达两页的胡乔木写给志豪兄妹劝导节哀的亲笔复信；有中共四川省委报给中央的关于救治蒋筑英经过的调查报告；还有许许多多令人回忆的照片……

蒋志豪翻出其中珍贵的一张——1974年蒋筑英回杭州拍下的“全家福”。她还告诉我，1983年春节，蒋筑英的妻子路长琴来到了丽水，留下了与志豪的合影。志豪说，嫂子是很好的嫂子，她是朝鲜族人。

“哥哥是很憨的”

在回忆哥哥时，志豪几次说到“我大哥是很憨的”。

我说，是啊，蒋筑英是好人，很“憨”的好人，真正的很好。

计算机房的冷冻机坏了，他带人去修；情报室的油印机坏了，他也给修好；有位同事孩子需要奶粉，他托人从外地捎来亲自送去；有一次他出差南方，有位同事托他带敌敌畏，他也不怕麻烦给带了回来；他原住的房子，十户人家共用一个厕所，厕所堵塞了，他去掏；就在他出差到成都的头天晚上，吃完晚饭后还自带铁丝到一位同事家帮助疏通下水道……“被帮助的那位女同事，就是做大哥事迹报告的那位。”志豪告诉说。

单位分给他住房，他让给了更困难的同事；两次没有提级，而把机会让给了别人；协作单位给他酬金。他全部交给研究室；两次出国，一次到西德一次到英国，都省吃俭用，为所里买回许多科研器材；而为了省钱，在第二次出国时带去一包四川榨菜和许多家乡粉丝。

而他从国外给自己带什么回来呢？在西德，他到旧货商店花了折合50元人民币的马克，买了一台旧的黑白电视机。他是想到过买彩电，但他说：“如果不是所里派出国，买部黑白电视机也不容易，有这个也就够意思了。”

蒋筑英在这些方面够“憨”的，但读书学习却挺聪明的。说到大哥的勤奋好学，志豪神采飞扬：“大哥读书是真好的！他埋头读书时，喊他是喊不应的。”志豪比画着手势，要用手去推他才行！“我大哥懂五门外语，精通德语、英语，能会话；日语、法语、俄语会阅读翻译，他经常为别人义务翻译资料。”若说蒋筑英有“索取”，那就是汲取知识；而他奉献的，却是他的爱、智慧乃至生命。

蒋筑英在科学上的奉献是巨大的。在他二十二岁时，就和同伴合作，经过

700多个日日夜夜的努力，在1965年建立了我国第一台光学传递函数测量装置，令外国专家惊叹不已。此后，他又在光学传递函数研究方面取得了一个又一个重要成果，并在颜色光学领域里取得了突出成就。

如果，你在家里是用国产彩电收看电视，那么，你是不应该忘记蒋筑英的。要知道，我国早期彩色电视机的彩色复原技术没过关，致使荧屏上人面呈现猪肝色、红旗变成紫红色。是蒋筑英经过一番艰辛的努力，编写出《彩色电视摄像机校色矩阵最优化程序》，提出了解决彩色复原质量问题的新方案，最后攻克了这一技术难关，使失真的色彩得以复原，回归那赤橙黄绿青蓝紫七彩的绚烂。

要尊重知识，尊重人才。“没有知识，人的素质怎么提得高。”蒋志豪对我说，她父母讲过的一句话，她永远记牢：只要你用功读书，不管多少困难，你读到哪里都支持你！

电影《蒋筑英》

我去观看电影《蒋筑英》时，特别注意到在剧院门口有人在退票。我上前问一些退票的中年人：“干吗要退票?”答：“单位集体买的票，要看的人不多，有十几张多余的叫我负责给退了，你要买便宜一半给你，一块钱一张。”

检票进场后，两位妇女携着一个小孩在休息厅徘徊，问剧院工作人员：“这个电影讲什么的？好看吗？”工作人员回答说：“讲一个科学家的故事，好看的，值得一看。”我忍不住插嘴说：“蒋筑英是谁都不知道？这可是一部催人泪下的电影啊！”妇女回答说：“我不知道蒋筑英是谁。我现在连笑也来不及，还哭?”

我哭笑不得。电影开场，观众开始出现“两极分化”：一部分人陆续退场，而另一部分人却深深地被吸引住，他们沉浸在一个优秀科学家平凡而又感人的事迹中，最后忍不住地潸然泪下……

《蒋筑英》由长春电影制片厂摄制，巍子和奚美娟主演。早在这部影片发行的时候，就曾见到过这样的报道：看片时发行公司的经理都大受感动，而订片时却举步不前……

这是一个值得思考的问题。我们现在的社会，不仅仅是需要那令人神往的金钱与财富。人们需要有良好的鞋帽衣饰的“外包装”，更需要德才学识的“内包装”；人们需要有物质的钞票，但更需要有精神的金子。我们需要他人的帮助，但正是雷锋、焦裕禄、蒋筑英、罗健夫这样的人们给我们提供了最光辉最典范的帮助与服务。不管他们离我们有多远，我们是不能也不该以冷淡乃至冷漠来表现我们的无知无识的。

胡乔木在《痛惜之余的愿望》中深切地说：人啊，共产党员啊，你没有权利对周围的人和事冷漠敷衍。

是啊，否则，最终被冷落的是谁？是我们自己！

在谈到电影《蒋筑英》时，蒋志豪是很冷静的，她说：“电影拍得不是很动人，还是事迹报告会的录音讲得生动、丰富、动人。你瞧电影没啥人看的。不过遗憾的是，电影还没拍完我的父亲就去世了，没有能够看到这部电影。”

然而蒋筑英的妻子看到了，儿子女儿看到了，弟弟妹妹看到了，千千万万的人看到了！

而且那么多人边看边流眼泪。我告诉志豪我两次潸然泪下：一是看到路长琴把带到成都原想给丈夫理个发的白布，无限悲痛地撕碎包在儿子头上，一是看到成千上万的人们在追悼蒋筑英时，点燃那繁星般灿烂的红烛……

伴着红烛的场面，电影又一次响起柴可夫斯基的《降b小调第一钢琴协奏曲》，那是热情的春天般的声音!

红烛啊! / 这样红的烛! / 诗人啊! / 吐出你的心来比比, / 可是一般颜色? / 红烛啊! / 你流一滴泪, 灰一分心。/ 灰心流泪你的果, / 创造光明你的因……

这是电影里蒋筑英吟诵过的诗人闻一多的名诗《红烛》。蒋筑英是一支红烛,蒋筑英的父母亲也是一支红烛,蒋筑英的妹妹蒋志豪——这位平平凡凡的曾经的乡村女医师、现在的山城女厂医,也是一支普普通通的红烛。

又是春天了。伴随着这春天般的旋律,我想说一句:人们啊,你可以不知道平凡的蒋志豪,但不应该不知道不平凡的蒋筑英;你可以不知道平凡的蒋筑英,但你不可以不知道那照亮你的眼睛你的心灵的不平凡的红烛!

你生命中那时光

山。到处是山。

你谈起哥哥时神采飞扬，谈到自己时沉默寡言；你现在谈起山，又是满怀深情了。你原本远离大山，你生在杭城，那里的山水，是山色空蒙水光潋滟的美丽山水。在你20岁的豆蔻年华，你从杭州卫生学校毕业分配到了浙南山区，一头钻进了缙云的“十万大山”，把你从1962年到1977年的十五年生命中最宝贵的青春时光奉献给了大山的子民，让自己成了一个真正的大山的女儿。山真高，路真陡，白天要经常跋山涉水出诊去，夜晚也要经常涉水爬山去接生。你说，那时身体好，爬起山来有劲，不觉得吃力。你卷上过膝长裙的下摆，小腿肚上是一串串曲张的静脉。这是爬山留下的纪念，你说。我也来自山的褶皱，我见过父辈们黝黑的腿上曲张的静脉，却从未见过一位女性纤纤之腿上有这样夸张的弯曲成葡萄般成团成串的静脉。它那么难看，又那么美丽。

然而你的腿总是那么遒劲有力。你的双腿踩在夜间的山路上，匆匆步履沙沙作响。有月时月光照明，无月时手电照明，甚至还有农民的竹篾烧出一路光明。你说那时的山村连电灯也没有。你背着药箱跟在一队农民身后，护送一位难产的产妇从公社赶到区里，又从区里赶到县城，50里路你就这么跟着走，身边有你，农民伯伯心里总会踏实许多。那次产妇的命保住了，但孩子不行了。你沉沉地说，那时的乡村医院条件实在太差，从公社赶到区里，区里的卫生所也不行才往县里赶。你说这样赶过的次数也不止一次了。

你换过了几个地方的卫生院，你说乡亲们跟你的关系都很好，找你来看病唤你去接生的人很多。你待过的地方年纪大点的人都会认得你，你这样说的时候很开心很自豪。然而你不是没有受过委屈，在你为群众放环结扎时就遇到过一回。你刚刚走出简陋的手术室，就有老妇扑向你，不问皂白青红将你满脸抓伤。你只有默默承受，你没有责怪当时那些情感朴素而思想多少有些简单保守的乡亲。

你最铭心刻骨的，是自己身为助产士，却没有能够保住自己怀上的第一个孩子。那时你经常背着药箱挺着大肚子跋涉在五里十里的山路上，你总觉得自己年轻力壮，总觉得肚子里时时躁动的孩子顽强有力。在你怀孕七个月的时候，你站在手术台前为别人结扎。没想到渐渐体力不支终于晕倒了。最后竟没有能够保住自己的孩子。七个月的孩子永远留在了心中，留在了苍翠大山不灭的记忆上，留在了你生命中那段时光里。他还是一个男孩呢，你轻轻地说。

现在，你十八岁的独生女儿已茁壮成长。她考上了电力中专，回到了你的老家杭州。二十岁，又要与母亲一样从杭城毕业，回到这秀山丽水，然而生命中轮回的当然不再是母亲的过去。

呵，志豪，筑英的妹妹，我和你一样怀念你生命中那时光……

我已从蓝天飞过

这些日子，我常常惊诧于默默的力量。自从做了特约编辑、记者，更多地接触了一些人和事，一些思绪就常常在我脑际纷纷扬扬。

阳春三月，我采访了两个人，一位很陌生一位很熟悉，都留下了抹不去的印象。

电影《蒋筑英》在丽水山城放映时，偶然听到电影公司经理说，蒋筑英有个妹妹在丽水，因为蒋筑英是杭州人，但不知道他妹妹叫什么名字具体在哪里工作。经过多方打听几番寻访，终于找到了在丽水工具厂默默无闻地工作了十七年的蒋筑英的妹妹蒋志豪。现在已经年过半百的蒋志豪三十二年前的1962年，青春少年的她从杭州卫生学校毕业分配到缙云盘溪章源卫生所，在那个偏僻的小山村，为山区的父老乡亲看病问诊，一干就是十五年，直到1977年才调到丽水。在丽水工具厂医务室这“一个人的世界”里，年轻的我看着蒋志豪脸上被山风铸就的质朴，深深地感动了。当她告诉我，她丈夫就是九三学社丽水市委员会主委、高级工程师许强思时，我更是惊诧不已：许工可是我熟而又熟的人啊！而熟悉他的人中又有几个知道他的妻子就是蒋筑英的妹妹呢？他的妻子告诉我：“在报纸宣传大哥蒋筑英的事迹前，大哥的事迹我们也是一点都不晓得！”

这就是默默中深蕴的力量！这种力量中所蕴含的精神品格让我肃然起敬！

另外，我采访的是一位高校的音乐教师，年近花甲的丽水师专音乐副教授王刚强。对王老师我真是太熟悉了，我在这所坐落在山旮旯里的高校学习了三年毕业后留校工作了六年，记得王老师教我们音乐课时的兢兢业业，记得他开办业余音乐班的勤勤恳恳，记得他指导每次文艺演出的认认真真。印象还很深刻的是山区的办学条件差，那音乐室是由食堂改成后来又改为小吃部，王老师是那简简陋陋的屋檐下普普通通的王老师。后来知道他培养过的女儿从上海音乐学院毕业后留校任教成了青年古筝演奏家，多次出国访问，多次出版了古筝演奏个人专辑磁带；后来又知道他曾是南京艺术学院的高才生，1961年毕业留校任教，后调回家乡成了一位默默无闻的山区教师。

1988年王老师申报副教授职称，我送审他的论文来到南京艺术学院，审阅论文的那位副教授对我说："如果王刚强老师当时一直在我院任教，他老早就是副教授了。"于是我想，这或许就是默默奉献者的代价！4月初，在浙江省首届业余古筝比赛中，丽水有五位小朋友获奖，他们全都是王老师的学生。前去采访时，我忐忐忑忑地问王老师是不是"音协"的会员，我才知道我这么熟悉的王老师早在1981年就加入了浙江省音乐家协会，而在1991年加入了中国音乐家协会。

默默地耕耘，默默地种植，在悄悄中从青丝走向白发，人生因此而无怨无悔。于是想起泰戈尔的诗句：

"天空虽然没有留下痕迹，但我已从蓝天飞过。"

平凡蕴育的伟大

2009年4月30日，我曾经工作过的《青年时报》刊发了一则报道，标题是《不整容，不怕异样目光，刘玲英16年笑对“毁容”生活》，说的是“1995年第三届浙江十大杰出青年”刘玲英和她当下的生活：

1963年出生的刘玲英，曾任云和县云和镇信用社局村分社会计，现任丽水市农行工会办公室副主任。1993年12月22日11时，改变了会计刘玲英的一生。当时，云和县云和镇信用社局村分社，只有刘玲英一人在记账。一名歹徒手持尖刀闯入信用社柜台内，逼她交出金库保险箱钥匙。宁死不屈的她勇斗歹徒，即使被刺中三十一刀，脸庞血肉模糊，右眼球被剜出挂在眼眶上，却始终没交出金库钥匙。整整缝合了103针！英勇的刘玲英，昏迷了六天六夜，终于战胜死神。生活还要继续，满身刀疤的刘玲英出院后不得不面对异样目光。“刚开始，害怕别人打量我。有一次，我戴着墨镜在西湖边走，一群人围过来不停问我，是不是跟人打架了？怎么满脸伤疤?”刘玲英起初有点害怕，不敢出门，但慢慢地，她选择正视它，一如既往地生活。十六年过去，时间化为良药，抹去了她身体上大部分疤痕……

于是我想到了当年我借调到《处州晚报》工作时，为报社写下的一个短评《平凡蕴育的伟大》，主要内容如下：

一曲震撼人心的正气歌从浙西南山区升起，飞向大江南北。刘玲英，一个普通的名字，一位在云和县局村信用分社工作了十四年的平凡青年女工，以她被歹徒连刺了31刀的血肉之躯，捍卫了巾帼的名誉，捍卫了青春的荣光，捍卫了正义的尊严。

刘玲英的精神是崇高的敬业精神。这种敬业精神表现在她面对歹徒的尖刀宁死不交出深藏在贴身内衣口袋里的金库钥匙，表现在她被刺了三十一刀身负重伤后苏醒时说的“我要回去上班，账还没有轧好”这句普通言语，表现在她蜜月坚持工作不请假，表现在一年做完1万多笔会计业务收付600多万元现金而没有一分差错……敬业精神，多么崇高的字眼！敬业的内涵是对国家以及对自己人生的高度负责。“有的事你不愿做，但你必须做，这就是责任的全部意义。”刘玲英当然不愿意看到自己被刺得遍体鳞伤以致右眼失明，但为了捍卫国家的财产她义无反顾地以自己的血肉之躯换来国家财产的安全和正义的尊严。人是需要一点精神的。正是这种在生死关头经历考验的崇高的敬业精神，让我们看到大写的人字的伟岸和美丽！

刘玲英的伟大是平凡蕴育的伟大，刘玲英是平凡的，普通的个头普通的容颜，刘玲英的工作也是平凡的，在山区农村的一个小小信用分社默默无闻地从事内勤工作。甚至她的思想也是朴素的，朴素得没有一句豪言壮语。然而正是这种平凡更让我们看到了不平凡，看到了平凡中的伟大。这种平凡蕴育的伟大一如雷锋、周丽平、徐洪刚；这种平凡蕴育的伟大，犹如大厦的砖瓦、铺路的石子、向前无限延伸的铁路的枕木；这种平凡蕴育的伟大一如刘玲英身边那些大山哺育的人民群众，是他们或驾车护送，或献血救治，使倒在血泊中的刘玲英转危为安。正是这许许多多刘玲英式的平凡民众构成我们伟大的中华民族、正是这许许多多刘玲英式的不平凡的民众弘扬了我们中华民族见义勇为的传统美德。刘玲英，是民族的筋骨与脊梁中的一分子。对生活在平凡中的我们来说，如何在关键时刻使我们平凡的生命升华为不平凡的光辉，以不辱这个正处于伟大变革的时代，是值得深思的。

刘玲英是青年的楷模。青年时代是人生的黄金时代，青年时代一肩担负着过去，一肩担负着未来。刘玲英以她年轻的生命珍藏了一代青年的坚定信念。我们庆幸刘玲英没有死在歹徒的尖刀下，没有让她的青春永远只有三十一岁；同时，我们愤恨手持尖刀的歹徒也是一个青年，一个青年男子！“生命只有两种生存方式，或腐烂，或燃烧。”这让每个人，特别是处在人生观、金钱观、生死观形成时期的青年人三省。

刘玲英，你给予我，给予我们的思索远不止这些。我们在向你学习，因为我们和我们的时代需要你！

耕读有缘耕读缘

春天仿佛是刹那间就侵入这座城市的。

阳春三月的阳光打在脸上，温暖便从心底弥漫开来。一脚踏入春天的余杭，我就踏入了浓郁的文化氛围，踩着了偾张的文化脉搏。余杭青少年宫的春天，因一个“耕读缘”而灿烂。

耕读缘文化传播中心。书吧、网吧、茶吧。大元读书台……这是青年们的文化阵地，这是孩子们的精神家园，这是笔名为“大元”的作家袁明华倾心倾力构建的金字塔，这更是我这个爱书之人全心全意神往的聚宝盆。

穿过读书台林立的书丛，大元领我进入“边城”。这是以沈从文先生的不朽名篇命名的小书吧。读书台每个书吧门楣上方悬挂的古色古香的匾额，都是与大元心心相印的书名：从边城到太阳下的风景，从棋王到热爱生命，从在细雨中呼喊到冈底斯的诱惑，从南方有嘉木到老人与海……雅致的小桌上，玲珑小巧剔透晶莹的台湾水晶壶煮了台湾高山红梗乌龙茶，一苗锅底酒精灯的蓝焰温柔地升腾。吧中置有书架，架上立着沈从文的许多作品。翠翠翠翠，爷爷爷爷……来自边城的遥远的声音便在我耳边响起。坐下品茶，大元与我，在一种宁静的氛围里促膝而谈，这是新世纪开始不久的2001年的春天。

【文化人 文化事】

余杭地处浙江北部，从东、北、西三面成环形拱卫杭州，是一座有着深厚文化积淀的城市。余杭早在公元前222年——秦王政二十五年就设县。在2001年的春天余杭撤市设区，融入了大杭州的版图。打开余杭的政府网站，我读到这样一段概述的文字：余杭历史悠久，山清水秀，人文荟萃，古迹众多。有被联合国列为世界文化遗产预备清单的良渚文化遗址；有江南五山十刹之首、日本佛教临济宗祖庭和茶道源头的径山寺；有“十里梅花香雪海”的江南赏梅胜地超山；有乾隆六下江南必游之地、千年古镇塘栖；有运河南端、杨乃武与小白菜冤案发生地余杭镇；有古代科学家沈括墓、茶圣陆羽泉、国学大师章太炎故居；还有东明山森林公园、元代摩崖石刻、双溪竹海漂流；等等。

在致力于建设文化大省的今天，一位从余杭一个叫李家桥的村落里走出来的文化人，在他的不惑之年做了一个文化梦。大元说：“耕读缘曾数次出现在我的梦境中，完全是一个虚幻的去处，美丽如世外桃源般妙不可言，而登临之，又如云步仙境。飘飘忽忽，仿佛游历了一个漫长的世纪，感觉中那儿是一个明式的格局。从一个不太宽大的门道进去，豁然一间大厅，大厅的四周又是间间小屋，每间小屋都有屋檐，屋檐下均有一块古色古香的匾，匾两边挂着同样古色古香的纸灯笼，灯光映着纸灯笼上雅致的文人字画，一片温馨。等你觉悟过来时，只觉着那儿全是书，各种各样的书，你的嗅觉中充满了书香味，而等你坐下来时，你又觉着那儿是个茶庄，是个喝茶的好去处，是很多人都梦想抵达的地方……”

其实所有的事业之梦都来源于现实。大元是余杭作家协会的执行主席，他毕业于杭州师范学院中文系，1984年开始从事小说评论和散文创作，近年来钟情于小说，1998年10月作家出版社出版了他的小说集《南方的孤独》。大元时常感念余杭文化底蕴对他的涵育熏陶，从事文化事业的念头早早地深入了他的骨子底里。2000年上半年，他到全国各地考察文化产业，在重庆市新华书店，他见到了“三吧”，书吧、茶吧和网吧，那里人气之旺让他惊异。在南京凤凰台饭店，他明白了什么叫文化的含金量和文化的渗透力：不仅众多出版社“进入”，那里的标准客房里都设有书架。他还来到香港澳门，在澳门华光书局，他看到了书局的董事长、他的朋友杨鹏翔从事文化产业的巨大成功……梦想于是飞速抵达彼岸。他从零起步，很快拿出了实施计划。他的构想得到了撤市设区前的共青团余杭市委的大力支持，决定由青少年宫与他合作，组建“余杭市青少年宫耕读缘文化传播中心”，由大元袁明华出任中心主任。中心的办公地点和活动场地就放在体育场路36号——市青少年宫。

【大支持 大投入】

在冬天悄悄贮藏，在春天蓬勃开放。

大元心目中，2001年1月11日是一个有阳光的好日子。在青少年们的心目中，从那个有阳光的好日子开始，体育场路36号成了他们更加神往的地方。

一元复始，万象更新。新世纪的元月11日，余杭市青少年宫耕读缘文化传播中心正式开张。回想起那个有阳光的好日子，大元的眼睛笑眯成一条缝。他说，省委宣传部的著名作家章轲来了，团省委宣传部的徐旭来了，还有余杭市的领导唐维生、李小花、阮文静、钱杭根来了，教委、广电局、文化局的领导来了，“娘家”的团市委领导当然都来了，他们的关爱、呵护一如面对自己的孩子。叶文玲来了，傅通先来了，孙银标来了，洪治纲来了，浙江日报、钱江晚报、都市快报的陈骥、吴蒂、孙昌建也来了，他们都是文化界、新闻界的知名人士，他们来共同祝贺一个娘胎里就带着书卷味、文化味和现代意识的小生命的诞生。之后短短的几天里，教委、团委牵头召集了临平镇九所中小学的校长，来耕读缘研讨新千年素质教育大计。余杭市实验小学、临平镇三中分别召集教师们到耕读缘来举办迎春茶话会，余杭市文联在此召开了四届四次全委会……不为别的，就为这儿有那么一种氛围，有那么一种追求，有那么一份对美好的向往。后来团省委领导来了，后来团中央宣传部的领导也来了，他们遥远地来到余杭，来看看这个有文化、上档次的青少年活动场地，同时也带来了他们的巨大的支持与鼓励……

文化建设是需要投入的。这里有大元读书台，这里有电子阅览室，这里有33名职工，这里有总计600平方米的面积；铺底的图书逾万册，电脑41台，空调16台……为了这个“耕读缘”，大元投入了100多万人民币，其中仅装修就花了28万。大元数出他的“家珍”，我明白了什么叫“倾囊而出”。好在大元这几年另外还投资两家企业，名牌饮水机司迈特就是他和同人们的得意之作。近年收成尚可，把抓经济建设挣来的钱都“扔”进文化建设里，正是“两手抓，两手都要硬”。

更大的是时间与精力的投入。大元身体壮实，精力充沛，喜欢繁忙。“先生似乎一生下来就注定是一个忙人，这种忙，别人是永远无法想象的。”出任耕读缘文化传播中心总经理的高颖这样说。在省报当过记者的她也是一个文化人，大元的小说集就是她经手整理出来的。她曾这样生动而形象地描述：有朋友劝慰我说，他忙是因为他能干，能者多劳嘛。先生的能力的确很强，他做任何事都有一股韧劲，不管有多难，不管有多烦，只要上司吩咐了下来，只要亲戚朋友托了他的，他都会认认真真一丝不苟地去办，而且一定办好。久而久之，朋友越来越多，帮忙也越来越多，他更忙了，忙得不可开交时，他烦，我也烦。有时候甚至自己的事一拖再拖，当我埋怨他时，他便说，被老婆骂几句不要紧，不要被朋友骂就好了。说实在话，女人，特别是像我这样对生活充满了幻想的女人，需要的也就只是生活能过得浪漫一些，温馨一些，老公在身边的日子能多一些。但更多的时候，我还是扮演着贤妻良母的角色，因为我太了解他了，他是一个永远也不会拒绝帮助别人的人，我说得再多，也是白搭。有一次，他对我说，要是能像孙悟空那样就好了，拔三根毫毛变三个自己，就不用那么忙了。我嘲笑他："三个哪里够，得九个，一个上班，一个写小说，一个做生意，一个帮朋友办事，一个陪老婆孩子，一个出门旅游，一个帮七大姑八大姨九大叔处理家政，一个给这个朋友那个朋友的孩子们辅导作文，还得有一个搓搓麻将。"他哈哈大笑一声：下辈子一定投胎做孙悟空。

"耕读缘"可不是孙悟空变戏法变出来的，而是一个热爱青少年文化事业的血性汉子在一班同样热爱青少年文化事业的领导和同人们的支持下倾力建成的。

【好读书 读好书】

倡导多读书，引导读好书。一个"读"字构成了"耕读缘"的精魂。

大元读书台是"耕读缘"的核心，设在青少年宫大楼三楼。书台、书架和书吧的装修是明式的，儒雅典雅，古香古色。书台中心是著名作家余华题写的"大元读书台"五个字。两侧的联语系散文作家傅通先题撰："贫者有书而富，富者有书而贵。"在读台上，有一册签名留言册。缓缓打开，我读到了许多关于读书的睿智妙语。"书，天下第一情人；茶，人生最佳伴侣。"这是浙江省作协主席、著名女作家叶文玲的题词。"笔耕不辍，苦读万卷。"这是余杭市委副书记唐维生的题赠。

高颖说："大元骨子里天生就注定是一个文人的血脉，是一个真正的爱书迷书之人。"他见到了绝妙好书，犹如老鼠见着了上等好米，你尽可以想象那高兴得吱吱乱叫的样子。他最喜欢的有沈从文的《边城》，有海明威的《老人与海》，还有阿城的《棋王》、杰克·伦敦的《热爱生命》、黄永玉的《太阳下的风景》、余华的《在细雨中呼喊》、马原的《冈底斯的诱惑》，等等。于是他就把一间间包厢式的小书屋，全部用这些不朽作品的书名来命名了；古色的外观，现代的内涵，这既是一种创意的体现，更是一种深爱的展示。大元说："那些匾其实已明白地昭示了我的潜意识，我想把自己喜欢的东西推之于人。我一生起起落落，始终与书结有不解之缘，我希望朋友们尤其是广大青少年学生，都能与书结下不解之缘，我想所有来耕读缘的人都有一种美好的缘分。"

"耕读缘"实行的是读书俱乐部会员制，现在已经有1000多位青少年朋友入会，目标是发展到2万。会员虽然要交100元的会费，但获得的回报可不止百元。大元又一次数起了"家珍"：

一是会员买书一律予以8折优惠，并优先购买作家签名本。这里的书都是从正门正道来的，8折是一个不薄的折扣。他今年跑了人民文学出版社、作家出版社、上海文艺出版社等等好多家出版社，联系进书。二是会员免费在大元读书台阅览各类图书，免费到即将开张的图书外借室借阅图书。三是茶水费享受7折优惠。四是赠阅内部资料、读书指导性月刊《耕读》和购书指导性季刊《大元好书推荐》。五是优先参加各类文化活动，包括著名人士学术报告会、写作培训班等。已经邀请著名作家王旭烽、汪逸芳前来开过讲座，盛况空前；还准备邀请作家贾平凹、余华、马原、叶文玲等等大腕名嘴前来讲课……

翻翻被誉为"准读书杂志"的《耕读》和《大元好书推荐》，名家的名字扑面而来。他们撰文，或谈创作，或荐好书，言近旨远，有理有情。看看所荐所售的一些书，就知道其中的品位：沈从文的《中国古代服饰研究》，林贤治的《自制的海图》、刘亮程的《一个人的村庄》……群星灿烂，遍地风流。

共青团余杭市委在新世纪读书计划中提出：以青少年宫“耕读缘文化传播中心”为主阵地，构建读书活动阵地网络。更为可贵的是，共青团浙江省委已经将“耕读缘”列为“读书基地”。这里是一屋子的精神火焰，照亮每一个读书人的心灵。

【孩子们 朋友们】

好书知时节，润物细无声。在大元读书台，我读到了一本特殊的“书评集”，这是手写的书评小札，一页页插在小相册中，别有番韵味。

大元说：“孩子是生下来了，于已于人都有好处，于已是了却了一桩心愿，于人则托寄了一份希望。耕读缘开张之后，正遇寒假，青少年朋友颜面红扑扑地从寒风中来到耕读缘看书，带来的是一种春的气息，我想他们是从中得到了启悟的。余杭二中高一有位叫朱晓玮的女同学，几乎天天来此看书作笔记，那份执着，直叫人浑身肃然起敬，感觉着一份春天里特有的美丽。”

耕读缘的定位主要是面向中小学的学生。大元对学生们怀有深深的爱意，因为他自己毕业于师范学院，当过中学老师。高颖说：“他做生意战绩平平，但他做老师威风凛凛，那是谁都不可否认的。许多年以后，在街上在电话里，更多的人还叫他老师。我最遗憾的是他不再是一位老师。”

大元其实在做学生第二课堂的编外老师。他要把他的许多活动延伸到学校。他说本月底就有一次大型活动是面向学生的，那就是举办“新概念作文大赛报告会”，邀请大赛主办单位《萌芽》杂志主编赵长天、编辑主任傅星，作家出版社副编审、韩寒《三重门》的责任编辑袁敏及大赛得主韩寒、刘嘉俊、陈佳勇来参加，来引导启发学生。之后还要举办“准备十八岁”大型读书竞赛活动，主打的三本书已经拟定:《准备18岁》《毛毛》和《第四节是物理课》。

说完他的近期计划，大元转身拿来今年的一期《中华散文》给我看，上面刊发了读书俱乐部两位学生的两篇散文，瞧他那兴高采烈的样子，比自己发表一部小说还开心。高颖说：“大元自己最遗憾的是，不能空下来做一回真正意义上的作家。早些年他写评论，写散文，也写过诗，出过集子，还得过一大堆奖。现在他最想做的事就是写小说，但生活似乎总要跟他开玩笑，不管他怎么往这方面努力，他还是忙得不能在案头静下心来。说出来恐怕别人又是难以想象，一篇几万字的小说，他只需花三四个后半夜就能完工，而且一气呵成，绝无二稿。但就是这样一个速度，案头也高高地堆着他很多个构思，他的作品还是少得可怜。他肩上的责任、背负的包裹，实在是太多太多了。而写小说，没有一个好的生活环境是不行的。所以现在我最大的一个愿望是，先生能有一个静得下心来的生活环境。”

大元其实把自己很多的精力倾注到对孩子们的培养中了。大元认为，一个讲座、一篇文章、一次鼓励，对我们已经很平常，但对孩子们说不定就会改变他的一生。他说，当年他自己学习写作的时候，一样是步履艰难。为了鼓励同学们写作，大元读书台每周评出三位读书之星，张榜公布。

我读到一位名叫胡天宏的同学写的“得星作品”，其中写道：耕读缘是现代都市和现代生活的“边城”，她诱惑着我，给予我精神和灵魂的慰藉、安宁。这是我梦想中所期望的、现实中最完美的读书、求知、圆梦的理想场所。这里没有震耳的乐声，没有嘈杂的歌声，没有冲天的酒气和弥漫的烟味，没有小姐的媚态和淫秽的言语，一切都那么纯净和安宁。甜美的笑容，柔柔的细语，轻盈的脚步，悠扬的乐音，飘浮的清香，耕读缘的温馨仿佛令我置身于天国，流连忘返……有缘耕读，我爱耕读，耕读缘将影响着我，改变着我。愿所有有缘耕读缘的朋友收获一份美好。愿耕读缘书香更浓，真善美的人性光辉恒久不变地在此弥撒、传播。

耕读缘最多的是“小朋友”，也有不少的“大朋友”。“耕读缘”三个字是贾平凹的大手笔。我问大元，贾平凹的字是比较名贵难求的，他怎么赐予你的？大元笑了，说，“我和平凹是老朋友了。”余华为了题写“大元读书台”五个字，还特意上街去买了一支软笔，因为他不是书法家，毛笔不太捏得住，所以要用软笔，倒有特色。从高颖的话中，我们知道大元一定是朋友遍天下的。因此，“当所有美好的梦想凝聚到一个实体时，有那么多人在关爱她，在呵护她，在期盼她的成长，期盼花朵能结果，小树能参天”。有一个小插曲：看到书吧命名，有朋友说，怎么不来一个《许三观卖血记》呢？另一位朋友赶忙说，怎么能卖血呢，那不是要亏了吗？

呵护之情，溢于言表。

【真思想 真精神】

在我预先准备的提问中，有这么一个问题：文与商相结合，会不会有像小说的“露怯”的地方？后来这个问题派不上用场了，因为大元不仅闯荡西藏，打工海南，谋职深圳，走遍全国，干过文秘，带过船队，做过生意，有着常人无法比拟的人生阅历，而且还投资办了两家厂，有着丰富的管理经验。更可宝贵的是，他是一个拥有理想和思想两座富矿的人。

大元说：这年头大家都很忙，最大的特征是忙于生活，人们从来没有像今天这般为追求业余生活的表象而忙得不亦乐乎，忙着抽烟，忙着喝酒，忙着麻将，忙着足浴，忙着纷乱的舞步，忙着洗头敲背，甚至连成人都忙着跑电子游戏房。毋庸讳言，忙得心气浮躁，忙得连自己都快不认识自己了，这是一种共有的心态。人们究竟怎么啦？我们究竟需要些什么？飞速发展的时代，在生活上究竟给了我们些什么？大人们忙着赚钱，孩子们忙着“无限创意”，生活的表象之下，一片灯红酒绿。生活的准星与真谛，究竟迷失在了哪个角落？有人说，你是在伪装“众人皆醉我独醒”，还是的确想做一点社会公益事业？你能提供一个“边城”式的世外桃源吗？的确，在硝烟弥漫的年代，沈从文为我们营造的边城还真有点世外桃源的味道，那儿的一切都美得令人迷幻。然而，那个世界毕竟离我们太遥远了，我们需要的是实实在在的眼下生活，在生活表象之下能掘出一些属于生活本质意义上的东西来。这，又是谁不真心期盼着的呢？

大元说：一杯清茶，一卷好书，一种氛围，这绝不是一种表象；上上网，聊聊天，看看书，喝喝茶，这生活的表象之下，我们迫切期望提高的是一种休闲文化的档次。一句正正当当的话：让生活的本质交还给生活本身。

大元说：耕读缘本身就是社会效益。无论大人，孩子，无论老师，学生，他们都能在耕读缘得益，这才真正逼近了我们的“公益心”。

大元说：兴趣与事业相结合，忙得快乐，不会累人。

大元的所思所想可见一斑。大元在构建着他的中远期理想：

他要将耕读缘向乡镇延伸。

他要将耕读缘向杭州下沙大学城发展。

他要建设耕谈缘读书网站。

他要逐步介入书刊出版业。

大元说他没有丢下文学创作，一年来已经写出了一个长篇小说的初稿，书名是《甲板上的酒杯》，正在修改中。

大元年富力强。大元生机勃勃。大元无论谈话干事都有一股子精神气。他们夫妻俩将孩子丢给了老人，常常还得生出三头六臂来。在接受我们采访的大半天时间里，平均不到一刻钟他的手机就要鸣响一次。高颖身体状况欠佳，现在不仅管着耕读缘一大摊子内部事务，还在浙江大学攻读中文研究生课程。余杭的两座大型城雕，一座阳刚，一座柔美，让我联想起他们夫妻的形象。

耕读有缘耕读缘。大元告诉我，短短几个月时间，耕读缘已经成为余杭这座文化之城莘莘学子和白领阶层向往的地方，再过一段时间，他定会创出“耕读缘”的牌子。

结束采访离开余杭青少年宫耕读缘的时候，同行的摄影记者问我有没有落下什么，我说别的没有，但我把一颗心落下了。

关山阵阵苍

秋日的阳光明净地打在陶柏寿的脸上。汗珠饱满地从他黝黑的皮肤里渗出，晶莹剔透。站在关山村一个高高的山冈上，陶柏寿指点江山，激情昂扬。

陶柏寿，上虞市大勤乡关山村支部书记兼村主任，刚刚被评为“浙江省十大杰出青年”，一个有着大专文凭、戴着眼镜的农民，一个执着地追求理想、执着地追求事业，像鲁迅先生所说的“纠缠如毒蛇”般执着的年轻人。

童年总得编织一个梦

采访陶柏寿，第一站他就带我去爬山。

绕过桃林李园、穿过成片成片的刚刚收获过的板栗树掩映的浓荫，我们爬上山顶，群山环抱的田野和村落一览无余地展现在眼前。千人大村，千亩良田，千亩在陶柏寿手上带领村民开发的水果基地，构成了远离都市的世外桃源。

这里远在四明山脚、曹娥江边。

秋日阳光下，关山阵阵苍。

陶柏寿出生在关山村陶长湾自然村。那个落在群山的褶皱里的小山村现在已经“人间蒸发”，20多户人家已全部异地脱贫搬下山了。但陶柏寿记得童年的艰辛，每天来回攀爬近两个小时的山路到关山小学求学可不是闹着玩的。出生于1965年的陶柏寿，童年当然没有玫瑰花，但童年少年总得拥有一个梦想，没有想到，陶柏寿最初的梦想竟然并不是通过求学考上大学，从而改变自己的命运，然后改造世居的家园。

陶柏寿做的是文学梦。因为他语文一直很好，写作向来优秀。1982年，读高二的陶柏寿创作的短篇小说《贞红》在县里的《曹娥江》杂志发表了，还得了当年县里颁发的年度一等奖，从而成了县里的作协会员。尽管母亲以为“作协”是“做鞋”的，但陶柏寿与那个年代的千万个文学爱好者一样，知道那是非常高尚而荣耀的事。有了梦想，就会孜孜以求。晚上熄灯了，陶柏寿会从寝室爬窗而出，在路灯下读“闲书”，把眼睛也读近视了。难怪我刚到他家看到书架上有众多古今中外文学名著时，颇为奇怪。陶柏寿说，他是一个容易“走火入魔”的人，那时的文学梦做得热烈，他期待着自己的文学事业从曹娥江起步，跨过钱塘江，进而跨过长江。

执着的人往往会匪夷所思。陶柏寿高中毕业，连高考都不参加了。

可他后来真正在正式刊物上只发了一个短篇小说，孜孜以求多年，只有这么一点收获，回想起来陶柏寿不免哑然失笑。相比之下，这些年来他在种养业上的收获大多了：他的主打项目是养鹌鹑，养了12年，成了远近闻名的“鹌鹑大王”，既卖鹌鹑苗又卖鹌鹑蛋，存栏种鹑3万多只，年供苗鹑200万只，不仅自己富了，还带领乡亲们一起养鹌鹑一块儿致富。

陶柏寿正式发表的那篇小说题目是《破草帽》，那是他高中毕业回乡头戴破草帽开拖拉机艰苦经历的见证。现在他用不着戴破草帽了，拖拉机时代也早已“拜拜”，他驾驶的“坐骑”从“幸福”摩托到“小黑豹”农用卡车到现在的载人载货两用“小解放”，“鸟枪”已经好几次换成了“炮”。

命运总会打开一扇窗

陶柏寿喜欢喝苦丁茶。他特意给我泡上一杯，很苦。

因为穷苦出身，所以陶柏寿不怕苦。

陶柏寿为村里开了一年拖拉机，每天拿6个工分。戴眼镜的书生头扣破草帽去开拖拉机，本身就够滑稽的，有一回还差点把拖拉机开翻了。

文学梦也与生活渐离渐远，前途变得渺茫起来。

当上帝把所有的门都关上的时候，总会打开一扇窗。1984年暑假，原班主任打来一个电话，告诉他有个进城当代课老师的机会，问他去不去。陶柏寿于是来到上虞水产职业学校代课教语文，月工资38元。

五年教书，有个大收获，那就是读了绍兴师专的中文函授，拿到了大专文凭。教书的路是可以一直走下去的，但陶柏寿偏偏自己给自己关了“门”，因为他从一张科技报上读到了一则出售鹌鹑苗的广告，于是向同事借了200元钱，直奔萧山，买了2000苗小鹌鹑。这个学生时代就喜欢跳窗的人，一咬牙就辞去了代课老师的职务，跳进了养鹌鹑的“窗”。

从那时开始，陶柏寿就跟他的“小鸟”结下了深厚的感情。他现在说到鹌鹑，都喜欢亲切地唤作“小鸟”。

他对我说，还记得吗，小鸟鹌鹑在《诗经》里就出现了——《伐檀》中说：“不狩不猎，胡瞻尔庭有县鹑兮。”

陶柏寿如果不狩不猎不劳动，那是不可能有鹌鹑给他带来财富的。他说他的座右铭就是“人生的快乐来自劳动”。

但创业之初“劳动”的艰辛一般人无法想象。“小鸟”终于下蛋了，乡亲们第一次见到鹌鹑蛋很稀奇，认为是哪个海岛上捡来的。陶柏寿为把小蛋蛋卖出去，每天凌晨三点多钟就起床，把收获的两篓鹌鹑蛋挂在自行车后头，然后骑车三四个小时，到县城赶早市。——腿功就这样铸就。鹌鹑的饲料则是用手拉板车从乡里拉回来，“每次能拉三百斤，”陶柏寿说，“可是大多是上坡路，不太好拉。”——手劲就这样练成。

陶柏寿说：“春天的时候特别累，鼻子常常出血。”

冬天总要燃起一把火

或许，人生的艰难，从远处看还挺有诗意。

创业伊始，陶柏寿为了能从信用社贷到款，曾连续七天“蹲守”信用社的大门。那是1989年的下半年，当时找信用社主任，请求准予贷点款养鹌鹑，可信用社主任也没见过鹌鹑是什么样的，加上之前并不认得陶柏寿，不放心把款贷给他。他就天天早起去信用社，蹲在大门口守候，一直“纠缠”着主任不放。精诚所至，金石为开，陶柏寿终于贷到了500元人民币，开始了他的举债创业之路。

冬天来了，由于缺乏经验，他的“小鸟”冻死了几百只，那个心疼，只有自己知道。到了1991年，他又从宁波买了蝎子种苗，开始饲弄起蝎子。可蝎子这东西对环境湿度要求挺高，病的病，死的死，没有弄成功，硬是亏了。

而更糟糕的是，这一年的冬天，他的“小鸟”遭遇了“冬天里的一把火”，那是一次毁灭性的重创。

鹌鹑过冬时怕冷，平常要封上窗户，用白炽灯取暖照明，可这一天停电了。那么只有用炭火取暖，用烛光照明。没承想，蜡烛引燃了覆盖在鹌鹑笼上的破旧棉絮，起火了！虽然及时发现，奋力扑救，火是灭了，但一屋子5000多只“小鸟”

全死了——几乎都是被烟呛死的。

那等于全军覆没。

人们都劝陶柏寿算了，不要再养了，就此洗手。

“越困难，我越是要钻‘牛角尖’！”陶柏寿这样对我说，语气依然是那么的坚定。“前进前进决不后退!”这就是执着者的精神。

掩埋了“小鸟”们的尸体，打扫了“硝烟”弥漫的“战场”，擦干了脸上的眼泪，点燃了自己冬天般的心中的一把火，陶柏寿一切从头开始。

人生总能闯出一条路

现在，已成规模的鹌鹑养殖由妻子钟维娟管理。两年前，在上虞市“双学双比”竞赛活动中，贤惠而勤劳的钟维娟被评为“生产女状元”。自打1996年出任关山村党支部书记以来，陶柏寿这些年很大的精力放在了带领乡亲进行种植业开发上，自己也带头出资承包了200多亩山地，种植板栗、黑李、油桃、水蜜桃。

我仔细翻看了陶柏寿的相册，惊异地发现几乎没有几张拍的是自己的光辉形象，而满册子的照片都是各种水果的果树果实。教了几年书，陶柏寿桃李满天下；种了几年桃树李树，陶柏寿真的桃李满天下了。

陶柏寿笑着说:“维娟带几个女劳力喂鸟搞养殖，我带几个男劳力上山搞种植，两人合理分工。只要果树开花，我就会开心。”

劳动是快乐的，劳动也是艰辛的，陶柏寿相信，热爱劳动热爱工作的人，人生总能闯出一条路。

几年孜孜不倦的辛劳，事业发展了，可陶柏寿自己的腰肌劳损也“进步”成了“腰椎间盘突出”，常常痛得不行，所以他睡觉“享受”的是硬板床。1999年3月的一天，作为青年星火带头人的他，乘坐乡里的小车到浙江大学去请园艺系的一位教授来给乡亲们上技术课，结果到了华家池，腰痛得几乎不能动弹，“最后是头先下地，才爬下了车”。

这个“头先下地”的带头人，有时思维也“倒过来”，比如，他作为村支书兼村主任，按规定要拿误工补贴，领钱的字签了，钱却垫了回去——这几年他为集体办事业垫付资金累计10多万元。他说，干部心里要装着群众。

这个心中装着群众的人，自己生活朴素，房子还是父辈手上建造的，三间两层，有些旧了。但房前的庭院里生长了许多花花草草，红色的鸡冠花盛开了火炬似的花朵，一串红也艳丽地开放，花枝招展在这个美丽的秋天。

秋天是丰收的日子，陶柏寿热爱秋天，连儿子的名字都取为“陶梦秋”。

陶柏寿在人生路上闯出了很多第一：全市第一个养殖鹌鹑；第一个在村里建立水果研究所；作为村里的支部书记，陶柏寿在1998年兼任了大勤乡党委委员，这在全市是第一个也是唯一的一个……陶柏寿下一步准备成立关山果业有限公司，为他的水果注册“百寿”牌商标，想让他的水果商标成为第一只从村里飞出去的金凤凰。他相信，用品牌水果来“装点此关山”，明朝一定更好看。

陶柏寿在人生路上收获了不少荣誉：从上虞市十佳农村青年星火带头人，到绍兴市优秀青年，到浙江省十大杰出农村青年，再到现在的浙江省十大杰出青年，奖牌已经有一大摞。第二天，临别前，陶柏寿真诚地对我说：“给我荣誉，心里不安。我并没有比别人做得更好。”我立即想起了泰戈尔的一句诗，于是送给了执着前行的他：

“不要一路流连着采集鲜花保存起来，向前走吧，沿着你前进的路，鲜花将会不断地开放！”

猪之恋

这里是猪的世界。这是一个“灯塔”俯瞰“回龙”的地方，它地处杭州东北郊的半山脚下，秋意凉爽，大地寥廓，城乡接合部的田野气息与现代建筑完美地交融。在2000年之秋，在此时此刻，站在回龙路口，我甚至不敢相信如此漂亮的建筑竟是一个养猪场——杭州灯塔养殖总场，我闻不到一丝猪的气息。

这里是猪的王国。你难以想象年产30万头商品猪是怎样的一个概念。当场长郑长峰告诉我全国达到10万头养猪规模的养殖场也只有安徽、广东、云南等寥寥几家的时候，我才明白什么叫“养猪的航空母舰”。场长郑长峰是航空母舰的舰长，他因为太热爱这艘占地近千亩的“航空母舰”，热爱“舰上的士兵”——成千上万的很乖的猪们，已经被确定为第五届中国十大杰出青年农民候选人。

这里是猪的天堂。看看这新建的一排12幢五层洋房吧，这是猪的新宿舍，猪的安乐窝，猪的招待所——一句话，猪的天堂。郑长峰从世界上养猪业最发达最先进的丹麦引进同样是世界上最先进的自动喂料设备，猪们就这样在“招待所”里乐滋滋地吃上了幸福的“自助餐”。

我没有见到这些猪，我无法与猪们交流。因为严格的管理，外人是无法接触到猪的。我只能“只闻其声不见其影”。我仿佛听到猪们嗷嗷地争着告诉我——它们顶喜欢他们的“头”——外俊内秀年轻又可爱的郑长峰。

羡 猪

在郑长峰宽大的办公桌上，摆放着一只金碧辉煌的扑满猪。我们的话题就从这只扑满猪开始。“这是我们的‘聚宝盆’。”郑长峰笑着说，“别小看猪。猪提供我们吃穿住行用，我们一切的一切都靠猪，我们对猪非常有感情。猪的全身都是宝，除了叫声不能卖，其他都能卖钱。”

一说到猪，郑长峰的双眼就盈满了笑意。1987年夏天，郑长峰走出美丽的华家池校园，他从浙江农业大学畜牧专业毕业，分配回宁波老家，进了宁波牛奶公司，捧起了“铁饭碗”。这位在大学里就入党的高才生，“身在‘牛棚’心想猪”，觉得自己不像一个“挤奶的姑娘”，自己的特长是研究饲料——猪的饲料，而且在传统的计划体制下更难以作为，尽管工作半年后就被提为副职，他还是毅然决然砸了自己的“铁饭碗”，离开了“牛”，接近了“猪”。

1989年的金秋十月，背着挎包郑长峰一人走进了杭州半山脚下的那个叫作灯塔的村庄。郑长峰心中的灯塔已经点亮，他知道他与猪有缘。然而，灯塔村的村民几乎不相信自己的眼睛：这个姓郑的小伙子“脑髓是不是有点搭牢”，丢了国有企业的铁饭碗，到这个小小的村办养殖场做啥？

郑长峰在这里没做别的“啥”，他当上了一个小小的技术员。他那时是养殖场里的“宝贝疙瘩”，唯一的大学本科生。有了一个创业的环境，郑长峰如鱼得水。他主持研制开发了瘦肉型猪全价系列饲料、乳猪饲料以及伊沙蛋鸡全价系列饲料和绍兴麻鸭全价系列饲料。猪们吃上了好饲料，过上了小康生活，茁壮成长。然而郑长峰住的是租来的民房，每天骑着一辆吱嘎作响的自行车跑半个多小时，来回穿梭于人舍与猪舍之间。他说，创业之初是很艰辛的，特别是结婚后又有了孩子，工资不高，家庭拮据，生活的压力、业务的压力，这双重的压力要用他年轻的肩膀去承担。

然而青春无悔。人生的艰难，从远处看总是富有诗意的。郑长峰说，现在回忆创业的艰难还很有味道。他说，他很幸运，碰上了一位好领导：一直来任总场场长、现兼任灯塔村支部副书记的顾建国是一位极富开拓精神的“顶头上司”，他很爱才，“没有他就没有我的今天”。

半山脚下曾经的岁月留给郑长峰的记忆是长远的。郑长峰选择在半山脚下开始他人生事业的起飞，让我想起那个古老的“半山回龙”的传说：在天地混沌之初，有一条巨龙从钱塘江乘潮而起，要直奔那烟波浩渺的太湖。只见尘烟迷漫，天地不分，巨龙迎头撞上了耸立的半山。巨龙一次次撞向半山，血染山体，却无法将半山撞倒。巨龙发现必须另辟蹊径，于是仰天长啸，在石破天惊中毅然回转。从此，这个地方就叫“回龙”。

在灯塔村和回龙村的地盘上，郑长峰一干就是头尾12年。他说他把生命中最宝贵的青春年华献给了猪，献给了猪的事业。

想　猪

郑长峰出生于1965年，生肖是“小龙”。既然“回龙”是大龙，那么让他做“小龙”似乎也没什么不妥。然而他笑着说，如果生肖可以更改，他非常愿意改肖为“猪”。

他梦中都想着猪。他常常钻进猪舍就忘了自己，带着一身“猪味”回到家。作为眼科医生的妻子不仅眼睛犀利而且鼻子灵敏，丈夫未进家门妻子就“闻”到其人。“最不好意思的是朋友相聚，我衣服里散发出的气味，常常令人尴尬。”

然而，他却把这看成“养猪人”的“专利性”的独特标志。他心里装着猪，常常想着猪，唯独没有他自己。

1990年，他在揣摩猪的“品种”问题。他凝视着那一车车出栏的猪，猪们兴高采烈，因为它们是奔赴香港的大活猪，而郑长峰却高兴不起来。因为他发现供港活大猪良种比始终徘徊在60%左右的“及格线”上。他积极建议场领导：必须坚决大胆地引进丹麦长白种猪，并开发杜大长三元杂交商品猪，取代原来的中白猪！一介书生的想法与眼光令人刮目相看。他主持开发的新商品猪生长速度快，出栏体重大，瘦肉率和屠宰率高，让一班养猪的人高兴得不行。一年后出口香港的活大猪良种比就提高了10多个百分点，平均从每头猪身上多拿了65元，实在是乐坏了这班养猪的人。

1991年，他在揣摩猪的“拳头”问题。当时养殖场有猪有鸡有鸭，饲养种类虽多，但谁是“拳头”谁是“老大”不明显。郑长峰研究市场走向，分析自身优势，加上对猪“情有独钟”，他积极建议领导调整产品结构。次年，养殖场果断停止生产蛋鸭、种鸡和肉鸡。他们选择了三元杂交商品猪为“拳头”产品，终于这只“拳头”越捏越大，越攥越紧。很快形成年出产商品猪1万头的能力，上了一个大台阶。

1992年，他在揣摩猪的“生态”问题。这一年，他接过一支分量不轻的“令箭”，带领一班人开发省级星火项目——“万头猪场综合开发生态工程创建”。他扑在科研资料上。他钻在图纸设计里。他常常闹不清白天还是黑夜，周日还是周一。项目成功了，杭州的这个叫作“灯塔”的养殖场真的就成了“灯塔”了，变成国内最早工厂化养猪的基地之一。尤其是生态功能发挥了一举两得一箭双雕的作用：通过对猪粪进行有效的发酵处理，把生产出的沼气用管道输送给全村280户村民，有效地解决了猪场环境优化和能源再利用问题。沼气做出香喷喷的饭来，让村里80岁的老太高兴得合不拢嘴。这项工程荣获了杭州市星火一等奖、浙江省星火二等奖，被农业部列为我国农业环保典型工程并加以推广。

猪，就这样成了他撬动地球的支点。

恋 猪

郑长峰告诉我说："猪是近视眼，但猪的嗅觉比犬还灵敏；猪很温驯，猪其实是很爱清洁的；猪喜欢吃和睡，贪吃贪睡的猪是好猪。"

郑长峰三句不离猪。

1995年郑长峰被任命为场长助理；1997年他出任副场长。他既是一个研究者，又是一个管理者，他要把两副杠铃都高高地举过头顶。

科技是第一生产力。郑长峰深深地明白这个道理。他对猪的研究是这样的迷恋与执着。这些年来，他得了一大摞又一大摞的科研成果和奖励：比如农业部丰收计划一等奖，比如浙江省科技进步三等奖，比如省政府优秀农产品金奖……这些都是他热爱的猪赋予他激情的成果。他觉得猪的身上值得研究的东西太多了，甚至连如何让乳猪早点断奶也研究，他愣是带领一班毛头小伙，把母猪给小猪喂奶40来天"研究"成喂奶23天左右，说是提高"母猪生产率"，我看他也真够狠心的。现在他正在没日没夜地折腾一些重大的科技项目，比如"现代效益农业科技示范工程"什么的。他这是在跟科技赛跑。

他成了杭州市的十大杰出青年、优秀科技工作者、青年星火带头人，成为全国的青年科技标兵、星火带头人标兵……他说这都是"猪"给他带来的"福气"。

他说学无止境。他说不进则退。他说生于忧患死于安乐。他说个人与企业都一样，如果10年前没有积极的投入，就没有今天的收获；如果今天不投入，10年以后就没有任何的产出。

他为总场里拥有1名教授、2名研究员、3名研究生、70多名专业技术人才而高兴，但他还觉得不够，他想海纳百川。他与他们的教授研究员们一起编著了一本关于养猪的书——《瘦肉型猪高效饲养手册》，是印得很漂亮的精装本，去年12月由上海科技出版社正式出版。

泰戈尔说:“不要一路流连着采集鲜花保存起来，向前走吧，沿着你前进的路，鲜花将会不断地开放。”郑长峰真当“不知足”，他不满于本科文凭，工作后还继续攻读硕士研究生，硬是拿下了浙大动物科学院动物营养专业硕士的文凭。他不满于只听懂英语，他还不停地学，他说他现在会话的水平还不行，与老外对话说猪还太吃力。我怀疑他有一天把猪语都弄懂了才罢休。

疼　猪

为了给他的猪王国里的猪们以“最惠国待遇”，郑长峰两度出国考察。他来到世界上养猪事业最先进最发达的国家丹麦，自动喂料设备就是从丹麦埃士伯公司引进的，猪们幸福地吃上了“自助餐”，打心底里感谢它们的这位“头头”。“这种设备目前是国内自动化程度最高的，这种设备一用，每1500头肉猪由原来的三人饲养减至一人饲养，饲料回报率提高了12个百分点，每头猪提高经济效益15元。”郑长峰的数学算得一清二楚。郑长峰还顺道去比利时考察饲料的生产，去德国考察屠宰的工艺，人家也同样是后半夜起来干屠宰的活，郑长峰一行就三点钟起床出发。

引进设备是一方面，更重要的是引进人才与技术。他把丹麦的专家请来为大家培训，他把日本的专家请来作示范，那位年近花甲的日本老专家一整天站着，不知疲倦劳累为猪做人工授精，于是成了他们敬业的榜样。

1998年3月8日，总投资达2.6亿元、建筑面积达20万平方米的“灯塔养殖总场迁扩建工程”打响了发令枪，这是灯塔养殖总场锻造“航空母舰”的主体工程，这是让猪们住上“宾馆招待所”的工程，这是高楼养猪、立体养殖的大胆举措。“不怕做不到，只怕想不到。”郑长峰常常这么说。为了让猪们尽快住上洋房高楼，郑长峰在一年多的时间里，几乎牺牲了所有的休息日。这是郑长峰在与时间赛跑。1999年6月10日，设计能力为年出产20万头商品猪的“迁扩建工程”胜利完工，看着猪们浩浩荡荡地喜迁新居，疲惫的郑长峰脸上露出了欣慰的笑容。郑长峰又算了一笔账：高楼立体养猪，累计节约土地350亩，节省投资4445万元！

吃得省心、住得舒适，天堂杭州的这些猪们真是知足常乐了。然而，郑长峰想得更多。那就是生态和环保问题。这不仅是关系到猪的事，更是关系到人的事；这不仅关系到现在，更关系到未来。“迁扩建工程”实施过程中，其配套设施——猪场粪尿处理系统也抓紧建成，在经过一系列这样那样的处理之后，猪粪掺进来自西湖的淤泥制成优质颗粒绿色有机肥，这样每天100多吨猪粪就有了最好的去处，用他们的业内行话说，就是“把猪屁股揩干净”；污水则产生沼气发电并入电网，洁水则回收再利用。这项总投资1500万元的绿色环保工程得到联合国计划开发署的资助，他们投入了30万美元。

郑长峰想的还不止这些。在笔者前去采访他的时候，他正与客商在商谈除臭饲料添加剂的事宜。他告诉我说，从猪肚子里面就开始解决臭气的问题，不是治标而是治本。过去他们还曾发生过饲养员因为太“臭”被从公交车上赶下来的奇事。现在他的场区猪臭味已大幅度下降，他也不再碰上“是朋友来了，还是猪来了”的尴尬。

天堂里的猪们真是有福了。

迷　猪

郑长峰的生命中注定已离不开猪了。

他最大的业余爱好是上网，有关猪的网站是他每天的必经之途。

他们的养殖总场也建立了关于猪的网站。

他的办公桌上是一台手提电脑，鼠标轻点，猪的世界和猪以外的世界就尽显眼前。

他的数码相机拍摄下有关猪的图片资料，他说储存到电脑里今后是一笔宝贵的财富。

他为了猪的幸福生活而举债经营，每天都在与利息赛跑。

他说他的猪大半销往上海，杭州市年销售肉猪80万头，他们占了13万头的份额，猪的市场空间还很大。

他以他的大气、朝气和锐气在继续拓展他的猪事业。

他意识到村办集体企业的体制已经落后于时代，正在积极筹备“转制”，让这个大猪场向股份制方向发展。

他说尽管他们这个养猪的总场在全国规模绝对最大，但离世界养猪的先进水平还有很大的距离；丹麦那全电脑控制温度、通风、喂料、报警等的养猪场才真正是现代化的养猪场，是我们努力追赶的目标。

他说真的要致富思源，富而思进。

他想把他的养猪“航空母舰”用现代思想现代体制现代科技逐步武装起来。

这个迷猪的年轻人，可是敢想敢说敢干的。

采访即将结束，有一批有关污水处理的专家风尘仆仆赶到，匆匆一声“再见”，郑长峰就像一阵风似的跟他们一道飞快地消失在秋风中……

一路平安

这是1996年。在经历了很多个艳阳天之后，江南开始飘雨。我的江南的小小莲城藏在傍晚宁静的细雨里。朋友的电话在细雨中打来："去莲城宾馆，去看一位远方的朋友，去看一位无臂走天下的青年！"

从此，王宏武的名字便刻在我记忆的扉页。他迈着矫健的步伐，从陕西的黄土高原走来，仆仆黄尘在他身后纷纷扬扬。在时令已经入冬的这一刻，那黄土地的精魂铸就的双腿，迈进江南依然葱绿依然如镜的山水，让一串串淡黄的脚印，燃烧出一路精神的火焰。

走出童年失去父母真爱的苦痛，走出高压电击夺去稚嫩双臂的不幸，王宏武以北方特有的执着走出北方，擎起迎九七香港回归祖国、爱我中华步行全国的大旗，徒步走向明年7月1日的香港。而后，他还要走上十年，走遍五十五个少数民族聚居地，最终把五十六枚心灵之旗插遍祖国的版图。

在柔光弥漫的宾馆大厅，在万里旅程的小小驿站，在洁净了你的双脚之后，坐下，红地毯上缓缓展开纯白的宣纸，用你那如手的双脚。世界退得很远很远。我们伫立成宁静。此时此刻，我们甘愿如提线木偶般敛声屏气，让你执笔的右脚牵动一串目光之线。缓缓移向砚台，慢慢浸入墨汁，我仿佛听见滋滋吮吸的声音。悲怆与命运在我心里奏鸣与交响，很轻，然而震颤了胸腔。那么沉慢与认真，你写下了第一个字：爱。掌声在宁静中响起，蓬勃地开放。一次，两次，三次。你写下了“爱我中华”的横幅。题下了时间地点和你的名字。于是我仿佛看见你伸出了你的右手，高举起来，擎着一盏精神的风灯，在每一个风雨或者风雪交加的夜晚，照彻中国的版图和前进的道路。

很大的印章，你的右脚紧紧握住，侧转过来，看看正反，换了个角度放下，重新自如地“握”起，一次次蘸紧了印泥，移至横幅的尾端，放下并一次次压紧，揭开，你的名字再一次如花般鲜红地开放在我们闪烁着晶莹泪花的目光里。

在我们的一生中，一定要接受一些简单感动。因为这是人性闪烁的辉光。

典子、海迪、保尔·柯察金、海伦·凯勒和那汪洋中的一条小船，铸成不屈的生命之流，在我眼前闪过。耳畔仿佛响起了柴可夫斯基那支春天般热情的第一钢琴协奏曲，它在宾馆的大厅回旋，在驿站的上空飞扬。

一双江南女子的纤纤之手帮助整理起笔砚。这位二十二岁的安徽女子的出现，照亮了王宏武在吴越大地上这段不平凡的旅途。钱爱萍，太平凡很通俗的名字。那么悦耳的轻声细语中，她告诉我们她从安徽来到义乌打工，她有六个兄弟姐妹，她的家园曾毁于一场不幸的大火。同是天涯旅中人，相逢何必曾相识。从义乌稠城到丽水莲城，王宏武的匆匆步履之畔，多了一个骑单车驮着行李跟随而来的女子的身影。是她搬来影集签名簿剪报册给我们浏览，是她急匆匆跑到楼上拿出源于她的整个身心的关切与温暖。

她是他这一刻新长出的双手。

然而她说他要她回义乌去，在后天，在他出发走向温州的时刻。

闪光灯一次次咔嚓闪动。我看见她在他身边偎依得那么亲切和自然。我看见她双眸里的柔情似水。我知道了什么是女孩子因为爱而美丽。她说她此前从来没有爱过男孩，我们知道她对他怀着心悸的敬畏，她说她愿意为爱而等待十年。

然而，“为了残疾人事业，为了失学的儿童，愿真情永驻人间，让世界充满爱”，是写在王宏武名片背后的誓言。为了大爱，他必须依然独自一个人，毅然徒步前行。

从此，我们即使在最遥远的地方看你，即使你小如萤火，也会穿透黑暗，明亮我们的双眸。

不管前途平坦还是险峻，我们在心里都祝你“一路平安”。此刻，夜雨迷茫中我们向你告别。你没有双手，但我们的心灵已紧紧相握。

我们紧紧地握住了你生命中这时光，同时也重新学会了遗忘已久的简简单单的走路。与你一样，迈着精神饱满的步履，行进在晨雾弥漫的沉静路途，看太阳从东方冉冉升起。

【补注】二十年度过，王宏武依然在前行的途中。他已成为全国禁毒宣传模范。如今，无臂的他通过骑车宣传禁毒，已骑行十几万公里。他设计了一个特殊的弯钩装置，用脖子来控制山地车方向。2013 年年初，《大河报》报道了王宏武和他的儿子骑行到洛阳，宣传禁毒知识：“身体的残疾并没有使我消沉，相反成为我自身上进和激励他人进步的动力。我 2002 年就开始宣传禁毒知识了，都十年了。”王宏武一开始骑的是三轮车，载着许多禁毒展板；后来改装了一辆山地车，每天骑行近百公里，“刹车全靠我的两个膝盖夹，膝盖内侧都是青一块紫一块的”。

王宏武，一个大地行者，没有停下来的意思。

行走的风景

当“在路上”成为一句时髦的语词的时候，我们是不是想到那真正行走在万水千山，为提高人类内在精神、为保护人类外部环境而艰苦跋涉乃至献出生命的真的勇士？让我们记住两位男人，两位大胡子，两位中国人的脊梁——余纯顺和杨欣的名字。我的简单的理由是，余纯顺离开我们已有三年整了，而杨欣走向长江源则整整有十三年。于是，怀着崇敬的心情，我再一次拿起他们壮行探险的日记。

余纯顺风雨八年徒步走中华，行程8.4万华里，接近阿根廷人托马斯9万余华里的世界纪录；他走访了33个少数民族主要聚居地，完成了59个探险项目，写下了100多万字的日记。1996年6月，余纯顺，这位旷古少有的大勇者在罗布泊遇难，成了一尊“倒下的铜像”。若干个月后，我们读到了上海文艺出版社以最快的速度出版的《余纯顺孤身徒步走西藏》和《余纯顺风雨八年日记选》两本大书。那时我写下了《面对崇高的敬畏》的文字：世界很小很小，而人的心灵很大很大。一个大写的“人”字，原本就是用两条行走着的腿构成的。无论如何，我都不会忘记余纯顺说过的话：“徒步旅行再造了我。她使我从无知走向充实；从浮躁走向稳重；从浅薄走向高尚。”一个人走进了这样的人生大境界，死而无憾了。

余纯顺风雨八年中，也走过了我的故乡浙江丽水，这在《余纯顺风雨八年日记选》一书中有记载。那是1995年8月至9月，他从福建进入丽水的龙泉，又到了云和、景宁、丽水、青田。景宁畲族自治县正是他走过的最后一个——第33个少数民族聚居地。那时，我们丽水是以空前的“热度”来迎接余纯顺的。9月初丽水的气温爬到了一个历史高度，中央电视台《天气预报》专门提到了丽水的高温。那时我们躲在空调的阴凉里，哪知道烈日下徒步跋涉的艰难。

壮士余纯顺是倒在沙漠的高温酷热下的。托尔斯泰郑重地告诉我们：“人类不容置疑的进步只有一个，那就是内在精神的提高。”学者有云：“与一般的成功者不同，壮士绝不急功近利，而把生命慷慨地投向一种精神追求……以一种强烈的稀有方式提醒着人类超越寻常、体验生命、回归本真。”余纯顺死了，他依然活着，长须依然飘飘，步履依然矫健，身影依然伟岸。

如果说余纯顺用生命抒写的是沙漠之魂的话，那么，另一位与余纯顺一样留着大胡子的行走者——杨欣，用激情描绘的则是长江之魂。

是在中央电视台《读书时间》里认识杨欣的。《读书时间》主持人对杨欣进行访谈，是因为他的《长江魂》一书在1997年8月由岭南美术出版社出版了。访谈时的杨欣始终神情激荡地谈他热爱的长江，惊涛拍岸的语言令人难忘。“当你拥有这本书的同时，你已经为长江源头的自然生态环境保护献上了一份爱心。”因为这本书销售及义卖收入将全部用于长江源头第一个民间自然环境保护站的建设。见到这本书后，我毫不犹豫就买下，一下子就进入了那一片我们的双脚无法企及的神奇的土地。

长江源头旖旎的自然风光、独特的民俗风情、博大的宗教文化以及作者自己勇绝的漂流探险历程，让我们流连忘返。漂流绝然不同于漂游。我曾在一篇文章中写道：漂流是激越的；漂游是清闲的。前者是勇者的游戏，可以忽略过程中那些平静的渡过；后者是凡人的逍遥，无法面对激流险滩。漂游的人生是看别人看他物的人生；漂流的人生是以自己创造风景的人生。同余纯顺不一样，杨欣创造的是在江河澎湃中行走的风景。

然而，更让人无比惊心的是，长江源头近年来生态环境的急剧恶化。杨欣说："1986年，我第一次来到长江源，唐古拉山格拉丹冬雪峰周围的原野上，成百只一群的藏羚羊在奔跑，撩起阵阵的尘土，1993、1994年几乎同一时期，我再到同一地点，最多的一群只有11只。1993年在通天河800里无人区漂流中，我发现昔日山坡上的草地已变成一座座黄色的沙丘，绵延40余里……在自然和人为双重作用下，长江源头的生态环境到了危亡的边缘。"长江源头生态环境的恶化，使杨欣从最初的江河探险家转变为生态环境的坚定的保护者。于是，"保护长江源，爱我大自然"活动由杨欣发起并轰轰烈烈地展开……

余光中先生曾说，蓝墨水的上游是汨罗江；那么，同样我们可以说：炎黄子孙生命线的全程就是黄河长江。尊重自然，就是尊重人类自己；保护环境，就是保护人类的家园；保护长江源，就是保护我们自己的生命线。